LILLY ADAMS

NEBENAN FUNKELN DIE STERNE

Roman

LYX

LYX in der Bastei Lübbe AG
Dieser Titel ist auch als E-Book erschienen.

MIX
Papier aus verantwortungsvollen Quellen
FSC® C019821

Textredaktion: Ann-Kathrin Schwarz
Covergestaltung: © ZERO Werbeagentur GmbH
Coverabbildung: © Lauren Sanderson / Arcangel;
© Irene Lamprakou / Arcangel
Lyrics zu »Stay«: © Mighty Leg Steel Experience
Abgedruckt mit freundlicher Genehmigung von
Ingo Lechner / The Mighty Leg Experience
Satz: Greiner & Reichel, Köln
Gesetzt aus der Adobe Caslon
Druck und Einband: C.H.Beck, Nördlingen
Printed in Germany
ISBN 978-3-7363-0688-2

2 4 5 3 1

Sie finden uns im Internet unter: www.lyx-verlag.de
Bitte beachten Sie auch: www.luebbe.de und www.lesejury.de

KAPITEL 1

#GLÜCKPUR

BritMom @Em_dreams: Oh My God! *Was für eine Yacht! Eure?*
Em_dreams @BritMom: Schön wär's :-) Nur für einen Tee bei Troys Chef dorthin eingeladen gewesen.

Mit dem Meer stimmte etwas nicht. Die Wellen waren viel zu hoch, das Wasser zu dunkel und der Himmel – der Himmel war eindeutig zu dramatisch. Dunkelgraue Wolkenfetzen zogen darüber hinweg, man meinte, den Wind in den Haaren zu spüren und ihn pfeifen zu hören. Ein wunderschönes Bild – für einen kalten Herbsttag, den man vor dem Kamin verbrachte, mit dampfendem Tee und dem Geruch eines Bratapfels in der Nase. Das Foto war vor gut eineinhalb Jahren entstanden, als sie Tante Gwen besucht hatte, zum ersten und bisher einzigen Mal. Aber heute war der Erste Mai, und weil der Regen beständig gegen ihr Fenster klopfte, wollte sie Frühlingsgefühle vermitteln. Und so wie es jetzt war, fehlte dem Foto eindeutig Wärme. Außerdem war am Wochenende das Wetter an der Küste herrlich gewesen – die Webcam von Worthing hatte Bilder voll Sonnenschein und knallblauem Himmel übertragen.

Natürlich hätte sie auch ein aktuelles Frühlingsfoto des Flieders posten können, der in einem riesigen Kübel auf der Dachterrasse blühte – doch ihr war klar, dass das letzte Travel-Foto viel zu lange her war. Sie brauchte ein Bild, dass allen unmissverständlich klarmachte: Ich war unterwegs! Raus aus London! Und dieses Küstenfoto war eines der wenigen, das dafür taugte.

Am Vortag hatte sie schon das sechs Jahre alte Yachtfoto gepostet, das sie bei der Abi-Abschlussfahrt zur Kieler Woche geschossen hatte – und dabei natürlich alle Hinweise auf Deutschland wegretuschiert: Fahnen, Inschriften, Bootsnamen.

Ihre Finger flitzten über die Menüpunkte, sie drehte am Kontrast, veränderte Farben, kopierte passende Bereiche und setzte sie an anderer Stelle wieder ein. Einfacher wäre es gewesen, ein x-beliebiges Bild von einer kostenlosen Fotoplattform herunterzuladen, aber das wollte sie nicht. Irgendwann wäre es vielleicht doch jemandem aufgefallen.

Zehn Minuten später schob sie ihren Stuhl ein wenig vom Schreibtisch zurück und betrachtete ihr Werk. Schon viel besser! Jetzt leuchtete der Himmel in einer satten Blaufärbung, die Wellen wirkten wie leichtes Gekräusel und das Meer hatte eine beinah karibische Färbung. Sie drehte das Türkis ein wenig zurück – schließlich war das hier die Südküste Englands und kein Strand auf den Bahamas.

Zufrieden übertrug sie das Foto auf ihr Handy, lud es auf ihrem Account hoch und schrieb die Worte darunter, die ihr schon beim Aufwachen heute Mittag eingefallen waren: »Herrliches Wochenende an der Küste verbracht! Noch immer ganz nah: der Geruch von Salzwasser, die Wärme der Sonne auf der Haut und das Geschrei der Möwen im Ohr – da kann die Woche nur gut starten! Was hat euch am Wochenende glücklich gemacht? #Worthing, #coast, #seaside, #sun, #happygirl.«

Es dauerte keine zwei Minuten, bis sie die ersten Herzchen bekam. Und wie so oft war *BritMom* die Schnellste bei den Kommentaren: »*@Em_dreams*: Danke für dieses wunderschöne Foto – sieht aus wie im Märchen. Hach! Wie gerne würde ich mal wieder ans Meer. Bei uns hat's nur zum Indoor-Spielplatz und zu McDonald's gereicht. Na ja, Hauptsache, die Süße hatte Spaß.«

Emma schickte ihr schnell ein paar Daumenhochs, einen Kuss-Smiley und den Kommentar: »Hätte deine Süße gerne die Spitze des Kletterturms erobern gesehen! Vielleicht klappt's ja mal irgendwann.« *BritMom* war eine ihrer ersten Abonnentinnen gewesen, und sie hatten sich sogar schon ein paar private Nachrichten geschrieben. An *BritMoms* Fotos sah man sofort, ob es ihr gut oder schlecht ging. War sie happy, postete sie Bilder von besonders stylishen Frisuren, die sie ihren Kundinnen verpasst hatte. Ging es ihr schlecht, stellte sie düstere Gedichtzeilen ein, oft vor einem gothic-artig finsteren Hintergrund voller Todessymbolik. In letzter Zeit hatten die Gedichtzitate dominiert.

Fasziniert starrte Emma auf die rasch wachsende Zahl der Herzchen – knapp hundert waren es nun schon. Noch immer verblüffte es sie, wie schnell die Community reagierte. Waren denn immer alle ständig online? Wenn sie von sich ausging, musste sie diese Frage definitiv mit »Ja« beantworten.

Emma legte das Handy beiseite, schlürfte an dem Kaffee, der längst kalt geworden war, und starrte aus dem Fenster. Kurz vor sieben schon, sie musste endlich mit ihrer eigentlichen Arbeit beginnen. In Deutschland war heute Feiertag, in England erst eine Woche später. Sicher saßen ihre Eltern wieder nach der traditionellen Erster-Mai-Radltour beim abschließenden Grillen mit der gesamten Nachbarschaft zusammen, während ihre Schwester verkatert vom Tanz in den Mai den Tag im Bett verbracht hatte. Und zwar hoffentlich nicht allein.

Kurz zog es heftig, gleich unterhalb ihres Herzens, und Emma trank den letzten Schluck Kaffee. Sie atmete tief durch und konzentrierte sich auf die Aussicht hinter ihrem Fenster. Auf gar keinen Fall würde sie jetzt Heimweh bekommen!

»Troy!«, rief sie, doch es kam keine Reaktion. Der alte Kater schlich vermutlich mal wieder über die Dächer und würde erst heimkommen, wenn der Hunger unerträglich geworden war. Das konnte dauern – sein Schälchen hatte er heute bereits so sauber ausgeleckt, dass man diesem die Benutzung nicht mehr ansah.

Immerhin hatte sich der Regen – den Troy grundsätzlich ignorierte – mittlerweile verzogen, und die grauen Wolken rückten weiter auseinander. Hier und da meinte Emma, ein wenig Blau zu erahnen. Vielleicht hatte sie Glück und konnte später noch einen kleinen Imbiss auf der Dachterrasse zu sich nehmen. Ihr Blick wanderte am Horizont entlang. Ganz rechts The Shard, das höchste Gebäude Europas, das die Londoner gerne »Salzstreuer« nannten, mit seiner silbern funkelnden, schmal zulaufenden Spitze, dann die beiden Plaza-Hotels, und schließlich das London Eye zwischen Waterloo und Westminster Bridge. Ein grandioser Ausblick.

»Sei glücklich, Emma Martins«, sagte sie laut zu sich und verzog die Mundwinkel zu einem breiten Lächeln. »Und dankbar.«

Sie hatte mal gelesen, dass es keinen Unterschied machte, ob man wirklich lachte oder nur die entsprechenden Muskeln aktivierte – in jedem Fall wurden Glückshormone ausgeschüttet. Und das war es doch, was zählte: dass man sich glücklich fühlte. Auch wenn man es nicht war. Also lächelte sie. Lange. Eine Wirkung spürte sie nicht.

Sie wandte sich wieder dem Computer zu und öffnete die Website, an der sie gerade arbeitete. Von Wind, Wellen und Meeresbrise war hier keine Spur zu entdecken. Es ging zwar um Farben, aber nur um Wandfarben, Lacke, Pinsel und Abdeckfolien. Und Malermeister Schwarzner aus Großkarolinenfeld bei Bad Aibling bei Rosenheim hatte unmissverständlich klargemacht, dass er keine Experimente mit Farbspielen wollte, sondern eine solide Website. Webseite, mit langem E, hatte er am Telefon gesagt. Am liebsten alles auf einer Seite, dieses Herumklicken verwirre einen doch nur und eigentlich brauche er so modernen Quatsch gar nicht, aber seine Frau und sein Sohn, die bestünden darauf. Ach ja, und kosten solle es auch wenig. Nix. Am besten. Wenn sie verstehe.

Emma verstand ihren Kunden, wie immer, wie alle, und versuchte, nicht allzu viel über ihn nachzudenken, höchstens an den Betrag, der am Ende ihr Bankkonto einigermaßen im Plus halten würde. Während ein paar ihrer früheren Kommilitonen aus dem Grafikdesign-Studium mittlerweile an aufregenden Online-Kampagnen für Jaguar, Harrods oder den National Trust mitarbeiteten, diskutierte sie mit deutschen Metzgern, Dorfapothekern und Handwerkern jeder Art, ob man Tradition und Moderne auf einer Website irgendwie zusammenbekam, ohne dass sich die Besucher mit Grausen abwandten. Aber es war nun mal schwierig geworden, als Deutsche einen festen Job in einem englischen Unternehmen zu bekommen, und so war sie eigentlich ganz froh, dass sie zwar langweilige Kunden hatte, diese aber immerhin von London aus bedienen konnte. Etwas Besseres als freiberuflich zu arbeiten, hatte ihr nicht passieren können. So musste sie wenigstens nicht das Haus verlassen.

Um zehn entdeckte Emma die ersten Sterne an einem Himmel, dessen Grau nun einem strahlenden Nachtblau gewichen war, und sie beschloss, dass es eingemummelt in eine Fleecejacke draußen warm genug war, um das Truthahnsandwich, das sie noch von Samstag übrig hatte, dort zu essen. In dieser Hinsicht hatte sie sich den Engländern schnell angepasst: Wenn es nicht regnete, war das Wetter grundsätzlich herrlich und man konnte sich ungehindert im Freien aufhalten.

Sie zog sich die cremeweiße Jacke über ihr rosafarbenes T-Shirt, das vorn ein goldener Paillettenstern zierte, und balancierte Sandwichteller, Wasserglas, Handy und Salzstreuer über die Stufe der Terrassentür nach draußen. Es war tatsächlich noch mild. Lag nicht sogar ein Duft von Mai in der Luft? So etwas Weiches, Blumiges, das nicht nur vom Flieder kam? Aus den Augenwinkeln bemerkte sie trotz des Zwielichtes, dass die Glyzinie, die Passionsblume und die anderen Pflanzen dringend Wasser brauchten, das würde sie gleich nach dem Essen erledigen. Nun jedoch steuerte sie den riesigen Strandkorb an, der seit zwei Wochen hier thronte. Eine unerwartete Steuerrückzahlung hatte ihr die Verwirklichung dieses Traums ermöglicht: ein echter Nordsee-Strandkorb, grau-weiß gestreift, mit Fußbänken, Ablagetischchen, anthrazitfarbenem Korbgeflecht und zwei Bullaugen an beiden Seiten. Er war ein Ausstellungsstück gewesen und hatte leichte Gebrauchsspuren – weswegen er tatsächlich einigermaßen bezahlbar gewesen war. Sie hatte ihn vom ersten Moment an geliebt. Man konnte sich darin verstecken, in den Himmel davon träumen, nachts die Sterne sehen und dem Wind ein Schnippchen schlagen. Und sein Abendessen darin zu sich nehmen.

Ein Geräusch ließ sie zusammenzucken. Der Strandkorb, von dem sie nur die Rückseite sah, gab scheinbar ein Ächzen von sich. Und er wackelte. Als ob jemand an einer der Fußbänke rüttelte, die sie von ihrer Position aus nicht sehen konnte. Emma fuhr so erschrocken zusammen, dass ihr beinahe das Handy aus der Hand gefallen wäre. Eine Faust donnerte ihr direkt in die Magengrube – zumindest fühlte es sich so an. Sie begann, kurz und schnell zu atmen, viel zu schnell. Dennoch zwang sie sich, weiterzugehen. Vielleicht saß dort nur eine Taube? Pickte ein paar Krümel vom letzten Mittagessen …

Noch bevor Emma den Korb umrundet hatte, entdeckte sie jedoch weinrote Sneakers auf der Fußbank. Und die Hosenbeine einer blauen Jeans. Das konnte nicht sein! Was suchte ein fremder Mann auf ihrer Dachterrasse? Was wollte er?

Einen Moment verharrte sie stocksteif und wusste nicht, was sie tun sollte. Ihr Atem ging noch schneller. Zurückschleichen und die Polizei rufen? Nach etwas suchen, mit dem sie sich wehren könnte? Die Hosenbeine bewegten sich nicht. Sie stellte möglichst lautlos ihr Wasserglas in einem Blumentopf ab und streckte die Hand mit dem Smartphone darin in Richtung des Eindringlings aus, als sei es eine funktionstüchtige Waffe. Wie albern! Aber irgendwie fühlte sie sich so stärker. Wie war er nur hier heraufgelangt? Die Verbindungstür vom Treppenhaus aufs Dach war immer abgesperrt. Bisher zumindest.

»Hallo?«, rief sie mit zittriger Stimme und ohne Hoffnung, dass sich nur ein Geist aus dem Old Vic Theatre gleich um die Ecke hier materialisiert hatte. Nun sah sie ihn richtig: Da saß ein Mann. In ihrem Strandkorb. Auf ihrer Dachterrasse. Im Dunkeln! Und lebendig war er auch. Immerhin riss er nun die Beine vom Bänkchen und sprang auf. Sie hielt noch immer ihr Telefon sinnlos vor sich.

»Oh, sorry«, murmelte er und strich sich eine verirrte, braune Haarsträhne aus der Stirn. Der Typ war groß, ziemlich athletisch gebaut und höchstens ein paar Jahre älter als sie. Über der Jeans trug er ein eng anliegendes Shirt in einem leuchtenden Orangeton.

»Was machen Sie hier?«, wollte sie laut und empört rufen, aber ihre Stimme kam kaum über ein Piepen – ein Kükenpiepen – hinaus. Wann hatte sie das letzte Mal laut mit jemandem gesprochen? Letzte Woche mit ihrer Mutter am Telefon?

Der Typ sah sie irritiert an. »Wie bitte?«

»Was machen Sie auf meiner Dachterrasse?«, brachte Emma mühsam heraus. Sie spürte, wie ihre Finger den Sandwichteller umklammerten, als sei er eine Diskusscheibe, die sie ihm zur Not in den Bauch rammen könnte. Wenn sie die Kraft dazu hätte.

»Sorry«, wiederholte der Mann. »Ich habe Sie erschreckt! Das tut mir leid! Wirklich! Ich kann alles erklären!«

Er trat einen Schritt zurück, wobei er beinahe über die Fußbank stolperte, ruderte mit den Armen und griff nach ihrer Hand. Sie wich aus, er fing sich trotzdem. Als er wieder fest stand, zog er verlegen die Augenbrauen hoch.

»Darf ich mich vorstellen?«, fragte er höflich, und mit einem Mal wurde ihr klar, dass sie den Kerl kannte. Das war der Fahrradkurier, der ihr schon einige Pakete gebracht hatte. Der, der immer so mies gelaunt aus der Wäsche schaute.

»Ich bin Nathan Burberry. Ich ziehe morgen hier ins Haus ein. Ich habe gerade die Schlüssel bekommen.«

Sie starrte ihn fassungslos an. Der? Ihr Nachbar? Und er würde nun *ihre* Dachterrasse mitbenutzen?

»Aber …«, stammelte sie und stellte den Sandwichteller auf die Ablage an der Seite des Strandkorbs. Dann klammerte sie sich ratlos am Korbgeflecht fest. Gleich würden ihre Knie versagen.

»Freut mich, dass Sie so begeistert sind!« Nun grinste er von einem Ohr zum anderen. »Aber …«, versuchte sie es erneut. »Mein Strandkorb … das ist mein …«

»Oh, Pardon!« Er ließ einen Schuh an den anderen knallen, als stünde er vor einem General stramm. »Den wollte ich nicht gleich so dreist annektieren. Er sah nur so … einladend aus. Und der herrliche Blick …«

Sie hätte jetzt – spätestens jetzt – laut auflachen, sich eine

Strähne hinters Ohr streichen und ihm tief in die Augen blicken sollen. Sie hätte ihn einladen sollen, ein Glas mit ihr zu trinken, auf gute Nachbarschaft anzustoßen – aber alles, was sie spürte, war Angst – die Angst, hier oben nicht mehr allein zu sein, ihren Schutz zu verlieren, ihre Festung einstürzen zu sehen. Sie wollte die Dachterrasse nicht teilen – nicht mit ihm und auch sonst mit niemandem. Das war ihr Reich – die einzige Freiheit, die sie besaß.

»Es kommt nicht wieder vor – versprochen«, sagte er versöhnlich. »Außer vielleicht – also, ich würde morgens mein Handtuch hinlegen, um den Korb zu reservieren. Mal am Wochenende. Bei schönem Wetter? Oder bei Regen? Nicht?«

Ja, klar, das war witzig gemeint, britischer Humor … aber Emma schaffte es nicht, zu lächeln.

»Mal im Ernst«, redete er weiter. »Man hat mir gesagt, die Dachterrasse stünde allen Mietern offen. Und immerhin grenzt auch meine Wohnung daran.« Er deutete mit dem Finger hinter sich in Richtung des zweiten Appartements, das hier oben lag. »Wir werden uns sicher einigen.«

Emma blieb der Mund offen stehen.

»Sie ziehen in Mrs Watersheds Wohnung? Aber wo ist sie denn hin?«

Sie hatte angenommen, er würde irgendwo im Haus einziehen – aber direkt in die Nachbarwohnung? Tür an Tür quasi … Ihr schnürte es den Hals zu.

Der Eindringling zog die Augenbrauen hoch – ob aus Entrüstung oder Verwunderung, konnte Emma nicht deuten.

»Freundliche Nachbarn hat man mir versprochen. Hier kümmert man sich noch umeinander, wurde mir gesagt.«

Nahm er sie schon wieder hoch? Emma spürte, wie ihr das Blut in die Wangen schoss – sicher leuchtete ihr Gesicht fast so sehr wie sein Shirt.

»Ich war einige Zeit verreist«, sagte sie schnell.

Sie musste ihm nicht auf die Nase binden, dass sie außer den Namen nichts von ihren Nachbarn wusste. Sie hatte Mrs Watershed immer nur durch den Türspion beobachtet, bevor sie den Müll wegbringen musste und vorher kontrollieren wollte, ob niemand im Treppenhaus war. Die kleine alte Lady, das immerhin war ihr aufgefallen, hatte sich in den letzten Monaten nur noch mühsam die Treppe hinaufgequält. Einen Lift gab es nämlich nicht.

»Ah, verstehe. Dann hat vermutlich Ihre Zwillingsschwester vor ein paar Tagen das Paket angenommen, das ich geliefert habe«, sagte er.

Verdammt! Es ging schon los! Er zwang sie zum Lügen und jetzt stand sie wie die Blöde da. Und sein charmantes Schmunzeln! Das verunsicherte sie zusätzlich.

»Mrs Watershed hatte einen Schlaganfall und wäre nicht mehr alleine zurechtgekommen«, erklärte er nun. »Sie lebt mittlerweile in einem Pflegeheim. Vielleicht möchten Sie sie ja mal besuchen. Mrs Frampton – Sie wissen schon, die Hauseigentümerin aus dem Erdgeschoss – kann Ihnen bestimmt sagen, wo Sie sie finden.«

»Das tut mir leid für Mrs Watershed«, schaffte es Emma, zu antworten. Sie musste ihm unbedingt etwas entgegensetzen.

»Trotzdem gehört dieser Teil der Dachterrasse zu meiner Wohnung.« Oh je, das klang vermutlich ziemlich pampig. Aber so höflich wie die Briten würde sie sowieso nie werden und sicher hatte er längst aus ihrem Akzent geschlossen, dass sie Deutsche war. Und von den Deutschen, das hatte sie schon festgestellt, glaubten sowieso alle, dass sie keine Veranlagung zur Höflichkeit besaßen.

»Wissen Sie, Mrs Frampton besitzt zwar alle anderen Appartements im Haus – dieses hier jedoch nicht. Und eben auch nicht dieses Terrassenstück. Das gehört meiner Tante Gwendolyn Martins.«

Das klang doch mal energisch – aber wieso schaffte sie es dann nicht, ihm ins Gesicht zu sehen?

»Aha«, sagte er nachdenklich und ging ein paar Schritte in die Mitte der ebenen Fläche. Er deutete auf den Dachaufbau, hinter dem sich ihr und sein Appartement verbargen. »Wenn wir also die Wohnungsachsen in Gedanken nach hier draußen verlängern, sehen wir zweifelsfrei, dass dieser Teil hier Ihnen gehört und der dort drüben mir.«

Sie nickte und starrte auf seine Seite der Dachterrasse.

»Mist«, sagte er. »Können wir vielleicht Appartements tauschen?«

»Nein …!«, rief sie schon aus, bevor sie verstanden hatte, dass er sich wieder einen Spaß mit ihr erlaubt hatte.

Während auf ihrem Teil der Dachterrasse neben dem herrlichen dunkelvioletten Flieder zwei große Blumenbeete ins Auge stachen, unzählige Töpfe voller bunter Blüten leuchteten, der Strandkorb zum Verweilen einlud und alles wie aus einer *House-&-Garden*-Zeitschrift wirkte, dominierte auf seiner Hälfte abblätternde Wellpappe, morsches Holz und eine rostige Hollywoodschaukel, auf deren Gestänge sich nicht mal mehr die Tauben zu setzen getrauten. Das erkannte man sogar im Halbdunkel der Großstadt.

»Hm, verstehe«, sagte er, und in seinem Gesicht schien mit einem Mal eine Müdigkeit auf, von der sie sich wünschte, sie könnte sie vertreiben. Die Honigfarbe seiner Augen verfinsterte sich plötzlich, und eine Aura von Melancholie umgab ihn, die sie frösteln ließ.

»Entschuldigen Sie noch einmal, dass ich einfach so in Ihr Reich eingedrungen bin«, sagte er langsam. »Ich wollte wirklich nur für einen Moment die Aussicht genießen, bevor ich in der alten Bleibe die letzten Kisten einpacken gehe. Ich hatte nicht die Absicht, mich bei Ihnen breitzumachen.«

»Schon okay«, sagte sie.

»Sind Sie Deutsche?«, rief er ihr nach, als sie sich zum Gehen wandte.

Sie drehte sich zu ihm zurück und nickte.

Ein spöttisches Leuchten flammte mit einem Mal in seinen Augen auf.

»Dann könnten Sie vielleicht eine Dachterrassen-Nutzungs-Liste aufhängen, in die wir uns eintragen.«

Sein Lachen war tief und warm, aber dennoch stach es ihr ins Herz. Sie beeilte sich, nach drinnen zu gelangen. Sein »Bye« erwiderte sie so leise, dass er es unmöglich hören konnte. Dass sie Truthahnsandwich, Handy, Wasserglas und Salzstreuer draußen vergessen hatte, bemerkte sie erst eine halbe Stunde später, als es wieder zu regnen begonnen hatte.

Fast bis Mitternacht konnte Emma sich weder auf Malermeister Schwarzners Website konzentrieren, noch auf ihren Instagram-Account. Und das, obwohl sie zu ihrem Ausflugspost schon 43 Kommentare erhalten hatte. Sie scrollte durch die Accounts, die sie abonniert hatte, hinterließ hier ein paar Smileys, dort ein paar Herzchen und gelegentlich einen bestätigenden oder aufmunternden Kommentar. Normalerweise gab sie sich mehr Mühe mit der Interaktion, schließlich sollten ihre Follower den Eindruck gewinnen, dass sie nicht nach Klicks gierte, sondern dass es ihr wirklich um Kommunikation ging, um Verbundenheit, ja, in gewisser Weise um Freundschaft. Ich bin da, ich höre dir zu und ich sehe, was dich bewegt – dieses Gefühl war es, das sie ihnen vermitteln wollte.

Immerhin ließ der Post von *Magicmag* ein Bild in ihrem Inneren entstehen, dass sie gleich umsetzen musste. Auf *Ma-*

gicmags Foto sah man eine herzförmige Kartoffel, die in zwei Teile zerfallen war. Darunter hatte sie geschrieben: »#ausdertraum #trennungsschmerz #allblack.«

Beinahe schlafwandlerisch tauchte Emma in ihr Grafikprogramm ab, probierte Farben, platzierte Schriftzüge und arrangierte die Bildelemente. Nach einer guten halben Stunde hatte sie das Gefühl, fertig zu sein, und betrachtete ihr Werk.

Vor einem dunkelblau-violetten Hintergrund zeichneten sich ein paar zarte Sterne und eine schmale Mondsichel am oberen Rand ab. Unten erblickte man die dunkle Silhouette eines sich anblickenden Liebespaares unter einer Laterne, darüber prangte in einer wunderschön geschwungenen, fast weißen Schrift, die sie neu entdeckt hatte, der Spruch: »*Come, love, be my nightguide.*«

Ohne lange nachzudenken postete sie ihr neues Werk und fragte dazu: »Was rettet euch, wenn die Nacht besonders dunkel ist?«

Wie würde sie selbst auf diese Frage antworten? Hier, im Netz, bei ihren Freunden würde sie schreiben: »Troy«, und sie würde es ihren Followern überlassen, zu interpretieren, wer oder was Troy war. Der Kater munterte sie in dunklen Stunden durchaus auf – aber retten? Nein, dafür taugte er dann leider doch nicht. Was war es dann? Schlaf. Träume. Und wenn diese nicht kamen?

Sie sah sich vor dem Apothekerschrank ihrer Eltern stehen, mitten in der Nacht, völlig erschöpft von den Mühlen des Gedankenstroms, der nicht abreißen wollte. Warum hatte sie nicht anders reagiert? Warum hatte sie das eine anstatt des anderen gesagt? Warum war sie einfach davongelaufen? Wie hatte es überhaupt so weit kommen können? Immer dieses Warumwarumwarum ohne Aussicht auf die Chance, jemals eine Antwort zu erhalten. In der ersten Zeit hatten Schlaftabletten sie gerettet, eine kurze Zeit lang zwei, drei Gläser Rotwein, doch dann hatte sie zwar einschlafen können, lag aber ab halb vier, vier wach – wenn die Nacht am erbarmungslosesten war. Am kältesten. Am dunkelsten. Am einsamsten. Es blieb ihr nichts, als es auszuhalten. Hinzunehmen. Es war eine Form der Strafe, die sie verdient hatte, für ihr unbesonnenes Verhalten.

Das erste Mal ohne Hilfsmittel hatte sie viel später in Tante Gwens Cottage in Worthing durchgeschlafen. Vielleicht, weil alles fremd dort war, nichts einen Erinnerungswert barg und sie so tun konnte, als sei sie eine Fremde ohne Vergangenheit. Tante Gwen war so rücksichtsvoll gewesen und hatte nicht über Deutschland mit ihr gesprochen. Nur über die Zukunft. Über ihr letztes Studiensemester. Über London. Das Appartement. Über die Schönheiten der Stadt, die Abwechslungen, die sie bot. Die Ablenkungen. Emma war zuversichtlich gewesen, dass das neue Umfeld ihr helfen würde zu verdrängen. In Worthing war sie stundenlang am Strand spazieren gegangen, hatte tief die Meeresluft eingesogen und war abends so müde gewesen, dass sie schon auf dem Sofa vor dem Fernseher einschlief. Doch kaum war sie in London angekommen, ging es wieder los. Dass sie in der ersten Nacht nicht durchschlafen konnte, schob sie auf die fremde Umgebung, die ungewohnten Geräusche. Aber auch nach ein paar Wochen wurde es nicht besser. Ihr graute es davor, ins Bett zu gehen, sie zögerte es immer weiter hinaus. Doch dann war der nächste Tag noch viel schlimmer. Sie schlief auf Hörsaalbänken ein, in der Bibliothek oder in der U-Bahn. Einmal war sie erst an einer Endstation wieder aufgewacht, deren heruntergekommene Betonödnis ihr suggeriert hatte, sie wäre genau da, wo sie hingehörte: auf dem Abstellgleis. Entsetzt hatte sie die Spiegelung ihres blassen Gesichts in der verschmierten Fensterscheibe des Zuges gesehen und nur mit Mühe die Tränen zurückhalten können.

Mittlerweile waren die ersten Kommentare zu ihrem Post eingegangen – obwohl es kurz vor ein Uhr war. Wie immer gab es Witzbolde, die Sachen geschrieben hatten wie »zwei Flaschen Scotch« oder »eine Packung Kondome«, aber es gab auch erstaunlich intime Geständnisse. »Mein Schmusehund aus Kindertagen«, war zu lesen. »Das Porträt meiner Großmutter«, hatte eine *Ani87* geschrieben. »Sein letzter Liebesbrief«, »das Ultraschallfoto« oder »das weiche Fell meiner Katze« waren auch dabei.

Emma fühlte sich von den offenen Antworten ein wenig getröstet – immerhin so weit, dass sie sich nun ihren Aufträgen widmen konnte. Sie schaffte es, die Betaversion der Website fertigzustellen und schickte Malermeister Schwarzner einen Link zur Überprüfung. Sicher würde er einige Tage brauchen, bis er sich der fremden Materie widmen und ihr ein Feedback geben konnte.

Es war noch stockdunkel draußen, als sie spürte, wie sich die Müdigkeit einer Decke gleich um ihre Schultern legte. Sie fröstelte, gähnte und bemerkte beim Blick aus dem Fenster, dass in keinem der Häuser, die sie hinter der Scheibe erkennen konnte, noch Licht brannte. Drei Uhr vierzehn zeigte der Wecker auf dem Nachttisch, als sie die Bettdecke eng um sich zog. Das Letzte, was sie wahrnahm, war eine kleine Vibration der Matratze und etwas Schweres an ihren Füßen. *Troy*, war ihr letzter Gedanke.

KAPITEL 2

#AUFGUTENACHBARSCHAFT

Luca @Em_dreams: Und was rettet dich vor der Dunkelheit der Nacht?
Em_dreams @Luca: Eine warme Hand auf meiner Hüfte.

Mit einem Ruck fuhr sie im Bett hoch und blinzelte in die bleichen Sonnenstrahlen, die sich durch die Ritzen im Rollo ihren Weg ins Zimmer bahnten. Es klang, als setze jemand einen Pressluftbohrer direkt neben ihrem Kopf an. *What the …* mit einem Mal war ihr klar, woher der Lärm kam. Es klingelte an ihrer Tür! Was für eine Unverschämtheit! Sie ließ sich Lieferungen immer – immer! – erst nach 14 Uhr bringen, und bisher hatte das einwandfrei geklappt. Schon wieder dieses Geklingel! Total penetrant! Sie sprang aus dem Bett, rannte zur Tür und riss sie auf. Vor lauter Schreck bekam sie keinen Ton über die Lippen.

»Hi, tut mir leid, Sie zu stören«, sagte dieser Typ, dieser Kerl, diese Nervensäge – dieser neue Nachbar! Herrje, würde sie ab sofort in jeder Sekunde ihres Lebens mit seiner Anwesenheit rechnen müssen?

»Wir stecken mit dem Klavier fest. Wenn Sie so wahnsinnig freundlich sein könnten, Ihre Tür offenzulassen, kämen wir bestimmt um die Ecke.«

Hinter ihm erschienen die hochroten Köpfe eines bärtigen

und eines kahlköpfigen Mannes, die erst neugierig gafften und dann süffisant grinsten.

Kein Wunder, sie war verknittert, verschlafen und trug einen uralten, zerknautschten Flanellschlafanzug. Am liebsten hätte sie die Tür sofort zugeworfen. Sollte er das Klavier doch in seine Wohnung über die Dachterrasse hieven. Schließlich hatte diese einen direkten Zugang dorthin vom Treppenhaus aus. Doch Emma blieb regungslos stehen, unfähig sich zu bewegen. Sie starrte nur die schwitzenden und stöhnenden Männer an, die das Klavier immer weiter in ihre Wohnung hineinschoben und war schließlich gezwungen, aus dem Weg zu gehen. Endlich war es geschafft, und erleichtert warf sie die Tür zu.

Schnell huschte sie zurück in ihr Bett, registrierte, dass es erst kurz nach halb neun war, und versuchte, das Gerumpel im Treppenhaus zu ignorieren. Sie schloss die Augen und atmete tief ein und aus. Sicher würde sie gleich wieder einschlafen. Warum benutzte er eigentlich keinen Außenaufzug? Er wusste doch, wie eng das Treppenhaus war. Sie zählte im Geiste die Treppenstufen, spürte, wie sie langsam zurück in die Traumwelt glitt. Herrlich!

Doch da klingelte es erneut. Emma setzte sich im Bett auf, fuhr sich durchs Haar und stand zum zweiten Mal an diesem Tag auf. Diesmal griff sie im Vorbeigehen wenigstens nach ihrem Morgenmantel, der an der Badezimmertür hing, schlüpfte hinein und öffnete dann die Wohnungstür. Die drei Männer grinsten schelmisch von einem Ohr bis zum anderen.

»Sorry, diesmal ist es das Bett!«

Dieser Nathan sah nicht wirklich so aus, als würde es ihm leidtun.

»Wir beeilen uns auch!« Er stand schon halb in ihrem Flur.

Ihr Blick fiel auf seine vor Schweiß glänzenden Oberarme, was die gut ausgebildeten Muskeln deutlich betonte, und ihr fiel nichts ein, außer zu nicken. Der Anblick des Eisengestells, das die Männer nun herumwuchteten, beschwor Bilder herauf, die sie schnell zu verdrängen versuchte. Finger, die diese Eisenstreben umklammerten. Verschwitzte Körper, die sich aneinanderpressten, lustvolles Stöhnen …

»Vielen Dank, ich weiß das sehr zu schätzen«, sagte er betont freundlich, und Emma zuckte erschrocken zusammen. Für einen Moment hatte sie seine Anwesenheit völlig vergessen.

Nun bemerkte sie, wie er verstohlen über ihre Schultern hinweg in ihr Zimmer zu schauen versuchte. Trotz aller Höflichkeit – neugierig schien er schon auch zu sein.

»Danach kommen nur noch das Sofa und der Schrank. Spätestens in zehn Minuten haben wir alles oben. Vielleicht könnten Sie freundlicherweise einfach die Tür offenlassen?«

»Na gut«, sagte sie, weil ihr kein Gegenargument einfiel, und wandte sich rasch ab.

Ratlos ging sie in ihr Zimmer zurück. Was sollte sie jetzt bloß tun? An Schlaf war nicht mehr zu denken, obwohl ihre Augen vor Müdigkeit noch schmerzten. Frühstück? Sie aß nie Frühstück. Sie fing immer mit dem Lunch an. Duschen gehen wollte sie auch nicht -mit drei Männern im Treppenhaus und ihrer offenen Tür kam das nicht infrage. Vielleicht sollte sie einfach das tun, was sie sonst nach dem Aufstehen tat: sich einen Kaffee kochen. Immerhin versprach der Morgenhimmel – wann hatte sie den zuletzt gesehen? – einen freundlichen Tag, und sie würde ihren Espresso auf der Dachterrasse trinken können. Am besten im Strandkorb, eingemummelt in ihrer Bettdecke.

Während sie auf den Kaffee wartete, wanderte ihr Blick immer wieder zu der offenen Tür. Gerade wurde ein moosgrünes Sofa vorbeigetragen, von dem sie sich nicht vorstellen konnte, dass es überhaupt in die kleine Ein-Zimmer-Wohnung passte. Wo doch schon das riesige Eisenbett darin stand. Apropos, überlegte sie, wie konnte sich ein Fahrradkurier ein Apartement in dieser Gegend leisten? Ohne die Großzügigkeit von Tante Gwen, die ihr nur einen symbolischen Betrag in Höhe von umgerechnet 500 Euro berechnete, hätte es sich Emma nie erlauben können, nach Lambeth zu ziehen – nach Central London. Dieser Nathan musste für die etwas mehr als dreißig Quadratmeter garantiert 1500 Euro auf den Tisch legen. Dafür müsste er ganz schön kräftig strampeln … Oder hatte er Mrs Frampton mit seinem Gentleman-Gehabe dermaßen um den Finger gewickelt, dass sie ihm die Wohnung günstiger überließ? Kaum vorstellbar! Dem Drachen in Menschengestalt war jede Art von freundlicher Regung völlig fremd.

Mit der Espressotasse in der Hand und der Bettdecke um die Schultern überquerte Emma die Dachterrasse und ließ sich in den Strandkorb sinken. Die Luft war noch kühl, aber klar, und die Londoner Skyline wirkte wie frisch gewaschen. Alles zeichnete sich deutlich vor dem blauen Himmel ab, wirkte zum Anfassen nah. Beinahe einladend.

Ein empörtes Maunzen ließ sie kurz zusammenzucken, und schon sprang Troy mit einem Satz auf ihren Schoß.

»Hat dich der Nachbar auch geweckt?«, fragte sie das Tier und kraulte es im Nacken.

Sie war froh, dass Troy einen ähnlichen Tag- und Nachtrhythmus hatte wie sie selbst und ebenfalls eher im Dunkeln aktiv war. Vielleicht war das aber auch seinem Alter geschuldet. Sie wusste nicht, wie betagt er war, aber sie hatte schon bemerkt, dass Troys schwarze Haare rund um die Schnauze langsam immer grauer wurden. Der Latz auf der Brust war nach wie vor reinweiß und hob sich noch immer so leuchtend von seinem dunklen Fell ab, wie an dem Tag, als er hier oben das erste Mal aufgetaucht war. Sie vergrub ihre Nase zwischen den

Ohren des Katers und murmelte Koseworte, die er nicht verstand.

Wie alle Katzen war Troy ausgesprochen sturköpfig und unabhängig. Er kam und ging, wie es ihm passte. Und wenn ihm danach war, gekrault zu werden, forderte er das so vehement ein, dass es Emma manchmal fast unheimlich wurde. Sie hatte nie eine Katze besessen und hätte sich vermutlich keine angeschafft. Doch Troy war in einem Moment aufgetaucht, in dem sie sich nach nichts mehr gesehnt hatte als nach der Wärme eines lebendigen Wesens. Und zwar eines, das keine Ratschläge gab, keine Forderungen an sie stellte (außer denen nach Futter, Wasser und Streicheleinheiten) und sie nicht besorgt oder mitleidig anschaute! Da war ihr Troy geradezu perfekt vorgekommen.

Es war in ihrem ersten Winter in der britischen Hauptstadt gewesen, und wenn sie die Augen schloss, konnte sie noch immer den Eissturm hören, der in diesen Tagen so hartnäckig ihr Dachappartement umtost hatte. Vier Monate war sie zu dem Zeitpunkt in London gewesen und obwohl das Eingewöhnen mit jedem Tag hätte leichter werden sollen, war es immer schwerer geworden. Es fühlte sich an, als ob sich die Dunkelheit und die Kälte, die Einsamkeit und das Heimweh wie eine nasse Decke um sie legten und sie immer tiefer zu Boden drückten. Ihre Kommilitonen zogen durch die Pubs, schwärmten von der Weihnachtsdekoration bei Harrods und gingen zum Schlittschuhlaufen auf die Eisfläche vor der atemberaubenden Kulisse des altehrwürdigen Sommerset House, wo abends sogar ein DJ auflegte. Ein-, zweimal war sie mitgegangen, aber die vielen Menschen, der tosende Verkehr, der Großstadtlärm hatten sie jedes Mal geängstigt. Auf der einen Seite all das Glitzern, die grellen Leuchtreklamen, die schreiend bunten Schaufenster und aufwendigen Weihnachtsdekorationen. Auf der anderen Seite die Bettler und Obdachlosen, die dazwischen herumschlurften wie Gespenster, die gehetzten, rempelnden Massen und ab und an die Töne einer Geige oder eines Akkordeons, denen niemand Beachtung schenkte und die ihr Tränen in die Augen trieben. Sie verabschiedete sich bei beiden Unternehmungen schnell von Kathy und Peter und Anisha und Ivan und den anderen, deren Namen sie bereits vergessen hatte, um zurück in die Stille ihres Appartements zu flüchten. Wo sie nichts sah und nichts hörte außer dem Schnee, der sich großflächig auf der Dachterrasse niederließ und damit den Lärm ein wenig dämmte. In diesem Moment war der Wunsch in ihr aufgetaucht, die Geborgenheit ihrer dreißig Quadratmeter nicht mehr zu verlassen. Und obwohl sie wie üblich die ganze darauffolgende Nacht wachgelegen und gegrübelt hatte, war ihr nichts eingefallen, was dagegen gesprochen hätte. Einzig, um die Schlussprüfungen abzulegen, würde sie im Frühjahr vor die Tür gehen müssen. Aber sonst?

Troy war kurz nach diesem Entschluss, der sich erstaunlich problemlos umsetzen ließ und nur von äußerst seltenen Besorgungen in nächster Nähe unterbrochen wurde, aufgetaucht. Es war an dem Tag gewesen, als sie ihre Familie das erste Mal absichtlich und ganz bewusst angelogen hatte. Bei dem Skype-Telefonat, dem auch ihre Schwester Jana zugeschaltet war, hatte sie sich ein albernes blinkendes Rentiergeweih aus Plastik aufgesetzt, damit alle glaubten, sie wäre fröhlich und ausgelassen.

Emma hatte geplappert wie ein Wasserfall, viel gekichert und von den tollen neuen Freunden erzählt, von Einladungen zu exklusiven Weihnachtspartys und dass sie den Eindruck hätte, sie müsse unbedingt hingehen, um dazuzugehören. Jana hatte gleich angebissen und ein bisschen neidisch gewirkt. Ihr Vater schien zwar traurig, dass sie über die Feiertage nicht kommen wollte, gleichzeitig aber erleichtert, dass er das Geld für ihren Flug sparen würde, den sie sich als Studentin nicht selbst leisten konnte. Nur ihre Mutter hatte geschwiegen, und Emma war sich sicher, dass sie die wahren Gründe erahnte. Dass Emma es dieses Jahr nicht über sich brachte, Weihnachten daheim zu verbringen, als sei nie etwas geschehen. Am Ende fügten sich alle: Dann war es dieses Jahr eben so. Dann würde Emma eben nicht kommen. Kein Beinbruch. Bestimmt besuchte sie die Familie im neuen Jahr. Als Emma schließlich die Verbindung beendete, konnte sie sich nicht mehr zurückhalten und weinte endlos. Sie saß da, ließ es über sich ergehen, als seien es fremde Tränen, die da aus ihren Augen rannen und starrte blicklos ins Dunkle vor der Terrassentür. Weihnachten nicht zu Hause zu feiern – das wäre ihr bis vor Kurzem als die schrecklichste Strafe vorgekommen, die sich jemand für sie ausdenken konnte. Aber nach diesem Jahr war alles besser, als Weihnachten in Regensburg zu verbringen.

Gerade als sie all ihre Kraft zusammennahm, um sich an der schmalen Küchenzeile einen Tee aufzubrühen, hörte sie den Schrei. Er war kurz und wild, und er klang, als ob jemand mit dem Tod kämpfte. Sie erstarrte, blieb wie angewurzelt stehen und musste sich zwingen zu atmen. Ihre Hände begannen zu zittern und das Schlucken fiel ihr schwer. Dann ertönte der Schrei noch einmal, schriller nun, und sie hörte ein Krachen und ein Splittern, das es nur in ihrem Inneren gab. Da war sie sich sicher. Ganz sicher. Schließlich entdeckte sie den dunklen Kopf mit der hellen Brust darunter, der sich unten an die Terrassentür presste. Weit aufgerissene, lagunengrüne Augen blickten sie an, und ehe sie nachdenken konnte, hatte sie schon die Tür geöffnet und die Katze war ins Warme geschlüpft.

Von diesem Tag an war der Kater immer öfter vorbeigekommen, schließlich blieb er sogar über Nacht. Es schien ihm bei Emma zu gefallen, die sich anfangs sehr unsicher fühlte, wie man wohl mit einer Katze umging. Aber das Tier wirkte gesund und normal – und er verhielt sich so, wie es Emma von Katzen erwartete. Nie gab er ihr einen Grund, besondere Maßnahmen seinetwegen zu ergreifen. Katzenfutter, Streu und ein Klo bestellte sie im Internet, ansonsten war der Kater mit dem zufrieden, was er bei ihr vorfand. Nach einiger Zeit fiel ihr ein, dass sie ihm einen Namen geben sollte, und als ihr auf einer Website der Name »Troy« ins Auge sprang, wusste sie, dass es der richtige war. Einerseits klang er nach einem coolen Typen, andererseits aber auch nach dem deutschen »treu«. Und so war Troy ja auch – treu. Und trotzdem unabhängig, denn manchmal bekam sie ihn tagelang nicht zu Gesicht. Am Anfang hatte sie sich dann oft Sorgen gemacht – ganz gegen ihren Willen. Obwohl sie seine Gegenwart sehr genoss, sperrte sie sich gegen den Gedanken, ihr Herz zu sehr an ihn zu hängen. Was, wenn ihm im Londoner Großstadtdschungel etwas Schlimmes widerfuhr? Natürlich war Troy nur ein Kater, aber sie hatte Angst, dass all die gerade noch so übermächtigen Gefühle von Trauer, Verzweiflung und Schuld wieder an die Oberfläche gepresst würden, wenn ihm etwas zustieße. Doch Troy war viel mehr Großstädter als sie und außer mit einem dicken Kratzer unter dem rechten Auge war er bisher immer unversehrt zurückgekehrt. Sie hoffte, das würde noch lange so bleiben.

Ein merkwürdiger Geruch riss Emma aus ihren Gedanken, und sie bemerkte jetzt erst, dass sich Troy längst davongemacht hatte, um einen Dachspaziergang zu unternehmen. Sie beugte sich schnuppernd aus ihrem Strandkorb vor und spähte um das Geflecht der Seitenwand herum. Die drei Männer standen keine zehn Meter entfernt mit dem Rücken zu ihr und zogen an Zigaretten. Zumindest zwei von ihnen. Na toll! Würde der Typ ihr in Zukunft ständig die frische Luft verpesten? Und jetzt schnippte der Bärtige auch noch seine Kippe in ihre Richtung.

»*She's really a stroppy cow, believe me!*«, hörte sie ihn nun sagen. *A stroppy cow*? Hatten das nicht immer ihre männlichen Kommilitonen über besonders blöde Frauen gesagt? Garantiert meinte er sie damit!

»Yeah, du hast recht«, antwortete dieser Nathan.

Was war das denn hier? Die Lästerecke, in der man über Nachbarinnen herzog? Ihr fiel kein cooler Spruch ein, den sie den Kerlen an den Kopf hätte werfen können – schon gar nicht auf Englisch – und selbst wenn, hätte sie sich vermutlich nicht getraut, ihn auszusprechen. Sie zog die Bettdecke enger um sich und hoffte, dass die Typen gleich verschwinden würden. Doch der Geruch wurde sogar stärker. Emma hielt die Luft an.

»Geile Aussicht«, sagte der Glatzköpfige aus nächster Nähe.

Ein weiterer, zudem noch qualmender Zigarettenstummel landete direkt vor ihrem Strandkorb.

»Stopp!«, hörte sie Nathan rufen.

Doch da starrte der Glatzkopf bereits von oben auf sie herab.

»Sie haben da was verloren«, flüsterte Emma, offenbar zu leise, denn er quittierte ihren Einwand nur mit einem »Hä?«. Sie getraute sich nicht, ihre Worte zu wiederholen.

»Sorry«, mischte sich nun Nathan ein. »Komm, Greg, wir haben hier nichts zu suchen.« Auch er schielte zu Emma herab und warf ihr so etwas wie einen um Verzeihung heischenden Blick zu. Emma fühlte sich völlig überfordert. Es war ihr furchtbar peinlich, angeglotzt zu werden, wie sie da in ihre Bettdecke gehüllt herumsaß. Sie war außerdem sauer, dass dieser Greg einfach seine Kippen herumschmiss – noch dazu auf ihrer Seite der Dachterrasse und gleichzeitig hasste sie sich für ihre Spießigkeit. Was war schon dabei?

Ohne weiter nachzudenken, raffte sie ihre Bettdecke, sprang auf und rannte in ihr Appartement.

»Sorry, Lady!«, rief Greg ihr hinterher.

Emma schloss schnell die Balkontür. Sie sehnte sich mit einem Mal heftig nach Mrs Watershed. Vor allem, weil diese eine so gut wie unsichtbare Nachbarin gewesen war.

Irritiert sah sich Emma in ihrem Appartement um. Die Wohnungstür hatten die Männer geschlossen. Offenbar waren sie fertig. Was nun? Sie fühlte sich fehl am Platz, die Geborgenheit, die ihr diese vier Wände sonst schenkten, war abhandengekommen. Mit dem Zigarettenrauch verflogen. Es war die falsche Uhrzeit, der falsche Platz. Gewöhnlich schlief sie um diese Zeit tief und fest. Meist traumlos. Nun fühlte sie sich wie ausgespuckt, als hätte sie am Abend zuvor zu viel getrunken. Lustlos rührte sie sich ein kleines Müsli zusammen und kauerte sich mit der Schale und dem Smartphone ins Bett. Sie rief ein paar Nachrichtenseiten auf, doch kaum hatte sie irgendetwas entdeckt, das sie interessierte, überkam sie das Gefühl, sie habe etwas Unangenehmes verdrängt, dem sie sich besser widmen sollte. Der Nachbar. Der Zigarettengestank. Der Lärm am frühen Morgen. Jetzt rumpelten die Männer wieder mit irgendwelchen Kisten oder Kleinmöbeln durchs Treppenhaus und machten es ihr unmöglich, ihre Gegenwart zu vergessen.

Sie rief Instagram auf und scrollte durch die Timeline. Jana hatte ein Video vom vorgestrigen Maitanz gepostet, das Personalchefs sicher nicht dazu verleiten würde, sie einzustellen. Aber okay, Jana war mittlerweile auch schon 21 und sollte wissen, was sie von sich zeigte. *BritMom* hatte das Foto eines schwarzen Totenkopfes veröffentlicht, der von weißen Kletterrosen umrankt war, darunter die Worte: »Wenn die Nacht kommt, küsst mich die Einsamkeit und liebkost mich die Verzweiflung. Verdammnis euch, unerwünschten Gefährten!«

»Oh je.« Emma entfuhr ein Seufzen.

Sie wusste durch ein paar private Nachrichten, dass *Brit-Mom* ihre sechsjährige Tochter Poppy allein erzog, als Friseurin arbeitete und mehr schlecht als recht durch den Alltag kam. Brittany, wie sie eigentlich hieß, wohnte mit Poppy in einer winzigen Wohnung, kleiner noch als Emmas, und hatte ständig Pech mit den Kerlen. Einmal hatte sie Emma geschrieben, dass sie davon träumte, ihren eigenen Salon zu eröffnen, irgendwo an der Küste mit Blick aufs Meer, einen anständigen Kerl an ihrer Seite, der sie nicht schlug, betrog und mit ihrem Geld abhaute – das hatte sie in nur 27 Lebensjahren alles schon erlebt. Und zwar nicht nur mit Poppys Vater. Emma hatte nicht gewusst, wie sie darauf reagieren sollte. Statt aufmunternder Worte hatte sie ihr Fotos von Magnolienblüten, Katzenbabys und Strandszenen geschickt. Und für Poppy hatte sie in einem Foto den Kopf von Elsa, der *Eisprinzessin*, gegen den des Mädchens ausgetauscht. »1000 Küsse von Poppy«, hatte ihr Brittany daraufhin geschrieben. »Sie nimmt das Foto sogar nachts mit ins Bett.«

Ohne weiter darüber nachzudenken wechselte Emma vom Bett an den Schreibtisch und öffnete ein neues Photoshop-Projekt. Sie fügte zunächst einen himbeerroten Hintergrund ein (Brittanys Fotos nach zu urteilen war dies ihre Lieblingsfarbe), auf den sie schlanke florale Ranken legte, ganz dezent. Und dann arrangierte sie darauf Bildschnipsel, die Brittany ein traumhaftes Leben zeigten: Fotos eines Friseursalons im schönsten Vintage-Look, Meeresansichten, ein wenig Sonnenuntergang, das strahlende Lachen von Poppy – ein Foto, das ihr Brittany erst vor Kurzem geschickt hatte – und irgendwo versteckte sich auch ein muskulöser Kerl, eine sexy Mischung aus Meeresgott Neptun und Bradley Cooper, dessen Gesicht nicht genau zu erkennen war, der aber Tatkraft und Vertrauen ausstrahlte. Wie so oft, wenn sie ganz in ihrem Tun aufging, bemerkte sie kaum, wie schnell die Zeit dahinflog. Aber sie spürte, wie sich etwas in ihr beruhigte. Sei es durch die Konzentration, sei es durch die Beschäftigung mit schönen Dingen, mit dem Arrangieren von Bildern, die sie ohne langes Nachdenken ganz intuitiv zusammenstellte und die ihr das Gefühl gaben, sie hätte eine andere Person – jemanden, den sie in der realen Welt gar nicht kannte – begriffen, ihr Innerstes erfasst.

Bevor sie lange darüber nachdenken konnte, ob dieser Gedanke vielleicht ein wenig vermessen war, hängte sie die Bilddatei an eine private Nachricht, die sie Brittany schickte.

»Ich musste an dich denken und habe dir ein kleines Bild zur Aufmunterung zusammengebastelt«, schrieb sie. »So eine Art – ich weiß nicht – ich würde es ›Dreamtableau‹ nennen. Ich hoffe, es gefällt dir.« Woher dieses Wort gekommen war, wusste sie selbst nicht. Vielleicht, weil sie so träumerisch und selbstvergessen daran gearbeitet hatte.

Dreißig Sekunden später kam eine Antwort. Herzaugensmileys in Hülle und Fülle. Und ein kurzes Video von Brittany, die lachend und weinend zugleich in ihre Smartphone-App schaute.

»*Oh my god*, ist das wundervoll!« Sie hielt das Bild, das sie offensichtlich gleich ausgedruckt hatte, neben sich und strahlte zwischen ihm und der Kamera hin und her. »*You made my day*, ach was, meine Woche, meinen Monat! Wie kann ich dir dafür nur danken? Du hast wirklich all meine Träume in das Bild gepackt. Genau, wie sie sind. Woher wusstest du das?«

Emma klickte spontan auf das kleine Videosymbol, dann sprach sie in die Kamera: »Freut mich, dass es dir gefällt, Brittany. Mir hat es riesigen Spaß gemacht, es zusammenzustellen. Gib Poppy einen Kuss von mir.«

Sie spürte, wie sie selbst beinahe zu Tränen gerührt war, weil sie sich so freute, Brittany glücklich gemacht zu haben. War es nicht das, was zählte? Andere zu erfreuen? Das ging auch, ohne dass man zusammen an einem winzigen Tisch in einem überteuerten Café saß und sich anschreien musste, um einander im Lärm der Umgebung zu verstehen. Wenn jemand sie fragte, würde sie sagen: Ja, Brittany – das ist meine Freundin. Und es kam ihr inzwischen nicht einmal mehr merkwürdig vor, dass sie sie noch nie im wahren Leben gesehen hatte. Denn was war das schon – das wahre Leben? Wenn man Menschen in der digitalen Welt zum Lachen und Weinen bringen konnte, dann war das ganz schön wahr, dieses Leben.

Sie scrollte weiter durch Instagram und hinterließ Kommentare, hier ein »Ich drück die Daumen, dass du deine Prüfung schaffst!« und dort ein »*Oh my god*, das süßeste Baby, das ich je gesehen habe!«. Sie wusste, dass es die anderen freute, wenn sie direkt auf ihre Posts reagierte, warum also sollte sie ihnen diesen kleinen Gefallen nicht tun?

Irgendwann entdeckte sie das Posting von Luca, jemand, von dem sie nicht einmal wusste, ob es ein Mann oder eine Frau war. Manchmal war sie sicher, es mit einer Frau zu tun zu haben, dann wieder gar nicht. Luca fotografierte gerne extravagant gekleidete Passanten – Männer wie Frauen und seine – oder ihre – poetischen Beschreibungen fesselten Emma: »Swingende Rocksäume streicheln zart Frauenbeine« oder »Maronenbrauner Mantel – Herbsttristesse zum Anziehen«. Bei allem strahlte Luca Melancholie aus und nun hatte sie – oder er – berichtet, dass die geliebte Großmutter gestorben war. Vor Emmas Auge stieg sofort ein Bild auf, die Großmutter, von der Luca noch vor Kurzem ein faszinierendes Schwarz-Weiß-Foto eingestellt hatte, auf denen die scharfen Kanten um Kinn und Nase in seltsamem Kontrast zu den sanften Augen voller weltumfassender Weisheit gestanden hatten. Sie suchte ein paar Bilder von Lucas Account zusammen und fing mit dem nächsten Dreamtableau an.

Sie spürte nicht, wie die Stunden dahinflossen.

Doch irgendwann schubste sie mit einer kräftigen Handbewegung die Maus davon, und es klang beinahe, als ob diese empört quiekte. Manchmal stieß sie an die Grenzen der Computerbearbeitung. Sie wünschte sich Schraffur für den Hintergrund, aber irgendwie bekam sie diese nicht so hin, wie sie es sich vorstellte. Es wirkte alles zu gleichförmig, zu *machine made*, nicht lebendig genug. Sie würde selbst etwas zeichnen und es dann einscannen. Wie lange hatte sie schon nicht mehr mit der Hand gearbeitet, fiel ihr auf.

Emma kramte in den Schubladen des Rollcontainers unter ihrem Schreibtisch – aber sie fand die große Schachtel mit den Pastellkreiden in allen Regenbogenfarben nicht. Simon hatte sie ihr zum achtzehnten Geburtstag geschenkt.

Vielleicht hatte sie die Malstifte in Deutschland zurückgelassen?

So wie Simon.

An den sie nicht denken wollte.

Sie musste noch das Katzenklo sauber machen.

Den Kühlschrankbestand überprüfen.

Staubsaugen. Dienstags war immer Staubsaugen dran.

Und das Tableau fertigbekommen. Mit oder ohne Stiften.

Lieber mit.

Sie stieß die Schublade mit einem Scheppern zu, sodass der Stapel Papier, der darauf lag, ins Rutschen geriet. Hektisch und erfolglos zugleich versuchte sie ihn aufzufangen. Nur einen Flyer erwischte sie.

PaperLove stand darauf. Der Laden war vor zehn Tagen eröffnet worden, im Erdgeschoss des Nebenhauses. So wie es klang, gab es dort Papier und Bürobedarf, aber ebenso Bücher, und ein Café schien auch angeschlossen zu sein. Bestimmt hatten sie Kreidestifte. Wo es Papier gab, musste es Kreidestifte geben.

Emma stellte fest, dass es erst kurz vor zwölf war. Nichts auf der Welt konnte sie dazu bringen, zu dieser Stunde ihre Wohnung zu verlassen. Normalerweise stand sie um diese Zeit erst auf. In den Straßen drängten sich jetzt allmählich die Passanten, die zum Lunch strebten, und so vertieft in Handydisplays oder Zeitungen waren, dass sie kaum auf ihr Umfeld achteten und Emma mit ihren Händen, Ellenbogen oder Füßen viel zu nah kamen. Außerdem war sie noch immer im Schlafanzug. Besser sie ging in die Routine über, die sie sich in den letzten achtzehn Monaten angeeignet hatte.

Am Anfang hatte sie sich fest vorgenommen, jeden Morgen spätestens um acht Uhr aufzustehen. Ein paar Tage war ihr das auch gelungen. Drei, um genau zu sein. Dann hatte sie den Wecker ausgestellt, sich schuldbewusst ein paar Minuten hin und her gewälzt und sich dann mit schwelendem schlechten Gewissen einem Dämmerzustand hingegeben, aus dem es kaum ein Entkommen gab. An vielen Tagen war es beinahe elf gewesen, bis sie endlich aufstand, zerschlagen und schlecht gelaunt. Immer wieder hatte sie versucht, sich klarzumachen, dass sie niemandem darüber Rechenschaft ablegen musste, wann sie ihren Tag begann. Hauptsache, sie erledigte ihre Arbeit fristgerecht.

Irgendwann gestand sie sich ein, dass sie nachts am besten arbeiten konnte. Zum einen war es dann still, kein Telefon, keine E-Mails lenkten sie ab. Zum anderen war ihr Schlafproblem damit gelöst. Sie musste sich nicht mehr stundenlang von rechts nach links und wieder zurück drehen und das Gedankenkarussell verfluchen, das sie wachhielt. Wenn sie erst um drei oder vier ins Bett ging, kam sie viel schneller zur Ruhe. Am besten sogar, wenn draußen ein allererstes Schimmern das Heraufziehen der Morgensonne ankündigte. Als könne sie sich nur im Hellen dem Schlaf ausliefern. Als schütze die Helligkeit sie vor der Finsternis ihrer Seele.

Sie versuchte, ihren neuen Rhythmus vor ihrer Familie zu verbergen, deren Mitglieder gerne schon mal am Sonntagmorgen um acht anriefen – sie waren es gewohnt, um diese Uhrzeit schwatzend, pfeifend und mit Tassen klappernd ekelerregend gute Laune vor sich her zu wälzen. Emma dagegen sprach vor dem ersten Kaffee nie und danach nur, wenn es wirklich wichtige Dinge mitzuteilen gab. Frühestens ab mittags stieg ihr Bedürfnis nach Kommunikation. Wenn sie gelegentlich die Statistiken anschaute, konnte sie das auch an ihrem Instagram-Account nachvollziehen. Kaum ein Foto, das sie vor dem Lunch gepostet hatte.

Jetzt war es Zeit für einen – und an diesem Tag ausnahmsweise den zweiten – Kaffee. Emma stellte die kleine Espressomaschine auf den Gasherd und wartete, bis das Wasser durch das Sieb nach oben gedrückt wurde, Dampf entwich und sich der Duft nach Kaffee im ganzen Raum ausbreitete. In diesen wenigen Minuten strukturierte sie den weiteren Tagesablauf durch, denn das hatte sie schnell verstanden: Wenn sie sich schon den Luxus gönnte, ihren Mitmenschen so selten wie möglich von Angesicht zu Angesicht gegenüberzutreten, dann musste sie ihre Zeit gut einteilen. Inzwischen hatte sie sogar einen Wochenplan ausgearbeitet, an den sie sich möglichst eisern hielt. Im Grunde verlief jeder Tag gleich – und zwar an allen sieben Tagen der Woche, so war es einfacher. Es gab nur kleinste Variationen.

Der Plan sah so aus:

- *Nach dem Aufstehen (nicht näher spezifiziert) Kaffee trinken*
- *10 Minuten Yoga auf der Dachterrasse (nur bei schönem Wetter)*
- *Pflanzen gießen*
- *Den ersten Post des Tages absetzen*
- *E-Mails bearbeiten*

- *Kundentelefonate*
- *Kleines Frühstück, Porridge, Müsli oder Toast*
- *Zwei Stunden ungestörte Arbeit an aktuellen Aufträgen*
- *Duschen*
- *Neue Posts vorbereiten, Ideenfindung, Recherche, grafische Umsetzung, Statistiken auswerten, Anpassungen und Verbesserungen*
- *Kleines abendliches Mittagessen*
- *Instagramen (Posts einstellen, Kommentare beantworten, selbst kommentieren, neue Accounts und Trends suchen, Kontaktpflege)*
- *Gärtnern*
- *Bestellungen ordern (Lebensmittel, Klamotten, Dinge des täglichen Lebens etc.)*
- *Nach Bedarf: Mitternachtsimbiss*
- *Zur freien Verfügung (Serien gucken, lesen, Musik hören)*
- *Unerledigtes, spontane grafische Ideen umsetzen, Neues ausprobieren*
- *Dreimal die Woche: eine Stunde lang den Crosstrainer auf der Dachterrasse benutzen.*
- *Wann immer nötig – also immer: Kater kraulen*

Durch andere Instagram-User hatte sie Bulletjournaling kennengelernt, was immer mehr in Mode kam. Wunderschöne selbst gestaltete Kalenderblätter, Selftracking-Tabellen und To-do-Listen, mit denen man all die Dinge festhalten, festlegen und aufzeichnen konnte, die man sonst garantiert vergaß – und zwar auf eine ästhetisch sehr ansprechende Weise: mit thematisch passenden Illustrationen, übersichtlichen Einteilungen und liebevollen Mutmach-Slogans verziert. Das ging von den Terminen zum Fensterputzen über destruktive Worte, die man nicht mehr verwenden wollte, bis zum Durchstreichen von Wassertropfen für jedes Glas, das man tagsüber getrunken hatte. Emma hatte sich in die Methode verliebt und führte nun selbst zahllose Listen und Aufstellungen. Dort trug sie ein, wann sie Bettwäsche wechseln sollte, welche Blumenzwiebeln wann in die Erde gehörten, wie lange sie auf dem Crosstrainer gestanden und welche Yogaübungen sie schon sehr gut konnte, besser lernen musste oder neu kennenlernen wollte.

Apropos … Emma blickte von der Liste auf, mit der sie ihren Kaffeekonsum verfolgte, und sah, dass es draußen noch immer trocken war. Sicher konnte sie ihre heutigen Yogaübungen nach dem Kaffee draußen absolvieren – natürlich nicht ohne vorher überprüft zu haben, ob die Luft rein war.

Dank YouTube hatte sie sich ein paar einfache Übungen zusammengestellt, die ihr dabei halfen, trotz des vielen Sitzens keine Rückenprobleme zu bekommen. Neben dem Sonnengruß beherrschte sie den Stuhl, die Vorwärtsbeuge, die Plankenstellung, die Dreieck-Position und den Herabschauenden Hund. Am Anfang war sie ein paarmal beinahe umgekippt, weil sie ständig auf das Video schauen musste, um zu verstehen, was von ihr verlangt wurde. Wie schob man denn die Ferse im 45-Grad Winkel zum Boden? Und während der linke Arm auf dem linken Oberschenkel ruhte – wo war da der rechte Arm? Ach so, das Atmen hatte sie dabei völlig vergessen … Und wenn dann auch noch Troy auf ihren Rücken sprang, ging gar nichts mehr. Doch nach ein paar Wochen gelang es ihr immer besser, die Übungen fließend ineinander übergehen zu lassen und sich nur noch auf das tiefe Luftholen und Ausatmen zu konzentrieren. Nach und nach stellte sie fest, dass sie sich anschließend in der Tat wacher fühlte und sich auch bei der Arbeit besser konzentrieren konnte.

Kurz wartete sie noch ab, dann nahm sie ihre Yogamatte mit nach draußen und begann mit den Übungen. Als sie nun wieder langsam aus der Position des Herabschauenden Hundes in die Vertikale zurückkehrte, fiel ihr Blick am Flieder vorbei auf die Nachbarwohnung. Hatte sich da etwas bewegt? Etwas glitzerte in der Sonne, und eine Reflexion blendete sie so stark, dass sie wegsehen musste. Den neuen türkisblauen Vorhang nahm sie erst wahr, als sie noch einmal hinschaute, um zu erkennen, was dort so funkelte. Doch sie entdeckte nur das Gesicht ihres neuen Nachbarn, düster umrahmt von dunklem Bartschatten. Sie zuckte unwillkürlich zusammen – hatte er schon die ganze Zeit dort gestanden? Ihr bei ihren Yogaübungen zugesehen? Nun zog er schnell den Vorhang zu. Erst jetzt erkannte sie, dass im Stoff kleine Spiegelscherben eingewebt waren, die das Funkeln verursacht hatten. Ein Spanner mit einer Mädchengardine? Was war das denn für ein Typ?

Bevor sie zur Gießkanne griff, um aus dem großen Regenfass Wasser zu schöpfen, schlüpfte sie schnell wieder in ihren Morgenmantel. Was er wohl von ihr dachte, wenn er sie um diese Zeit noch immer so herumspringen sah? Dabei ging ihn das doch nichts an! Verdammt, wie sehr würde er ihre Freiheit noch einschränken? Bei der nächsten Gelegenheit sollte sie ihm vielleicht klarmachen, dass sie sich beobachtet fühlte. Doch dazu müsste sie etwas tun, was sie ganz und gar nicht wollte – mit ihm reden.

»So weit kommt's noch«, sagte sie zu den Ranunkeln und dem Islandmohn, »dass mir der Kerl meine Dachterrasse madig macht.«

Den Nachmittag über – mittlerweile geduscht und in ihre Lieblingsjogginghose (ausgewaschenes Dunkellila) sowie den Hoodie (warmer Beerenton) gekleidet – arbeitete sie an ihrem nächsten Auftrag, eine Website für eine kleine Apotheke in Bad Oldesloe. Die Arbeit war furchtbar langweilig und diesmal dehnten sich die Minuten wie Kaugummi. Aber es musste nun mal sein. Wenigstens war es nebenan ruhig, und mittlerweile hatte sie so viele ähnliche Webseiten erstellt, dass sie in diese hier vieles einbauen konnte, was schon vorproduziert war. Wenn sie zwischendurch nicht weiterkam, fiel ihr Blick auf den Flyer des neu eröffneten Papierladens. Sollte sie sich dorthin wagen? Dann könnte sie heute Abend gleich das Zeichnen ausprobieren, sobald sie mit ihrer Arbeit fertig war.

Als es Viertel vor sieben war, stand sie entschlossen auf. Sie müsste sowieso den Müll runterbringen. Und um diese Uhrzeit war in dem Laden bestimmt nicht mehr viel los – er würde in fünfzehn Minuten schließen. Sie atmete tief durch, betrachtete sich kurz im Spiegel und sprach sich Mut zu: »Nur ins Nebenhaus. Es wird kaum jemand da sein. Du wirst niemandem irgendwas erklären müssen.«

Als sie es bereits die halbe Treppe hinunter geschafft hatte, so leise wie möglich, fiel ihr der Müll ein. Den hatte sie vergessen. Schnell sprintete sie die Stufen wieder hoch, griff nach den Tüten und spurtete nach unten. Sie öffnete die Tür zum Hinterhof, in dem die Müllcontainer standen, und blickte direkt in Mrs Framptons zerfurchtes Gesicht. Sofort beschleunigte sich Emmas Herzschlag.

»'n Abend«, brachte sie hervor.

»Ach, Sie habe ich ja ewig nicht gesehen«, sagte Mrs Frampton, und es klang wie ein Vorwurf. »Ich dachte schon, Sie wären ausgezogen und die Wohnung stünde leer. Was bei dem Wohnungsmangel in unserer schönen Stadt wahrlich eine Schande wäre.«

Emma lächelte wortlos und quetschte sich an Mrs Frampton vorbei.

»Hat sie mich wieder nicht verstanden, *the German Madel.*«

Mrs Frampton tat wie immer, als kapierte Emma kein Wort – obwohl sie genau wusste, dass Emma die englische

Sprache sehr wohl verstand. Emma ahnte, dass der Hausdrache auf nichts sehnlicher wartete als auf eine unfreundliche Reaktion ihrerseits. Doch den Gefallen würde sie ihr nicht tun. Und auch an Tante Gwens Unwillen, die begehrte Wohnung zu verkaufen, würde sich diese Lady die Zähne ausbeißen.

Schnell warf sie den Müll fort und verließ den Hof über den Seitenausgang. Gleich würde der Laden schließen, sie musste sich beeilen. Erst wandte sie sich nach rechts, dann wurde ihr klar, dass der Shop links liegen musste, und sie machte eine schnelle Kehrtwende.

»Achtung!«, schrie jemand und schon spürte sie etwas gegen ihre Waden donnern. Ein Kind brüllte dicht unter ihr, und in letzter Sekunde konnte sie einen vielleicht Zweijährigen vor dem Umkippen bewahren. Er hatte mit seinem Laufrad nicht mehr anhalten können und es schmerzhaft in ihre Beine gerammt. Emma spürte, wie ihr Kopf heiß wurde, ihr Magen krampfte sich erschrocken zusammen und sie stotterte unzählige Male »sorry«. Eine wütend dreinblickende Mutter kam näher und tötete sie beinahe mit ihren Blicken. Dann setzte sie den Jungen wieder auf das Laufrad, während sie gleichzeitig einen *Kindersportwagen* festhielt. Emma wäre am liebsten sofort nach Hause gerannt – das war schon wieder ein bisschen zu viel Kontakt mit der Außenwelt gewesen. Aber sie hatte auch keine Lust, Mrs Frampton noch einmal zu begegnen, die garantiert noch im Hof herumschlich. Daher zog sie die Schultern hoch und machte, dass sie weiterkam. Glücklicherweise war der Schreibwarenladen, den sie suchte, keine zehn Schritte entfernt. Seufzend lehnte sie sich gegen die Eingangstür und wartete, bis sich ihr Atem wieder beruhigt hatte. Sie wusste genau, warum sie in dieser Stadt nicht auf die Straße ging.

Das Erste, was sie wahrnahm, als sie die Tür schließlich öffnete, war der Geruch: eine betörende Mischung aus Kaffee,

Büchern, Farbe und frisch gebackenen Keksen. Der verwinkelte Raum war mit hellem Parkettboden ausgelegt. In sandfarbenen, luftigen Holzregalen vor den weißen Wänden waren Bücher drapiert, es gab Postkarten mit pastellig gestalteten Schriftzügen, Weidenkörbe voller Geschenkpapiere, alte Zigarrenschachteln mit bunten Schreibstiften darin und weiter hinten eine Glasvitrine mit Kuchen. Um diese Uhrzeit lagen nur noch zwei Brownies darin, die allerdings mehr als appetitlich aussahen. Vielleicht würde sie sich einen davon gönnen.

»Kann ich helfen?«, fragte eine freundliche Stimme, und Emma zuckte zusammen.

»*Nope*«, erwiderte sie, ohne nachzudenken. Um sich gleich darauf zu verbessern. Denn niemals würde sie in diesem riesigen Sortiment Kreidestifte finden.

»Haben Sie …« Und warum fiel ihr jetzt das englische Wort dafür nicht ein? Noch so ein Grund, nicht allzu viele persönliche Kontakte zu pflegen: Sie konnte sich mit ihren Sprachkenntnissen nur blamieren, war sie überzeugt. Sie deutete mit den Fingern längliche, eckige Stifte an, dann fiel ihr wenigstens das Wort *chalk* ein.

Die blonde Frau mit der freundlichen Stimme, die sich perfekt in das Design des Ladens einfügte, wies auf ein kleines Regal in einem Durchgang.

»Meinen Sie die?«

Emma betrachtete die Pastellkreiden in allen Schattierungen und strich mit dem Finger darüber. Erst jetzt wurde ihr klar, wie lange sie schon nicht mehr mit der Hand gezeichnet hatte. Dabei hatte sie früher fast monatlich mindestens ein Notizheft mit Skizzen gefüllt. Sie nickte der Verkäuferin zu, die sich in den Kassenbereich zurückzog.

Neben den Pastellkreiden gab es Prismacolor-Buntstifte, Graphitstifte und marmorierte Stifteverlängerer, Radiergummis in Einhorn- oder Gehirnform, spezielle Buntstiftspitzer und Rolletuis aus bunten Stoffen für Stifte. Emma konnte sich gar nicht sattsehen. Sie probierte auf dem bereitliegenden Papier die Test-Buntstifte aus und war von deren Farbintensität ganz berauscht. Irgendwann spürte sie, dass die Verkäuferin hinter ihr stand und mit etwas Papier knisterte. Emma fuhr zu ihr herum.

»Oh Gott, Entschuldigung, Sie wollen bestimmt schließen«, rief sie aus.

Die Frau, die etwa in Emmas Alter war, lächelte, und ihre Augen strahlten dabei in einem so intensiven Blau, dass Emma ganz warm ums Herz wurde. Ob das die Ladenbesitzerin war? Sie hatte trotz ihrer Größe von vermutlich knapp unter eins achtzig ein zartes, etwas altmodisch wirkendes Gesicht mit einer schmalen, langen Nase und winzigen Sommersprossen, einen sanft geschwungenen Mund und einen beneidenswerten Porzellanteint. Sie sah aus, als sei sie gerade einem Jane-Austen-Film entsprungen und habe ihr historisches Kostüm nur kurzzeitig abgelegt.

»Nein, kein Problem, ich muss sowieso noch umsortieren. Schauen Sie sich in Ruhe um. Ich weiß, wie schwer es ist, sich für die richtigen Stifte zu entscheiden, sie sind alle wunderschön!«

»Allerdings«, antwortete Emma und versank wieder im Anblick der Farben.

Endlich entschied sie sich für einen klassischen Farbenkasten mit der ganzen Pastellpallette.

»25 Pfund und 35 Pence«, sagte die nette Verkäuferin, und Emma reichte ihr ihre Kreditkarte.

»Oh, *so sorry*«, bedauerte die Frau. »Unser Gerät funktioniert noch nicht, im Moment nehmen wir nur Bargeld an.«

Emma fuhr mit dem Finger über die Pastellkreiden, schob

die Packung unschlüssig hin und her. Sie hatte so gut wie nie Bargeld, da sie fast alles im Internet bestellte. Der Weg zum nächsten Automaten wäre ihr auch viel zu weit gewesen. Aber das konnte sie jetzt unmöglich erklären.

»Leider habe ich nicht genug …«, stotterte Emma. »Und bis ich jetzt beim Automaten bin …«

»Vielleicht gleich morgen früh?«, schlug die Frau vor.

Emma sah offenbar so traurig aus, dass die Verkäuferin den Kopf schüttelte, als verwerfe sie ihre eigene Idee.

Im selben Moment bimmelte die Türglocke und jemand rief fröhlich »Hi, Nilla!« quer durch den Raum. »Wie schön, dass du noch offen hast.« Der Jemand trat näher und erst, als er die spiegelnde Sonnenbrille abnahm, erkannte Emma ihn.

»Oh, hi«, sagte Nathan in Emmas Richtung, ließ einen der Bügel in den Ausschnitt seines neongelben Trikots rutschen, öffnete den Verschluss seines Fahrradhelms und grinste. »Auch schon Londons nettesten Laden entdeckt?«

»Hi, Nathan«, erwiderte die Verkäuferin, während Emma keinen Ton herausbrachte. Nilla beugte sich zu ihm vor und kurz berührten sich ihre Wangen. »Hast du eine Lieferung für mich?« Nathan schüttelte den Kopf.

»Heute nicht. Ich habe gehofft, es gäbe noch einen Brownie, den du dringend loswerden musst.« An Emma gewandt zeigte er auf Nilla. »Ich hab schon viele Brownies probiert, aber ihre sind definitiv die besten!«

»Zwei sind noch da«, sagte Nilla und schob das Glasfenster der kleinen Vitrine auf, die neben der Kasse auf der Theke thronte.

»Sie müssen einfach einen probieren, Miss … Wie war der Name?«

Emma hob ablehnend die Hände. »Danke nein. Emma – Emma Martins.«

»Darf ich Emma sagen? Du kannst unmöglich auf Diät sein, Emma!«, rief Nathan aus und betrachtete sie unverhohlen von oben bis unten. »Komm schon, ein Brownie als Dank, dass du meinen Einzug so freundlich unterstützt hast.«

Emma war unsicher, ob dies eine handfeste Beleidigung oder nur sein ganz spezieller Charme war. Was sollte sie dazu nur sagen?

»Dann muss ich beide nehmen«, beschloss er. »Nach dem Umzugsstress heute.«

»Ich habe nur kein Bargeld bei mir«, sagte sie und hörte selbst, dass es ein wenig zu pampig klang.

»Wann kommt denn endlich euer Abrechnungsgerät?«, wandte sich Nathan wieder an Nilla. Diese zuckte ratlos mit den Schultern.

»Ich hoffe bis Ende der Woche. Was machen wir jetzt mit den Pastellkreiden?«, fragte sie dann wieder Emma. »Wollen Sie morgen früh kommen? Dann lege ich sie bis dahin zurück.«

Vermutlich blieb ihr nichts anderes übrig. Vielleicht könnte sie nachher, wenn es dunkel und auf den Straßen noch weniger los war, zum Geldautomat spurten. Das hatte sie kurz vor Weihnachten schon einmal gemacht, um den regelmäßig bei ihr vorbeikommenden Lieferboten ein kleines Trinkgeld geben zu können. Nathan hatte nichts bekommen, das fiel ihr nun etwas peinlich berührt wieder ein. Herrje, sie hatte sich so sehr darauf gefreut, den heutigen Abend mit Zeichnen zu verbringen. Sie starrte auf Nathans Finger, die nun einen Zehn-Pfund-Schein aus einem winzig kleinen Portemonnaie zogen, um die Brownies zu bezahlen. Sie erkannte weitere Scheine.

»Hast du kein Bargeld für die Stifte? Soll ich es dir auslegen?«, hörte sie plötzlich seine Stimme. »Wäre kein Problem.

Gute Nachbarn helfen sich schließlich gerne.« Schon holte er einen Zehner und einen Zwanziger hervor und streckte sie ihr entgegen.

Emma schüttelte den Kopf.

»Ist kein Problem. Bring es mir einfach demnächst vorbei.«

Ehe Emma irgendetwas erwidern konnte, schob er Nilla die beiden Geldscheine hin, die Verkäuferin gab ihm das Wechselgeld und steckte die Pastellkreiden in eine Papiertüte.

»Gern geschehen!« Nathan grinste breit, schloss den Gurt seines Fahrradhelms und schon war er nach draußen verschwunden.

Nilla hielt Emma die Tüte mit den Stiften unter die Nase.

»Viel Spaß damit, *love*.«

Emma griff nach ihren Kreiden und sagte so laut, als ginge sie davon aus, dass Nathan sie noch hören könnte: »Danke schön! Vielen Dank!«

Nilla zog ein wenig die Augenbrauen zusammen und lächelte dünn.

»Aber ihr kennt euch schon, oder?«

»Ja, er ist heute in mein Haus eingezogen.«

»Oh!« Nilla schien beinahe erleichtert zu sein. »Einen netteren Nachbarn wirst du kaum finden.«

»Davon bin ich überzeugt.«

»Übrigens, ich bin Nilla – nett dich kennenzulernen, Emma!«

Zwei neue Bekanntschaften an einem Tag! Das musste sie unbedingt in ihr Bulletjournal eintragen. In welche Rubrik, war ihr allerdings noch nicht klar. Entweder unter »unerwartete kleine Freuden« oder unter »schnell wieder vergessen«.

Obwohl sie überglücklich war, die Pastellkreiden vor sich ausbreiten und in Ruhe betrachten zu können, fühlte Emma sich unruhig. Am besten wäre sie sofort vom Laden zum Bankautomaten gegangen, um ihre Schulden begleichen zu können. Aber der Weg war ihr so weit, die Straßen viel zu überfüllt vorgekommen. Mit Schrecken hatte sie an das Kleinkind auf dem Laufrad zurückgedacht und war schnurstracks nach Hause gegangen. Vor Nathans Wohnung, neben dem Treppenhauszugang zur Dachterrasse, lehnte sein Fahrrad, ebenso quietschgelb wie sein Trikot vorhin. Ein kreischendes Erinnerungsmal an das Geschehen im Laden. Ihre Hand zitterte ein wenig, als sie die Wohnungstür aufschloss und hineinging.

Sie hasste es, dass sie nun in seiner Schuld stand, aber alles war so schnell und mit einer so großen Selbstverständlichkeit abgelaufen, dass es sie sprachlos zurückgelassen hatte. Dabei wollte sie ihre Wohnung so bald nicht wieder verlassen, dessen war sie sich sicher. Jetzt lagen ihr die Schulden im Magen wie eine zu große Portion Käsefondue. Da half nur Ablenkung – wie so oft!

So gut es ging, räumte sie ihren Schreibtisch frei, legte einen kleinen Stapel weißes Papier bereit und packte die Stifte aus. Sie lagen gut in der Hand, die Farbpigmente schillerten ein wenig und Emma konnte kaum entscheiden, welchen sie als Erstes ausprobieren sollte. In jedem Fall kein Schwarz. Vielleicht lieber ein Dunkellila.

Die ersten Entwürfe kamen ihr selbst noch etwas ungelenk vor, aber nach und nach fühlte sich das Zeichnen wieder vertrauter an, ihre Striche wurden sicherer, der Schwung runder, und sie hatte das Gefühl, sie könne die Bilder, die sie vor ihrem inneren Auge sah, auch tatsächlich aufs Papier übertragen. Wieder geriet sie in diesen Zustand, den sie so sehr liebte: Selbstvergessen, hingebungsvoll und ohne die Zumutungen der Außenwelt wahrzunehmen, führten ihre Finger die Kreiden – oder nein, in manchen Augenblicken hatte sie das Gefühl, die Kreiden wüssten von selbst, welcher Platz auf dem Papier der richtige für sie war. Es war geradezu magisch.

Nach drei Stunden spürte Emma schließlich ein Ziehen im Rücken. Sie legte die Stifte beiseite, streckte und dehnte sich und stand auf. London lag in seiner glitzernden Kulissenhaftigkeit beruhigend vor ihrem Fenster. Sie fühlte sich frei von Bedürfnissen und Sehnsüchten, von Wünschen und Ängsten. Bestimmt so ähnlich, wie wenn man meditierte und alles Grübeln von einem abfiel. Sie öffnete die Balkontür, um die mitternächtliche Luft in ihr Appartement einzulassen.

Ihr Blick fiel auf den Strandkorb, in dem vermutlich noch immer ihre Bettdecke lag. Garantiert inzwischen ziemlich klamm. Sie ärgerte sich nicht darüber und freute sich lieber über den Duft des Flieders, der alles durchdrang.

Auf dem kleinen Abstelltischchen des Strandkorbs entdeckte sie einen Teller. Darauf lag ein Brownie. Hatte er dort schon wieder gesessen, den einen gefuttert und den anderen dann vergessen? Oder hatte er ihn vielleicht für sie …? Aber warum sollte er? Weil er einfach nett war? Jäh spürte sie, wie hungrig sie war. Sie vergaß alle Überlegungen, biss hinein, und die schokoladige Fülle dieses kleinen Gebäckstückes flutete sofort ihren ganzen Körper. Hatte sie jemals etwas so Köstliches gegessen?

Kapitel 3

#MADWORLD

BritMom: Vorfreudig! Heute Nachmittag geht's zur Chelsea Flower Show. Wer kommt auch?
Em_dreams @BritMom: Ich liebe diese Show! Wenn ich es schaffe und wir uns sehen, spendiere ich Poppy ein Eis!

Luca
Oh, *Em_dreams – you're fabulous*! Das Bild ist so wundervoll! Ich habe es für die Trauerfeier ausgedruckt und es neben dem Sarg aufgestellt. Es war wie ein Ruhepol, mein Rettungsanker in all der Trauer. Meine Großmutter war mir dadurch so nah, so lebendig – ich weiß nicht, wie du das geschafft hast
17:18

Emma
Das weiß ich auch nicht.;-) Freue mich, Luca, dass es dir so gefallen und Kraft gegeben hat.
17:21

Sie hatte Luca das Dreamtableau noch in der Nacht geschickt, in der sie dem Zauber der Pastellkreiden erlegen war.

Luca
Ich würde mich so gerne erkenntlich zeigen. Kann ich dir nicht auch was Gutes tun?
♥♥♥♥♥♥♥♥♥♥♥♥♥♥♥♥♥♥♥
17:23

Emma
Nein, kein Problem, bei mir ist alles gut. Ich bin glücklich, wenn du es bist.
17:23

Luca
Und meinst du, wir könnten uns nicht auch mal im normalen Leben treffen? Ich könnte dich wenigstens auf einen Kaffee einladen.
17:24

Emma
Das ergibt sich bestimmt bald mal, vielen Dank! Nur im Moment habe ich alle Hände voll zu tun und muss sehr geizig mit meiner freien Zeit sein, tut mir leid.
17:26

Luca
Kein Problem, dafür habe ich vollstes Verständnis. Und außerdem musst du dich ja auch um Troy kümmern!;-) Er scheint ein toller Lebensgefährte zu sein. Das letzte Foto von euch war echt süß!
17:26

Nun musste Emma wirklich grinsen. Wie bereitwillig die Menschen etwas glaubten und meinten, Beweise für ihre Vorstellungen zu sehen, wo eigentlich gar keine waren. Sie betrachtete noch einmal das Picknickfoto, das sie vor ein paar Tagen gepostet hatte – original mit Picknickkorb, karierter Decke, ein paar Leckereien, zwei Fahrrädern im Hintergrund und viel Wiese im Vordergrund. Das Foto war vor locker vier Jahren entstanden, unweit von Regensburg. In den Hintergrund hatte sie ein wenig der Skyline von London reingebastelt, und das war's auch schon.

Als sie es nun betrachtete, fiel ihr jedoch etwas auf, das sie zuvor nicht bemerkt hatte. Im Vordergrund, am untersten Bildrand, waren zwei Paar nackte Füße zu erkennen. Links ihre eigenen mit bunt lackierten Nägeln, und rechts daneben die von Simon. Breite, kraftvolle Füße mit zwei sehr langen großen Zehen. Füße, die nie mehr …

Schnell klickte sie das Foto weg. Wie hatte sie das übersehen können? Sie war sich sicher gewesen, dass sie nur unverfängliche Bilder aus ihrer Vergangenheit für Instagram abgespeichert hätte. Landschaftsaufnahmen – so wie dieses. Ein Porträt von sich selbst, das Jana gemacht hatte. Stillleben von Blüten und Blumen – solche Sachen. Wann würde Simon aufhören, sich in ihre Gedanken zu schleichen? Wann würden solche

Botschaften aus ihrer Vergangenheit aufhören, ihr die Kehle zuzudrücken?

Erschrocken horchte sie auf, als ein Ton einen Videoanruf ankündigte. Sie öffnete Skype und sah sich ihrer Schwester gegenüber.

»Hi, Süße«, sagte sie und bemühte sich um einen unbeschwerten Ton. Wieso rief Jana genau jetzt an? Als ob sie gespürt hätte, dass Emma die Geister der Vergangenheit mal wieder eingeholt hatten. »Wie geht's dir?«, fragte sie. »Schön, dich zu sehen!«

»Na ja, alles gut soweit«, sagte ihre Schwester und verdrehte die Augen auf diese unnachahmliche Jana-Weise. Sie blickte kurz nach oben, kräuselte dabei ganz leicht die zierliche Nase, die sie beide von ihrer Mutter geerbt hatten, und strahlte dann entwaffnend in die Kamera. »Du, ich habe heute einen total billigen Flug entdeckt. In acht Tagen. Du hast doch gesagt, im Mai hast du nicht so schlimm viel zu tun wie in den letzten Monaten. Ich geh dir auch nicht auf den Keks!«

»Oh, Mann, das wäre total toll!« Emma spürte beinahe, wie ihre Nase ein Stückchen länger wurde. Sie legte noch mehr Bedauern in ihre Stimme. »Aber vorgestern hat sich ein neuer Kunde gemeldet. Der hat eine riesige Website und will so schnell wie irgend möglich einen Relaunch. Und er zahlt dafür echt ein nettes Sümmchen. Lass mich den Auftrag noch abwickeln, ja?«

»Aber …« Emma konnte erkennen, wie enttäuscht Jana war. »Aber ich kann doch auch alleine durch London bummeln. Und wir machen nur abends was zusammen, ja? Bitte, ich nerv dich nicht, versprochen!«

»Och, Jana«, Emma blickte hilfesuchend an die Decke, als würde sie dort eine weitere Ausrede finden. »Hab ich dir schon erzählt, dass ich einen neuen Nachbarn habe? Der Typ hat angefangen, die Dachterrasse zu sanieren – es ist tagsüber ein Höllenlärm – und ein Dreck, du kannst es dir nicht vorstellen. Und wenn er damit fertig ist, geht es wohl in seinem Appartement weiter. Ich kann zurzeit nur abends und nachts arbeiten, wenn der Kerl nicht mehr lärmt.«

»Aber dann wäre es doch super, wenn wir tagsüber unterwegs sind …«

»Und wann soll ich dann schlafen? Nee, Jana, tut mir echt leid. Das wird mir zu anstrengend. Es gibt bestimmt bald wieder günstige Flüge und …«

»Ey, ich weiß echt nicht, was mit dir los ist!« Jana zog die Augenbrauen zusammen. »Sag doch einfach, wenn du keine Lust hast, mich zu sehen!«

»Das ist es nicht.« Emma spürte, dass sie Jana mit ihren Ausreden nicht mehr lange würde abwimmeln können. Aber sie konnte ihr doch unmöglich sagen, warum sie den Gedanken nicht ertrug, dass ihre Schwester sie besuchte. Weil Jana dann das ganze Ausmaß von Emmas jämmerlichem Leben entdecken würde. Weil sie ihre große Schwester garantiert ins Leben zurückzerren wollen würde. Und das konnte Emma überhaupt nicht gebrauchen. Verdammt, sie hasste es, ihre Schwester so anzulügen. Aber was sollte sie sonst tun?

»Was macht denn dein Liebesleben? Dein Tanzvideo vom ersten Mai sah ja vielversprechend aus …«, versuchte sie es mit einem Ablenkungsmanöver.

»Hör auf damit«, stöhnte Jana. »Ich weiß nicht, was wir dir getan haben. Dass du nicht herkommen magst, kann ich ja noch verstehen. Na ja, sagen wir: konnte! So langsam muss doch mal Gras über alles gewachsen sein. Wenn du Simon …«

»Ich will nicht über ihn reden.«

»Aber …«

»Nein!«

»Okay, ich geb's auf! Dann versauere da in deinem London. Aber ich will, dass du weißt, dass wir dich vermissen. Und wenn du mal herkämst, würdest du merken, dass dich keiner auffressen will.«

»Ich weiß«, antwortete Emma und fühlte sich mit einem Mal furchtbar müde. »Gib mir noch ein bisschen Zeit, ja? Und wir verlieren das mit deinem Besuch hier nicht aus den Augen, versprochen. Es klappt bestimmt noch in diesem Sommer! Grüß Ma und Pap von mir, ja?«

Sie pustete einen Luftkuss über ihre ausgestreckte Handfläche, so wie sie es als Kinder immer gemacht hatten, wenn eine von ihnen ohne die andere fortgefahren war. Jana winkte und formte die Lippen ebenfalls zu einem Kuss.

»Pass auf dich auf, Em, ja?«

Emma nickte. »Was sonst?« Sie war sich sicher, dass Jana ihr nicht glaubte.

Nachdem Emma sich von ihrer Schwester verabschiedet hatte, wurde ihr klar, dass es bereits kurz nach sechs war. Sie musste endlich mit ihrer eigentlichen Arbeit loslegen. Natürlich gab es den Riesenauftrag nicht, aber auch der Bad Oldesloer Apotheker wollte sicher bald Ergebnisse sehen.

Völlig lustlos öffnete sie Photoshop, rief die letzte Fassung der neu erstellten Homepage auf und wollte sich einen Überblick verschaffen, was noch zu tun war. Während ihr der logische Aufbau einer Seite inzwischen locker von der Hand ging, musste sie sich stets zwingen, die Inhalte penibel zu überprüfen. Wie schnell übersah sie einen Rechtschreibfehler oder einen falsch gesetzten Link. Waren alle Überschriften tatsächlich gleich groß und wirkte das Farbkonzept überall stimmig?

Von der Dachterrasse donnerte plötzlich ein so gewaltiger Schlag, dass ihre Balkontür vibrierte. Emma verklickte sich vor

Schreck und starrte verdattert in Richtung des Lärms. Ob ihr neuer Nachbar wirklich anfing, die Dachterrasse zu sanieren? Als sie die Staubwolke vor der Balkontür sah, stand sie auf, um deren Ursprung unter die Lupe zu nehmen. Hoffentlich hatte er sich nicht bei seinem Tun verletzt.

Draußen herrschte noch sonniges Frühlingswetter – trotz der Wolke – und Emma musste einen Moment die Augen zusammenkneifen. Dann erkannte sie, was passiert sein musste. Nathan beugte sich auf seiner Seite der Terrasse über ein längliches Teil, das megaschwer aussah und das er sicher nur mit Mühe herumwuchten konnte. Vermutlich war es ihm beim Abstellen aus der Hand gerutscht, und der schmutzige Belag seiner Hälfte der Dachterrasse hatte die Staubwolke verursacht.

Als er es nun wieder Stückchen für Stückchen bewegte, war sein Bizeps äußerst angespannt, ebenso seine kräftigen Wadenmuskeln. Endlich kam das Teil wohl richtig herum zum Stehen. Nathan erhob sich und wischte sich den Schweiß von der Stirn. Emma erkannte, dass es sich um so etwas wie ein Rudergerät handeln musste, das er ins oberste Stockwerk gehievt hatte. Heute ohne seine Freunde. Aber warum hatte er es so neben seiner Terrassentür hingestellt, dass er in ihre Richtung sah, wenn er es benutzte?

»Hi«, sagte er, als er sie bemerkte.

»Hi«, antwortete sie.

»Alles klar? Sorry für den Lärm, bin gleich fertig.«

Sie nickte nur, denn sie wollte ihn nicht gleich wieder anmeckern. Außerdem schuldete sie ihm noch Geld.

»Ich war an der Uni in der Rudermannschaft«, erklärte er ungefragt. »Kleine Reminiszenz. Du darfst es gerne mal ausprobieren.«

»Kein Bedarf, danke.« Sie hob abwehrend die Hände. »Ich

komme gut mit meinem Crosstrainer klar.« Für den sie in Zukunft auch einen neuen Platz suchen musste, wurde ihr klar. Sie würde garantiert nicht unter seinen neugierigen Blicken trainieren.

Er hob die Schultern und verschwand in Richtung seiner Wohnung. Emma ging an den vorderen Rand ihres Terrassenstücks, zupfte ein paar verblühte Stiefmütterchenblätter ab und linste dabei durch die Äste eines kräftigen Bambus zu ihm hinüber. Heute war der türkisfarbene Vorhang aufgezogen, dennoch konnte sie durch die spiegelnde Scheibe kaum etwas erkennen. Ob er so eine typische Junggesellenbude hatte? Mit Möbeln von Oma und Mamas ausrangiertem Sonntagsgeschirr?

Nun kam er mit einem stativartigen Gestell wieder heraus, an dessen oberen Ende eine runde Scheibe befestigt war, die beinahe wie die Replik eines Ufos aussah. Emma beobachtete neugierig, wie er die Konstruktion neben dem Rudergerät aufstellte und das Gestell mit einem Expander an einem direkt dahinter an der Wand verlaufenden Rohr befestigte, damit es nicht umkippen konnte. Jetzt konnte sie auch die Scheibe besser erkennen: Sieben Glühlampen waren darauf im Kreis angeordnet – das Ding wirkte wie eine etwas altertümliche OP-Lampe. Er schien zu bemerken, dass sie ihn anstarrte.

»Falls ich mal im Dunkeln trainiere. Oder hier draußen lesen will. Gelegentlich.«

Sie nickte und zuckte unwillkürlich zurück, als er jetzt näher kam. Was wollte er noch? Ein Pläuschchen halten? Über das Wetter reden?

»Hast du meinen Teller mit reingenommen?« Er lächelte, und das Honigbraun seiner Augen funkelte golden.

Sie sah ihn irritiert an. Seinen Teller. Aha. Seinen Teller? Erschrocken presste sie sich die Hand vor den Mund.

»Der Brownie«, quetschte sie hervor. »*Oh my God!* Ich,

ähm … also, ich habe ihn einfach … gegessen. Ich wusste nicht … ob du … oh je, äh, du hattest ihn vergessen, oder? Du wolltest ihn jetzt essen! Ich kauf dir einen neuen …«

»Herrje, nein!« Nun lachte er breit und schüttelte den Kopf. »Ich habe ihn für dich dort hingestellt. Ich hatte den Eindruck, du hast dich nicht getraut, ihn so direkt von mir anzunehmen. Ich hatte schon Sorge, die Katze, die hier immer herumstreunt, hätte ihn gefressen.«

»Nein, nein! Tausend Dank! Moment!« Sie spurtete an ihm vorbei in ihr Zimmer, fischte den Teller aus dem Spülbecken, fuhr kurz mit einem Schwamm darüber und wischte ihn oberflächlich trocken. Als sie sich umdrehte, lehnte Nathan in der Balkontür.

»Hat er geschmeckt?«

»Allerdings. Wow, ja, äh, das war … das war wirklich der leckerste Brownie, den ich je gegessen habe. Vielen Dank!«

Wie hatte sie nur so unhöflich sein können, sich nicht dafür zu bedanken? Sie spürte, dass eine leichte Röte ihr Gesicht überzog, und bemühte sich, ihr hübschestes Lächeln aufzusetzen. Da hatte sie dem deutschen Bauerntrampel-Image ja mal wieder alle Ehre gemacht!

»Dann ist ja gut.« Hoffentlich glaubte er ihr.

»Ich rechne den Brownie einfach zum Preis der Pastellkreiden dazu, okay?«, fragte sie und ging auf ihn zu. Es machte sie nervös, dass er sich einfach so in ihrem Zimmer umsah. Noch nie war jemand hier gewesen. Er sollte gehen. Dies war ihr Reich, das einzige, was ihr geblieben war. »Ich habe es noch nicht zur Bank geschafft«, redete sie weiter. »Ich habe gerade so fürchterlich viel zu tun.«

»Du arbeitest daheim?«

»Ja.« Warum ging er nicht? Obwohl sie jetzt so dicht vor ihm stand, dass sie seinen Geruch wahrnehmen konnte – eine irritierend betörende Mischung aus ein wenig Schweiß und einem sanften Aftershave mit Anteilen von Zedernholz, Minze und einer Spur Kümmel – bewegte er sich nicht.

»Der Brownie war selbstverständlich ein Geschenk! Auf gute Nachbarschaft sozusagen …«

»Okay, ah ja, ähm, danke. Wirklich, vielen Dank! Leider muss ich jetzt dringend weiterarbeiten.«

Er schmunzelte, und sie bemerkte die kleinen Grübchen in den Wangen, die dabei entstanden. Warum war er ihr früher, wenn er ihr ein Paket gebracht hatte, immer so missmutig vorgekommen?

»Bye«, sagte er, drehte sich um und verschwand aus ihrem Blickfeld. Nur sein Duft blieb zurück.

»Emma, wo warst du?«, ploppte eine Chatnachricht auf ihrem Bildschirm auf. »Wir haben überall nach dir geschaut. Haben uns wohl verpasst. Poppy war total traurig.«

Am liebsten hätte Emma den Chat weggeklickt. Sie hasste es zu lügen. Andererseits sah sie sich zu kleinen Schummeleien gezwungen, um ihr Leben aufrechtzuerhalten und gleichzeitig von ihren Followern nicht als Freak wahrgenommen zu werden. Jedes Foto, das sie postete, war eine Lüge, das war ihr klar. Allerdings, so redete sie sich gerne ein, ging es nur um eine Art Raum-Zeit-Problem. Die Fotos waren ja wirklich alle von ihr, zeigten Situationen, die sie selbst erlebt hatte – nur lag der Zeitpunkt des Postens meist deutlich hinter dem der Entstehung.

Brittanys enttäuschte Nachricht verursachte Emma dennoch Bauchschmerzen. Ja, sie hatte in einen Kommentar unter das Ankündigungsfoto der Chelsea Flower Show von Brittany geschrieben, dass sie es gar nicht abwarten könne, die tollen Gärten anzuschauen. Und ja, sie hatte auf Brittanys Antwort, sie würde am Mittwochnachmittag mit Poppy dort sein, mitgeteilt, dass sie den gleichen Zeitpunkt anstrebe. Aber sie hatte nicht geschrieben, dass sie definitiv dort sein würde. Der Satz »Wenn wir uns treffen, spendiere ich Poppy ein Eis« war rein hypothetisch gemeint gewesen. Falls wir uns treffen ... Da hatte sie garantiert wieder eine Falle der englischen Sprache übersehen und Brittany hatte dies als feste Verabredung empfunden. Emma seufzte.

Emma
Oh, tut mir leid! Ich habe auch nach euch Ausschau gehalten – aber in dem Gedränge ist es ja kein Wunder, dass wir uns nicht gefunden haben.
20:03

Brittany
Komisch, bei uns war's gar nicht so voll.
20:04

Mist.

Emma
Wann wart ihr denn da?
20:05

Brittany
Gegen vier.
20:05

Emma
Oh, verstehe, da war ich schon wieder weg. Troy hatte noch einen Termin. Nächstes Mal müssen wir das besser organisieren.
20:06

Brittany
Das machen wir!
20:06

Emma
Und Poppy bekommt dann eine doppelte Eisportion;-)
20:07

Brittany schickte einen Daumen-Hoch-Sticker und verabschiedete sich aus dem Chat. In Zukunft musste Emma noch viel genauer aufpassen, was sie wo kommentierte. Aber es würde immer schwierig bleiben. Gerade der persönliche Austausch mit ihren Followern war es ja, der ihr so viele Kontakte eingebracht hatte. Und sie genoss die Verbundenheit, die sich darüber einstellte. Im Gegensatz zu Facebook, das sie nur noch sehr selten nutzte, war Instagram eine einzige Wohlfühl-Welt – genau das, was sie brauchte. Hier postete jeder hübsche Fotos von schönen Dingen, interessanten Menschen und reizvollen Orten. Der Umgangston war freundlich, regelrecht liebevoll. Niemand wollte einem hier Böses. Gelegentlich nervten sie Fotos, auf denen es nur um das zurschaustellen von irgendwelchen

Konsumprodukten wie Uhren, Klamotten oder Accessoires ging. Sie hatte selbst schon einmal das Angebot einer Agentur bekommen, gegen Geld bestimmte Gegenstände in ihre Fotos zu integrieren, hatte dies aber abgelehnt. Sie wollte frei sein, wenigstens auf Instagram tun und lassen können, was sie wollte.

Am Anfang hatte sie den Account erstellt, um mit den Menschen daheim in Kontakt zu bleiben. Es wurde schnell klar, dass die wenigsten ihrer Freunde und Familienmitglieder Interesse hatten, darüber mit ihr zu kommunizieren oder dass sie die sozialen Medien gar nicht nutzten. Von ihren Freunden waren nicht viele übrig geblieben. Nach dem Abitur hatten sie sich schnell in alle Winde zerstreut, und der Zusammenhalt, den sie gerade im letzten Schuljahr verspürt hatten, war schnell verflogen. Das neue Nach-Abi-Leben war für die meisten viel spannender. Emma war zwar in Regensburg geblieben und hatte dort ihr Grafik-Studium aufgenommen, aber da sie häufig nach München zu Simon fuhr, hatte sie sich auf ihre neuen Kommilitonen nicht allzu sehr eingelassen. Sie wusste bis heute nicht genau, ob dies ein Fehler gewesen war. Vielleicht hätte ihr eine Freundin gutgetan, eine, die in den dunklen Stunden bei ihr gewesen wäre und verstanden hätte, warum sie nicht anders konnte als wegzulaufen. Stattdessen hatten sich die Allermeisten auf Simons Seite gestellt. Das Schlimmste daran war, dass sie dies ebenfalls getan hätte, wäre sie Außenstehende in einer solchen Situation gewesen. Wie sich alles tatsächlich anfühlte, konnte nur nachvollziehen, wer Ähnliches erlebt hatte. Und das hatte niemand.

Emma suchte schnell ein Foto von sich heraus, das sie vor einem Rosenstrauch zeigte. Sie strahlte darauf den Betrachter an und versprühte jede Menge Optimismus. In der Hand hielt sie ein Eis, ein kleiner Klecks davon war noch an ihrem Mundwinkel zu erkennen. Es war vor bestimmt drei Jahren auf einer

Landesgartenschau entstanden und kein Mensch würde erkennen, dass die Rosen hinter ihr nicht auf der Chelsea Flower Show angepflanzt waren. Der Schatten des Fotografen – Simon natürlich –, der sich neben ihr an der Hecke abzeichnete, kam ihr nicht ungelegen. Wieder ein Beweis für die Existenz von Troy. Sie postete das Bild und schwärmte dabei von der Gartenausstellung. #Rosenliebe, #Frühlingsgefühle, #Himmelsduft, #Eiseiseis, #nichtversäumen.

So, das musste genügen. Als habe er ihre Schwindelei bemerkt, sprang der echte Troy plötzlich auf ihren Schoß und stupste sie mit seiner Pfote an. Sie kraulte seinen Kopf, aber das schien ihm nicht zu genügen. Ganz klar, das Tier hatte Hunger. Sie schob ihn beiseite, stand auf und versorgte ihn mit Futter, über das er sich gierig hermachte. Sie betrachtete ihn beim Fressen. Der Kater war das Lebewesen, das ihr momentan am nächsten stand. Wenn ihr jemand vor ein paar Jahren gesagt hätte, dass sich ihr Leben einmal auf dreißig Quadratmetern und mit einer Katze als Gefährten abspielen würde, hätte sie diesen Jemand für verrückt erklärt. Sie hatte nie das Gefühl gehabt, ständig unter Menschen sein zu müssen, sie hatte schon immer gut mit sich allein sein können – im Gegensatz zu Jana, die nur dann zufrieden schien, wenn sie in Gesellschaft war. Simon hatte Emma am Anfang ihrer Beziehung oft vorgeworfen, sie sei distanziert. Es hatte lange gedauert, ihn davon zu überzeugen, dass sie ihn ebenso liebte wie er sie. Denn das hatte sie getan. Vier Jahre lang, aufrichtig.

Troy schmiegte sich wie aus Dankbarkeit an ihr Bein, und sie beugte sich hinab, zog den Kater in ihre Arme und drückte ihn fest an sich. Sie spürte sein Herz unter dem weichen Fell rasch klopfen. Ein Kloß verfestigte sich auf einmal in ihrem Hals, und sie ließ das Tier, das sich sowieso schon gegen die Umklammerung sträubte, los.

Was ihr in solchen Momenten am besten half, war Arbeit. Emma sah, dass es erst kurz nach zehn war und ihr noch einige Arbeitsstunden bevorstanden. Sie setzte sich an den Computer, öffnete Photoshop und die aktuelle Website, an der sie arbeitete, und starrte auf den Bildschirm. Ihr Kopf fühlte sich an, als wäre er mit Watte gefüllt. Sie war nicht in der Lage, die Maus unter ihrer Hand zu bewegen. Sie schluckte und spürte immer noch diesen Kloß. Was war nur los mit ihr?

Ihr Blick wanderte zum Fenster – vielleicht konnte die nächtliche Kulisse Londons wie so oft die trübe Stimmung vertreiben. Doch zuvor bemerkte sie das Datum auf dem Kalender gleich neben dem Fenster. Heute war der vierte Mai. Simons Geburtstag. Sein sechsundzwanzigster, um genau zu sein. Wie er ihn wohl verbracht hatte?

Emma wollte das Bild, das nun in ihrem Kopf aufstieg, nicht sehen. Wie er da lag. Bewegungsunfähig. Nicht ansprechbar. Verloren. Und wie sie davonstürzte, unfähig, etwas zu sagen, etwas zu tun.

Sie erkannte die Melodie, kaum dass die ersten Töne in ihr Zimmer schwebten. Auch heute traf der Text sie in ihrem Innersten: All die vertrauten Gesichter, all die Orte, die sich wie aufgetragene Kleider anfühlen, und nichts führt zu irgendwas. Sie sang gegen den Kloß an, ließ ihre Stimme immer lauter werden und ignorierte die Tränen, die ihr über die Wange liefen, auch bei ihrer Lieblingszeile, bei der es darum ging, dass man sich merkwürdigerweise in den Träumen, in denen man stirbt, am lebendigsten fühlt.

Wieso war das erste Lied, das der neue Nachbar auf seinem Klavier spielte, ausgerechnet einer ihrer Lieblingssongs? Und wie lange hatte sie *Mad World* schon nicht mehr gehört? Weil sie dabei immer – immer, immer – weinen musste. Wieso zwang Nathan sie, dorthin zu gehen, wo sie nicht hinwollte?

Dorthin, wo all der verdrängte Schmerz lag, frisch wie am ersten Tag, überwältigend, beängstigend.

Sie wünschte sich schalldichte Fenster, schalldichte Mauern und Türen, damit sie nichts mehr hören müsste, nichts mehr spüren. Und dennoch sang sie weiter, sie konnte nicht anders: Wie schwierig es war, miteinander zu reden, wie schwierig es war, alles auszuhalten, und dass die Menschen in dieser verrückten Welt immer nur im Kreis rannten.

Sie musste weg hier, raus, der Melodie entkommen. Ohne nachzudenken schnappte Emma sich ihr Portemonnaie, eine warme Strickjacke, den Schlüssel, zog ein paar Sneakers an und war schon im Treppenhaus. Als das Licht aufflammte, sah sie Nathans Fahrrad direkt vor sich, wie ein Warnschild leuchtete es in dem knalligen Gelb vor der Wand auf. Seit wann hing es an einem Haken neben der Tür? Egal, sie schloss kurz die Augen, atmete tief durch und spurtete die Treppen hinunter.

Erst als sie die Haustür öffnete und sah, wie viele Menschen noch auf der Straße unterwegs waren, fragte sie sich, was sie eigentlich vorhatte.

Das Haus verlassen. Nichts Besonderes.

Spazieren gehen. Wie jeder andere auch.

Ausgehen. Ganz normal.

Aber nichts war normal. Sie war seit anderthalb Jahren kaum ausgegangen. Wohin auch? Sie umklammerte ihr Portemonnaie mit der Hand und beschloss, nur bis zum nächsten Geldautomaten zu gehen. Wenn sie es richtig in Erinnerung hatte, gab es einen an der nächsten größeren Querstraße, wo The Cut auf die Blackfriars Road traf. Sie senkte den Kopf und marschierte los, fröstelnd, denn die Nachtluft war kälter, als sie angenommen hatte.

Menschen wuselten an ihr vorbei. Alleine oder in Gruppen, Pärchen, alte und junge. Keiner beachtete sie, warum auch?

Eine junge Frau, die Geld am Automaten zog, um ihre Schulden zu begleichen. Ganz normal.

Neben dem Eingang zur Bank saß eine gekrümmte Gestalt, von der ein atemberaubender Gestank ausging, und hielt ihr einen verdreckten Coffee-to-go-Becher entgegen, in dem wenige Münzen schimmerten. Als sie nicht reagierte, hörte sie einen heiseren Fluch – mehr der Ton als die Worte an sich, ließ es böse klingen. Sie war froh, als sich die Tür schloss und sie allein im Vorraum vor dem Automaten stand. Schnell hob sie Geld ab, wollte wieder hinaus, doch ihr Blick blieb an jemandem hängen, der sich vor der Bank zu dem Kauernden herabgebückt hatte und ihm – oder ihr, das war nicht zu erkennen gewesen – einen Becher heißen Tee und einen Donut in die Hand drückte. Der Fremde hatte dem Bettler eine Hand auf die Schulter gelegt und sprach ruhig zu ihm. Lächelnd erhob er sich schließlich und ging weiter. Schuldbewusst nahm Emma eine Fünf-Pfund-Note aus ihrer Börse und steckte das Geld so schnell wie möglich in den zerknautschten Kaffeebecher. Sie spürte, dass der Obdachlose sie anstarrte, aber sie brachte es nicht fertig, ihm ein Lächeln zu schenken. Sein Geruch war dermaßen ekelerregend – süßlich, scharf, wie etwas Vergorenes –, dass es sie schnell weitertrieb.

Eine laute, überschwänglich singende Gruppe von jungen Mädchen in extrem knappen Hotpants, deren Alkoholgehalt im Blut vermutlich höher war als die Sauerstoffsättigung, hatte die gesamte Breite des Gehweges in Anspruch genommen. Emma versuchte, auszuweichen, aber die Mädels schlossen einen Kreis um sie, machten Tanzschritte auf sie zu und von ihr weg, kreischten schief und schmetterten irgendetwas über Schlaflieder, die man betrunken singen sollte. War das nicht ein Hit einer irischen Folk-Punk-Band? Sie wollten Emma einhaken und mit sich ziehen, aber sie zog den Kopf ein und quetschte sich zwischen ihnen durch, was die Girlie-Truppe mit schrillen Pfiffen quittierte. Schließlich zogen sie weiter, und Emma lehnte sich erschöpft an die Wand des Hauses hinter sich. Heim, sie wollte nur noch heim. Genug Großstadtfeeling für heute! Etwas stieß gegen ihren Rücken, und sie merkte, dass sie sich an eine Tür gelehnt hatte, die nun von innen aufgedrückt wurde. Sie wich zur Seite, und die Tür schwang auf. Sofort drang ein temporeicher, aufgepeitschter Rhythmus an ihr Ohr, der sie davon abhielt, weiterzugehen. Ein Mann in schwarzer Lederkluft trat ins Freie, würdigte sie jedoch keines Blickes, obwohl sie ihm die Tür aufgehalten hatte. Sie versuchte, in der Dunkelheit, die hinter der Schwelle herrschte, etwas zu erkennen. Gelegentlich zuckten stakkatohaft weiße Blitze auf und wie in Zeitlupe tanzende Schemen wurden sichtbar. Ein Pärchen ging an ihr vorbei nach drinnen und ehe sie weiter überlegte, folgte sie den beiden einfach. Irgendetwas an der Musik übte einen magischen Sog aus.

Jemand kassierte fünf Pfund Eintritt, und Emma ging direkt auf die Tanzfläche, die nicht sehr voll war. Für Londoner Verhältnisse war kurz vor elf einfach zu früh. Sie schloss die Augen und versuchte, sich der Musik auszuliefern. Doch sofort hatte sie das Gefühl, die Töne peitschten auf sie ein, explodierten in ihrem Innern, nahmen ihr die Luft zum Atmen. Die zuckenden Lichtblitze waren verstörend und sie verlor beinahe die Orientierung. Es ging einfach nicht! Sie hielt das nicht aus! Panisch sah sie sich um – wo war der Ausgang? Der Laden war klein, warum fand sie ihn nicht auf Anhieb? Sie drängte an einem eng tanzenden Paar vorbei und entdeckte endlich die Kasse, die Tür dahinter. Als sie auf der Straße stand, wurde ihr klar, dass sie beinahe hyperventilierte. Sie zog die Kapuze ihrer Jacke tief ins Gesicht und rannte einfach los durch den leichten Nieselregen, der im Schein der Laternen wie kleine, fallende

Sterne leuchtete. Sie wusste nicht, ob das Rennen gut für sie war, aber sie wollte nach Hause, in ihre Höhle, in ihr geliebtes Gefängnis, das sie so gerne von innen verriegelte.

Den ganzen Weg über strömten die Bilder von früher auf sie ein. Wie sie mit Simon tanzen gegangen war, wie intensiv sie sich auf der Tanzfläche miteinander verbunden gefühlt hatten. Sie hatten sich nicht berührt, aber ihre Blicke waren aneinander festgewachsen gewesen, jeder hatte versucht, den nächsten Move des anderen zu erahnen, zu fühlen, in welche Richtung Schritte und Sprünge gingen, aufeinander zu, voneinander weg, immer in Bezug zueinander. Oft hatte ihr Tanz einem Kampf geglichen, aus dem sie beide als Sieger hervorgegangen waren. Und der Preis war immer der gleiche gewesen: Noch auf dem Heimweg hatten sie sich irgendwo in einer dunklen Ecke geliebt, schnell, hart, leidenschaftlich, und sie waren sich in diesen Momenten nah gewesen wie sonst nie.

Erleichtert schloss sie die Wohnungstür auf und warf sie hinter sich zu. Die Dämonen der Vergangenheit sollten draußen bleiben. Die ganze Welt sollte sie endlich in Ruhe lassen.

KAPITEL 4

#GRILLVERGNÜGEN

Em_dreams: Wow! Das Londoner Nachtleben ist immer für Überraschungen gut. Gestern Abend eine tolle Bar ganz in Büronähe entdeckt: Nightingale Club. Kennt den jemand?
Magicmag @Em_dreams: Danke für den Tipp, muss ich mal ausprobieren!

Malermeister Schwarzner war alles andere als zufrieden.

»Naa, des kömma so ned machen«, sagte er und klang regelrecht aufgebracht.

Emma versuchte, ganz ruhig zu bleiben.

»Was genau meinen Sie denn mit ›das können wir so nicht machen‹?«, fragte sie nach.

»Das ma' da so viel rumklicken muss. Des gefällt mir gar ned. Des is' so unübersichtlich. Warum können die Preise und die Telefonnummer nicht auf einer Seite stehen? Da rufen die Leut' doch gar ned an, wenn sie erst stundenlang nach der Nummer suchen müssen.«

Malermeister Schwarzner war kurz vor dem Renteneintritt – das verrieten seine grauen Schläfen und die tiefen Furchen von der Nase zu den Mundwinkeln. Und er war mit den Geheimnissen des Web 2.0 nicht vertraut. Emma versuchte, eine verständnisvolle Miene aufzusetzen. Immerhin war es ihm gelungen, ein Skypegespräch aufzubauen, insofern konnte sie ihn vielleicht davon überzeugen, dass Internetnutzer heutzutage kein Problem damit hatten, sich durch die unterschiedlichen Seiten einer Website zu klicken.

»Wissen Sie«, versuchte sie es, »wenn alles auf einer Seite steht, kann es auch schnell unübersichtlich werden. Die User scrollen von ganz oben nach ganz weit unten und zum Schluss wissen sie nicht mehr, wo auf der Seite was stand. Durch die so genannte Navigation können wir ihnen das Wiederfinden von Infos erleichtern.«

»Na, des überzeugt mich gar nicht!« Er ließ nicht locker. Emma musste sich bemühen, nicht genervt die Augen zu verdrehen. Manchmal war Skype keine so gute Idee.

»Geh, Robert«, erklang nun im Hintergrund eine Frauenstimme. »Jetzt hör halt auf zu nörgeln. Die junge Frau ist vom Fach. Du kennst dich mit der Farb' aus, sie sich mit dem Internet! Lass gut sein!«

Schwarzer drehte sich kurz um, stöhnte auf, nuschelte etwas, das wie »Weiber!« klang und fixierte wieder Emma. »Wenn S' meinen. Sie san der Profi.«

Emma lächelte ihr bezauberndstes Lächeln. Manchmal war Skype doch gut! »Ich kann aber oben einen Header anbringen, sodass die Telefonnummer immer zu sehen ist, egal welche Seite aufgerufen ist«, schlug sie ihm vor.

»Oanen Hedda? Was immer des is' … aber Sie, gell, das wird dann ned teurer, oder?«

»Nein.« Emma rollte kurz mit den Schultern, um die Anspannung loszuwerden. »Wir haben ja einen Festpreis vereinbart.« Leider, fügte sie in Gedanken hinzu. »Also, ich überarbeite das jetzt, und dann können Sie sich noch mal alles anschauen, okay?«

Er nickte, und noch ehe Emma sich verabschieden konnte, hatte er sein Browserfenster geschlossen.

Puh! Hoffentlich würde sie nicht die nächsten vierzig Jahre damit verbringen, solche Kunden zu betreuen. Aber immerhin gab es Hoffnung: Allmählich starben die Vorinternet-Zeitgenossen aus.

Sie hob und senkte die Schultern noch ein paarmal – es knackte hörbar. Sie musste heute unbedingt noch ein wenig auf den Crosstrainer. Aber erst einmal war Arbeit angesagt.

Am Nachmittag hatte sie die Wohnung geputzt, den Einkauf übers Internet erledigt, zwischendurch ein paar Rechnungen gestellt und E-Mails beantwortet. Glücklicherweise waren wieder einige Anfragen für Websites eingegangen – bei handwerklichen Dienstleistern aus dem ländlichen Raum hatte sie sich mittlerweile einen ganz guten Ruf erworben. Irgendwer musste ja auch die versorgen.

Nun also schnell noch die Seite von Malermeister Schwarzner überarbeiten, hoffentlich zum letzten Mal. Anschließend wollte sie unbedingt ein paar grafische Entwürfe umsetzen, von denen sie ahnte, dass diese ihren Instafollowern gefallen könnten. Auch wenn ihr Barbesuch etwas … nun ja, in die Hose gegangen war, hatte sie doch gespürt, wie sehr Musik Gefühle nicht nur ausdrücken, sondern auch triggern konnte. Welche Kunstform zog so krasse körperliche Reaktionen nach sich wie Musik? Bestimmt ging das nicht nur ihr so. Emma suchte sich ein paar Liedzeilen, die diese Überlegung gut illustrierten, und probierte damit herum. Sie ließ die Worte auf dunklen, funkelnden Hintergründen tanzen, als wären es Sterne am nächtlichen Himmel, ordnete sie wie Noten an oder ließ die Buchstaben selbst zu Tänzern werden.

Dance like there's no tomorrow.
Die Nacht ist nicht allein zum Schlafen da.
Dance – and the world feels like home.

Die Ideen sprudelten nur so aus ihr heraus, und als sie die Grafiken auf ihrem Instagram-Account hochlud, spürte sie eine tiefe Befriedigung. Es war wirklich ein Glücksmoment, wenn es ihr gelang, das, was sie fühlte, in Bilder umzusetzen. Gespannt beobachtete sie, wie rasch die Zahl der Herzchen unter den Bildern anwuchs.

Zwei Stunden und drei umgesetzte Entwürfe später spürte sie plötzlich einen solchen Hunger, dass sie den ganzen Kühlschrank hätte leer essen können. Der Blick in dessen Inneres offenbarte jedoch, dass sie dies bereits getan hatte. In den Fächern herrschte gähnende Leere. Enttäuscht sah sie auf die Dachterrasse hinaus, und mit einem Mal war ihr klar, warum sie so übermäßig hungrig war. Von dort drang ein unwiderstehlicher Duft nach frisch Gegrilltem zu ihr. Am liebsten wäre sie dem Geruch nachgegangen und hätte alles vom Rost heruntergerissen, was dort lag, um es sich einzuverleiben.

Unruhig lief sie in ihrem Zimmer auf und ab. Verdammt – eigentlich sollte sie jetzt einfach in einen Supermarkt gehen und etwas zu essen kaufen. Aber bei der Vorstellung der vielen Menschen um sie herum, der Kassenschlangen, dem Gedrängel breitete sich eine Trockenheit in ihrem Mund aus, die ihr das Schlucken erschwerte. Sogar das Atmen! Der Lieferservice, den sie bestellt hatte, ließ heute fürchterlich lange auf sich warten. Aber es half nichts – sie musste ausharren, bis er kam. Vielleicht konnte sie sich mit einer Runde auf dem Crosstrainer vom Hunger ablenken. Sie trank ein großes Glas Wasser, um ihren Magen zu beruhigen, schlüpfte in ihre ausgeleierte Lieblingsjogginghose und ein schon leicht schlabbriges Top und ging hinaus. Nicht nur der Duft wurde stärker, sondern sie bemerkte auch leichte Rauchschwaden, die von Nathans Seite der Dachterrasse herüberzogen. Sie wagte einen Blick durch die Kletterhortensie, die ihren Bereich vom Rest abtrennte, und sah in die Gesichter von fünf Männern, die alle um einen riesigen, sehr archaisch wirkenden Schwenkgrill standen und sie nun mit unverhohlener Neugier anblickten. Sie zuckte zurück. Mist! Sie hatte überhaupt nicht daran gedacht, dass sie nun jederzeit mit weiteren Beobachtern auf ihrer Dachterrasse rechnen musste. Einer der Männer raunte den anderen etwas zu. Aus der Terrassentür dahinter trat nun Nathan und erblickte sie ebenfalls. Am liebsten wäre sie sofort wieder hineingegangen und hätte die Terrassentür fest verschlossen. Aber wenn sie damit anfinge, dann würde sie zulassen, dass ihr neuer Nachbar sie immer mehr einschränkte und dass ihr irgendwann nur noch übrig blieb, auszuziehen. Was sie sich allein aus finanziellen Gründen niemals würde leisten können. Außerdem wollte sie diese Dachterrassenwohnung niemals aufgeben! Ihren Elfenbeinturm ... Warum nur hatte Mrs Watershed einen Schlaganfall bekommen müssen? Die hatte höchstens mal ihre Terrassentür geöffnet, um eine verkrümelte Decke auszuschütteln.

Emma nickte den Männern nur kurz zu und ging betont lässig zum Crosstrainer, dessen Regenplane sie ebenso lässig zu entfernen versuchte. Leider hatte sich ein Ende des Überwurfs an einem der Haltegriffe verheddert, und sie hatte Mühe, ihn zu lösen. Grinsten die Männer spöttisch? Aus den Augenwinkeln sah sie, wie Nathan mit einer langen Grillzange hantierte und riesige Steaks oder etwas Ähnliches auf den Rost legte. Mit einem Zischen floss Bier aus einem kleinen Fässchen in bereitgehaltene Gläser.

Emma fluchte innerlich, dass der Crosstrainer genau in der Sichtachse der sechs Männer stand – die Kerle würden ihr genüsslich dabei zuschauen können, wie sie sich abrackerte, während sie ihre Steaks in sich rein futterten.

Leider war das Sportgerät so schwer, dass sie es niemals alleine irgendwo anders hinschleppen könnte – zwei Mann hatten es letztes Jahr angeliefert und aufgebaut. Aber nun stand sie hier im Sportdress und wenn sie wieder reinginge, sähe das auch dämlich aus. Wenigstens hatten sich die Männer nun von ihr abgewandt und beschäftigten sich mit ihrem Essen. Sie prosteten sich zu und ließen sich auf verschiedenen Sitzmöbeln nieder. Es gab zwei klapprig aussehende blau-weiß gestreifte Strandliegen, einen niedrigen Hocker und zwei Klappstühle, die sicher auch schon bessere Tage erlebt hatten. Alles sah ziemlich improvisiert aus. Als Tisch diente eine Bierkiste, auf der ein großes Tablett lag. Nathan hantierte am Grill, während es sich seine Kumpels schmecken ließen.

Emma drehte ihnen den Rücken zu und starrte aufs London Eye, dessen Weiß sich vor einem langsam dunkler werdenden Himmel wie frisch lackiert abzeichnete. Dann fiel ihr Blick auf den Sonnenschirm, der direkt vor der Brüstung stand. Der immerhin ließ sich einigermaßen gut bewegen. Sie vergewisserte sich, dass die Männer nach wie vor auf ihr Essen konzentriert waren, dann schleppte sie den Schirm samt Ständer in die Nähe des Crosstrainers. Sie spannte ihn auf, kippte ihn seitlich und arretierte ihn so tief, dass er den perfekten Sichtschutz zum Rest der Dachterrasse darstellte. Puh! So würde es gehen! Sollten sie doch von ihr denken, was sie wollten. Hauptsache, keiner sah sie! Erleichtert erklomm sie den Crosstrainer und in einem unkontrollierbaren Funken von Übermut rief sie »Guten Appetit!« zu den Kerlen hinüber.

»*Thanks*«, hörte sie Nathan antworten und meinte, eine Spur Irritation in seiner Stimme zu hören. Gut, dass sie ihn nicht sehen konnte.

Sie blickte in den Himmel und konzentrierte sich nur noch darauf, die Schwungmasse der Maschine in die richtige Geschwindigkeit zu bringen. Beim nächsten Mal würde sie ihr

Smartphone mitnehmen, während des Trainings Musik hören und so tun, als sei sie nach wie vor alleine hier.

Jetzt aber versuchte sie, die Geräusche von nebenan zu ignorieren. Doch es ging nicht. Bierflaschen stießen laut aneinander, und die Männer lobten Nathan als besten Grillmeister ganz Englands. Dann machte einer einen Witz, den Emma nicht verstand, und alle brachen in grölendes Gelächter aus. Sie sah auf das Display ihres Trainingsgerätes. Noch keine zehn Minuten waren vergangen. Irgendwie hatte sie heute keine rechte Lust. Außerdem plagten sie immer stärkere Hungergefühle. Sie versuchte, schneller zu werden, umklammerte die Haltestangen besonders fest und zog kräftig durch. Als könnte sie so fortlaufen.

Der Sonnenschirm wackelte plötzlich und Nathan drängte sich daran vorbei. In der Hand einen Teller, auf dem ein dickes Steak, gegrilltes Gemüse und Nudelsalat lagen. Abrupt blieb sie stehen und geriet leicht ins Wanken, weil der Crosstrainer ihrem unvermittelten Anhalten nicht so schnell folgen konnte.

»Hoppla«, sagte Nathan und tat einen Schritt auf sie zu, als habe er Angst, sie könnte von ihrem Gerät fallen.

»Ich habe mal wieder viel zu viel eingekauft. Vielleicht magst du mitessen? Nach deinem Training? Komm doch einfach rüber.« Er sah sie so wohlwollend an, dass es ihr die Sprache verschlug. Verdammt, warum fiel ihr nicht wenigstens ein lockerer Spruch ein? Irgendwas mit verführerisch und vernaschen … Doch der Hunger klopfte dermaßen grantig in ihrem Bauch und ihre Beine schienen von einer Sekunde auf die andere jede Kraft verloren zu haben, dass sie keinen Ton herausbekam.

»Oder bist du Vegetarierin? Schau, wir haben auch genug Schafskäse und gegrilltes Gemüse.« Er deutete auf eine perfekt geröstete Auberginenscheibe und ein paar Champignons.

Am liebsten wäre sie über ihn hergefallen, hätte ihm den Teller aus der Hand gerissen und alles mit den Fingern in sich hineingestopft.

»Äh, danke, ich bin später noch zum Essen verabredet«, hörte sie sich sagen, schneller, als diese Ausrede in ihrem Hirn zur Begutachtung hätte antreten können.

»Schade!« Er sah betrübt auf den Teller in seiner Hand. »Beim nächsten Mal sage ich dir früher Bescheid.«

Er lächelte noch einmal, und mit einem Mal blitzte in seinen Zügen etwas von einem kleinen Jungen auf, den man am liebsten sofort an sein Herz gedrückt hätte. Emma nickte und hoffte inständig, dass er rasch abzog mit seinem Teller voller Essen und seinem Lächeln. Sonst konnte sie sich sicher nicht mehr zurückhalten.

Doch da sprang völlig unvermittelt Troy zwischen den Blumentöpfen hervor und schmiegte sich an Nathans Beine. Sicher hatte auch der Kater den verführerischen Duft gerochen. Nathan bückte sich und streichelte die Katze.

»Du würdest sofort ein Stück Fleisch nehmen, oder?«, sagte er und hob den Blick zu Emma. Das Tier maunzte und schlich tatsächlich in Richtung Grill. Emma beneidete ihn von ganzem Herzen! Er folgte einfach seinem Instinkt und scherte sich einen Dreck um Ausreden und Verklemmtheiten und selbstauferlegte Zurückhaltung. Hauptsache, jemand gab ihm Futter. Schade, dass die Menschenwelt nicht so einfach war.

»Ey, *hombre*«, rief einer seiner Kumpels, der Glatzkopf – hieß er nicht Greg? –, der vor ein paar Tagen mitgeholfen hatte, das Klavier nach oben zu tragen. Nathan schob den Sonnenschirm etwas zur Seite und sah zu ihm hinüber.

»Das Bier wird warm.« Greg reckte eine Flasche in die Höhe und öffnete sie demonstrativ. Dann warf er den Kronkorken in Richtung des Katers und traf ihn tatsächlich an der Flanke.

Troy verzog sich erschrocken unter den Bambus. Nathan zog den Sonnenschirm wieder an seinen Platz, schüttelte missbilligend den Kopf und sah Emma an, als wollte er für seinen Kumpel um Verzeihung bitten. Stattdessen sagte er: »Dann noch einen schönen Abend! Viel Spaß mit deiner Verabredung.«

»Welche …«, entfuhr es Emma, aber sie konnte sich gerade noch bremsen. »Ach so, ja, danke! Bis bald!«

Als die warmen Strahlen der Dusche zehn Minuten später ihren nackten Körper trafen, fühlte sie sich, als würde sie jeden Moment mit dem Wasser durch den Abfluss in die Unterwelt verschwinden. Wieso hatte sie Nathans Angebot nicht einfach annehmen können? Er schien ein wirklich netter Typ zu sein. Wer war nur diese Fremde in ihr, die ihr mittlerweile immer im Weg stand und ihr die Aussicht auf ihr geselligeres und freundlicheres früheres Ich versperrte?

Nicht nur, dass sie wie eine langweilige, unspontane Spielverderberin gewirkt hatte – jetzt musste sie auch noch für den Rest des Abends still in ihrer Wohnung hocken. Schließlich hatte sie behauptet, sie würde noch ausgehen. Und der nächste Ärger kam per Mail: Wegen irgendwelcher Engpässe könnte man ihr die bestellte Essenslieferung erst am nächsten Vormittag zustellen.

»Verflucht«, stöhnte Emma und hielt sich die Nase zu. Wie lange würde diese verdammte Grillerei da draußen noch dauern?

Im Küchenschrank fand sie immerhin noch eine Packung Buchstabennudeln und irgendwo einen alten Brühwürfel. Sie schloss die Terrassentür, zog die Vorhänge vor, damit niemand bemerkte, dass sie zu Hause war, und setzte Wasser für die Suppe auf. Während sie beobachtete, wie die Nudeln im sprudelnden Wasser ihre Kreise zogen, versuchte sie, ihr Denken abzustellen. Wenn ihr Körper gleich mit Nahrung versorgt war, ging es ihr bestimmt besser. Außerdem würde sie eine weitere Folge von *The Affair* anschauen, eine spannende Liebesgeschichte, auf die sie neulich von einer Instagram-Freundin hingewiesen worden war.

Zuerst machte Emma sich gierig über die etwas fade Suppe her – und verbrannte sich prompt die Zungenspitze. Sie schob den Teller genervt von sich und starrte hinaus in die Dunkelheit. Von Nathans Appartement her drang ein Lichtschein – und nicht nur das. Die Männer dort draußen diskutierten lautstark und offensichtlich kontrovers. Einer spickte seinen Satz mit dermaßen vielen Schimpfwörtern, dass Emma nicht im Geringsten verstand, worum es überhaupt ging.

Seine Tirade wurde jedoch mittendrin von Klavierspiel übertönt. Sofort begannen die Typen zu singen. Nach wenigen Sekunden erkannte Emma das Lied – es war der gleiche Mitgröl-Song, den die Mädels von der Junggesellinnenparty auf der Straße gesungen hatten. War dieses irische Lied die heimliche Nationalhymne betrunkener Engländer?

Die Musik und der Gesang umhüllten sie wie Nebel, durch den sie abgeschnitten wurde, verbannt aus dem Leben der anderen. Kein Zutritt.

Das laute Stimmengewirr wechselte sich bis in die Nacht mit kräftigem Singen ab – das zumindest zeitweise durchaus wohltönend war. Emma versuchte, sich auf *The Affair* zu konzentrieren, aber es funktionierte nicht. Durch Instagram zu scrollen kam ihr mit einem Mal furchtbar langweilig vor, und selbst die Tatsache, dass sie Hunderte von Herzchen für ihre Tanz-Grafiken vom Discoabend bekommen hatte, munterte sie nicht auf. Wen interessierten die denn schon wirklich? Die meisten

Leute klickten mal schnell auf das Herzchensymbol, hatten ihre mühevolle Arbeit aber ein paar Sekunden, ein paar Klicks später, garantiert längst vergessen. Am ehesten konnte sie sich noch auf ein neues Dreamtableau konzentrieren, zu dem sie von einer alten Insta-Bekanntschaft angeregt worden war.

Pierre war noch unter zwanzig, schwul und gerade frisch getrennt. Normalerweise postete er immer verrückt-bunte Bilder mit Streetart, die er zum Teil selbst erschuf – dickbäuchige, hellgrüne Männchen, die sich termitenartig über nackte Hauswände verteilten und darauf unerwartet graziöse Akrobatenkunst zeigten. Seit einer Woche aber postete er nur noch Fotos, auf denen schwarze Flächen viel Raum einnahmen. Emma schuf aus den grünen Männchen eine Collage, die den Lebensmut und die Fantasie ihres Erfinders feierten. Ein wenig Schwarz war im Bild noch zu finden, aber über der Szenerie lag ein goldener Hauch, das Versprechen auf eine bessere Zukunft.

In ihrer schönsten Handlettering-Schrift – geschwungen, verspielt, dennoch gut lesbar – schrieb sie mit dem Smartpen dazu: »Was geschah, kann niemand ändern – doch was sein wird, liegt in deiner Hand. Dein Talent hilft dir, deine Zukunft zu bauen. Starte jetzt!«

Irgendwann brach sie jedoch ab, speicherte ihren Entwurf und fuhr den Computer herunter. Es war halb eins – eigentlich noch zu früh, um schlafen zu gehen. Sie fühlte sich hundemüde, ahnte aber, dass sie sich doch nur herumwälzen würde. Wie schön wäre es, jetzt noch ein wenig im Strandkorb zu liegen und in den Nachthimmel zu blicken bis ihre Gedanken so träge wären, dass sich der Schlaf anschleichen konnte. Nebenan war die Musik verklungen, aber es drangen noch immer Satzfetzen und Lachen zu ihr, auch wenn alles gedämpfter wirkte.

Vorsichtig lugte Emma von der Dachterrassentür aus zu Nathan hinüber. Seine Tür war geschlossen, die Vorhänge zugezogen. Etwas Frischluft täte ihr jetzt so gut! Ihr Blick fiel auf die Blumenkästen, die sie in den letzten Tagen deutlich vernachlässigt hatte.

Sie schnappte sich die kleine Blumenschere aus dem schmalen Eisenregal rechts von der Dachterrassentür, in dem sie ihr Gartenwerkzeug, Erde und Übertöpfe aufbewahrte. Im Schein der LED-Lichterkette mit den kunterbunten Kugeln, die sich quer über die Brüstung spannte, konnte sie noch ein paar vertrocknete Blüten abschneiden und kontrollieren, welche Pflanzen sie gießen musste.

Obwohl die Straße vor dem Haus schon recht leer war, meinte sie wie so oft, London vibrieren zu spüren. Das London Eye leuchtete herüber, einzelne Lichter im Turm des riesigen The Shard überstrahlten ein paar blasse Sterne, die hinter einzelnen Wolken auftauchten. Nur die Mondsichel war nirgends zu sehen. Sie bemerkte, dass mittlerweile sogar der kleine Holunderbusch im äußersten Topf blühte, und sog dessen intensives Aroma tief ein. Es war Frühling. Definitiv. Der zweite Frühling, seitdem sich ihr Leben so radikal verändert hatte.

Wenn sie doch nur den Duft des Frühlings konservieren könnte. Oder besser noch: Den der allerbesten Frühlingsmomente, die sie in ihrem Leben erfuhr. Sie hoffte, es würde sich am Ende ihres Lebens herausstellen, dass die meisten davon nicht dem Frühling vor sechs Jahren entstammten, als sie Simon kennengelernt hatte. Das hieße nämlich, dass sie nie wieder einen solchen Frühling geschenkt bekäme – einen warmen, umschmeichelnden, der die Welt zu einem heiteren Ort machte und einen selbst zu einem besseren Menschen. Sie waren beide in der Schultheater-AG gewesen, er als Schauspieler, sie als Kulissenmalerin, Requisitenbastlerin und Maskenbildnerin. Er hatte ihr unentwegt in die Augen geschaut, während sie versucht hatte, ihn mithilfe von viel Latex und Schminkstiften in Frankensteins Monster zu verwandeln. Und es hatte ihnen beiden viel Vergnügen bereitet, wenn der große, sportliche Simon in seiner Verkleidung als unglückliches Monster von einigen Klassenkameraden nicht wiedererkannt wurde. Mit der Zeit hatten sie immer mehr miteinander geredet, und Emma war erstaunt gewesen, wie ernsthaft der Mädchenschwarm Simon sich für sie interessierte – für die in sich gekehrte Emma Martins.

»Ich freue mich immer so, wenn ich es schaffe, dich zum Lachen zu bringen«, hatte er ihr nach dem ersten Kuss auf der Premierenfeier erklärt – er noch als Monster verkleidet. »Denn dein Lächeln ist das schönste der Welt!«

Hinter ihr raschelte es. Sie drehte sich um, konnte aber in der Dunkelheit nichts erkennen. Eine leise gesummte Melodie bahnte sich den Weg in ihr Ohr. Und erneutes Rascheln aus Richtung des Bambus. Sie ging ein paar Schritte auf das Geräusch zu, die Gartenschere im Anschlag.

Nur an den Tontopf mit dem kleinen Holunder dachte sie nicht. Sie stolperte darüber und die Schere knallte auf den Boden.

»*What the* …!«, kam es von jenseits des Bambus und endlich erkannte Emma, was dort vor sich ging. Der glatzköpfige Freund von Nathan pinkelte in den Blumentopf.

»Die Toilette war besetzt«, lallte er in ihre Richtung.

Emma war sprachlos. Was fiel diesem fürchterlichen Kerl ein!

Das ist doch hier keine öffentliche Toilette!, hätte sie ihn am liebsten angeschrien, aber stattdessen brachte sie nur leise ein deutsches Schimpfwort hervor.

»Knalltüte!«

»*What?*«, blaffte Greg, der Glatzkopf, und riss die Augen auf.

»Knalltea? Ist das so eine richtig krasse deutsche Beleidigung? Beeindruckend!« Er schloss den Reißverschluss und machte einen Schritt auf Emma zu.

»Schon gut, schon gut.« Sie wich erschrocken zurück und bemerkte, dass nun hinter dem Typ die Terrassentür von Nathans Appartement aufging und der Hausherr persönlich in die Nachtluft trat.

»Miss Sauerkraut, krieg dich wieder ein …«

»Greg!«, rief Nathan seinem Freund zu. Freund – wie konnte man solche Freunde haben? »Komm rein, mach schon.«

Er kam näher und betrachtete Emma fragend.

»Alles in Ordnung?«

Emma nickte, aber ihr Gesichtsausdruck überführte sie offensichtlich der Lüge.

»Hat er etwa …?« Nathan deutete auf den Bambus. »Oh Greg, du musst nicht überall deine Duftmarke setzen. Komm schon, entschuldige dich bei Emma!«

Greg nuschelte ein kaum verständliches »Sorry« und trollte sich dann leicht schwankend in Richtung Appartement.

Nathan sah ihm kurz nach, dann sagte er:

»Es tut mir leid.« Er klang, als sei er ebenfalls nicht mehr ganz nüchtern. »Tut mir leid, passiert nicht wieder.«

Plötzlich breitete sich ein Grinsen auf seinem Gesicht aus.

»Hat er wirklich …?«, presste er hervor. »Er hat wirklich … in die Blumen …« Sein amüsiertes Glucksen stieg in den Nachthimmel auf. »Ups, weißt du, wir sind ein bisschen … beschwipst.«

»Ha! Ha!«, stieß Emma hervor, drehte sich auf dem Absatz um und stürmte von der Dachterrasse zurück in ihre vier Wände. Als sie die Tür hinter sich schloss, spürte sie, dass sie ebenfalls grinsen musste. Was für ein bekloppter Idiot, dieser Greg!

KAPITEL 5

#WASCHTAG

Em_dreams: Was für ein Vergnügen sind Grillabende mit lieben Freunden – vor lauter Begeisterung habe ich sogar vergessen, ein Foto zu machen. Shame on me!
BoringMary @Em_dreams: Ich kann es mir lebhaft ausmalen. Wie schön für dich! Hätte auch gerne liebe Freunde, mit denen ich grillen könnte. :-(

In der Nacht hatte Emma erst spät in den Schlaf gefunden. Immer wieder hatte sie sich gefragt, warum es ihr so schwerfiel, lockerer mit anderen Menschen umzugehen. Wollte sie mit ihrer abweisenden Art klarmachen, dass man sich besser nicht mit ihr einließ? Weil sie eine Art Pechmarie war, die anderen nur Unglück brachte? So wie Simon …

Im Moment brachte sie allerdings hauptsächlich sich selbst Pech. Wenn sie doch nur … Warum hatte sie nicht … Das Gedankenkarussell drehte sich bis in die frühen Morgenstunden. Um halb neun fuhr sie mit riesigem Schrecken aus einem beinah komatösen Tiefschlaf auf, als es an der Wohnungstür Sturm klingelte. *Nicht schon wieder der Nachbar*, dachte sie und schlurfte zur Tür. Der große, schlanke Typ in neongrüner Radlerkleidung mit Sonnenbrille und Helm sah aus wie Nathan. Dann wurde ihr klar, dass heute ein anderer Lieferant ihren Wocheneinkauf vorbeibrachte.

»Sorry, dass es gestern nicht mehr geklappt hat. Als Wiedergutmachung erhalten Sie einen Gutschein über zehn Prozent Rabatt für Ihren nächsten Einkauf«, leierte er herunter und drückte ihr zwei große Kartons voller Essen in die Arme.

Dann drehte er sich um, und sie sah ihn mit seinem froschgrünen Helm die Treppe rasch hinuntertänzeln. Gähnend lehnte sie sich an die Wohnungstür. Und spürte ein klitzekleines bisschen Bedauern, dass es nicht Nathan gewesen war. Er musste ebenfalls im Dienst sein, denn sein Fahrrad neben der Wohnungstür war verschwunden. Kaum vorstellbar, dass er nach einem solchen Abend schon wieder zur Arbeit aufgebrochen war, aber vermutlich blieb ihm keine Wahl. Um vom Fahrradfahren leben zu können, musste er vermutlich ordentlich strampeln.

Emma verstaute das Essen, bei dessen Anblick ihr Magen zu rumoren begann. Normalerweise hatte Essen bei ihr, außer zur Hungerbekämpfung, keinen hohen Stellenwert. Es konnte schon passieren, dass sie eine Mahlzeit vergaß. Zum Frühstück reichte ihr meist ein kleines Müsli oder Porridge. Aber heute würde ihr das nicht genügen. Da sie nun schon einmal aufgestanden war, belegte sie ein Toast mit Käse, Schinken, Salat und Mayonnaise, briet ein paar Streifen Speck und zwei Spiegeleier. Außerdem hatte sie Scones geordert, die sie sich nun mit Clotted Cream und Lime bestrich. Dazu gab es Orangensaft und einen Earl-Grey-Tee mit Milch. Selbst der Queen hätte dieses Frühstück sicher gefallen, dachte sie zufrieden.

Weil glücklicherweise die Sonne schien – überhaupt zeigte sich der Frühling zurzeit von seiner schönsten Seite – stellte Emma das Essen und ihre Tasse auf ein Tablett und trug alles zum Strandkorb hinaus. Auch von dieser Seite wirkte es so, als sei die Nachbarwohnung verwaist. Alles war verrammelt. Ein wunderbarer Anblick! Sie kuschelte sich in eine flauschige Decke und legte ihr Handy parat. Sie liebte es, hier draußen zu essen, den frischen Wind zu spüren und die Aussicht zu genießen. Das war fast wie ein kleiner Urlaub. Nur das Meer fehlte. Als Ersatz diente der Hashtag #seaview, auf dessen Eingabe hin Instagram ihr Unmengen von Meeresfotos präsentierte: karibisches Blau, weiße Strände, schäumende Gischt, bizarre Felsen im Wasser, Leuchttürme und hier und da auch ausgesprochen knackige Beachboys mit von Sonnencreme glänzenden Sixpacks und knappen Badeshorts. Kauend scrollte sie durch die Bilder und zuckte irritiert zusammen, als eine ganz reale, kreischende Möwe direkt über sie hinwegflog. Manchmal merkte man, dass London gar nicht so weit vom Meer entfernt war.

Sie klickte weiter auf die Empfehlungsseite, wo ihr ein Video ins Auge sprang von dicht an dicht tanzenden Menschen, in kaltes, lilablaues Licht getaucht und sporadisch von weißen Lichtblitzen grell erhellt. War das nicht dort, wo sie vorgestern kurz gewesen war? Sie betrachtete weitere Bilder des Nightingale Club und klickte schließlich auf Folgen.

Als sie gerade in den Scone biss und aufpassen musste, dass die Zitronencreme nicht von der Cream runtertropfte, ploppte ihr Messenger auf.

Brittany
Hi Emma, störe ich?
09:44

Emma
Hi, Brit, gar nicht! Wie geht's dir heute Morgen?
09:45

Brittany
Danke! Gut! Na ja, ehrlich gesagt, geht so.
09:45

Emma
Was ist los?
09:45

Brittany
Ich komm mir so doof vor.
09:46

Emma
Musst du nicht. Was ist passiert?
09:46

Brittany
Ich meine, wir kennen uns ja eigentlich gar nicht.
09:47

Emma
Wieso? Nur weil wir uns noch nie echt getroffen haben?
09:48

Brittany

Vielleicht. Aber ich habe immer das Gefühl, du verstehst mich. Du kapierst, wie ich ticke. Dein Dreamtableau ist so schön! Ich habe es gegenüber von meinem Bett aufgehängt. Ist das Erste, was ich morgens sehe. Und es gibt mir die Kraft für den Tag – zeigt mir, was mein Ziel ist. Wo ich hinwill. Und das treibt mich aus dem Bett.

09:50

Emma

Ich werde ganz rot!

09:51

Brittany

Na, ist doch so! Und deswegen dachte ich … darf ich dich was fragen?

09:51

Emma

Na klar, ich hoffe, ich kann helfen.

09:51

Brittany

Mit meinen Kolleginnen hier will ich nicht darüber reden. Das gibt nur Getratsche. Weißt du, ich bin ja seit kurz nach Poppys Geburt Single. Also seit fast sechs Jahren.

09:53

Emma

Wow! Eine ganz schön lange Zeit!

09:54

Brittany

Allerdings. Ich meine, es gab schon immer mal so den ein oder anderen … du verstehst … aber halt immer nur eine Nacht.

09:54

Emma

Verstehe.

09:54

Brittany

Aber jetzt ist da so ein Typ. Er ist ein Kunde von uns.

09:55

Emma

Oh, dann siehst du ihn aber nicht allzu oft, oder? Zum Friseur geht man ja nicht ständig …

09:55

Brittany
Na ja … ich habe den Eindruck, er kommt auch gerne schon mal, wenn's gar nicht nötig ist. Oder er will plötzlich Strähnchen. Oder einfach 'ne Kopfmassage. Oder 'ne Rasur. Er kommt immer zu mir. Und irgendwie … vielleicht klingt das dämlich, aber wenn ich in seinen Haaren rummache … wow, das ist ganz schön sexy. Und er scheint es auch total zu genießen. Da fliegen echt die Funken. Und er gibt mir 'ne Menge Trinkgeld.
09:58

Emma
Na, dann ist doch alles klar. Verabrede dich mit ihm.
10:01

Brittany
Und Poppy?
10:01

Emma
Die hat doch eine Oma, oder?
10:01

Brittany
Eine Tante. Die Schwester meiner Mama. Meine Eltern wohnen ja seit zwei Jahren wieder oben in Schottland, wo sie ursprünglich herkommen. Und meine Tante hat selbst vier Kinder, lauter durchgeknallte Teenager, die hat genug zu tun. Da kann Poppy nur im Notfall hin.
10:02

Emma
Aber das ist doch ein Notfall, oder?
10:03

Brittany
Ja, das würde schon gehen. Aber irgendwie … Ich habe einfach ein schlechtes Gewissen. Käme mir vor, als würde ich Poppy abschieben, um meinen Spaß zu haben. Sie ist nicht so gerne bei der Tante. Sie sagt, die ist so streng und sie muss Sachen essen, die sie nicht mag. Baked Beans oder Haggis, dieser gefüllte Schafsmagen.
10:04

Emma
Igitt! Verstehe! Und hat sie nicht eine Schulfreundin, bei der sie mal schlafen kann?
10:04

Brittany
Doch, das ginge eher. Aber … ich weiß, es ist total dämlich … Sorry, warum belästige ich dich nur damit?
10:05

Emma
Ich freue mich echt, wenn ich dir helfen kann. Sieht dein Kunde aus wie der Traummann auf dem Dreamtableau?
10:07

Brittany
Das ist ja das Irre: Irgendwie schon!
10:07

Emma
Oh, wow, mega! Komm, du musst ihn treffen! Poppy wird schon keinen Schaden nehmen, wenn sich's ihre Mama mal ohne sie gut gehen lässt. Kinder brauchen zufriedene Mamas – keine, die nie an sich denken.
10:08

Brittany
Meinst du echt?
10:08

Emma
Klar! Und wenn er ein toller Mann ist, hat er auch Verständnis für die Probleme einer alleinerziehenden Mom.
10:09

Brittany
Und wenn nicht?
10:09

Emma
Dann schick ihn in die Wüste. Aber der ist bestimmt nicht so, oder?
10:11

Brittany
Nein. Ach, Emma … der Typ ist echt ein Schnuckel. Irgendwie männlich, aber er hat auch was Weiches, Liebes. Ich glaube, das ist genau, was ich brauche. Ein sexy Kerl, der lieb ist. Ob's das gibt?
10:12

Emma
Hihihi … bestimmt!
10:12

Brittany
Ist dein Troy so?
10:13

Emma
Hmmm, ja. Mal lieb, mal sexy.
10:14

Brittany
Wie lange seid ihr eigentlich schon zusammen?
10:15

Ach, du je! Falsche Frage. Nächste bitte. Mist! Emma überlegte angestrengt, wann sie Troy das erste Mal als ihren *Boyfriend* ins Spiel gebracht hatte. Kurz nach dem Auftauchen der Katze vermutlich.

Brittany
Em, bist du noch da?
10:19

Emma
Sorry, mir ist gerade mein Wasserglas umgekippt … ich Trampel!
10:20

Brittany
Ist ja auch egal, ich wollte dich nicht bedrängen.
10:21

Emma
Nein, nein, alles gut. Seit Anfang letzten Jahres.
10:21

Brittany
Und was glaubst du – was ist das Geheimnis eurer Liebe? Ich meine, was du immer so für Fotos postet – da hat man das Gefühl, ihr seid mit der Welt im Reinen. Total harmonisch! *By the way*: Kannst du ihn uns nicht mal ganz zeigen?
10:23

Emma
Würde ich total gerne – aber ich musste ihm mein großes Ehrenwort geben, dass ich ihn in meinen Social-Media-Quatsch, wie er das nennt, nicht reinziehe. Weißt du noch, neulich diese Fußspitze von ihm – da hat er schon beinahe rotgesehen. Mag er eben nicht. Ist okay für mich. Ich glaube, so funktionieren gute Beziehungen: dass man den

anderen so sein lässt, wie er ist. Er ist zum Beispiel der totale Rennradfreak – was wiederum gar nicht meins ist. Ich zwinge ihn nur, einen Helm zu tragen, ansonsten mische ich mich da nicht ein.

10:26

Brittany

Verstehe. Klar. Ist doch in Ordnung. Irgendwie ist das ja auch das Besondere an deinen Fotos – da ist immer so eine kleine Leerstelle, die man sich selbst ausmalen kann. Regt die Fantasie an. Shit, meine Pause ist rum. Muss wieder rein. Immerhin kommt nachher noch *er*.

10:27

Emma

Ich drücke dir die Daumen! Und gönn dir ein Date! Haste dir verdient. Ich freue mich auf deinen Bericht, ja?

10:27

Brittany

Ich versuch's. Und Emma: Vielen Dank! Ich weiß dein offenes Ohr sehr zu schätzen! Bis bald!

10:28

Emma
Bye, Brit! Und knutsch Poppy von mir!
10:28

Emma schloss den Messenger. Troy ein Rennradfreak – wie war sie denn da drauf gekommen? Sie sah in die Ferne. Der Himmel war von strahlender Bläue, Picknickwetter. Reisewetter. Fernwehwetter. Irgendwie beneidete sie Brittany um deren Schmetterlinge im Bauch! Wie verrückt, dass sie meinte, nur weil sie Mutter sei, dürfe sie sich kein Liebesleben gönnen. Aber Emma wusste, was es bedeutete, wenn andere meinten, man könnte seine angeblich lächerlichen Selbstvorwürfe mal einfach eben so aufgeben – nur, weil es in ihren Augen das Einfachste von der Welt war. Aber keiner dieser Leute war je einen Schritt in ihren Schuhen gegangen und hatte die leiseste Ahnung, was es hieß, sich selbst verzeihen zu müssen. Es war geradezu ein Kinderspiel, die Entschuldigung anderer anzunehmen. Aber die eigene …

Troy stupste sie mit der Schnauze am Bein. Sie schrak zusammen und bückte sich zu dem Tier hinunter.

»Ach, Troy!«, rief sie aus und wich angeekelt zurück. Der Kater hatte ihr ein Geschenk mitgebracht. Das schlimmste, was er ihr machen konnte: eine Maus. Und zwar eine halb tote, die sich nun mit letzten Kräften in Richtung der Dacheinfassung schleppte, eine grausige Blutspur hinter sich herziehend.

»Igitt! Hör auf damit!«, blaffte sie die stoisch dreinblickende Katze an, wohlwissend, wie überflüssig ihre Worte waren. Troy drückte den Rücken durch, gähnte und mit einem einzigen Satz sprang er seinem Opfer hinterher. Ein Prankenhieb genügte und die Maus blieb reglos liegen. Mit stolz aufgerichtetem Schwanz stolzierte der Kater davon.

»Mann, und ich darf das jetzt sauber machen!«, fluchte Emma.

Sie war froh, dass sie ihr Frühstück bereits beendet hatte. Sie beschloss, sich um das eklige Mäuseproblem erst später zu kümmern.

Als sie das Geschirr nach drinnen brachte, riskierte sie einen Blick zur Nachbarterrasse. Der türkisfarbene Vorhang war nach wie vor geschlossen, die kleinen Spiegel glitzerten in der Sonne. Sie würde die Zeit nutzen und ein wenig Morgensport machen, ohne dabei beobachtet zu werden. Bevor sie begann, schlich sie jedoch kurz durch das Treppenhaus in den Keller, um eine Maschine mit Wäsche zu füllen. Es war ein echtes Manko der Wohnung, dass weder Platz noch ein Anschluss für eine Waschmaschine vorhanden waren und sie die betagte Gemeinschaftsmaschine im Keller nutzen musste. Zudem hielt sie jedes Mal die Luft an vor Sorge, Mrs Frampton könne ihr auflauern und blöde Sprüche von sich geben. Immerhin musste sie das Haus nicht verlassen, um einen Waschsalon aufzusuchen. Das wäre noch grässlicher!

Nach einer ausgiebigen Runde auf dem Crosstrainer beschloss Emma, dass es Zeit für den Wohnungsputz war. Das war nicht gerade ihre Lieblingsbeschäftigung, aber dann konnte sie nachher in ihrem Bullet Journal genüsslich die Felder für »Küchenzeile säubern«, »Bett beziehen«, »Bad putzen« und »Staubsaugen« abhaken, die in dieser Woche anstanden. Und vielleicht blieb auch noch Zeit zum Ausmisten. Da ihr Platz begrenzt war, sortierte sie öfter aus, was sie nicht mehr gebrauchen konnte. Wirklich nur das Nötigste behielt sie, der Rest wanderte in den Müll. Sie war stolz darauf, dass sie – würde sie umziehen müssen – ihre Habseligkeiten in garantiert nicht mehr als fünf oder sechs Kisten unterbringen konnte. Ihre größten Schätze – Bilder, Grafiken, Fotos – hob sie alle digital auf.

Als sie sich zum Umzug nach England entschlossen hatte, hatte sie die allermeisten Dinge – selbst die, von denen sie geglaubt hatte, sie hinge daran – fortgegeben. Ihr Rennrad, auf dem sie mit Simon die weitere und nähere Umgebung Regensburgs erkundet und einige Radreisen unternommen hatte, bekam Jana. Die etwas aus der Mode gekommene Stereoanlage der kleine Sohn der Nachbarin. Bücher hatte sie – bis auf ihre absoluten Lieblingsbücher – an die Schulbibliothek abgegeben und auch Klamotten gnadenlos ausgemistet. Sie staunte, mit wie wenigen Dingen sie tatsächlich auskam. Nur eine große Luxuskiste mit Bastel- und Zeichenutensilien hatte sie gut gefüllt nach London mitgenommen. Und selbst die stand nach wie vor ungeöffnet ganz unten im Regal.

Wie geplant putzte sie das Bad, wienerte die Küchenzeile, staubsaugte und bezog das Bett frisch. Irgendwie sollte sich der Frühling in seiner Klarheit auch in ihren vier Wänden spiegeln. Sie machte eine Menge Fotos von ihren Putzmitteln, den Gummihandschuhen und dem Staubsauger, achtete aber auf sehr ungewöhnliche Perspektiven, um später auf Instagram allen Followern Lust auf den eigenen Frühjahrsputz zu machen. Auf den ersten Blick erkannte man die Details von Schraubverschlüssen, Saugrohr oder Gummifinger nicht sofort – sie würden eine schöne Rätselbilder-Collage abgeben, vielleicht fielen ihr auch noch ein paar witzige Sprüche dazu ein. *Ich putze, also bin ich* oder so etwas.

Nur um den Mäusekadaver auf der Dachterrasse schlich sie etwas länger herum. Am liebsten hätte sie ihn ja mit einem Besen auf die andere Seite befördert, aber das wäre dann doch etwas fies. Sie könnte zwar behaupten, der Kater habe die Maus ohne ihr Wissen dort hingelegt, aber nein …

Emma griff zu Kehrblech und Besen, holte tief Luft und fegte die Mäusereste mit abgewandtem Gesicht auf die Schaufel. Wohin jetzt damit? In ihren Mülleimer? Bah … In der Toilette herunterspülen? Dann kehrte das Ding womöglich irgendwann nach oben zurück … Sie stand eine Weile da, spürte, wie das Kehrblech in ihrer Hand immer schwerer wurde, und fühlte sich unendlich einsam.

Einmal waren Simon und ihr bei einem Ausflug eine Amsel gegen die Windschutzscheibe geflogen. Sie sah noch immer vor sich, wie der Vogel, kaum waren sie zum Stehen gekommen, langsam die Autoscheibe herunterrutschte. An der Aufprallstelle verschmierte Blut die Sicht. Simon war ausgestiegen, hatte das Tier an einer Flügelspitze gepackt und behutsam neben dem Randstreifen ins Gras gebettet. Anschließend hatte er so lange die Scheibenwaschanlage des Wagens betätigt, bis diese leer, die Glasscheibe aber sauber war. Emma hatte währenddessen die Hände unter die Oberschenkel geschoben und war heilfroh gewesen, dass sie sich nicht um die Amsel hatte kümmern müssen. Der starre Blick des toten Vogels hatte sich ihr ins Gedächtnis gebrannt.

Von der Maus war so wenig übrig geblieben, dass man die Augen gar nicht mehr erkennen konnte. Sie musste etwas tun. Irgendetwas. Ihr Blick fiel auf den Bambus. Kurzentschlossen griff sie zur Schaufel und buddelte in den großen Trog ein Loch. Dorthinein ließ sie die Maus vom Kehrblech aus gleiten und schaufelte Erde über sie. Hoffentlich würde Troy sie nicht ausbuddeln! Aber er war ja kein Hund. Sie klopfte mit der Schaufel die Erde etwas fest. Irgendwie gefiel ihr die Idee, dass die Maus nun hier begraben lang. Als habe sie damit eine Hexenzeremonie, einen Grenzzauber, vollführt, mit deren Hilfe sie sich unliebsame Besucher vom Hals halten konnte. Nachbarn. Deren Freunde …

Minutenlang wusch sie sich die Hände, obwohl sie die Maus gar nicht angefasst hatte. Hoffentlich brachte Troy nicht so bald wieder Beute mit. Bisher war sie davon verschont geblieben. Irgendwie, dachte sie einmal mehr, bin ich nicht wirklich die klassische Katzenfrau.

Immerhin hatte ihr die viele Bewegung heute Schwung gegeben, sich auf die Arbeit zu konzentrieren. Sie arbeitete eine ganze Menge E-Mails ab, erstellte mit den Fotos ihrer Schrubbaktion eine Reihe von witzigen Frühjahrsputzbildern, die sie in den nächsten Tagen nach und nach auf Instagram posten würde. Sie fragte ihre Follower nach deren Putztipps und schmuggelte eine kleine Anspielung, dass Troy keine große Hilfe im Haushalt war, in das erste Posting ein.

Anschließend sammelte sie von einigen Followern, mit denen sie häufiger im Kontakt stand, Fotos und machte sich Notizen zu deren Vorlieben und Abneigungen – dem einen oder anderen, der ihr in den letzten zwei Jahren ans Herz gewachsen war, wollte sie bald ein eigenes Dreamtableau zukommen lassen. Irgendwie, dachte sie, scheine ich Menschen mit diesen Collagen eine große Freude bereiten zu können.

Als es schon so gut wie dunkel war, fiel ihr die Wäsche im Keller ein. Die hätte sie schon längst herausholen und damit die Maschine wieder freigeben sollen. Hoffentlich hatte Mrs Frampton es noch nicht bemerkt, sonst gab es wieder verbale Hiebe. Emma hatte schon mal einen Anschiss bekommen, weil sie die Wäsche über Nacht in der Trommel vergessen hatte.

Immerhin schien im Treppenhaus alles ruhig zu sein. Nathans Fahrrad stand nicht vor seiner Tür, er war vermutlich noch arbeiten oder bei abendlichen Vergnügungen.

Sie konnte den Keller nicht leiden. Es stank nach alten Schuhen und Klamotten, eine schmutzige Glühbirne spendete nur mattes Licht, und alles sah so staubig aus, dass sie schon beim Anblick husten musste. Wenn der Keller ein Spiegel des

Unterbewussten war, wie man im Feng Shui sagte, dann hatte Mrs Frampton jede Menge Gründe, immer so schlecht drauf zu sein.

Emma öffnete den Waschmaschinenraum, und kaltes Wasser spritzte an ihren Flipflops hoch. Verdammt! Es dauerte, bis sie den Lichtschalter erwischte und das Desaster nicht nur fühlen, sondern auch sehen konnte. Der Boden stand ungefähr zwei Zentimeter hoch komplett unter Wasser. Sämtliche Lichter der Maschine blinkten hektisch. Sie hatte Sorge, einen Stromschlag zu bekommen, wenn sie das im Wasser stehende Gerät anfasste. Uralt, wie es war, hatte es sich nicht einmal selbst abgeschaltet.

Noch ehe Emma sich der Maschine ganz nähern konnte, hörte sie hinter sich Schritte. Na, großartig!

»Himmel!«, schrie Mrs Frampton mit ihrer markanten, hohen Stimme, bei der man automatisch den Kopf einzog. Sie schubste Emma achtlos beiseite und zog den Stecker der Waschmaschine aus der Dose.

»Was haben Sie denn jetzt wieder angestellt?«, schrie sie weiter. »Das Gerät war noch wie neu!«

Emma hob abwehrend die Hände.

»Gar nichts«, brachte sie hervor. Eine Maschine, die nicht mal einen Aquastop besaß, war garantiert nicht »wie neu«!

»Von gar nichts läuft die Maschine nicht aus.« Mrs Frampton stand nun ganz dicht vor ihr und pikste ihr mit dem Zeigefinger aufs Brustbein. »Vermutlich haben Sie irgendwas da reingetan, was das Gerät umgebracht hat. Wie können Sie nur!«

Emma wich zurück, spürte aber schnell die Wand hinter sich.

»Da wird einiges an Kosten auf Sie zukommen! Nicht nur die Maschine – der ganze Raum ist ruiniert!«

Am liebsten hätte Emma laut aufgelacht. Der Putz bröselte hier schon lange von den Wänden und der schäbige PVC-Boden war stockfleckig und vollkommen abgelaufen. Warum ließ sie sich von dieser kleinen englischen Lady immerzu einschüchtern? Nur, weil Mrs Frampton so einen keifigen Ton an sich hatte?

»Ich dachte, die Wartung der Waschmaschine gehört zu den Tätigkeiten eines Hausmeisters«, sagte Emma viel zu leise.

»Bitte? Haben Sie mich gerade Hausmeister genannt?«, kam es prompt. »Ich bin die Hausbesitzerin!«

»Fast.«

Mrs Frampton rollte mit den Augen, und Emma dachte einen Moment, die aufgebrachte Frau würde auf sie losgehen, sie am Hals packen und würgen. Aber Mrs Frampton holte nur tief Luft und bemühte sich um einen Tonfall, der der Queen würdig gewesen wäre.

»Es ist ein großes Entgegenkommen, dass ich Sie hier waschen lasse – obwohl Sie nicht mal meine Mieterin sind! Das haben Sie schamlos ausgenutzt!«

»Ich zahle immerhin den doppelten Preis fürs Wäschewaschen – da kann ich ja wohl den gleichen Service erwarten.« Emma wunderte sich selbst, dass sie Mrs Frampton nun derart Kontra gab.

»Von wegen!« Sie wiegte sich in den breiten Hüften und schaute immer wieder an die Decke, als hoffe sie, dort weitere Argumente zu finden, um Emma mundtot zu machen. »Besondere Sorgfaltspflicht haben Sie! Garantiert hatten Sie eine Münze oder so was in einer Hosentasche, und die hat jetzt den Schlauch verstopft.«

»Ähm, Entschuldigung«, schaltete sich nun eine männliche Stimme ein. »Ich habe gestern gewaschen und da kam auch schon ein wenig Wasser aus der Maschine.«

Emma und die Hausmeisterin fuhren herum.

Nathan war ziemlich rot im Gesicht – was entweder daran liegen konnte, dass er peinlich berührt war oder an einer flotten Fahrradfahrt, auf die sein verschwitztes Trikot hindeutete.

»Ich habe sogar bei Ihnen geklingelt, liebe Mrs Frampton, aber Sie waren nicht zu Hause. Und später habe ich es leider vergessen.«

»Vor lauter Party«, nuschelte Emma und sah schnell zur Waschmaschine. Hoffentlich hatte er das nicht gehört. Schließlich versuchte er, ihr aus der Klemme zu helfen.

Mrs Frampton stöhnte theatralisch.

»Manchmal kommt ein wenig Wasser heraus, wenn man zu viel Waschpulver benutzt«, sagte sie dann in einem ausgesprochen ruhigen Tonfall zu ihrem neuen Mieter. »Nein, mein Lieber, ich bin mir sicher, das war kein Vorbote des Schadens. Den hat alleine diese Deutsche hier verursacht!«

Emma wollte einen empörten Aufschrei ausstoßen, aber Nathan kam ihr zuvor.

»Ich kann mir nicht vorstellen, dass die Nationalität unserer Nachbarin Anteil am Schaden hat. Und ich habe sehr wenig Waschpulver benutzt, weil ich fast keines mehr hatte. Ich glaube, wenn Sie mir diese Anmerkung gestatten, dass das Alter der Waschmaschine und ihre Anfälligkeit in direktem Zusammenhang stehen. Von daher war es reiner Zufall, dass sich der Schaden genau jetzt ereignet hat.«

Mrs Frampton presste die Lippen fest aufeinander und sah sich suchend im Raum um.

»Selbstverständlich sind wir beide gerne bereit, Ihnen beim Aufwischen behilflich zu sein. Nicht wahr?« Er zwinkerte Emma aufmunternd zu. Hier unten wirkten seine sonst so hellbraunen Augen viel dunkler.

Emma hatte wenig Lust, ihre Zeit damit zu verschwenden, aber natürlich musste sie mithelfen. Zudem wollte sie sich von

Mrs Frampton nicht nachsagen lassen, dass sie eine überhebliche und egoistische Person sei.

»Klar«, stimmte sie also zu und rieb sich die Hände. »Gibt es hier irgendwo etwas zum Wasser aufnehmen?«

Die Vermieterin wuselte in einen anderen Raum und kam kurz darauf mit zwei Eimern und drei Schrubbern zurück, um deren Enden sie Putzlumpen gewickelt hatte. Nathan reichte Emma einen der Schrubber und gemeinsam machten sie sich ans Werk. Es dauerte ewig, bis sie das Wasser aufgenommen, die Lappen ausgewrungen und die vollen Eimer immer wieder ausgeleert hatten. Sie arbeiteten schweigend, nur Mrs Frampton zischte regelmäßig zwischen den Zähnen irgendwelche Flüche hervor, die Emma nicht verstand. Eine weitere Krise drohte, als Emma die kaputte Maschine öffnen und ihre Wäsche herausholen musste. Noch einmal ergoss sich ein Schwall Wasser auf den Boden. Außerdem waren die Waschstücke noch tropfend nass – bis zum Abpumpen und Schleudern war die Maschine nicht mehr gekommen.

»Na, toll«, fluchte Emma und stopfte die Kleider, so gut es ging, in ihren Wäschekorb. Die würde sie jetzt alle von Hand auswringen müssen.

Nathan nahm ein letztes Mal den Schrubber und beseitigte das Wasser, das noch aus der Maschine gelaufen war.

»Warte, ich helfe dir mit dem Korb, der ist bestimmt sauschwer«, hielt er sie auf, als sie gehen wollte.

In der Tat – sie konnte ihn kaum anheben. Mrs Frampton stand wartend in der Tür und beobachtete Emma weiter misstrauisch. Sicher hätte sie gerne irgendetwas entdeckt, das Emmas Schuld doch noch offenbarte. Es gab jedoch nichts, und so schloss sie ab und eilte grußlos davon.

Nathan ging vor, Emma hob den Korb hinten an. Aus diesem tropfte ein kleines Rinnsal, das die Treppe hinunterlief.

»Das trocknet auch so wieder«, beschloss Nathan, als sie schnaufend im vierten Stock angekommen waren.

Sie stellten den Korb ab und richteten sich gleichzeitig auf. Reflexhaft streckte Emma die Hand aus, und Nathan schlug mit leicht verblüfftem Ausdruck ein.

»Vielen Dank, das war sehr nett!«, sagte Emma aufrichtig. Nathan ließ ihre Hand los, kratzte sich am Hinterkopf und grinste etwas verlegen.

»Na ja, nur weil sie die Deutschen hasst, muss sie dich nicht so behandeln«, erklärte er.

»Sie hasst vor allem meine Tante, die ihr die Wohnung nicht verkaufen will«, antwortete sie.

»Ach, die gehört deiner Tante? Verstehe …« Er nickte langsam und Emma fragte sich, was er wohl verstand. Dass sie sich nur deshalb die Wohnung leisten konnte? Oder dachte er, die Tante sei auch Deutsche und würde deshalb so von Mrs Frampton gehasst?

»Meine Tante ist Engländerin«, sagte sie. »Also, sie ist eine … wie sagt man … eine angeheiratete Tante. Ihr Ex-Mann ist der Bruder meines Vaters. Die Wohnung gehört ihr schon seit Jahrzehnten – und jetzt habe ich sie von ihr gemietet. Zu einem eher symbolischen Betrag.«

»Ah, ich hab mich schon gewundert, wie du dir diese teure Gegend leisten kannst … Also ich meine, … »Wurde er verlegen? »Sorry, du siehst natürlich total aus wie eine junge, erfolgreiche Businessfrau …« Er legte den Kopf schief und musterte sie freundlich.

Jetzt musste Emma wider Willen grinsen. »Ernsthaft?«, hakte sie nach.

Er lachte.

»Nein! Du siehst definitiv nicht wie eine Businesstussi aus.«

»Ich nehme das mal als Kompliment. Danke!«

Er schob die Hände in die Hosentaschen, und sie bemerkte, wie sich seine Brustmuskulatur unter dem Trikot abzeichnete.

»Was hältst du davon, wenn ich kurz unter die Dusche springe und dir dann helfe, die Wäsche draußen auszuwringen. Als kleine Wiedergutmachung dafür, dass ich die Maschine vermutlich ins Jenseits befördert habe? Ich hatte nämlich diverse Pence-Stücke in einer Hosentasche vergessen …«

Was sie davon hielt? So auf die Schnelle? Eigentlich hätte sie sich eine längere Bedenkzeit gewünscht – worüber sollte sie mit ihm reden? Wollte sie ihn überhaupt näher kennenlernen? Sah er nicht viel zu gut aus – und dann würde er auch noch frisch geduscht haben! – und die Gefahr, dass sie ihn mögen könnte, war viel zu groß? Nein, wollte sie sagen, nein, ich schaff' das schon alleine. Die Wäsche auswringen und überhaupt das Leben. Aber ohne dass sie wusste, welcher Teil ihres Gehirns sich dafür entschieden hatte, sagte sie: »Okay, ich kann uns ja in der Zwischenzeit einen Tee oder so kochen.«

»Hast du auch Kaffee?«

Sie nickte. Um diese Uhrzeit noch Kaffee?

»Gerne so stark und schwarz wie möglich.«

»Okay, bis gleich!«

»Gib mir zehn Minuten!«

Als sie sich innen an die Tür lehnte, spürte sie ein Zucken um ihre Mundwinkel. Eindeutig: Jetzt freute sie sich auch noch, dass er gleich vorbeikommen würde.

KAPITEL 6

#GERMANNEUGIER

Em_dreams: Arrgh! Wenn das Waschmaschinenwasser den Notting Hill runterläuft, statt die Wäsche zu waschen …
Pierre @Em_dreams: Mein Onkel ist Klempner. Soll ich den vorbeischicken?
Em_dreams @Pierre: Oh, wie lieb! Danke! Troy hat schon alles gerettet!

Natürlich war das erste Stück, das Nathan aus dem Wäschekorb fischte, ein roter Slip mit schwarzer Spitze. An dem es nicht allzu viel auszuwringen gab. Emma schnappte ihn sich und befestigte ihn am Wäscheständer. Nathan zog ein Duckface.

»Ach, und ich soll wohl diesen riesen Schlabberhoodie da auswringen, oder was?«, sagte er in scherzhaft beleidigtem Tonfall.

»Nein, äh, entschuldige«, brachte Emma verwirrt hervor und hielt ihm ein knappes Unterhemd hin.

Nathan brach in schallendes Gelächter aus und griff nach dem Hoodie, den er so fest zusammendrehte, dass sich eine Pfütze rund um seine Füße bildete. In dieser spiegelten sich die kleinen Lämpchen der Solarlichterkette, ohne die es viel zu dunkel gewesen wäre.

»Bei der Beleuchtung kann ich eh kaum was erkennen«, erklärte er und griff nach einer Jogginghose. »Außerdem habe ich Damenunterwäsche schon mal gesehen. Sogar schon mal in der Hand gehabt. Ist 'ne Weile her, aber ich entsinne mich.«

Emma verstand nicht genau, ob er sie nur auf den Arm nehmen wollte oder ob er es ernst meinte. Versonnen beobachtete sie, wie er nun einem ganzen Knäuel Socken auf einmal das Wasser entzog. Mit einem Mal klatschte ihr eins der feuchten Dinger ins Gesicht.

»Nicht nur rumstehen und anderen bei der Arbeit zuschauen, Miss Martins«, frotzelte Nathan. »Wenn du mithilfst, sind wir bald fertig und können die schöne Nachtluft genießen – falls du mir heute einen Blick von deiner Hälfte der Dachterrasse gönnst.«

»Klar«, antwortete Emma und arbeitete sich an einem T-Shirt ab. Ihre Finger und Handgelenke schmerzten bereits. »Danke, dass du mir hilfst! Schrecklich, wenn man seine Wäsche immer selbst auswringen müsste.«

»Hm.« Er nickte nur.

Sie vertieften sich eine Weile still in ihre Tätigkeit, bis sich der Wäschekorb geleert hatte. Er bewegte seine Finger, um sie zu lockern. Jetzt käme dann wohl der gemütliche Teil des Abends. Emma wusste nicht genau, was sie davon hielt. Erwartete er, dass sie ihn noch zu irgendwas einlud, als kleines Dankeschön?

»Ach je, der Kaffee!« Den hatte sie an der Spüle vergessen. »Der ist jetzt bestimmt kalt. Ich mache dir einen neuen, ja?«

»Kein Problem. Ich habe noch ein kaltes Bier von gestern im Kühlschrank. Das wäre mir jetzt ehrlich gesagt viel lieber. Magst du auch eins?«

Emma zuckte mit den Schultern. »Erst hilfst du mir und dann spendierst du auch noch das Bier … Ich weiß nicht.«

»Ich bin halt ein britischer Gentleman.« Er grinste breit und stand nun so dicht vor ihr, dass sie im Honigbraun seiner Augen tanzende Lichtflecken bemerkte. Wie gerne würde sie diese noch länger beobachten. *Tu's doch einfach, Emma!*, spornte sie sich an. Und zu ihrer eigenen Überraschung brachte sie schließlich die Worte »Na gut, gerne!« über die Lippen. Das Bier würde sie bestimmt ein wenig lockerer machen. Er verschwand kurz in seinem Appartement, während sie den leeren Wäschekorb ins Bad stellte.

Die Luft war noch immer lau, und Flieder und Holunder dufteten um die Wette. Sie lehnten nebeneinander an der Brüstung, jeder eine Bierflasche in der Hand, und sahen hinaus auf das Glitzern der Großstadt.

»Bist du ursprünglich aus London?«, fragte Emma irgendwann. »Bisher habe ich noch keinen gebürtigen Londoner kennengelernt.« Sie würde ihm bestimmt nicht sagen, dass sie überhaupt noch niemanden in der Hauptstadt kennengelernt hatte – ganz egal, woher er kam.

»Jep. Mitten aus Notting Hill.«

»Wow!« Sofort bekam sie ein schlechtes Gewissen: Und sie spielte aller Welt vor, sie lebte dort. Dabei hatte sie noch nie einen Fuß in die Gegend gesetzt. Eigentlich kannte sie Notting Hill nur aus dem gleichnamigen Film.

»Na ja, das war früher gar keine so tolle Gegend. Nach dem zweiten Weltkrieg haben da viele Migranten gelebt, vor allem Afro-Caribbeans. Es gab damals sogar Rassenkämpfe. Meine Eltern sind in den Siebzigern als Studenten in die Ecke gezogen, und unser Haus war anfangs ziemlich verfallen. Sie haben es selbst nach und nach renoviert. Heute würden sie ein ganz schönes Millionensümmchen dafür kassieren können.«

»Und hast du schon mal …?«

»Nein, ich bin weder Julia Roberts noch Hugh Grant dort

begegnet. Das fragt nämlich immer jeder! Allerdings habe ich mal Madonna gesehen, als sie aus einem Schuhladen kam. Erstaunlich klein, die Lady.«

Emma schmunzelte und nahm einen weiteren Schluck Bier.

»Mich würde viel mehr interessieren, ob's dich nie fortgezogen hat von dort? Mal ins Ausland oder so.«

Nathan sah in die Nacht hinaus und fuhr mit dem Zeigefinger über den Flaschenhals. Dann schüttelte er den Kopf.

»Ich habe immer mal wieder darüber nachgedacht. Kann mich … also, konnte mich nie so recht entschließen. Ich habe in Cambridge studiert, war aber froh, als ich endlich wieder nach London zurückkonnte.«

»Was denn studiert?«

Er wandte sich Emma zu, vier Finger der einen Hand in die Hosentasche geschoben, während er in der anderen die Bierflasche hielt.

»Ganz schön neugierig, *the young German*.«

Emma zog die Augenbrauen hoch und ging ein wenig auf Abstand.

»Sorry! Ich wollte dir nicht zu nahe treten.« Sie hatte ihn doch nur nach seinem Studienfach gefragt. Dass sie damit schon die Grenzen der englischen Zurückhaltung überschritten hatte, war ihr nicht klar gewesen.

Er lachte. Seine warme, tiefe Stimme streichelte beinahe ihre Wangen.

»Ich habe Medizin studiert. Aber nach ein paar Semestern abgebrochen. War nicht das Richtige für mich.«

Beinahe hätte sie wieder »warum« gefragt, biss sich aber auf die Zunge.

»Und du? Welche Ausbildung hast du?«

»Ich hab' Grafikdesign studiert. Erst in Regensburg, dann in London beendet.«

»In was? Rains …?«

»Regensburg. Eine große Kleinstadt nördlich von München.«

»Oh, und wie findest du dann London?«

Emma wiegte unbestimmt den Kopf und entschloss sich, so wenig wie möglich zu schwindeln.

»Am Anfang war's echt ein Kulturschock. Aber klar – London ist … unvergleichlich.«

»Mir kommt es immer so vor, als finde man hier alles aus allen Welten – das Beste und das Schlechteste. Das macht die Stadt so ungeheuer lebendig und spannend!«

»Hm. Ja. Und ganz schön teuer.«

»Klar. Wobei: Wenn man sich von den Nachbarn ab und an auf einen Grillteller einladen lässt, geht es.«

Sie sah zu Boden, und er knuffte sie gegen den Oberarm.

»Ich weiß schon, meine Jungs sind auf den ersten Blick nicht jedermanns Sache. Aber sie sind echt in Ordnung und haben alle ein Herz aus Gold. Wenn du mal ganz unten bist, dann sind sie einfach da. Egal. Was ich sagen wollte: Londons Spirit ist einzigartig … schau dich doch nur um.« Er deutete auf das Panorama vor ihnen. Die funkelnden Lichter überall, das leise, monotone Brummen des Verkehrs, gelegentlich Rufe von Menschen. Diese Stadt sprach Einladungen aus – zur Geselligkeit, zum Vergnügen, zum Staunen. Und jeder folgte gern. Nur Emma war nicht in der Lage, eine einzige dieser Einladungen anzunehmen.

Nicht mal zu einem Stück gegrillten Schafskäse.

»Du kannst hier dein Ding machen, ohne dass dir jemand reinquatscht – aber wenn du Unterstützung brauchst, ist immer jemand da.«

Sie musterte ihn nachdenklich.

»Findest du nicht?«, fragte er nach.

»Bestimmt. Und ich bin froh, dass man hier auch so viel Ruhe findet. Hätte ich gar nicht erwartet.«

»Ja, nicht wahr? Welches ist dein Lieblingspark für stille Stunden?«

Emma kniff die Lippen zusammen. Sie konnte doch jetzt unmöglich »Hyde Park« sagen, der einzige, der ihr auf die Schnelle einfiel, der Park, in den vermutlich nur Touristen gingen.

»Na ja, ich meinte eigentlich … also ich fühle mich auf meiner Dachterrasse schon ziemlich wohl. Ist so … übersichtlich.«

Oh Gott, was redete sie da bloß? Er musste sie ja für die langweiligste Schnalle des Großraums London halten. Des Großraums Erde. Herrje, und vermutlich war sie das auch: Der langweiligste Mensch in diesem Sonnensystem.

»Das stimmt natürlich. Aber … es gibt so viel mehr!«

Er streckte den Arm aus und machte eine einladende Bewegung, als wollte er ihr die Stadt zu Füßen legen.

»Es gibt sogar Lavendelfelder in London! Kein Witz! Und du kannst mindestens ein Jahr lang jede Woche in ein anderes Theater gehen – ohne eines doppelt zu besuchen. Du kannst unzählige Museen anschauen! Ach, und wenn du einmal anfängst, die Restaurants durchzuprobieren – da wirst du vermutlich nie fertig! Wie sehr würde ich all das vermissen!«

Emma musste lachen.

»Du bist wirklich ein begeisterter Londoner! Vielleicht solltest du als Fremdenführer arbeiten.«

Er stieß seine Bierflasche sanft an das Geländer. Ein voller Ton entwich in die Nacht.

»Vielleicht.« Er nahm einen letzten Zug aus der Flasche. »Weil ich aber Fahrradkurier bin, muss ich morgen leider früh aufstehen.«

Emma bemerkte, dass er ein Gähnen unterdrückte. Trotzdem konnte sie ihre Neugier nicht zügeln: »Und das ist jetzt dein Beruf? Fahrradkurier? Oder studierst du noch was?«

Er presste die Lippen zusammen und sein Blick wanderte in den Himmel, wo Wolken und Sterne um die Vormacht kämpften.

»Im Moment radele ich. Ist ja auch gesund.« Er kniff sich in den Bauch – sofern es da etwas zum Reinkneifen gab. »Mal sehen, was das Leben sonst noch so mit mir vorhat.«

»Klingt ja recht entspannt.«

Er versuchte ein Lächeln, aber es sah leicht gequält aus.

»Nicht?«

»Emma Martins, du bist wirklich sehr neugierig. Das sind wir Engländer nicht gewohnt. Zumindest nicht bei ersten längeren Gesprächen.«

Sie hob abwehrend die Hände.

»Tut mir leid.«

»Kein Problem. Aber ich muss jetzt dringend ins Bett.«

»Danke für deine Hilfe! Und das Bier!«

Sein Blick wanderte aufmerksam über ihr Gesicht. Was nicht unangenehm war, sie aber verlegen machte. Beinahe war sie erleichtert, als er sich zum Gehen wandte.

»Ach herrje«, rief sie ihm nach. »Du bekommst ja noch dein Geld! Wenn du kurz wartest, hole ich es.«

»Gib es mir morgen«, sagte er und war schon hinter dem türkisfarbenen Vorhang verschwunden.

»Mach ich«, sagte sie noch, aber das hörte er vermutlich nicht mehr.

Mit einem lauten »Miau« sprang Troy von irgendwoher aus der Dunkelheit auf die Brüstung. Als hätte er ihr Gespräch belauscht und wollte nun seinen Kommentar dazu abgeben. Klang er ein wenig eifersüchtig? Emma kraulte das Tier hinter den Ohren und legte ihre Nase an seine. Er hielt ganz still, so als genieße er ihre zärtliche Berührung, und schnurrte dabei leise.

»Warum finde ich es schade, dass er schon gegangen ist?«, flüsterte sie ihm zu. »Ich will doch gar nichts von ihm.«

Troy löste sich aus ihrer Umarmung, machte einen Satz und war schon über die Dachkante verschwunden. Emma fröstelte und beschloss, hineinzugehen. Da drangen aus dem Nachbarappartement leise Töne. Nathan spielte eine sanfte, filigrane Melodie, die sie nicht kannte. Wie kullernde Glasperlen rollten die einzelnen Töne hintereinander hinaus in die Nacht. Gerne hätte Emma sie eingefangen, aber da waren sie schon verhallt.

Sie hatte gedacht, sie würde schnell einschlafen, so müde war sie gewesen. Jetzt noch etwas zu arbeiten schien ihr nicht möglich. Doch sie spürte schnell: Kurz nach eins war einfach nicht ihre Schlafenszeit. Sie wälzte und drehte sich im Bett, es half nichts. Jede Position war unbequem, die Gedanken kamen nicht zur Ruhe. Sein Gesicht tauchte darin auf mit diesen warmen, leuchtenden Augen, mit diesem kleinen spöttischen Zucken um die Mundwinkel, seine glänzenden Zähne, symmetrisch wie Zuchtperlen. Warum war dieser Nathan so interessant? Es wäre besser, ihn zu meiden. Er war viel zu attraktiv. Zu nett. Zu geheimnisvoll. Mit seinen kargen Andeutungen hatte er ihre Neugier erst recht geweckt. Ein Medizinstudium abgebrochen, vermutlich aus gutem Hause – auf Letzteres ließen seine Umgangsformen schließen. Warum hielt er sich mit Kurierdiensten auf? Und hatte er gemeint, seine Freunde wären für ihn da gewesen, als er ganz unten war? Was war ihm zugestoßen?

Sie gab seinen Namen bei Instagram und Facebook ein, konnte ihn aber nicht finden. Na gut, bei Instagram hatten so viele Menschen Fantasienamen, dass man meist nicht erahnen konnte, wer dahintersteckte – was auch auf Emma selbst zutraf.

Im Rest des Internets tauchten fast ausschließlich Hinweise zur Modemarke *Burberry* auf. Und eigentlich wollte sie das alles gar nicht wissen. Es war vielleicht ganz praktisch, einen eventuell doch recht netten Nachbarn zu haben. Falls ihr mal Salz oder Kaffee ausging. Oder falls sie ein Problem mit der Heizung hatte. Oder ... egal, ganz egal. Sie wollte nicht an ihn denken. Sie wollte sich nicht ausmalen, wie es wäre, wieder eine Beziehung zu haben. Nicht mit ihm und auch nicht mit irgendwem anders. Beziehung – das hieß, Verantwortung zu übernehmen, das hieß, für den anderen da zu sein, auf ihn achtzugeben. Und vor allem barg es die Gefahr, erneut zu scheitern. Wieder nicht gut genug zu sein und – schlimmer noch – sich wieder schuldig zu machen an etwas, das man nicht vorhersehen konnte. Emmas Magen zog sich schmerzhaft zusammen und ihr Atem ging schneller, als sei sie gerannt. Sie sprang aus dem Bett, ging ins Bad und kippte sich mehrere Hände eiskaltes Wasser ins Gesicht. Fort mit den Bildern! Sie wollte die Bilder nicht mehr sehen, die Schreie nicht hören, die ihre eigenen waren. Denn seine hatte sie ja nie gehört.

Sie hockte sich mitten auf den Boden ihres Zimmers, zog Papier und Stifte zu sich und zeichnete wie besessen. Der Hintergrund dunkelschwarz, aber rissig, als gäbe es noch irgendwo Licht, das nur nicht genau wusste, wie es die Szenerie erhellen sollte. Darin, in all der Schwärze, am unteren Rand, ein kleines zartgelbes Monster, eher bemitleidenswert als beängstigend, verschüchtert, mit hässlichen, zu großen Zähnen und Glubschaugen und kraterförmigen Pickeln in einem Gesicht, an dem Arme und Beine wie angeschraubt dranhingen. In einer krakeligen, elfenbeinernen Schrift schrieb sie darüber *»Scream a little dream of me ...«*

Als sie fertig war, lehnte sie sich erschöpft zurück. Das würde sie nie posten! Aber vielleicht würde sie jetzt schlafen können.

KAPITEL 7

#COFFEETOGO

Em_dreams: Desaster-Alarm – morgens aufwachen und es ist kein Kaffeepulver mehr da!
Scarlett97 @Em_dreams: Schade, dass man sich den fertigen Kaffee noch nicht mit einem 3-D-Drucker selbst ausdrucken kann …
Em_dreams @Scarlett97: Das wäre großartig! Aber vermutlich wäre er kalt, bis er fertig ausgedruckt ist. :-)

Mist! Emma kramte im Küchenschrank herum. Sie war sich ganz sicher, dass sie noch irgendwo ein Päckchen Kaffee haben musste. Das gab es doch gar nicht! Am Abend zuvor hatte sie das letzte Pulver verbraucht, als sie den Kaffee für Nathan zubereitet hatte – gut, dass er keinen zweiten gewollt hatte, nachdem der erste kalt und ungenießbar geworden war. Sie kratzte sich am Kopf und drehte sich im Kreis. Hatte sie das Päckchen an einem anderen Ort als sonst verstaut? Bestimmt nicht. Vielleicht hatte sie einfach vergessen, welchen zu bestellen.

Es war halb zwölf, und sie fühlte sich noch ziemlich zerknittert. Vielleicht half eine Dusche? Doch zehn Minuten später musste sie feststellen, dass auch warme und quietschkalte Wasserwechsel sie nicht munterer gemacht hatten. Sie brauchte einfach eine kräftige Portion Koffein. Ob sie einfach bei Nathan fragen sollte, ob er ihr Kaffee leihen konnte? Sie könnte ihm ja gleich sein Geld bringen und dann so nebenher darum bitten. Aber Quatsch – vermutlich strampelte er gerade durch London. Kurz lief ihr ein Schauer über den Rücken. Er trug ja einen Helm. Und er kannte London vermutlich in- und auswendig. Wusste, wo es gefährliche Stellen gab. Herrje, Emma, schimpfte sie sich. Hör auf mit solchen Gedanken!

Das lag sicher am Koffeinmangel. Sie holte tief Luft, konzentrierte sich auf den Ausblick hinter dem Fenster und gestand sich ein, dass es auf die Schnelle nur eine einzige Lösung für das Kaffeeproblem gab: Sie musste zu PaperLove gehen und sich einen Coffee to go holen – so etwas gab es dort bestimmt. Es würde sicher nicht lange dauern. Sie würde sich an Nillas freundlichem Lächeln festhalten und ansonsten nicht nach rechts oder links schauen. Bestimmt ist um diese Uhrzeit gerade noch kein großer Andrang, versuchte sie sich Mut zu machen. Sie nahm ihren Geldbeutel und spurtete die Stufen hinunter. Hoffentlich war der alte Drache nicht zu Hause. Im Treppenhaus war es glücklicherweise totenstill. Irgendwo roch es nach Suppe oder Eintopf, und ihr Magen meldete sich eindringlich.

Auf der Straße vor dem Haus herrschte das normale Fußgängertreiben. Emma starrte auf den Gehweg und huschte schnell zu PaperLove hinüber. Im Laden war tatsächlich nicht allzu viel los – nur am großen Regal mit den besonderen Neuerscheinungen gleich neben dem Eingang stand eine Frau, ins Lesen vertieft. Weiter hinter im Laden war jedoch Gelächter zu hören. Sie konnte Nilla erkennen, die sich mit einer lässigen Handbewegung die langen, blonden Haare aus dem Gesicht strich und dabei bezaubernd lächelte. Wie immer strahlte sie Klarheit und Ruhe aus. Nun reichte sie dem Mann vor sich eine kleine Espressotasse und er bedankte sich mit einer angedeuteten Verbeugung. Nilla lächelte weiter und nickte interessiert zu dem, was der Mann sagte.

Emma hatte ihn längst erkannt. Nicht nur an seinem neonroten Trikot, sondern an seiner lässigen Haltung, an der Bewegung, wie er die Tasse entgegennahm – genau wie gestern Abend die Bierflasche, die sie für ihn geöffnet hatte. Sollte sie einfach wieder gehen? Sie wollte nicht zuschauen, wie er mit anderen Frauen flirtete. Sie wandte sich dem Postkartenständer zu – vielleicht gab es dort eine geheime Botschaft mit einer Handlungsempfehlung. Aber es grinsten sie nur dicke Smileys an. »Zeig dem Leben die Zähne«, stand auf einer Karte, »und wenn es nicht zurücklächelt, beiß zu.«

Okay, das hieß, sie sollte nicht davonlaufen. Die beiden kannten sich und vermutlich mochten sie sich auch. Zumindest sah es danach aus. Denn als Nathan jetzt die leere Tasse zurückreichte – berührte er dabei Nillas Finger? Zärtlich? Herrje … Hatte er Nilla neulich nicht sogar zur Begrüßung geküsst? Wie unter Freunden üblich. Wenn man denn welche hatte …

»Hi, Emma«, riss Nathan sie aus ihren Betrachtungen und kam auf sie zu. »Tut dir etwas weh? Du siehst etwas … leidend aus.« Er zog die Augenbrauen zusammen, als ahme er sie nach.

»Hi, ähm, ach«, stotterte sie los und versuchte, ihre Gesichtszüge wieder unter Kontrolle zu bekommen. »Nein, nein, alles gut. Hatte nur noch keinen Kaffee heute.«

»Oh, dann wird's Zeit!« Er grinste wieder so unverschämt charmant, dass ihr ganz flau im Magen wurde. »Ich hatte schon meinen vierten. In jedem Stadtteil auf meiner Strecke habe ich mittlerweile ein Lieblingscafé und da muss ich mir immer einen Espresso gönnen. Ich habe den Eindruck, das Koffein fließt direkt in meine Wadenmuskulatur und erhöht meine Tretkraft signifikant!«

Sie lachte und fuhr sich durchs Haar. Genau wie Nilla eben.

»Klingt ein bisschen wie ›eine Braut in jedem Hafen‹«, entfuhr es ihr. »Ich meine, äh, na ja, …«

»Ein Espresso in jedem Café? Stimmt! Immerhin kann ich dir verraten, dass Nillas Kaffee wirklich zu den besten gehört.«

Nilla war inzwischen dazugekommen und legte nun eine Hand auf Nathans Oberarm.

»Vorsicht! Das habe ich gehört! Du sorgst noch dafür, dass ich mir etwas darauf einbilde und die Espressopreise drastisch erhöhe!«

»Oh, bitte nicht«, flehte Nathan gespielt dramatisch und deutete einen Kniefall an. »Das kann ich mir nicht leisten.«

»Auch einen Kaffee, Emma?«, fragte Nilla und wandte sich von Nathan ab. Die Ladenbesitzerin hatte sich tatsächlich ihren Namen gemerkt.

»Gerne!« Emma nickte.

»Na, dann will ich die Gespräche der Damen nicht weiter behindern – ich muss eh dringend weiter«, sagte Nathan, küsste Nilla auf die Wange und winkte Emma zu. Hatte sie sich das nur eingebildet, oder hatte er kurz gezögert, weil er überlegt hatte, sie ebenfalls zu küssen?

»Espresso oder was anderes?«, riss Nilla sie aus ihren Gedanken.

»Lieber eine Latte macchiato«, orderte Emma und ging mit Nilla zur Theke. Ob sie sie ein wenig über Nathan aushorchen konnte? Nein, das war dann doch zu peinlich!

»Er ist so ein netter Kerl«, sagte da Nilla schon von sich aus. »Und dabei umgibt ihn auch ein bisschen was Geheimnisvolles, findest du nicht?«

Emma setzte sich auf einen der dunklen Barhocker, die vor der weiß gefliesten Theke standen.

»Magst du einen Brownie dazu? Sind vor einer Stunde aus dem Ofen gekommen. Oder so ein Erdnuss-Cookie mit Cranberrys?«

»Gerne ein Cookie. Echt? Geheimnisvoll?«

»Ja, ich war richtig froh, als du erzählt hast, er wohnt bei dir im Haus. Er ist so plötzlich aus dem Nichts hier aufgetaucht …«

»Aber ihr scheint euch ja schon ganz gut zu kennen.« Oder warum küsst er dich?

»Na ja, er hat mir Sachen angeliefert, als ich gerade am Einrichten war. Also noch vor der Eröffnung. Und ohne lange zu fragen, hat er einfach mit angepackt und schwere Sachen an die richtige Stelle geschleppt, ein Regal angedübelt und mir beim Müllentsorgen geholfen. Ich wollte ihn auf'ne Pizza einladen, aber das hat er abgelehnt. Irgendwie habe ich immer das Gefühl, er materialisiert sich hier im Laden und ansonsten ist er gar nicht existent. Er erzählt auch nichts über sich.«

Immerhin diese Erfahrung deckte sich mit Emmas. Und dass er hilfsbereit war, hatte sie auch schon gemerkt. Die Hoffnung, dass er vor allem ihr helfen wollte, musste sie nun wohl begraben. Ach, was hieß schon Hoffnung? Sie wollte sich ja sowieso keine machen. Konnte es nicht.

»Hat er dir schon mehr verraten?«

Emma schüttelte den Kopf und knabberte an dem würzigen Erdnuss-Cookie.

»Der ist wirklich megalecker!«, lobte sie. »Nein, ich weiß nur, dass er wohl mal kurz Medizin studiert hat und jetzt eben als Fahrradkurier arbeitet. Na ja, und dass er in London geboren ist. Das war's schon.«

»Aha …« Nilla schlug mit einer kraftvollen Bewegung das gebrauchte Kaffeepulver aus dem Filtereinsatz in die Spüle. »Mir hat er noch erzählt, dass er gerne Klavier spielt. Vielleicht ist er so ein verkapptes Musikgenie, das nur noch niemand entdeckt hat? Vielleicht der nächste Ed Sheeran?«

»Oh, bestimmt!« Emma lachte und löffelte Milchschaum aus ihrem Becher. »Also gut spielen kann er – und sein Gesang ist auch okay.«

»Hat er dir schon ein Ständchen gebracht?«

»Nein, ich habe ihn zufällig gehört! Quer über die Dachterrasse.« Sie trank einen Schluck des flüssigen Glücks in der Tasse, und das bescherte ihr genauso ein wohliges Gefühl wie die kleine Melodie, die Nathan am Vorabend auf dem Klavier gespielt hatte. »Wow! Dein Kaffee schmeckt himmlisch.«

»Danke! Und hast du dich schon mit den Stiften angefreundet?«

Emma nickte. »Ja, die sind wunderbar! Und irgendwie versinke ich immer total in meinen Kritzeleien, wenn ich sie benutze.«

»Kritzeleien? Ich suche noch jemanden, der mir ab und an Tafeln beschriftet – so mit den Tagesgerichten und solchen Sachen. Du machst so was nicht zufällig?«

»Das wollte ich schon lange mal ausprobieren. Hm … aber ich kann nicht versprechen, ob ich es hinbekomme.«

»Male mir doch mal eine und dann sehen wir weiter?«

»Deal«, sagte Emma und hielt Nilla die Hand hin.

»Deal«, sagte Nilla und schlug ein.

Den Nachmittag über vernachlässigte Emma ihre Auftraggeber. Ihre alten zumindest. Nilla hatte ihr einen der großen Aufsteller und Kreidestifte mitgegeben sowie die Liste mit den Tagesangeboten. Sie hatten sich geeinigt, dass zu PaperLove eine rein weiße Beschriftung am besten passte – dafür durfte sie mit Schriften und kleinen Icons herumprobieren. Emma hätte nicht gedacht, dass es so schwierig war, eine schlichte schwarze Tafel zu beschriften. Bei den ersten Versuchen stimmte die Aufteilung nicht – entweder es drängte sich alles im oberen Bereich und unten war zu viel Luft oder umgekehrt. Mal setzte sie die Buchstaben zu eng, dann wieder verrutschte sie in der Zeile. Und da hatte sie sich noch gar keine

Gedanken gemacht, wie die Schrift aussehen sollte. Einerseits sollte sie unverwechselbar und besonders sein – andererseits musste man sie auch gut lesen können. Auch wenn es nicht einfach war, spürte Emma, dass ihr Ehrgeiz geweckt war. Endlich mal etwas anderes – aber doch mit Sinn. Nicht einfach nur irgendwelche Bildchen, die ihre Follower am nächsten Tag wieder vergessen hatten, sondern eine Aufgabe, die Kreativität mit Nutzen verband.

Weil das Wetter so schön war, hatte sie sich mit der Tafel auf der Dachterrasse eingerichtet. Und weil hier mehr Platz war. Besseres Licht. Na ja, und weil sie die Nachbarwohnung im Auge behalten konnte. Doch hinter dem türkisfarbenen Vorhang regte sich nichts.

Sie konzentrierte sich auf die *Soup of the day*, den Kuchen frisch aus dem eigenen Ofen und die verschiedenen Eissorten, die Nilla anbot. Langsam kam sie in einen Fluss, einen Rhythmus, spürte intuitiv, wo sie mit mehr Rundungen, Verbindungen spielen musste und wo die Buchstaben für sich stehen konnten.

Und schrak beinahe zusammen, als die ersten Klaviertöne erklangen. Die Terrassentür des Nachbarappartements stand nun einen Spalt breit offen, der Vorhang war beiseitegezogen. Nathan schien mit zehn Fingern in die Vollen zu gehen. Sein Spiel hatte einen leicht aggressiven Unterton, er spielte schnell, irgendetwas Klassisches, Pathetisches beinah. Beethoven vielleicht? Emma hatte keine Ahnung von klassischer Musik, ein Instrument zu erlernen war nie ihr Ding gewesen.

Aber sie spürte eine starke Energie von der Musik ausgehen. Mit einem Mal setzte sie die Striche auf der Tafel viel kraftvoller, bestimmter.

Ganz plötzlich brach die Musik ab. Wie schade! Aber dann hörte Emma ein Telefon klingeln. Einmal, zweimal, dreimal.

Drüben blieb es ruhig. Viermal. Fünfmal. Sechsmal. Warum ging er nicht ran?

»*Yes*?«, hörte sie ihn laut sagen. Dann erschien seine Gestalt hinter der Glasscheibe, das Handy am Ohr. Seine Augenbrauen waren zusammengezogen, sein Gesichtsausdruck wirkte starr. Ob er Emma bemerkt hatte, war nicht erkennbar.

»Das ist eure erste Reaktion? Mir zu sagen, das sei eine Schwachsinnsidee?«, rief er und lehnte sich mit dem Rücken an die Tür. »Nein, es geht nicht um Gutmenschen-Romantik, sondern um mein Leben! … Ich habe mich bereits dafür entschieden, und ihr werdet mich nicht davon abhalten. Keiner wird das.« Er stampfte auf, marschierte ein paar Schritte ins Zimmer hinein.

Emma versuchte, sich auf ihre Tafel zu konzentrieren, aber die Buchstaben verschwammen vor ihren Augen. Mit wem stritt er da? »Euch«? Mit seinen Eltern vielleicht? Und wovon wollten sie ihn abhalten?

»Herrje, das ist Schnee von gestern. Sie ist es nun mal, ob euch das passt, oder nicht!« Er stand wieder an der Tür, die freie Hand in den Nacken gelegt. Er schüttelte den Kopf, während er zuhörte.

Sie – war was? Seine Traumfrau? Seine Auserwählte? Gegen den Willen seiner Eltern? Emma biss sich fest auf die Unterlippe.

»Ihr habt Lauren doch selbst …«

Plötzlich schlug er mit der Faust gegen den Türrahmen.

»Ja, na und? Was ist daran so schlimm? Fahrradfahren ist gesund. Und fang jetzt bloß nicht mit Colin an! Seid doch froh, dass ihr wenigstens einen in der Familie habt, der alles richtig macht. Konzentriert euch auf euer Enkelkind und lasst mich einfach in Ruhe! Habe ich einmal nach Geld gefragt? Nein! Ich komme zurecht.« Dann wischte er übers Display und ließ ermattet die Stirn ans Glas sinken. »*Fucking damn shit!*«, hörte sie ihn noch rufen.

Lauren. Wer war Lauren? Wenn sie seine Freundin wäre, hätte sie sich doch bestimmt schon einmal hier blicken lassen. Aber vielleicht lebte sie nicht in London und sie sahen sich nicht so oft? Oder sie war verheiratet und sie verabredeten sich nur in Hotels? Oder war Lauren seine Schwester? Das Enkelkind? Und wer war dann Colin?

Schüchtern sah sie zu ihm hinüber. Er starrte auf den Boden und wirkte nun wie eine Marionette, deren Fäden man gekappt hatte. Doch plötzlich sah er auf und ihre Blicke trafen sich. Emma zog den Kopf ein und wandte sich wieder ihrer Tafel zu. Schrieb man das britische Wort für natürlich – *naturally* – nicht mit zwei L? Sie wischte Teile der Beschriftung fort und setzte von Neuem an. Seine Eltern schienen nicht besonders begeistert zu sein, dass er als Fahrradkurier arbeitete. Sie verstand genau, warum er so wütend war. All die bohrenden Fragen. All die nicht ausgesprochenen Vorwürfe. All die enttäuschten Erwartungen. Ständig musste man sich rechtfertigen. Dabei war es schon schwer genug, die Selbstvorwürfe zu ertragen.

»Oh, ich bin ein Bestandteil der Mittagsgerichte?«

Emma fiel vor Schreck der Kreidestift aus der Hand. Sie sah über ihre Schulter nach oben direkt in sein Gesicht. Er grinste. Ein wenig matt, aber immerhin. Er deutete mit dem Finger auf das, was sie geschrieben hatte.

»*All nathan ingredients*«, las sie. Alles Nathan Inhaltsstoffe.

Das Blut schoss ihr ins Gesicht, und mit dem Unterarm wischte sie schnell die Schrift weg. Weiße Kreidespuren blieben zurück.

»Sorry, wenn ich gerade etwas laut geworden bin«, sagte er. »Eltern! Selbst nach achtundzwanzig Lebensjahren meinen sie, sie müssten einem sagen, was man zu tun und zu lassen hat.«

Emma nickte. »Oh ja, das kenn ich! Meine Mutter hat immer noch Sorgen, ich verhungere hier. ›Bei dem schlechten Essen, das es in England gibt‹, sagt sie allen Ernstes regelmäßig.«

Er nickte und sah dann wieder mit stumpfen Blick zu Boden. Sag etwas Lustiges, feuerte sie sich an. Und möglichst kein weiteres Klischee über England. Aber ihr fiel nichts ein. Lauren, hämmerte es in ihrem Kopf. Wie hatte sie auf die Idee kommen können, ein Mann wie er spaziere ohne irgendeine Frau durchs Leben. Sie war so naiv! Wie peinlich, wenn er nun bemerken würde, dass sie öfter an ihn dachte. *All nathan ingredients.* Ups.

»Ach, das ist ein längst überkommenes Vorurteil«, sagte er nun. »Das mit der englischen Küche. Denk nur an Jamie Oliver. Oder Ottolenghi. Na gut, der ist kein Engländer, der kocht nur hier.« Otto wer?

»Das glaube ich gerne. Troy hat nur ein sehr kleines Repertoire an Gerichten – da habe ich Londons kulinarischen Reichtum noch gar nicht richtig kennengelernt«, sagte sie schnell. Sollte er ruhig ebenfalls ein wenig rätseln, von wem sie sprach. Dass es sich um Essen aus der Katzenperspektive handelte, musste sie ja nicht erwähnen.

»Troy?«, fragte er. »Wohnt der auch hier?«

»Ab und an. Er ist sehr viel … unterwegs … auf Reisen.« Puh, was redete sie da? Nathan nickte.

»Ich halte dich nur von der Arbeit ab – sieht übrigens toll aus, wie du da geschrieben hast. Gefällt Nilla bestimmt.« Er tippte sich mit dem Zeigefinger an die Schläfe und verschwand so schnell, wie er gekommen war.

KAPITEL 8

#KERZENSCHEIN

Em_dreams: Seid ihr echte Romantiker? Wenn ja, warum?
BritMom @Em_dreams: Oh ja! Das macht das Leben doch erst lebenswert.
BoringMary @Em_dreams: Ich arbeite noch dran. Warum? Um zu überleben!

Um kurz vor sieben war sie endlich mit der Tafel zufrieden – sie vermutete, dass sie beinahe einen kompletten Kreidestift leergeschrieben hatte. So lange sollten ihre Bemühungen in Zukunft nicht dauern, sonst wäre der Job zu schlecht bezahlt. Zum zweiten Mal an ein und demselben Tag verließ sie das Haus. Sie hoffte, dass es bei Nilla kurz vor Ladenschluss nicht mehr allzu voll war. Und sie hatte Glück: Der letzte Kunde verabschiedete sich gerade, und Nilla war von Emmas Tafelgestaltung mehr als begeistert. Sie einigten sich auf einen Betrag für Emmas Arbeit, mit dem beide Seiten leben konnten.

»Gerne wieder«, sagte Nilla zum Abschluss. »Und einen Latte gibt es nächstes Mal noch obendrauf.«

Beschwingt ging Emma zurück in ihr Appartement. Sie würde kurz etwas essen und dann endlich an der Apotheken-Website weiterbauen. Kaum standen ihre Nudeln, über die sie etwas Pesto und Parmesan aus der Tüte gegeben hatte, auf dem Tisch, schmiegte sich Troy maunzend um ihre Beine.

»Gleich«, sagte sie zu ihm. »Ich esse auf und dann bekommst du was.«

Als Antwort sprang das Tier auf ihren Schoß und schnupperte an den Spaghetti. Mit einem kleinen Seufzen stupste sie ihn an, sodass er sich mit einem ärgerlichen Brummen wieder auf den Boden gleiten ließ.

»Na gut«, beschloss Emma, stand auf und öffnete eine Dose Katzenfutter.

Gierig machte sich der Kater darüber her. Emma stocherte lustlos in ihren nun kalten Nudeln. *Lauren.* Bestimmt ging sie mit Nathan in den teuersten Restaurants essen, verwöhnte ihn mit Hummer und Austern. Und zum Dank verwöhnte er sie anschließend. *Hör auf. Das geht dich alles nichts an.* Und vermutlich ist sowieso alles ganz harmlos. Sie griff nach ihrem Handy und scrollte durch Instagram. Ihr letztes Posting war schon viel zu lange her. Vorgestern. Sie musste aufpassen, dass sie nicht aus dem Rhythmus kam. Irgendwie, sie konnte es sich selbst nicht erklären, war alles ein bisschen durcheinandergeraten, seit Nathan eingezogen war.

Ihre Auswahl an Fotos wurde zudem langsam knapp. Sie musste sich dringend neue Motive überlegen. Vielleicht irgendwas Romantisches. Das kam immer am besten an. Beim Abspülen fiel ihr im Regal eine durchsichtige Box auf, die mit künstlichen Rosenblättern gefüllt war. Die hatte sie mal irgendwann für Dekozwecke gekauft. Und nie eingesetzt. Irgendwo hatte sie noch eine ganze Tüte voller Teelichter. Wenn sie diese schön drapierte, die Kerzen in Herzform aufstellte, die Rosenblätter darum verteilte, könnte sie doch sagen, mit diesem Arrangement habe sie Troy heute beim Heimkommen begrüßt.

Schnell brachte sie den Abwasch zu Ende und machte sich ans Werk. Gerne hätte sie die Kerzen draußen hingestellt, aber zum einen wollte sie keine Beobachter und zum anderen war es sowieso zu windig. Sie experimentierte ein wenig, wie groß das Herz werden konnte, damit es auf dem Foto noch gut zur Geltung kam. Die Rosenblätter waren gar nicht so einfach zu inszenieren, da sie auf dem Parkett schnell wie dunkle Flecken wirkten. Erst wenn sie dicht an den angezündeten Kerzen lagen, schimmerten sie rötlich und man erkannte sie. Noch war das Arrangement nicht perfekt, bemerkte Emma, als sie durch den Sucher schaute. Vielleicht sollte sie doch noch ein paar echte Blüten dazulegen. Sie holte eine Schere und ging hinaus. Die lila Kelche des Flieders waren weit geöffnet und der süße Duft hüllte sie geradezu ein, während sie ein paar Ästchen abschnitt. Ja, das würde wunderbar aussehen. Die Köpfchen einiger weiß-rosa Gänseblümchen nahm sie auch gleich mit.

Hinter ihr raschelte der Bambus.

»Du hast echt einen grünen Daumen«, sagte Nathan, während er mit den Fingern durch die Blätter des Strauchs fuhr. »Schau, ich habe immerhin ein paar Tomatenpflanzen hingestellt.«

Er deutete hinter sich und Emma bemerkte auf seiner immer noch sehr öden Seite der Dachterrasse eine hölzerne Einfassung, mit Erde angefüllt, in deren Mitte ein paar winzige Pflänzchen ums Überleben kämpften. Wann hatte er das denn gemacht?

»Oh ja, ich komme morgen ernten«, antwortete sie und zwinkerte. Hoffentlich war sie ihm mit dem Joke nicht gleich wieder zu nahe getreten. Er grinste etwas gequält.

Auch wenn er wie immer eine Augenweide war – sie wäre jetzt lieber alleine gewesen. *Lauren, Lauren,* tanzte es durch ihren Kopf und sie hatte den Eindruck, ihre Nudeln hätten einen bitteren Nachgeschmack hinterlassen.

»Du wirst dich noch wundern – das sind besonders früh reifende Stabtomaten. Und extra ertragreich sind sie auch!«

»Du kennst dich mit Gärtnern aus?«

»Bisher war das immer eine Begabung der weiblichen Mitglieder meiner Familie – aber wenn ich als Kurier weiterhin so wenig verdiene, dann sollte ich tatsächlich auf Selbstversorger umsteigen.«

»Dann freue ich mich für dich, wenn du in geschätzt sechs Wochen das erste Essen ernten kannst.«

»Ich könnte überleben, wenn mir bis dahin noch so fünfundzwanzig Pfund zur Verfügung stehen würden.« Jetzt grinste er richtig breit.

Emma schlug sich die Hand vor den Mund.

»Ach herrje, entschuldige! Ich wollte dir das Geld längst gegeben haben, aber …«

Plötzlich machte Nathan einen Satz und rannte knapp an ihr vorbei in Richtung ihres Appartements.

»Die Gießkanne, schnell!«, schrie er dabei.

»Äh …«, brachte Emma nur heraus. Was fiel dem denn ein? Warum stürmte er in ihre Wohnung?

Da bemerkte sie den Qualm.

»Verdammt!« Sie griff im Laufen nach der Gießkanne, aber diese war natürlich leer. »Kacke!«

Sie erreichte ihr Zimmer, stolperte fast über die Türschwelle und konnte im Rauch kaum etwas erkennen.

»Nathan?«, rief sie und versuchte vergebens, die Schwaden mit den Händen wegzuwedeln. Hoffentlich lag er nicht schon erstickt am Boden – von einer Kohlenmonoxidvergiftung niedergestreckt. Da reichten doch schon wenige Atemzüge. Endlich entdeckte sie ihn am Boden kauernd und mit einer Decke – ihrer Lieblingskuscheldecke – die Flammen erstickend. Auf seiner Stirn prangten Rußspuren.

»Warte, bleib draußen«, rief er ihr zu. »Ich hab's gleich geschafft. Hol trotzdem Wasser.«

Sie rannte zurück, nahm die Gießkanne und füllte sie an der Regentonne, so schnell es ging. Dann lief sie in ihr Appartement, Wasserspuren hinterlassend.

»Das war knapp«, sagte Nathan und richtete sich auf. »Diese komischen kleinen Dinger standen fast alle in Flammen. Was war das?«

Emma träufelte vorsichtig hier und da etwas Wasser auf die verklumpten Reste auf dem Parkett. An einigen Stellen konnte sie Brandlöcher erkennen, sonst war glücklicherweise nicht allzu viel passiert.

»Ähm, das waren …«, herrje, wie sollte sie das denn erklären? »Rosenblätter.«

»Die stinken aber!«

»Künstliche Rosenblätter.«

»Aha.« Er sah sie fragend an. »Und du verstreust gerne brennende Plastikrosenblätter in deinem Zimmer. Ist das eine deutsche Sitte?«

Sie hielt die Kanne noch immer fest umklammert vor ihrem Bauch und starrte durch die kleine Öffnung auf das Wasser darin.

»Ich … ähm, also …«

»Es geht mich nichts an«, unterbrach er sie. »Wir haben ja alle so unsere kleinen Geheimnisse.«

»Ich wollte für eine Freundin zur Hochzeit ein romantisches Bild inszenieren«, fiel ihr endlich ein. Sie hustete. Er nahm sie beim Ellenbogen und führte sie in Richtung Terrassentür.

»Verstehe. In der stinkenden Bude solltest du nicht allzu lange bleiben. Puh, da bekommt man ja eine Rauchvergiftung.« Er schob sie nach draußen, wandte sich dann aber um und öffnete auch noch das Fenster hinter dem Schreibtisch.

»Mann, *Fraulein*«, sagte er kopfschüttelnd, als er nach draußen kam.

»Wenn du nicht …«, begann sie, brach aber ab.

Er sah sie fragend an.

»Nichts.«

»Wenn ich dich nicht gestört hätte – du hast recht, es tut mir leid!«

»Nein, nein, ganz im Gegenteil! Ich hätte daran denken sollen, dass die Kerzen brennen. Mir tut es leid. Vielen Dank für deine Hilfe! Ich weiß nicht, ob ich das selbst so schnell in den Griff bekommen hätte.«

»Das habe ich nur gemacht, damit mein Geld nicht verbrennt.« Er grinste wieder breit, und sie musste ebenfalls schmunzeln.

»Ich hol's dir, warte!«, sagte sie und ging hinein.

Mit dem Portemonnaie kam sie rasch zurück. »Puh, was für ein ekliger Gestank da drinnen! Kannst du wechseln?« Sie streckte ihm dreißig Pfund entgegen. Er schüttelte den Kopf.

»Nein, leider …«

»Passt schon«, sagte sie und drückte ihm die Scheine in die Hand.

Er hob kurz die Schultern.

»Okay, wie du meinst. Oder du hast einen Kaffee bei mir gut.« Er kratzte sich am Kopf und starrte in Richtung ihres Zimmers. »Meinst du, du kannst heute Nacht da drin schlafen?«

Emma fuhr sich nachdenklich über die Unterarme. *Mist, er könnte recht haben.*

»Ich weiß nicht«, antwortete sie zaghaft. Sie blickte nervös zwischen ihm und ihrem Appartement hin und her. So wie es aussah, war sie in dieser Nacht obdachlos. In ein Hotel auszuweichen, kam nicht infrage. Was, wenn es zu einem bezahlbaren Preis nur noch ein freies Zimmer am anderen Ende der Stadt gab? Gruselig! Sie wollte nirgendwohin, weder mit der

U-Bahn noch mit einem Taxi. Sie wollte in ihr Bett! Plötzlich wurden ihre Knie weich. Was hätte alles passieren können, wenn er den Brand nicht so geistesgegenwärtig gelöscht hätte?

»Emma, geht's dir gut?« Sein Gesicht kam näher, und er sah ihr forschend in die Augen. »Setz dich mal hin, ich bringe dir etwas zu trinken.« Er führte sie zum Strandkorb, und sie ließ sich hineinsinken. Dann war er verschwunden. In der Ferne hörte sie eine Sirene – von einem Polizeiauto. Einem Krankenwagen. Oder einem Feuerwehrauto. Sie blickte zu ihrer Terrassentür, beinahe überzeugt, sie würde jeden Moment ein grelloranges Flammenmeer daraus hervorbrechen sehen, doch außer etwas weißlich-grauem Rauch war nichts mehr zu erkennen von dem, was eben passiert war.

Nathan breitete eine Decke über ihr aus und reichte ihr ein Glas Wasser.

»Trinken«, befahl er und ging vor ihr in die Hocke. »So ist es recht.«

Das kalte Wasser tat ihr gut, aber trotzdem zitterten ihre Finger. Alles hätte verloren gehen können: ihr Computer, ihre Zeichnungen, ihre Möbel, ihre ganze Existenz. Dann hätte sie nach Deutschland zurückgemusst, hätte sich Tante Gwen stellen müssen, hätte …

»Emma?« Er wedelte mit den Fingern vor ihren Augen. Sie fixierte sein Gesicht, konnte aber noch immer nicht sprechen. »Ich weiß, wir kennen uns kaum – aber vielleicht wäre es besser, du übernachtest heute in meinem Appartement? Ich habe ein Schlafsofa.«

»Nein, nein, danke«, widersprach sie. »Ich komme schon klar.« Sie drückte ihm das Glas in die Hand, ebenso die Decke und stand auf. Hilfe hatte sie nicht verdient. Sie hatte wieder Mist gebaut und jetzt musste sie dafür einstehen. Warum war es so schwierig, die Füße fest auf den Boden zu setzen? Die ganze Dachterrasse schien zu schwanken. Ihr Leben schien zu schwanken.

»Nein, tust du nicht«, hörte sie Nathan hinter sich. »Ich weiß, wie ein Schockzustand aussieht – und du hast gerade einen. Da solltest du nicht alleine bleiben.«

Langsam drehte sie sich zu ihm um.

»Es geht schon«, sagte sie laut.

Er zog den Kopf ein, hob die Hände. »Na gut. Wie du meinst. War nur ein Angebot. Aber du weißt – du kannst jederzeit bei mir klopfen, wenn du es dir anders überlegst. Ich bin den ganzen Abend zu Hause. Okay?«

»Vielen Dank!«

Zielstrebig ging sie auf ihr Appartement zu, meinte, seinen Blick in ihrem Rücken zu spüren. So schlimm würde es schon nicht sein. Hinter sich hörte sie, wie die Terrassentür des Nachbarappartements geschlossen wurde.

Es war viel schlimmer, als sie gedacht hatte. Trotz geöffneter Türen und Fenster hielt sie es keine fünf Minuten aus. Der Rauch kratzte im Hals, ihre Augen brannten und sie bekam kaum Luft. Er hatte recht, hier drinnen würde sie garantiert nicht schlafen können. Und arbeiten schon gar nicht.

Es war noch nicht mal zehn Uhr, ihre arbeitsintensivste Zeit stand erst noch bevor. Aber daran war heute nicht zu denken. Sie machte ein paar schnelle Fotos von den Brandflecken, zog etwas Wärmeres an und machte es sich im Strandkorb so gemütlich, wie es ging. Sie versuchte, den stetig herbeiwehenden Brandgeruch zu ignorieren und konzentrierte sich auf die Skyline. Der Blick auf die Lichter hinter der Balustrade beruhigte sie ein wenig. Überall lebten Menschen wie sie, hinter jedem Fenster gab es ein Schicksal, eine Geschichte – universelle

Einmaligkeit. Und jeder hatte das Recht, diese auszuleben, wie er es wollte.

Wie froh war sie als Kind gewesen, wenn einmal alle fort gewesen waren. Ihre Eltern, ihre Schwester. Wenn sie die Wohnung für sich hatte, niemand Rechenschaft einforderte für das, was sie tat. Dann war sie durch die Zimmer geschlendert, hatte sich vorgestellt, sie herrsche in einem Märchenreich, in dem jeder Mensch in ein Möbelstück verwandelt war – der Butler war zum Sekretär geworden, die Kammerzofe zum Sofa, die Köchin zum Kühlschrank und die Lehrerin war die Truhe in einer dunklen Ecke. Und nur, wenn sie wollte, erwachten sie zum Leben und waren ihr zu Diensten.

Als Herrscherin über diese Menschenmöbel hatte sie sich nie einsam gefühlt, und überdies war sie von Fantasiefreundinnen umgeben, die in Gestalt kleiner Kätzchen erschienen, zutraulich und unendlich verspielt, aber nie fordernd. Enttäuscht war sie nur, wenn ihre Familie zurückkehrte und sie abhielt von all ihren Spielen. Vielleicht, dachte sie manchmal, vielleicht habe ich mir hier, in meinem kleinen Dachappartement, mein Reich endlich eingerichtet. Nur der Wunsch, die Möbel in Menschen zu verwandeln, ist abhandengekommen. Und sie wusste – nicht nur ihr ging es so. Garantiert gab es in dieser großen Stadt viele andere, die ihre Wohnung nie oder nur selten verließen. Jeder Einzelne von ihnen hatte gute Gründe dafür, sie verstand diese Menschen, ohne sie zu kennen. Nachdem sie ein gutes Jahr ohne große Außenkontakte hinter sich gebracht hatte, hatte sie im Internet recherchiert und versucht, sich ihr Verhalten als gemütliches Cocooning schönzureden. Ja, sie war eben gerne daheim. Ja, sie liebte es kuschelig und war gerne Individualistin. Ja, ihr genügte es, ihre Wohnung ganz auf ihre Bedürfnisse abzustimmen, und hey, sie ging ja raus – auf die Dachterrasse, wo sie sogar Sport machte. Was sollte daran auszusetzen sein? Irgendwann war sie allerdings auf eine Seite geraten, wo es um soziale Phobien ging, und sie hatte sich festgelesen. Erröten, Übelkeit, trockener Mund, Schwindel im Angesicht von anderen Menschen? Ja. Und auch Zittern, Atemnot und Schwitzen. Sie konnte es nicht leugnen. Bei einem Online-Test erreichte sie die volle Punktzahl, und dem Artikel entnahm sie, dass sie sich in psychotherapeutische Behandlung begeben sollte. Aber dafür hätte sie ja mit irgendwem Kontakt aufnehmen müssen, sich einem Therapeuten zumuten. Und der hatte bestimmt wichtigere Fälle zu behandeln als sie – Traumatisierte, Missbrauchte, Gewaltopfer. Nein, nein – sie hatte die Testseite schnell geschlossen und lieber auf Instagram nachgeschaut, wie verbreitet der Hashtag »cocooning« war. Sehr verbreitet! Sie musste sich keine Sorgen machen. Ihre Häuslichkeit war nur eine Phase, auf die sie im hohen Alter sicher lächelnd zurückblicken und in netten Anekdoten verpackt ihren Enkelkindern erzählen würde. Dass diese »Phase« nun schon fast zwei Jahre anhielt, hatte sicher nichts zu bedeuten.

Emma wandte sich ihrem Smartphone zu, bearbeitete die Fotos des Zimmerbrandes und postete sie auf Instagram.

»Kleiner Schock am Abend!«, schrieb sie. »Aber Troy hat mich vor einer größeren Katastrophe gerettet. Uff, alles noch mal gut gegangen. #Kerzen, #Feuer, #Rauch, #glückgehabt«.

Eine Zeit lang kommentierte sie Fotos ihrer Freunde, chattete kurz mit Brittany, die genau wissen wollte, was passiert war – »Ein romantischer Abend ist etwas außer Kontrolle geraten«, erklärte Emma, ohne auf Einzelheiten einzugehen –, und kochte sich dann eine große Kanne Tee. Obwohl es tagsüber schon recht warm war, herrschten abends noch recht frostige Temperaturen.

Nach zwei Stunden war es in ihrer Wohnung schon ein bisschen besser auszuhalten – aber übernachten konnte sie dort drinnen nicht. Das Bett war nur durch ein Regal vom Rest der Wohnung abgetrennt und auch dort stank es noch immer fürchterlich. Emma sah zu den gleißenden Sternen auf und dann zu Nathans Appartement hinüber. Die Vorhänge waren halb zugezogen, bläuliches Fernsehlicht flimmerte heraus. Sollte sie doch anklopfen? Nach einem Platz auf seinem Sofa fragen? Sie würden gemeinsam in einem Raum schlafen. Na ja, er würde schlafen. Sie würde daliegen oder sich so leise wie möglich hin und her wälzen. Sie würde sich vorstellen, wie es wäre, mit ihm in einem Bett zu liegen, sich an ihn zu kuscheln. Und dann würde sie sich ausmalen, dass diese Lauren eine Hollywood-Diva war, die den Platz neben ihm tausendmal mehr verdiente als sie. Emma beschloss, im Strandkorb zu übernachten. Sie hatte das letzten Sommer schon einmal auf einer Luftmatratze gemacht, als die Temperaturen tagsüber die 30-Grad-Marke dauerhaft überschritten hatten und es auch abends nicht abgekühlt war. Sie füllte eine Wärmflasche mit heißem Wasser, nahm diese samt Bettdecke und Kopfkissen mit hinaus und versuchte, es sich so warm und behaglich wie möglich zu machen. Die Rückenlehnen des Strandkorbs ließen sich fast komplett absenken, sodass ihr eine einigermaßen ausreichende Liegefläche zur Verfügung stand. Dennoch war es nicht einfach, eine gemütliche Position zu finden. Die Unterlage war hart, und obwohl die Sonne schon lange untergegangen war, wurde es einfach nicht richtig dunkel.

The City never sleeps, dachte Emma.

Kein Wunder, wenn immer von irgendwo ein Lichtschein zu sehen war. Zudem fühlte sie sich noch kein bisschen müde. Sie könnte lesen, wusste aber nicht so recht, worauf sie Lust hatte. Der Thriller, den sie neulich auf ihrem E-Book-Reader angefangen hatte, würde es ihr noch schwerer machen, Schlaf zu finden. Auf das Sachbuch über neueste Entwicklungen im Bereich Webdesign konnte sie sich garantiert nicht konzentrieren und auf eine Liebesgeschichte hatte sie überhaupt keine Lust. Sie holte etwas Papier und ihre Kreiden, aber das Zeichnen war bei der schlechten Beleuchtung hier draußen zu schwierig. Und welche Position sie auch einnahm, schnell wurde diese unbequem. Schließlich drehte sie sich so, dass sie die Sterne über sich sehen konnte. Sie würde sie zählen. Das musste doch das beste Schlafmittel sein.

Eins. Zwei. Drei. Vier. Fünf. Sechs. Sie hatte seine Atemzüge gezählt. In den ersten Tagen, in denen sie nicht von seiner Seite gewichen war. Als nicht sicher war, ober er jemals wieder aufwachen würde. Sieben. Acht. Neun. Und als bereits klar war, dass er, selbst wenn er aufwachte, nicht wieder würde laufen können. Zehn. Elf. Zwölf. Die Krankenschwestern wollten sie nach Hause schicken, sagten, sie müsse schlafen, auf sich selbst aufpassen, aber das war nicht infrage gekommen. Sie wollte den Moment nicht verpassen, in dem Simon die Augen aufschlug. Sie wollte ihm zeigen, dass ihr alles so unendlich leidtat, dass der Streit überflüssig gewesen war. In jenen Momenten war sie sich ihrer Liebe zu ihm so sicher gewesen wie lange nicht mehr. Es war das letzte Mal gewesen. Doch so weit wie der Sternenhimmel über ihr war die Distanz zwischen ihnen gewesen, als eines Tages sein Bewusstsein zurückgekehrt war. Nachdem die schlimmsten Verletzungen allmählich abgeklungen waren, die Ärzte riskierten, ihn aus dem künstlichen Koma aufwachen zu lassen und er endlich die Augen öffnete.

Verdammt, dieser Strandkorb war grausam. Hier würde sie nie einschlafen. Sie setzte sich auf, ihr Rücken schmerzte, ihre Füße waren eiskalt. Sie sollte Nathans Angebot annehmen. Sie beugte sich vor und spähte um den Rand des Korbes herum zu seiner Wohnung hinüber. Nun war der türkisfarbene Vorhang zugezogen. Kein Licht drang mehr dahinter hervor.

Trotzdem stand sie auf und schlich sich leise auf seine Seite der Terrasse. Tatsächlich – alles dunkel. Nur ein wenig glitzerte das Licht der erhellten Fenster gegenüber in den kleinen Spiegelchen. Sie stemmte die Hände in die Hüften und sah sich um. Außer dem mit einer tarngrünen Plane abgedeckten Rudergerät, das er ihres Wissens nach bisher nicht benutzt hatte, der altertümlichen OP-Lampe und dem Tomatenbeet sah es hier noch genau so trostlos aus wie zu Mrs Watersheds Zeiten. Wie schön wäre es, die gesamte Dachterrasse zu begrünen, zum Blühen zu bringen. Sie seufzte und ging auf den Strandkorb zu. Nach zwei Schritten stolperte sie über den Grill, der verloren herumstand. Scheppernd fiel er um, und Emma unterdrückte ein Fluchen. Nicht nur, dass sich Kohlereste und Asche überall verbreiteten, sondern ein heftiger Schmerz durchfuhr ihren großen Zeh. Was für ein fucking beschissener Abend! Sie warf sich in den Strandkorb und zog die Bettdecke bis über die Ohren. Niemals – niemals würde sie hier auch nur eine Sekunde schlafen können!

KAPITEL 9

#TOMATENLIEBE

Granny53 @Em_dreams: Hast du dich mal gefragt, warum das mit dem Feuer passiert ist? Nichts im Leben passiert ohne Grund!
Em_dreams @Granny53: Mit dem Kopf in den Wolken gewesen … Werde mich wieder mehr auf das Hier und Jetzt konzentrieren. Versprochen!

Ein leichter, erfrischender Wind strich über ihre Wangen. Emma strampelte die Bettdecke fort und stieß mit den Füßen an etwas Weiches, Gepolstertes. Es fühlte sich nicht nach dem Geflecht ihres Strandkorbes an. Eher wie eine … Sofalehne.

Emma riss die Augen auf, fuhr hoch und ließ sich gleich wieder fallen. Keine Frage: Sie lag auf dem Schlafsofa. In Nathans Wohnung. Wie war sie hier hereingekommen? Das Letzte, woran sie sich erinnern konnte, war, dass sie über den unbequemen Strandkorb geflucht hatte. Ihre Annahme, dass sie dort nie ein Auge zutun würde. Aber genau das Gegenteil war offensichtlich der Fall gewesen und sie hatte so fest geschlafen, dass sie nicht mitbekommen hatte, wie Nathan sie irgendwann nach drinnen gebracht hatte. Sie richtete sich wieder auf und sah sich vorsichtig um. Vom Hausherrn keine Spur. Aber die Terrassentür stand offen und schließlich entdeckte sie Nathan, fast schon außerhalb ihres Blickfeldes. Er saß auf dem Rudergerät und zog in einer gleichmäßigen Bewegung an den Griffen. Er rollte auf der Schiene vor und zurück, und sie konnte erkennen, wie sich seine Waden- und Oberarmmuskeln anspannten. Er trainierte konzentriert und mit hoher Geschwindigkeit, sein Blick war in die Ferne gerichtet. Schweiß glänzte in seinem Nacken, und für eine Sekunde hatte Emma die Vision, wie sie mit ihrer Zunge über seine feuchte Haut leckte und ihn dann unter ihren Küssen begrub. Was für ein Quatsch!

Sie wollte sich schon von seinem Anblick losreißen, als er zu ihr sah und lächelte. Sie nickte ihm zu und schaute schnell weg. Besser, sie würde jetzt … was? An ihm vorbei in ihre Wohnung zurückgehen, im Vorbeischlendern ein lässiges »Danke« fallenlassen und so tun, als sei alles ganz easy?

Oder sollte sie aufstehen, ihm und sich an seiner Küchenzeile ganz selbstverständlich einen Kaffee kochen? Sie ließ sich zurücksinken und zog die Bettdecke – immerhin ihre eigene – über den Kopf.

»Guten Morgen, Murmeltier«, hörte sie seine Stimme von der Terrassentür.

Sie lugte unter der Decke hervor. Aus ihrer liegenden Position heraus wirkte er noch größer. Sein Haar war zerzaust, sein Blick frisch und leicht amüsiert.

»Als es in der Nacht immer windiger wurde, dachte ich, ich schaue mal nach dir«, erklärte er. »Da hat es dann auch leicht zu nieseln angefangen. Aber du hast so tief geschlafen, du hast das alles nicht gemerkt.«

»Echt?«

»Hm, nicht mal, als ich dich hier reingetragen habe, bist du aufgewacht. Du hast dich nur an meinen Hals geklammert und heftig geseufzt.«

Am liebsten wäre Emma wieder ganz unter der Bettdecke verschwunden. Wie peinlich!

»Danke«, brachte sie hervor. »Vielen Dank!« Sie schwang die Beine über die Sofakante, bereit aufzustehen. »Dann schaue ich mal, ob meine Wohnung wieder begehbar ist.«

»Frühstück?«, fragte er. »Muss nur schnell duschen.«

»Ach, nein, mach' dir keine Umstände. So früh krieg ich eh noch nichts runter.«

»Okay.«

Er ging an ihr vorbei und verschwand im Badezimmer. War es unhöflich gewesen, sein Frühstücksangebot abzulehnen? Emma verfluchte sich, weil sie einfach nicht wusste, wie sie mit ihm umgehen sollte. Warum wirkte sie immer so miesepetrig, so verkrampft? Warum konnte sie diesem netten Nachbarn nicht einfach offen begegnen? Sie kannte die Antwort genau. Weil sie Angst hatte, sich in ihn zu verlieben. Weil sie Angst hatte, er würde sich in sie verlieben. Und weil dann alles wieder in einer Katastrophe enden musste.

Sie sollte fort sein, bevor er im Bad fertig war. Sein Anblick, frisch geduscht, vermutlich nach Aftershave duftend, würde ihr Herz zum Stolpern bringen. Sie rief – hoffentlich laut genug – in Richtung Badezimmer: »Vielen Dank für alles! Mir ist gerade eingefallen, dass ich gleich einen Termin habe. Bis bald!« Dann raffte sie ihre Bettdecke und schlich hinaus, hinüber zu ihrer Wohnung, wo schon Troy saß und sie vorwurfsvoll anmaunzte. Wo ist mein Frühstück?, sollte das wohl heißen.

Immerhin war der Gestank nach Rauch in der Nacht durch die geöffneten Fenster und Türen weitgehend abgezogen, der Wind hatte sein Übriges getan. Der Parkettboden sah bei Tageslicht ganz schön mitgenommen aus – den würde sie auf eigene Rechnung irgendwann ausbessern lassen müssen. Sie trank an der Spüle ein Glas Wasser und bemerkte, dass sich der

Kater bereits über die Reste seines Futters hergemacht hatte und nun wieder irgendwo über die Dächer entschwunden war. Sie schloss die Fenster und die Terrassentür, stellte aber beides auf Kipp.

Emma fühlte sich munter und müde zugleich. Schon wieder war sie so früh auf, dabei war es nicht mal halb acht.

Wenn sie jetzt wach bliebe, wäre ihr ganzer Rhythmus im Eimer. Dann wäre sie am Abend um zehn müde, aber schlafen könnte sie trotzdem nicht. Vermutlich kämen sogar die Albträume zurück. Dabei war sie so froh, dass sie kaum noch welche durchlitt, seit sie ihre Schlafenszeit verschoben hatte. Nur manchmal noch rannte sie im Traum durch eine ihr völlig unbekannte Stadt. Sie wusste, dass sie zum Krankenhaus musste, aber sie fand keinen Weg. Niemand war zu sehen, den man fragen konnte, und wenn ihr gelegentlich doch jemand begegnete, dann sagte er merkwürdige Dinge wie: »Der Himmel ist heute zu spät« oder: »Denk an dein Herz! Immer geht dein Herz nach!« Und sie erschreckte sich, rannte schneller und verhedderte sich regelrecht in den fremden Straßen. Und die Angst, nicht rechtzeitig anzukommen, wurde größer und größer.

Wenn sie dann aufwachte, mit rasendem Herzschlag, war Simon wieder ganz nah. Es fühlte sich an, als sei alles gerade eben passiert und er läge noch immer im Krankenhaus. Sie spürte sogar wieder diese Liebe zu ihm, vor der sie manchmal Angst gehabt hatte – Angst, sich selbst zu verlieren, gar nicht mehr vorhanden zu sein, nicht mehr existent. Das war ihr schon am Anfang ihrer Beziehung manchmal so gegangen. Sie hatte sich in solchen Momenten von ihm zurückgezogen, um die Puzzleteile, in die ihr Selbst zersprungen zu sein schien, wieder zusammenzusetzen. Er hatte ihren Rückzug nie verstanden und geglaubt, sie liebe ihn nicht mehr. Sie hatte ihn nie überzeugen können, dass das Gegenteil der Fall gewesen war, dass sie ihn zu sehr liebte. Dieser Zustand war gleichermaßen bitter und süß gewesen, fesselnd und beängstigend, aufregend und beruhigend im selben Moment. Sie konnte sich nicht vorstellen, dass ihr diese Art der Liebe je wieder begegnen würde. Denn alles, was kam, musste sich an der Liebe zu Simon messen lassen. Auch wenn sie diese Liebe nun seit über zwei Jahren hinter sich zu lassen geglaubt hatte, war sie manchmal überzeugt, das Gefühl zu ihm schlummere nur irgendwo und könnte eines Tages erwachen. Und das käme einer Katastrophe gleich, denn er wäre nicht mehr da und selbst wenn, würde er ihre Liebe nicht mehr wollen. Das wäre so schmerzhaft wie die erste Nacht damals an seinem Krankenbett. Eine Nacht, düster, kalt, endlos und vollgestopft mit Verzweiflung. War sie deshalb nach London gegangen? Nicht nur, um ihrer Schuld zu entgehen, sondern auch, um diese vor sich hindämmernde Liebe für immer am Aufwachen zu hindern? Aber was, wenn sie damit auch die Liebe zu jedem anderen Menschen für immer einsperrte?

Sie drehte den Wasserhahn der Küchenspüle auf und hielt ihr Gesicht darunter. Wenn das eisige Nass doch nur ihre Gedanken fortspülen könnte.

»*What a waste of a lovely night*«, sangen Emma Stone und Ryan Gosling, ein Bläsersatz trötete enervierend und Emma tastete nach ihrem Handy, das irgendwo neben dem Bett auf dem Boden liegen musste. Sie hatte sich doch gerade eben erst noch einmal hingelegt. Wer störte nur so früh?

»Emma? Alles okay bei dir?«

»Jana! Ja, klar, abgesehen davon, dass du mich geweckt hast.«

»Tut mir leid! Ich habe gerade dein Posting gesehen! Bei dir hat es gebrannt?«

Emma richtete sich auf und lehnte sich gegen die Wand.

»Nur fast. Na … Troy konnte mit einer Decke alles löschen. Halb so wild!«

»Und du hast keine Verbrennungen? Keine Rauchvergiftung? Bist nicht obdachlos?«

»Nein, keine Sorge! Ich würde nicht so ruhig mit dir telefonieren, wenn was Schlimmes wäre, oder?«

»Ja, tut mir leid … aber …«

Emma konnte geradezu vor sich sehen, wie Jana betreten auf ihrer Unterlippe herumkaute.

»Gut, dass Troy da war. Apropos … du hast mir immer noch kein Foto von ihm geschickt.«

»Er hasst es, fotografiert zu werden. Ich habe selbst kein Bild von ihm.« Verdammte Lügerei!

»Warum kommt mir das wie eine Ausrede vor?«

Weil du meine Schwester bist und mich besser kennst als jeder andere.

»Keine Ahnung.« Wie konnte sie dieses Telefonat nur schnell beenden?

»Wahrscheinlich ist er fett, alt und hässlich.«

»Genau. Und was gibt es bei dir so Neues?«

»Mein Schulpraktikum war so anstrengend, dass ich dringend Urlaub brauche. Am liebsten in London.«

»Au ja, das wäre toll!« Emma ballte ihre freie Hand zur Faust. Eine Ausrede musste her! Schnell! »Dieser Brand ist total ätzend! Ich habe einen ganzen Arbeitstag verloren – ich musste warten, bis der Rauch endlich abgezogen ist. Und mein derzeitiger Auftraggeber heult eh schon, weil ich nicht so schnell bin, wie er das erwartet. Ich muss jetzt erst mal dringend alles aufarbeiten. Schade! Es wäre so schön, wenn du kommen könntest.«

»Okay, okay.« Das folgende Schweigen breitete sich von der Donau bis über den Ärmelkanal hin aus.

»Sobald ich Luft habe, sage ich dir Bescheid«, lenkte Emma ein. »Versprochen!«

»Ja, ja, ich weiß. Irgendwann am Sankt Nimmerleinstag. Manchmal habe ich einfach das Gefühl, du willst nichts mehr mit uns allen zu tun haben.«

»Ach Jana, das stimmt doch gar nicht ... Mann, ich habe echt eine beschissene Nacht hinter mir und ...«

»Schon gut, ich hör schon auf. Ciao!« Und fort war sie.

Nur ihre Enttäuschung waberte noch durch die Luft.

Emma legte sich wieder hin, aber ihr war klar, dass sie nun garantiert nicht mehr einschlafen konnte. Sie betrog ihre Schwester, ihre Eltern, ihre Instagram-Freunde – allen machte sie etwas vor. Dabei wollte sie doch nur in Ruhe gelassen werden. War das so schwer?

Gegen elf schaffte sie es endlich, aufzustehen. Sie kam sich vor, als habe sie den gestrigen Tag mit der Besteigung eines 3000er-Gipfels verbracht. Ihre Augen brannten, jeder Muskel tat ihr von den ersten unbequemen Nachtstunden im Strandkorb weh, und es fühlte sich an, als sei ihr Akku komplett leer. Nur langsam drang es in ihr Bewusstsein: Sie hatte in Nathans Wohnung übernachtet – und beinahe nichts davon mitbekommen. Was vermutlich besser war. Was er wohl über sie dachte? Sie kam sich so lebensuntüchtig neben ihm vor. So zimperlich und kindisch. Warum hatte sie seine Einladung nicht gleich annehmen können? Da hätte sie aufrecht seine Wohnung betreten und er hätte sie nicht wie einen nassen Sack durch die Gegend zerren müssen. Vermutlich hatte sie ihm auch noch ihren schlafgetränkten Atem ins Gesicht gepustet.

Wie in Trance ging sie auf die Dachterrasse und pflückte die mittlerweile getrocknete Wäsche, die sie gemeinsam mit Nathan aufgehängt hatte, vom Ständer. Monotone Arbeit, bei der sie nicht denken musste, war in ihrem Zustand das Einzige, was sie hinbekam. In Nathans Appartement waren die Vorhänge jetzt zugezogen. Während sie sich bemitleidete, weil sie sich so ausgelaugt fühlte, war er schon seit Stunden bei der Arbeit. Und das, obwohl auch er keine ungestörte Nacht hinter sich hatte. Dabei forderte der Londoner Verkehr von einem Fahrradfahrer sicherlich höchste Konzentration. Fußgänger wichen einander aus und rannten in ihn hinein. Autofahrer rissen unkontrolliert die Tür auf, und er raste dagegen. Lkw-Trucker übersahen ihn beim Rechtsabbiegen. Ein Bus ignorierte eine rote Ampel und überrollte ihn.

Schluss jetzt.

Vermutlich saß er beim dritten Espresso in einem Café und flirtete mit der Barista.

Egal.

Egal.

Egal.

Sie stellte das Wasser unter der Dusche nach und nach kälter und zählte dabei langsam bis zehn. Die Gänsehaut überzog ihren ganzen Körper, sie begann beinahe mit den Zähnen zu klappern. Und das tat seltsamerweise gut. Sie spürte, wie sie langsam wieder lebendig wurde, die Trägheit mit dem Wasser davonfloss. Eingerollt in ein dickes, flauschiges Frotteehandtuch hatte sie endlich das Gefühl, sich dem Rest des Tages stellen zu können. Als sie kurze Zeit später am Schreibtisch saß, eine Tasse Kaffee neben sich, war sie wach und fühlte sich einigermaßen frisch. Mit erstaunlich leichter Hand erledigte sie alle Arbeiten und nach drei Stunden war sie mit ihrem Tagespensum bereits durch.

Vielleicht lag es an dem Schrecken, den der kleine Brand ausgelöst hatte – sie war dankbar für das, was sie tun konnte.

Am frühen Nachmittag musste sie ihre Arbeit unterbrechen, da sie etwas geliefert bekam. Sie hatte ein paar Pflanzen im Internet bestellt, nachdem die ersten einjährigen Frühlingsblumen verblüht waren und sich in ihren Kästen ein paar Lücken aufgetan hatten. Entgegen ihrer sonstigen Gewohnheit hatte sie sogar eine Gurke und ein paar Paprikapflänzchen bestellt. Bisher waren ihr nur Blumen in die Kästen gekommen, aber vielleicht, hatte sie überlegt, wäre es ja auch ganz befriedigend, eigenes Gemüse zu ziehen.

Besonders die Pfingstrose sah vielversprechend aus. Sie hatte bereits viele Knospen, die ein wenig aufgeplatzt waren und auf zartrosa Blüten hoffen ließen. Aber auch die Elfenspiegel in ihrem zarten Lila, die bunten Million Bells und die betörend duftenden Vanilleblumen waren so wunderschön, dass sie die Pracht sofort einpflanzen musste.

Sie streifte sich die grünen Gartenhandschuhe über, zerrte den riesigen Sack Erde herbei, den sie sich ebenfalls hatte liefern lassen, und begann, die Beete zu bearbeiten. Die abgeblühten Gänseblümchen, Stiefmütterchen und Vergissmeinnicht flogen raus, die Neuzugänge wurden in die dunkle Erde verpflanzt. Wie immer hatte sie viel zu viel bestellt und musste die Blumen viel dichter setzen, als ihnen guttat. Aber so sah es einfach prächtig aus – wie ein bunter Miniaturdschungel.

Sie richtete sich zufrieden auf und streifte die erdverschmierten Handschuhe ab. Das Gärtnern gab ihr Ruhe, es kam einer Meditation gleich. Alles Schwere fiel von ihr ab, wenn sie in der Erde grub. Sie verschloss den Sack, schob ihn hinter einen der Pflanzentröge und legte ein Holzbrett darauf, damit kein Regenwasser eindringen konnte. Als sie sich umdrehte, erblickte sie die Gurke und die Paprikapflänzchen, deren Blätter in der prallen Sonne etwas schlaff herunterhingen. *Mist!* Die hatte sie ganz vergessen. Wohin nur mit denen?

Ihr Blick fiel auf das Tomatenbeet auf der anderen Seite

der Terrasse. Sollte sie einfach …? Warum nicht? Er war so hilfsbereit gewesen, da konnte sie sich doch mal erkenntlich zeigen.

Entschlossen zerrte sie die Erde wieder hervor, fand noch ein paar ausrangierte Tontöpfe und setzte die Gemüsepflanzen dort hinein. Sie stellte sie gleich neben das Tomatenbeet und wässerte alles gründlich. Fertig.

So langsam sieht auch sein Teil der Dachterrasse etwas belebter aus, stellte sie fest. Na ja, zu idyllisch sollte es vielleicht nicht werden, sonst würde er hier draußen noch mehr Zeit verbringen, und was sollte sie dann machen? Andererseits gab es nicht allzu viele Zeiten, zu denen sie sich hier begegnen konnten. Wenn er am Abend mal zu Hause war, war sie mit der Arbeit beschäftigt. Und morgens, wenn er ruderte, schlief sie noch. Zumindest im Normalfall.

Zurück am Computer fand sie eine Mail von Nilla, die fragte, ob sie über das Wochenende eine weitere Tafel mit den Specials für die nächste Woche beschreiben konnte. Sie würde ihr die Tafel nach Ladenschluss am Abend vorbeibringen.

Emmas Finger kreisten unentschlossen über den Tasten. Besuch von Nilla? Eine Fremde in ihrer Wohnung? Die Vorstellung war ihr unangenehm. Aber an der Tür konnte sie die Ladenbesitzerin nicht einfach abfertigen, das wäre unhöflich. Was sollte sie antworten?

Emma blickte sich um. Alles kam ihr auf einmal so schäbig vor. Die abgewohnten Küchenschränke, der alte Elektroherd mit seinen leicht rostigen Platten, die Brandflecke auf dem Holzboden, die Papierstapel und Aktenordner, die sich in den wenigen Regalmetern drängten. Ihr war es schon peinlich genug gewesen, dass Nathan dies alles gestern Abend gesehen hatte. Und dann Nilla – eine Göttin der Ästhetik, des guten Geschmacks und der Ordnung.

»Ich komme um kurz vor sieben bei dir vorbei«, schrieb sie schnell zurück. »Wenn's okay für dich ist.«

»Na klar«, kam postwendend die Antwort.

War es immer nur sie, Emma, die sich so viele Gedanken machen musste, um die banalsten Dinge zu entscheiden, sobald die Außenwelt in Kontakt zu ihr trat? War das die Konsequenz ihres Lebensstils? Sie konnte sich nicht vorstellen, dass andere Menschen auch so kompliziert waren.

Um kurz vor sieben wurde Emma nervös. Nicht nur, weil sie bei PaperLove vorbeisehen, sondern auch, weil sie die Mülltüten entsorgen musste, in denen sie die verkohlten Überreste der Plastikrosenblätter sowie die verschmorte Decke gestopft hatte. Wenn Mrs Frampton sie mit diesen erwischte, gäbe es bestimmt ein riesiges Donnerwetter. Sie würde Emma als Feuerteufel beschimpfen und hätte garantiert einen Spruch parat, der Emmas Herkunft mit dem Vorfall in Verbindung brachte.

Dennoch packte sie die Tüten und schlich auf Zehenspitzen die Treppe hinunter. Wie lang sich vier Stockwerke ziehen konnten! Es blieb alles ruhig. Irgendwo schrie ein Kind, und ein Saxofon dudelte eine schräge Melodie. Auch im Hof war niemand zu sehen, und Emma warf die Tüten in den Container, der jedoch so voll war, dass sich der Deckel kaum noch schließen ließ.

Auch bei PaperLove hatte sie Glück: Es war keine Kundschaft mehr da und Nilla schien es eilig zu haben, nach Hause zu kommen. Dennoch plauderte sie kurz mit Emma, überreichte ihr die Wochenkarte und erläuterte ihr, wie sie sich die Tafelbeschriftung vorstellte. Fünf Minuten später stand Emma wieder auf dem Bürgersteig vor dem Laden und machte sich auf den Rückweg.

Gerade als sie den Schlüssel ins Türschloss schob, bimmelte hinter ihr eine Fahrradklingel, und sie zuckte augenblicklich zusammen.

»Kannst du mir bitte die Tür aufhalten?«, hörte sie Nathan fragen, noch ehe sie sich umgedreht hatte.

Sie nickte, erst dann sah sie zu ihm. »Was ist das denn?«, fragte sie erstaunt.

Auf Nathans Gepäckträger war ein Karton befestigt, der so riesig war, dass ein kleiner Kühlschrank darin Platz gefunden hätte. Nathan sah verschwitzt aus und lächelte gequält.

»Das Geschenk eines Kunden«, sagte er.

Er versuchte an Emma, die die Tür aufhielt, vorbeizukommen, blieb aber an der Tafel hängen, die sie sich zwischen die Beine geklemmt hatte.

»Moment«, bat sie und versuchte, die Tafel an die Wand zu lehnen. Donnernd knallte die Tür gegen das Fahrrad. Nathan konnte das riesige Paket gerade noch festhalten.

»Hoffentlich kein Geschirr drin«, witzelte Emma.

»Nee, nur …«, begann Nathan, aber da ging die Hoftür auf und eine rotgesichtige Mrs Frampton fegte in den Flur.

»So eine Schweinerei!«, schrie sie. »Der ganze Hof ist voller rußiger Plastikklumpen.«

Sie baute sich vor Emma auf, ihr weißes Haar umwehte sie wie die Dampfwolke eines Feuerdrachens. »Und die Tüte, aus der das Zeug kommt – die hat einen deutschen Aufdruck!«

Emmas Magen krampfte sich zusammen, und sie zog den Kopf zwischen die Schultern.

»Oh, sh…! Das tut mir leid! Ich habe die Tüte fest zugemacht, aber …«

»Aber jetzt liegt der Hof voller Dreck!«

»Ich kümmer mich gleich drum«, versprach Emma und ärgerte sich mindestens so sehr über Mrs Framptons Anschiss wie über ihre eigene kleinlaute Reaktion. Als sei sie noch immer ein Schulkind, das beim Schwänzen erwischt worden war.

Sie quetschte sich an der Lady vorbei und lief zur Treppe.

»Von allein räumt sich der Dreck nicht auf«, hörte sie Mrs Frampton hinter sich keifen. Emma drehte sich langsam um und holte tief Luft.

»Das weiß ich«, sagte sie so ruhig wie möglich. »Aber ich muss ja erst mal einen Besen holen, um alles aufkehren zu können.«

Mrs Frampton nuschelte Unverständliches und verschwand endlich hinter ihrer Wohnungstür.

»Ich kann dir helfen«, hörte sie Nathan nun sagen.

»Nein, ist schon okay, vielen Dank«, antwortete sie und stieg die Treppe hoch.

Ihre Hand zitterte am Geländer und sie keuchte viel mehr als sonst, bis sie oben ankam, was mit Sicherheit nicht an der Tafel lag, die sie trug. Mrs Framptons Verhalten erinnerte sie immer wieder daran, warum sie Menschen so gerne aus dem Weg ging. Schnell suchte sie Besen, Handfeger und Schaufel zusammen und machte sich auf den Weg in den Hof.

Auf halber Treppe kam ihr Nathan mit dem schweren Paket entgegen und sie vollführten einen kleinen Tanz, bis klar war, wer auf welcher Seite an wem vorbeiging. Emma konnte sich dabei einen neugierigen Blick auf den riesigen Karton nicht verkneifen, hatte aber für heute genug von nachbarschaftlicher Kommunikation und verkniff sich die Frage nach dem Inhalt.

Im Hof angekommen, blickte sie überrascht von rechts nach links und wieder zurück. Vier oder fünf verschmorte Plastikblütenblätter lagen tatsächlich irgendwo auf dem Weg und Emma sammelte sie schnell ein. Der größte Teil häufte sich jedoch direkt unterhalb des Containers. Es sah ganz danach aus, als habe jemand die Tüte aus dem Müll gezerrt und sie ausgeleert.

»*Bitch*«, konnte es sich Emma nicht verkneifen zu fluchen, bevor sie das Häufchen zu ihren Füßen zusammenkehrte und zurück in den Container verfrachtete.

Während sie darauf wartete, dass die Nudeln gar wurden, scrollte sie durch Instagram, klickte auf Herzen, hinterließ Kommentare und freute sich über die große positive Resonanz zu ihren letzten Posts. Beinahe hätte sie das schüchterne Klopfen an die Terrassentür überhört.

»Entschuldigung«, hörte sie Nathan, als sie aufblickte. Er stand noch draußen, spähte aber zu ihr hinein und in der Hand hielt er eine braune Papiertüte. »Danke für die Pflanzen – ich nehme mal an, du hast sie eingesetzt.«

Emma wusste nicht so recht, ob sie die Nudeln alleine lassen und zu Nathan gehen konnte, oder ob sie es ertragen sollte, dass er schon wieder hereinkam. Die im Bambustrog begrabene Mäuseleiche funktionierte offensichtlich nicht als Abschreckungszauber. Sie war unsicher, ob sie dies bedauern oder letztlich begrüßen sollte.

»Moment«, sagte sie, testete schnell eine Penne und entschloss sich, die Nudeln abzugießen. *Al dente* war ziemliche Auslegungssache.

Dann war sie in wenigen Schritten bei ihm an der Tür.

»Ja, sehr gerne. Ich wusste ehrlich gesagt nicht mehr, wohin mit den Pflänzchen, da habe ich gedacht, die Gemüsefraktion hat sich ja eher bei dir angesiedelt.«

Er schmunzelte und seine honigbraunen Augen strahlten wie vom Sonnenlicht entflammt.

»Ich beteilige dich dann gerne an der Ernte.« Er fuchtelte mit der braunen Tüte herum. »Ach so, und ich wollte fragen, ob du ein Baguette gebrauchen kannst. Ganz frisch – aber morgen schmeckt es bestimmt nicht mehr.«

Sie hob bedauernd die Schultern. »Ich habe gerade gekocht.«

»Ähm, okay, verstehe.« Er fuhr sich mit dem Handballen über ein Auge. »Weißt du, das ist von dem Kunden, von dem ich das Riesenpaket bekommen habe.«

»Das Paket ist voller Baguette?«

Nathan lachte auf. »Nein, also, auch. Aber nicht nur. Ich habe dem Typen vorhin seine Lieferung bringen wollen – Lebensmittel vom Feinsten! Crevettencocktail, Pasteten, Carpaccio, eine Flasche Schampus, frische Feigen, Himbeeren, verschiedene Käsesorten, na, und eben frisches Brot.«

»Und warum hast jetzt du die Sachen?«

»Es war total strange. Ich hab bei ihm geklingelt, und es hat ewig gedauert, bis er aufgemacht hat. Er sah irgendwie … verstrubbelt aus, ganz rot im Gesicht, verschwitzt und tierisch mürrisch. Und im Hintergrund schrie eine Frauenstimme, ich hab' kein Wort verstanden, Russisch vielleicht. Der Kunde unterschreibt den Lieferschein und auf einmal fliegt ein Lampenfuß in den Flur, knallt dicht hinter ihm auf den Boden. Der Typ zuckt nicht mal. Mir ist beinahe das Paket aus der Hand gerutscht. Der Typ schreit irgendwas nach hinten, die Frau keift weiter. Dem Kerl reicht es offenbar und er sagt: ›Hey, Freund, nimm den ganzen Scheiß mit. Ich schenke dir alles. Mach dir einen netten Abend mit … wem auch immer.‹ Und er knallt mir die Tür vor der Nase zu. Na ja, habe ich den Kram halt mitgenommen. Also, magst du ein Baguette?«

Emma hatte bei seiner Erzählung lachen müssen und nahm Nathan nun doch das Baguette ab. Obwohl so ein Crevettencocktail auch nicht zu verachten gewesen wäre. Aber den teilte er vermutlich mit …, ja eben: *wem auch immer*. Sie war es offensichtlich nicht.

»Danke«, sagte sie nur.

Nathan kratzte sich am Hinterkopf.

»Und, ähm, ich weiß ja nicht, aber …«

Was kam jetzt?

»Ich bin heute Abend unterwegs, gehe mit ein paar Kumpels zu einem Vortrag über Peru und, äh … das meiste von dem Zeug ist nicht allzu lange haltbar. Hättest du vielleicht Lust … also, wenn du Zeit hättest … wollen wir ein Picknick machen?«

Emma verstand nicht ganz. Peru? Picknick?

»Beim Peru-Vortrag?«

»Äh, nein, ich dachte, morgen. Morgen Nachmittag vielleicht. Ist ja Wochenende.«

Er blickte auf seine Hände, und sie bemerkte, dass sich seine Wangen leicht rot gefärbt hatten. Sie hatte nicht gedacht, dass er so schüchtern sein konnte. Ein Picknick mit Nathan. Morgen. Als sie bemerkte, dass er sie erwartungsvoll ansah, wurde ihr klar, dass sie sich entscheiden sollte.

Puh.

»Also, nur wenn du Lust hast«, wiederholte er.

Wenn das so einfach wäre. Ja, irgendwie war die Vorstellung großartig, mit ihm hier auf der Dachterrasse ein gemütliches Picknick zu veranstalten. Andererseits – wollte sie ihn wirklich besser kennenlernen? Was, wenn er Gefühle in ihr weckte, die sie gerade überhaupt nicht brauchen konnte. Und in zwei Wochen, Monaten oder Jahren vermutlich auch nicht. Echt jetzt? *Verdammt, Emma, sag etwas!*

»Ja. Warum nicht. Ja, klar.«

Augenblicklich strahlte die Sonne in seinen Augen wieder.

»So um vier?«

Sie nickte. Er tippte auf die Baguettetüte in ihren Händen, presste die Lippen zusammen und nickte ebenfalls.

»Cool, dann um vier. Cool. Bis dann!«

Und weg war er.

Emma Martins hatte ein Date. Morgen um vier.

Um Gottes willen!

Plötzlich pochte ihr Herz wie verrückt, und ihre Hände begannen zu zittern. Sie hatte doch gar keine Zeit. Sie musste die Tafel bemalen und arbeiten und sich dringend Instagram-Posts ausdenken und auf den Crosstrainer musste sie und putzen – nach dem Brand, unbedingt – und eigentlich und vor allem musste sie ihre Wohnung abriegeln, verriegeln, verbarrikadieren, damit weder er noch die Welt dort draußen ein Schlupfloch fanden, um sie zu überrumpeln.

Aber nein, sie hatte einem Date zugestimmt. War sie wahnsinnig?

Sie würde ihm nachher einen Zettel an die Tür kleben, dass ihr etwas dazwischengekommen sei.

Es ging einfach nicht. Was sollte sie denn mit ihm reden? Unverfänglich … Wie sollte sie ihre auf Fremde vielleicht doch etwas befremdlich wirkende Lebensweise erklären, ohne wie ein Freak zu wirken?

»Lieber Nathan«, schrieb sie in geschwungenen Buchstaben auf ein Blatt Papier. Aber dann kam sie nicht weiter. »Es geht nicht« ging nicht. »Ich habe doch keine Zeit« – wie platt. »Gerne wäre ich …« Es fühlte sich alles verlogen an.

»Leider kann ich nicht mit dir picknicken. Vielleicht ein anderes Mal.« Die Buchstaben wurden zum Ende hin immer kleiner, waren kaum noch lesbar. Vermutlich, weil sie mal wieder log. Denn eigentlich entsprach die Vorstellung eines Picknicks mit einem tollen Mann doch dem, was sie sich dringend vom Leben wünschte. Vielleicht sollte sie die Angelegenheit erst einmal überschlafen. Sie könnte ja auch noch morgen früh absagen.

Dann ploppte der Messenger an ihrem Handy auf.

Brittany

Hey Emma, denkst du heute Abend an mich? Ich habe ein Date mit Ed, du weißt schon, der Kunde aus dem Laden. Ich bin so aufgeregt! Ich könnte sterben, aber ich freue mich auch total. Ich hab' irgendwie ein gutes Gefühl. Oh My God, Emma, ich hatte seit Jahren kein Date! Hoffentlich verkack ich es nicht!

18:24

Emma

Aber nein! Ich drücke dir die Daumen, es wird bestimmt mega! Und ich bin stolz auf dich, dass du so mutig bist! Gut gemacht!

18:25

Brittany

Emma, Emma, Emma … ich platze gleich! Ich werde dir hinterher berichten. Alles. Also, na ja, alles was nicht schmutzig ist.:-) Haha! Kann die Zeit nicht mal schneller rumgehen? Habe gerade Poppy zu ihrer Tante gebracht, bin schon total aufgerüscht und es dauert immer noch eine halbe Stunde, bis es losgeht.

18:27

Emma
Foto!
18:27

Kurze Zeit darauf erschien ein Selfie im Chatfenster. Brittany trug einen ultrakurzen, quietschgelben Rock, eine leicht durchscheinende weiße Bluse mit tiefem Ausschnitt und sehr hochhackige Peeptoes. Sie hatte quietschroten Lippenstift aufgetragen und um ihre Augen schillerte es blau. Die Haare waren frisch gefärbt und gegelt. Sie sah rattenscharf aus.

Emma
Er wird in Ohnmacht fallen, wenn er dich sieht.
18:37

Brittany
So schlimm?
18:37

Emma
Nein, so atemberaubend!
18:38

Brittany
Zu nuttig?
18:38

Emma
Ein kleines bisschen. Aber du wirst ja einschätzen können, ob er das mag.
18:39

Brittany
Holy Shit! Was, wenn nicht?
18:40

Emma
Er wird es lieben! Er ist ein Mann!
18:40

Brittany
Kannst du das Bild nicht mal Troy zeigen und fragen, ob ich zu nuttig aussehe?
18:41

Emma
Warte kurz …
18:41

Der Kater war nirgends zu erblicken und Emma bezweifelte, dass er etwas Produktives zu Brits Frage beitragen würde. Sie musste über sich selbst lachen. Im Ernst? Sie machte den Leuten weis, Troy sei ihr *boyfriend*? Eigentlich war das alles andere als lustig.

Brittany
Was sagt er?
18:45

Emma
Er sagt, du siehst umwerfend aus. Er sagt, falls Ed nicht auftaucht, ruf ihn an. Er kommt, sobald er das blaue Auge gekühlt hat, das ich ihm verpasst habe.
18:46

Das tränenlachende Emoji zog sich über eine ganze Zeilenbreite.

Emma
Viel Glück, Brittany. Ich wünsche dir einen fantastischen Abend! Du hast es verdient!
18:47

Als Antwort leuchteten Smileys mit Herzchen vor den Augen auf.

Emma ließ das Handy sinken, griff nach dem Zettel für Nathan und zerknüllte ihn.

Am späten Abend setzte sie sich an Nillas Tafel und wunderte sich, wie schnell sie diesmal vorankam. Die Einteilung, die Schriftgröße, der Schwung der Buchstaben – alles passte perfekt. Sie malte ein paar kleine Icons dazu, ein Brot, einen Eisbecher und einen Saftkrug, ein paar Luftballons und kleine

Wölkchen – wäre sie eine Passantin, würde sie der einladenden Optik der Tafel sicher folgen und PaperLove einen Besuch abstatten.

In der zehnten Klasse hatten sie und ihre damalige beste Freundin Paula das Herumsitzen in Cafés für sich entdeckt. Am liebsten waren sie ins *Picasso* gegangen, damals Regensburgs beliebtestes Studentencafé. Sie hatten sich Nachmittage lang jede an einer Latte macchiato festgehalten, die Erstsemesterstudenten beobachtet, die ihnen verwegen alt und erfahren vorgekommen waren, und sich ausgemalt, wie es wäre, mit einem von ihnen zu flirten. Vermutlich war es nie dazu gekommen, überlegte Emma später, weil sie die ganze Zeit so albern kicherten, dass sie damit jeden Typen abschreckten. Später war sie mit Simon am liebsten ins Café Felix gegangen, wo seine Anwesenheit gepaart mit der entspannten Atmosphäre ringsum sie zu Lernleistungen angespornt hatte, die sie nie für möglich gehalten hätte. Simon hatte schon fürs Abitur lernen müssen, während sie noch ein Jahr Zeit hatte. Ihre Noten hatten sich im Laufe ihres ersten gemeinsamen Jahres in zahlreichen Fächern deutlich verbessert – ganz im Gegensatz zu den Prophezeiungen ihres Vaters, der Simon am Anfang argwöhnisch begegnet war. Aber dann hatte er gemerkt, dass der junge Mann nicht nur dafür sorgte, dass seine älteste Tochter besser in der Schule wurde, sondern auch offener für das Leben war – mehr ausging, Fahrradtouren unternahm, sich mit dem Freund in einer Hausaufgabeninitiative für benachteiligte Kinder engagierte und Menschen gegenüber zugänglicher wurde.

Emma ahnte, dass sich ihr Vater Sorgen über ihren neuerlichen Rückzug machte, aber er respektierte, dass sie nun erwachsen war, und fragte nicht weiter nach. Er ahnte vermutlich nicht, wie weit sie sich tatsächlich von der Außenwelt abschottete. Ihre Mutter war da fordernder, versuchte immer wieder,

Emma aus der Reserve zu locken. Am Anfang ihrer Londoner Zeit wurde Emma regelmäßig ausgequetscht, welche Sehenswürdigkeit der Metropole sie denn nun endlich besichtigt hatte, und ihre Mutter machte keinen Hehl aus ihrer Enttäuschung, dass Emma so wenig preisgab.

Mittlerweile schickte Emma gelegentlich besonders hübsche Instagram-Fotos, die andere User von London gemacht hatten, per Mail an ihre Eltern und tat so, als stamme das Bild von ihr, angereichert mit ein paar Anekdoten, die sie irgendwo aus dem Netz gefischt hatte. Das schien ihre Eltern zu beruhigen.

Emma durchsuchte ihre umfangreiche Bilddatenbank, die sie vor zwei Jahren anzulegen begonnen hatte. Mit Schrecken stellte sie fest, dass es kaum noch Fotos gab, die sie noch nicht auf die eine oder andere Weise genutzt hatte – für Grafiken, Instagram-Posts oder auch für Website-Illustrationen. Sie musste ihr Archiv dringend erweitern.

Vielleicht war das Picknick doch keine so schlechte Idee. Sie könnte zahlreiche Fotos vom Essen machen, vielleicht angereichert mit Nathans Hand oder seinem Schatten. Sie nahm sich vor, ihn so viel wie möglich zu fragen, damit sie so wenig wie möglich von sich selbst erzählen musste. Und nach eineinhalb, zwei Stunden würde sie sich verabschieden.

»Das schaffst du schon, Emma«, versuchte sie, sich Mut zu machen. »Sieh es als Arbeitstermin, nichts weiter.«

KAPITEL 10

#PICKNICKTIME

BritMom: Love is in the Air …
Em_dreams @BritMom: Ohhhh, ich freue mich so für dich!

»*Ready*? Los geht's!«

Nathan hatte einen riesigen, geflochtenen Picknickkorb zwischen seinen Beinen abgestellt und sah Emma erwartungsvoll an. Er spielte mit einem Schlüsselbund – ob er auch nervös war?

Zu lässig weiten, dunkelblauen Shorts trug er ein schlichtes weißes T-Shirt mit offener Knopfleiste, unter der ein paar dunkle Haare hervorlugten. Seine Locken waren etwas feucht, als habe er gerade geduscht. Der Geruch eines würzig-frischen Aftershaves umschmeichelte Emmas Nase.

Trotz dieses ziemlich erfreulichen Anblicks musterte Emma ihren Nachbarn irritiert. Wohin sollte es losgehen?

»Ich verstehe nicht ganz …«, sagte sie leise.

»Unser Picknick?« Seine Augen weiteten sich vor Erstaunen.

»Ja, ja, schon klar. Ähm, sorry, ich dachte … ich dachte, wir picknicken auf der Dachterrasse.«

Nathan lehnte sich leicht zurück und lachte.

»Ein Picknick zu Hause? Das ist doch kein Picknick! Ich wollte dir einen der schönsten Parks Londons zeigen – einen, in den sich kaum Touristen verirren.«

»Ah, verstehe.« Emma sah betreten an sich herunter. Mit einem Mal spürte sie, dass sie eiskalte Füße hatte. In einen Park sollte sie. Irgendwo mitten in der Stadt. Mit vielen Menschen um sich herum. Und vielen Menschen auf dem Weg dorthin.

»Ist es weit?«, fragte sie zaghaft.

Hoffentlich nervte sie ihn nicht mit ihrer Zögerlichkeit. Doch er sah sie weiterhin wohlwollend an.

»Nicht sehr. In einer halben Stunde sind wir dort.«

Dreißig Minuten. Dreißig Minuten Herzklopfen. Kniezittern. Kloß im Hals. Das würde sie nie schaffen.

Nathan bückte sich zum Korb und entnahm ihm sein Smartphone. Er klickte kurz darauf herum und hielt es ihr hin.

»Siehst du«, er deutete mit dem Zeigefinger auf einen Punkt der Landkarte, die er aufgerufen hatte, »hier sind wir – und dort ist der Park. Und schau …« Er klickte erneut und ein Bild einer weitläufigen Parklandschaft erschien. Es fehlten nur ein Schäfer und seine Herde, und man hätte es für eine Szene aus dem 18. Jahrhundert halten können.

»Ist da viel los?«, fragte sie. Oh Gott, für wie absonderlich musste er sie bereits jetzt halten?

Er wiegte den Kopf.

»Nicht allzu viel. Also, ich meine … es ist auch nicht total einsam. Aber man hat normalerweise seine Ruhe.«

Sie nickte.

»Gibt's ein Problem?«, fragte er nun.

Sie zuckte zusammen. Sie wollte auf keinen Fall den Eindruck erwecken, dass sie ständig mit allem Schwierigkeiten hatte. Nicht heute. Sie hatte zugesagt und würde das jetzt durchziehen – komme, was wolle!

»Ein Problem? Kein Problem. Ich dachte nur, egal …«

»Was ist egal?«

»Ich ziehe mir nur rasch was anderes an. Was Parktauglicheres …« In kurzem Blümchenrock und Spaghettiträger-Top wollte sie nur ungern losziehen. »Warte eine Sekunde.«

»Ich geh schon mal runter«, sagte er, griff nach dem Korb und wandte sich zur Treppe.

»Ich beeile mich.«

»Kein Thema. Wir haben Zeit.«

Fünf Minuten später lief sie die Treppen hinunter. Sie hatte sich vor dem Kleiderschrank nur auf die Frage konzentriert, was man sinnvollerweise zu einem Picknick anzog. Aufblitzende Vorstellungen von Unwohlsein, Panikattacken oder gar Todesangst hatte sie als vollkommene Hirngespinste beiseitegeschoben. Sie würde jetzt einen kleinen Ausflug machen. Sich auf ein Rasenstück setzen und etwas essen. Dabei ein paar Fotos machen. Kein großes Ding.

Das Ding, das ihr nun allerdings direkt vor der Haustür ins Auge sprang, ließ die Hirngespinste wieder aufleben. Sie war und blieb die Frau mit den Schwierigkeiten.

»Was ist das?«, fragte sie.

Nathan reichte ihr einen Fahrradhelm, den sie jedoch nicht nahm.

»Ein Fahrrad für dich. Nilla ist so lieb und leiht dir ihres.« Er sah sie erwartungsvoll an. »Ich dachte, du hast vermutlich keins hier.«

Emma konnte nicht anders, sie ließ sich auf die Treppenstufen vor der Haustür sinken. Das türkisfarbene Fahrrad mit dem tiefen Einstieg, dem breiten Lenker und dem bequem wirkenden Sattel sah regelrecht gemütlich aus. Nach Landpartie und Frühlingsgefühlen. Bei Emma stellten sich eher Angstgefühle ein. Seit über zwei Jahren hatte sie sich einem Fahrrad kaum genähert – geschweige denn, dass sie damit gefahren wäre.

Nathan legte den Fahrradhelm neben ihr ab und zog einen

Spanngurt über den Picknickkorb auf dem Gepäckträger seines Fahrrads. Dann sah er sie besorgt an.

»Nicht gut?«

»Ähm …« Wie sollte sie das nur erklären? Konnte sie zugeben, dass sie eine Fahrradphobie hatte – oder zumindest irgend so etwas in der Art?

»Wir können auch mit der U-Bahn fahren. Dauert nur länger und man sieht nicht so viel.«

»Nein.« Bloß nicht, hätte sie beinahe hinzugefügt. Eine U-Bahn-Phobie hatte sie schließlich auch. Nein, hatte sie nicht. Eigentlich hatte sie eine Welt-außerhalb-meines-Appartements-Phobie. Dieses Picknick war von vorne bis hinten eine einzige Schnapsidee. Sie sollte schauen, wie sie aus der Nummer rauskam, und zwar ganz schnell.

»Ich war mal in einen Fahrradunfall verwickelt«, brachte sie mühsam über die Lippen. »Seitdem …« *Seitdem besteht mein Leben nur noch aus Scherben, die ich einfach nicht mehr zusammengepuzzelt bekomme.*

»… seitdem bin ich nicht mehr gefahren.«

»Verstehe.« Er tippte sich nachdenklich mit dem Zeigefinger auf die Lippen.

»Du hältst mich wahrscheinlich für total bescheuert!«

Er schob eine Hand in die Hosentasche und schenkte ihr einen so warmen Blick, dass sie glaubte, sofort dahinzuschmelzen.

»Nein, ich halte das für eine verständliche Reaktion. Glaub mir, wenn sich jemand mit Vermeidungsstrategien auskennt, dann bin ich das. Sollen wir einfach auf die Dachterrasse gehen? Die Aussicht dort ist ja auch nicht schlecht.«

Am liebsten hätte sie genickt und wäre nach oben gestürmt. Aber da meldete sich ein winziges Stimmchen tief aus ihrem Inneren. Sie ließ es ein klein wenig lauter werden, damit sie es verstehen konnte. Die Stimme sprach von Chancen und von Würde und davon, dass der Weg dort entlangführte, wo die Angst war – direkt durch sie durch. Sie gab zu bedenken, dass Emma nicht alleine sein würde und dass das Risiko, eine neuerliche Katastrophe auszulösen sehr, sehr gering war.

»Ich würde deinen Lieblingspark wirklich gerne kennenlernen«, traute sich Emma schließlich zu sagen. »Meinetwegen können wir gerne die U-Bahn nehmen.«

Nathan strahlte über das ganze Gesicht.

»Nein, ich habe eine bessere Idee!«, rief er dann. »Lauf nicht weg.« Und schon war er durch die Tür ins Haus verschwunden.

Emma starrte auf Nillas Fahrrad. Wie gerne wäre sie jemand, der jetzt einfach aufstand, sich daraufsetzte und gegen den Wind hinaus aus der Stadt bis zum Meer radelte. Aber ihr Hintern fühlte sich an, als wäre er mit Blei gefüllt. Sie wusste, sie würde nicht aufs Rad steigen können. Wie unangenehm war es ihr, dass sich Nathan so viel Mühe gab. Was sah er in ihr? Und was hatte er mit den Vermeidungsstrategien gemeint? Bevor sie weiter darüber nachgrübeln konnte, knatterte es nun neben ihr, und aus der Hofeinfahrt rollte ein silberfarbenes Cabriolet mit lang gestreckter Schnauze. Es glänzte wie frisch poliert, aber man sah ihm an, dass es schon einige Jahrzehnte auf dem Buckel hatte. Emma stand auf und starrte auf den kleinen, silbernen Jaguar, der mitten im Sprung verewigt auf der Motorhaube prangte. Nathan schwang sich lässig aus dem Fahrzeug und machte sich daran, den Picknickkorb vom Fahrradsattel zu nehmen.

»Wow«, konnte Emma nur sagen.

»Autofahren ist okay?«, fragte Nathan und verstaute den Korb auf der Rückbank.

Emma nickte. »Woher … wem gehört der?«, fragte sie.

»Oh, Mrs Frampton. Es ist ein 89er Jaguar XJ-S Convertible. Und er steht seit bestimmt zehn Jahren kaum genutzt in der Garage hinten im Hof.«

»Und den leiht sie dir?«

»Na ja, wir haben uns neulich länger über Autos unterhalten und sie hat mir – sehr ausführlich – erzählt, wo sie früher mit ihrem Mann überall hingefahren ist. Aber seit er fort ist, steht der Wagen rum und sie hat bedauert, dass er in der Garage verstaubt. Sie wolle sich den Londoner Verkehr nicht mehr antun, hat sie gesagt und mir angeboten, dass ich mir das Auto mal ausleihen könne. Na ja, das fiel mir gerade eben ein und – voilà!«

»Sie hat menschliche Seiten?«

»Scheint so! Aber vielleicht sollten wir los, ehe sie sieht, dass eine Deutsche ihr Auto entweiht.« Er grinste so breit, dass Emma einfach lachen musste. »Setz dich schon mal rein, ich verstaue schnell noch die Räder im Hof.«

Obwohl es Sonntag war, herrschte wie immer dichter Verkehr. Emma störte das nicht. Sie genoss es, vom ungewohnten Beifahrersitz auf der linken Seite das Treiben um sich herum zu betrachten. Ein ungetrübt blauer Himmel spannte sich über die Stadt, der Fahrtwind war angenehm mild und Nathan lenkte das alte Auto sicher durch den Strom.

Menschen huschten mit Tüten bepackt über die Bürgersteige, Taxis schlängelten sich rasant an ihnen vorbei, und die großen, roten Doppeldeckerbusse sorgten immer wieder dafür, dass sie warten mussten. Bald waren sie am Ufer der Themse angelangt und fuhren über die Waterloo Bridge in Richtung Norden. Emma spürte, wie sie sich langsam entspannte. Die vorbeiziehenden Häuserblocks zeigten ihr deutlich, wie schön London tatsächlich war. Imposante Gebäude aus dem 19. Jahrhundert säumten die Straßen, überall sah sie Säulen an den sandgrauen oder ziegelroten Häusern, Erker, Rundbögen oder Karyatiden, steinerne Menschengestalten, die die Last der Welt auf den Schultern trugen. Dazwischen bunte Schaufenster von hippen Läden und Cafés und die riesige Neonwerbung des New London Theatre.

Nathan fuhr überaus vorausschauend. Gelegentlich blickte er zu ihr und schenkte ihr ein aufmunterndes Lächeln. Sie war ganz froh, dass er ihr Schweigen akzeptierte. Er bemerkte wohl, wie sie die Umgebung in sich aufsog und den Ausblick genoss. Ab und an klirrte etwas im Picknickkorb hinter Emma und erinnerte sie daran, dass es mit lukullischen Genüssen weitergehen würde. Sie hatte also allen Grund fröhlich zu sein.

Je weiter sie die Hampstead Road entlangfuhren, umso lichter wurde die Bebauung. Emma war mehr als froh, dass sie die Strecke nicht mit dem Fahrrad hatte hinter sich bringen müssen, denn sie kam ihr sehr lang vor. Irgendwann passierten sie das riesige Gelände des University-College-Krankenhauses, auf das Nathan deutete, dann überquerten sie das Schienennetz an der Euston Station und fuhren weiter am Regent's Park und dem Londoner Zoo vorbei.

Als ein grüner Hügel in Sicht kam, bremste Nathan ab und schien nach einem Parkplatz Ausschau zu halten. Sie waren wohl am Ziel angekommen. Er stellte das Auto am Straßenrand ab, stieg aus und schnappte sich den Picknickkorb. Emma folgte ihm. Ein sanft gewundener Weg führte auf den Hügel hinauf – den Parliament Hill.

»Schau«, sagte Nathan, und Emma folgte seiner Aufforderung nur zu gerne. Sie waren auf dem Aussichtspunkt angekommen und vor ihnen lag die beeindruckende Skyline von London. Natürlich überragte ganz rechts The Shard alles, in der Mitte drängten sich die Wolkenkratzer wie eine Horde Klassenstreber, die ihre Finger in die Höhe streckten, damit der

Lehrer sie aufrief. Emma erstaunten die vielen Grünflächen im Häusergewirr ebenso wie die ausgedehnte Sportfläche zu Füßen des Parliament Hill. So schön hatte London noch nie ausgesehen. Als sie Nathan darauf aufmerksam machen wollte, war er bereits damit beschäftigt, eine große rot-blau karierte Decke ins Gras zu legen.

»Hier recht?«, fragte er und strich die Decke glatt. Emma ließ sich zu ihm hinunter und kaum saß sie, kam sie sich *very british* vor – mit all dem Picknickkram, vor dieser Aussicht und inmitten einer Parklandschaft, die in ihrer aufgeräumten Natürlichkeit noch aus dem 19. Jahrhundert zu stammen schien.

Nathan griff in den Picknickkorb und zog eine kleine Flasche Tonic Water heraus, die er ihr zuwarf.

»Und – wie schneidet der Parliament Hill im Vergleich mit unserer Dachterrasse ab?«

»Na ja, was soll ich sagen … hat was!« Sie strich mit dem Finger über die mit Kondenswasser beschlagene Tonic-Flasche.

»War das jetzt britisches Understatement?«, neckte er sie.

»Danke.« Sie sah ihn ernst an. »Danke, dass du mir das hier zeigst.«

»Oh, sehr gerne! Und jetzt zeige ich dir auch noch die Schätze, die sich in diesem Korb verbergen.« Nathan zog den Picknickkorb zwischen seine Beine. »Schauen wir mal …«

Er griff hinein und förderte eine nicht enden wollende Reihe von Köstlichkeiten zutage. Es gab Schälchen mit Crevetten- und Hühnchensalat, ein großes Stück Leberpastete, gefüllte Teigtäschchen, in Spanschachteln verpackte Käsestücke, Sandwichecken mit Thunfisch und Avocado, Hummus, Gemüsesticks, Obst, Brot, eine weiß schimmernde Creme, die an Pannacotta erinnerte und …

»Stopp«, sagte Emma irgendwann. Ihr kam es vor, als habe

der Picknickkorb keinen Boden und Nathan würde noch Stunden damit zubringen, Essen hervorzuholen. »Das ist ja der Wahnsinn!«

»Lass es dir schmecken«, ermunterte Nathan sie und griff nach Brot und Crevettensalat.

Bevor Emma sich entschied, holte sie erst einmal ihr Smartphone hervor und fotografierte die Picknickdecke mit all den Köstlichkeiten. Im Vordergrund waren Obst, Salat, die karierte Decke, der hübsche Korb und dahinter die Silhouette der Stadt. Ein großartiges Motiv!

»Foodporn?«, fragte Nathan belustigt.

»Ich muss diesen großartigen Anblick einfach verewigen. Kannst du mal nach einer Traube greifen?«

»Werde ich mich auf Facebook wiederfinden?«, fragte er und langte nach dem Obst.

»Ich bin gar nicht auf Facebook«, sagte Emma und fotografierte weiter. »Außerdem ist nur deine Hand auf dem Bild. Damit es nicht so leblos aussieht.«

»Aber wirst du das Bild posten?«

»Auf Instagram«, erklärte Emma und ließ ihn das Foto betrachten. »Ich bin da im Austausch mit netten Menschen, und wir zeigen uns gerne, was wir so in unserer Freizeit machen.« Sie würde ihm keinesfalls zu viele Details über ihren Account verraten – nachher würde er ihn entdecken, durchscrollen und sich sehr, sehr wundern, was für ein Leben Emma dort führte – eines, das mit ihrer Realität herzlich wenig zu tun hatte.

»Sehr schönes Foto«, lobte er. »Aber erklär mal – und das ist eine ganz ernst gemeinte Frage: Was reizt einen daran, wildfremden Menschen Bilder aus seinem Leben zu zeigen?«

Emma blickte über die grandiose Skyline und schob sich einen Karottenstick in den Mund. Was sollte sie darauf antworten? Dass sie sich nicht so einsam fühlte, wenn sie das tat?

»Ich finde es einfach schön, zu sehen, wie andere so leben. Man bekommt ja auch immer wieder Anregungen. Dekotipps, Buchempfehlungen, Rezepte, Lebenshilfe. Und vielleicht kann ich mit einem schönen Bild dazu beitragen, dass sich jemand – wenigstens für kurze Zeit – freut, etwas Positives, Angenehmes zu betrachten. Mit ein paar Leuten habe ich mich inzwischen sogar richtig angefreundet. Wir chatten und tauschen uns auch mal über Probleme aus.«

»Aber kann man das mit so richtig echten Menschen von nebenan nicht auch?«

»Klar, natürlich.« Einen Moment verfingen sich ihre Blicke ineinander und Emma spürte eine leichte Röte über ihr Gesicht wandern. »Aber schau, ich lebe ja weit weg von daheim – da bin ich froh, wenn ich so einfach Kontakt halten kann.« Schon wieder eine Lüge! Außer Jana folgte ihr fast niemand von früher auf Instagram und darüber war sie ganz froh. »Dank der sozialen Medien ist es ganz egal, wo man wohnt. Man ist immer schnell erreichbar.«

Er steckte sich eine Traube in den Mund und bedachte Emma mit einem skeptischen Blick.

»Verstehe. So gesehen hast du recht. Aber ich finde es schon schön, wenn ich mit meinen Kumpels mit echten Bierflaschen anstoßen kann und nicht nur mit virtuellen. Aber klar, für jemanden wie dich, der im Ausland lebt, ist das natürlich sehr praktisch.«

»Genau.« Sie steckte sich eines der Teigtäschchen in den Mund, nahm dann das Smartphone erneut auf und machte noch ein paar weitere Fotos.

»Allerdings«, warf er ein, »hindert es dich nicht auch daran, mit neuen Menschen vor Ort in Kontakt zu treten? Hast du nicht das Gefühl, das ist gar nicht so nötig? Das wäre schade, oder?«

»Aber wir sind doch hier«, entgegnete Emma. Und ohne darüber nachzudenken, hielt sie den Sucher in seine Richtung und drückte ab.

»Keine Sorge, das erscheint nicht auf Instagram oder sonst wo«, versprach sie. »Und ich glaube auch nicht, dass meine Insta-Buddies bald den Parliament Hill in Heerscharen stürmen werden, nur weil ich ein Foto poste.«

»Schon klar, so ein Geheimtipp ist das auch wieder nicht.«

»Aber auf alle Fälle einen Ausflug wert!«, gab sie gerne zu und nahm sich ein Sandwich. Eigentlich war sie schon satt, aber es schmeckte so gut angesichts der Aussicht und des schönen Wetters und des tollen Essens. Und der Begleitung. Nathans ruhige, interessierte Art war so wohltuend, dass Emma sich zum ersten Mal seit Langem im Hier und Jetzt einfach nur wohlfühlte.

»Ach, ich liebe diesen Ausblick«, entfuhr es ihm. »Mein Gott, du musst ja denken, ich bin ein total altmodischer Traditionalist.«

Emma musste grinsen.

»Nein, es ist doch wunderbar, wenn Menschen den Ort lieben, an dem sie leben. Was gäbe es Besseres?« Ob sie jemals die Kulisse Regensburgs so angepriesen hätte? Vermutlich nicht. Na ja, London – Regensburg, da lagen schon Welten dazwischen, selbst wenn die oberpfälzische Metropole durchaus auch ihre pittoresken Seiten hatte.

»Schau, da rechts vom Regent's Park liegt Notting Hill. Da bin ich aufgewachsen.«

»Welches war noch mal der Regent's Park?«, wagte Emma zu fragen.

Nathan streckte den Arm aus, deutete mit dem Stück Baguette voller Crevettensalat, das er in den Fingern hielt, auf verschiedene Punkte und erklärte ihr geduldig den Ausblick.

»Das große Grüne ist der Hyde Park und noch weiter links sieht du Big Ben, davor den Buckingham Palace.«

Er zog den Arm wieder zurück, hatte aber offensichtlich vergessen, dass da noch das Brot war.

»Ups!«

Verwirrt starrte er auf den Crevettensalat, der auf Emmas helle Hose getropft war.

»Oh, sorry!« Er griff nach einer Serviette und wischte hektisch am Stoff herum.

Emma musste lachen. Sie fand es sehr sympathisch, dass Nathans Gentleman-Ausstrahlung einen kleinen Dämpfer bekam.

»Kein Problem.« Sie nahm ihm die Serviette ab und tupfte noch ein wenig auf der Hose herum. »Geht bestimmt raus beim Waschen.«

Sie sah auf und registrierte sein Gesicht ganz dicht vor ihrem. Sie konnte jeden kleinen, dunklen Einsprengsel im Honigbraun seiner Augen erkennen. Plötzlich näherte sich seine Hand ihrem Gesicht. Ein Schauer überfuhr sie.

»Du hast da …«, sagte er und wischte etwas neben ihrem Mundwinkel fort, »… Thunfischcreme.«

Eine Sekunde verschränkten sich ihre Blicke. Emma sehnte sich danach, sich hineinfallen zu lassen in seine Augen, aber diese Nähe, diese Intensität, ließ sie doch ausweichen, ein ganz kleines Stückchen nur. Er räusperte sich, lehnte sich zurück, streckte die Beine aus und stützte sich auf den Armen ab. Der Moment war vorbei. Emma fuhr sich über den Mund und strich durch ihr Haar. Sie war erleichtert und enttäuscht zugleich.

»Erzähl doch mal«, forderte er sie auf. »Was sind die größten Unterschiede zwischen dem Leben hier in London und dort, wo du herkommst. Wie hieß das? Irgendwas mit *Rain*… oder?«

Puh, sie war froh über das unverfängliche Thema.

»Regensburg.« Sie zupfte eine Traube ab, und er schnappte sie ihr grinsend weg. »Na ja, der größte Unterschied …?« Sie überlegte. »Natürlich einfach schon mal die Dimension der Stadt. Regensburg hat nicht mal 150 000 Einwohner. Allein Lambeth ist mehr als doppelt so groß.«

»Ich dachte mehr so an die Menschen«, hakte er nach.

Emma steckte sich schnell ein Stück Brot mit Leberpastete in den Mund, um etwas Zeit zum Nachdenken zu gewinnen. Sie konnte doch unmöglich sagen, dass sie das nicht beurteilen könne, weil sie außer zur grässlichen Mrs Frampton, Nathan und Nilla keinen Kontakt zu Engländern hatte. Na ja, zu Brittany vielleicht noch.

»An der Geschichte mit der Höflichkeit und Zurückhaltung ist schon was dran, glaube ich«, brachte sie zwischen zwei Bissen hervor. »Wir Deutschen sind schon etwas, hm, direkter.«

»Kann hinkommen.« Er schmunzelte. »Meine Zurückhaltung verbietet mir, mehr darüber zu sagen.«

Emma stupste ihn grinsend gegen den Oberarm, und er ließ sich leicht nach hinten sinken.

»Wenn du ab der ersten Schulklasse mit einem Schlips um den Hals rumrennst, wirst du automatisch etwas gehemmter.« Nathan rappelte sich wieder hoch.

»Andererseits finde ich es schon toll, wenn die Leute so wahnsinnig freundlich und hilfsbereit sind – so wie Nilla. Oder du.«

»Ja, wir sind schon Prachtexemplare.«

Am liebsten hätte sich Emma an ihn gelehnt, die Wärme seines Körpers auf ihrer Haut gespürt. Aber das traute sie sich natürlich nicht. Vielleicht hatte sie britische Vorfahren gehabt – sie fand diese Zurückhaltung ziemlich nachvollziehbar, sie entsprach ihrem eigenen Temperament.

»Willst du eigentlich irgendwann zurück nach Deutschland?«, wollte er nun wissen.

»Ich weiß nicht«, konnte sie nur antworten.

»Wenn dich jetzt so eine tolle Werbeagentur anwerben würde?«

»Vielleicht, aber …« Schnell noch eine Physalis in den Mund gesteckt. »Ich arbeite gerne frei und unabhängig. Ich bin nicht so der Teamplayer. Teile mir meine Zeit gerne selbst ein.«

»Cool. Kann ich gut verstehen. Und Troy wäre sicher auch traurig, wenn du zurück nach Deutschland gehen würdest …«

Emma gab nur ein leises »Mhm« von sich und sah dann schnell in Richtung der Skyline. Als »cool« würde er ihren Lebensstil sicher nicht bezeichnen, wenn er wüsste, dass sie heute das erste Mal seit eineinhalb Jahren weiter als hundert Meter von ihrer Wohnung entfernt unterwegs war. Und wenn er wüsste, dass Troy nur der Kater war, käme er sich sicher komplett veräppelt vor.

»Und du?«, fragte sie schnell, damit er sie nicht weiter löcherte. »Bist du gelernter Fahrradkurier?«

»Dein Humor kommt dem englischen schon recht nahe«, frotzelte er und hielt ihr die Schüssel mit der Pannacotta samt einem Löffel hin.

Einträchtig aßen sie gemeinsam vom Dessert.

»Wie schon gesagt«, erklärte er dann. »Dieses Kurierzeug ist nur für den Übergang. Vielleicht mache ich bald was ganz anderes. Sachen ausliefern ist kein wirklich prickelnder Job. Wir haben fast immer viel zu wenig Zeit, um alles auszuliefern – wenn wir länger brauchen als vorgesehen, bekommen wir das nicht bezahlt. Und es ist immer ein Hin und Her an zu viel Arbeit und dann wieder Tagen, an denen sie keinen einzigen Auftrag für dich haben. Und der Scheck am Monatsende ist nicht gerade üppig. Ich könnte einen Zweitjob ganz gut gebrauchen, um meine Rücklagen aufzustocken. Vielleicht irgendwas, wo ich Klavier spielen kann und mich nicht zu fest binden muss.«

»Du spielst toll«, sagte Emma spontan.

»Danke.« Wieder hielt sein Blick den ihren einen Moment zu lange fest. »Beim Klavierspielen kann ich mich abreagieren. Oder einfach meinen Träumen nachhängen.«

»Wovon träumst du denn?«, wagte sie sich vor.

Er grinste schüchtern.

»Ich träume davon, irgendwann zu wissen, wo mein Platz ist.«

»Das kenne ich!«, stimmte Emma zu.

Sie blickten zu den Hochhäusern hinüber und schwiegen eine Weile.

»Oh, schau«, sagte Nathan.

Emma folgte der Richtung, in die seine Hand wies. Unten auf dem Sportplatz hatte sich inzwischen eine große Menschenmenge versammelt. Man sah bunte Schals, Trikots, ein paar Transparente. Offensichtlich traten zwei Nachbarschaftsteams im Fußball gegeneinander an. Auch in Nathans und Emmas Umfeld scharten sich einige Menschen. Vielleicht wollten sie von hier oben das Spielgeschehen weiter unten verfolgen.

»Magst du Fußball?«, fragte Nathan. Emma zuckte mit den Schultern.

»Nicht so sehr.« Mit Simon war sie einmal in der Allianz-Arena in München gewesen, aber schon damals hatte sie die vielen aufgeregten Zuschauer um sich herum nur schwer ertragen. Die waren ihr viel zu nahe gekommen.

»Früher wurde ich immer als Letzter in die Mannschaft gewählt«, gestand Nathan. »Ich war ein total schmalbrüstiges, mageres Kind. Ich habe es gehasst, mich gegen meine robusten Klassenkameraden durchsetzen zu müssen.«

Emma konnte sich nicht verkneifen, ihn von oben bis unten

zu betrachten. Von Schmalbrüstigkeit war nicht mehr das Geringste zu sehen. Im Gegenteil: Seine Schultern waren so breit, sein Brustkorb so ausgebildet, dass er als Inbegriff des Beschützers durchgehen konnte.

Unten auf dem Platz hörte man Trillerpfeifen, und sie beobachteten, wie die beiden Teams auf den Platz liefen. Das Publikum begann zu johlen und zu applaudieren, Gesänge wie in den großen Stadien von London und Manchester wurden angestimmt.

»Obwohl«, sagte Nathan. »Das ist toll – die Stimmung mit all den Fans hat schon was.«

Emma würde sicher nicht zugeben, dass sie das eher beängstigend fand. Dem Lärm nach zu urteilen, der dort unten aufbrandete, hätten sie auch in der Nähe eines Champions-League-Spiels sitzen können.

Die Reaktionen des Publikums wogten wie Sturmgebraus zu ihnen hinauf. Es wurde schwierig, sich auf ein Gespräch zu konzentrieren. Wenn sie ehrlich war, war Emma das ganz recht. Sie fühlte sich plötzlich ein wenig befangen, wusste nicht so genau, was sie Nathan noch fragen sollte oder durfte. Irgendwo hatte sie gelesen »die Engländer« hielten gerne Small Talk und man musste sich schon eine Zeit kennen, bevor sie mit einem über privatere Dinge redeten.

»Spielst du schon lange …«, hub Emma an, während Nathan gleichzeitig fragte: »Fährst du ab und zu nach Hause?«

Sie grinsten sich an.

»Du zuerst«, sagte er und zog noch ein Flasche Tonic Water aus dem Picknickkorb. »Du auch noch?«

Sie nickte, und er reichte ihr das Getränk.

Nach Hause. Regensburg fühlte sich tatsächlich nicht mehr nach zu Hause an. Wenn sie an daheim dachte, sah sie die Dachterrasse vor sich. Die weiße Blesse in Troys dunklem Fell.

Ihre Nische mit dem breiten Bett und ihren Schreibtisch mit dem riesigen Computerbildschirm. Ihr Mädchenzimmer in Regensburg war längst aufgelöst und in ein Gästezimmer umgewandelt.

»Nicht oft. Spielst du schon lange Klavier?«

»Seit ich sechs bin? So in etwa. Lange habe ich den Unterricht gehasst, aber wer hat mit neun oder zehn ein Verständnis für Chopins Etüden oder Ähnliches? Außerdem ist Colin – mein Bruder – Pianist. Und er war natürlich das Wunderkind, während ich einfach zum Unterricht mitgeschleift wurde. Erst als ich Jazzklassiker, Beatles-Lieder und solche Sachen entdeckt habe, fing es an, mir Spaß zu machen. Und von Colin konnte ich mich damit auch lösen. So wie manche Tagebuch geschrieben haben, um blöde Gefühle zu verarbeiten, habe ich auf das Klavier eingehackt. Meine Art, den Kopf freizubekommen.«

»So wie neulich«, sagte Emma, mehr zu sich selbst.

War er zusammengezuckt? Hier war wohl wieder Zurückhaltung angesagt. Dabei hätte es sie ja immer noch interessiert, in welchem Verhältnis er zu dieser Lauren stand, deren Namen in dem Telefonat gefallen war.

Bevor sie entscheiden konnte, ob sie nachfragen sollte, wurde ihre Aufmerksamkeit allerdings wieder auf das Spielgeschehen am Fuße des Hügels gelenkt. Von dort stieg plötzlich Rauch auf, die Menschen schrien nicht mehr vor Begeisterung, sondern eher vor Schreck. Auf einer Tribünenseite war ein helles Feuer zu sehen, und Emmas Kehle schnürte sich sofort zusammen. Auf dem Platz war das Spiel angehalten worden, die Schieds- und Linienrichter liefen hektisch hin und her.

»Da hat wieder irgendein Idiot mit Bengalos rumgeschmissen«, vermutete Nathan. »Oder liegt es an dir, dass Dinge in Brand geraten, wenn du in der Nähe bist?«

Leider war ihr gar nicht nach Lachen zumute. Sie war automatisch aufgestanden, um das Geschehen besser sehen zu können. Nathan stellte sich dicht neben sie. Nun züngelte auch auf dem Spielfeld eine Fackel, und nachdem das grelle Feuer verloschen war, stieg eine dichte Rauchwolke auf.

Plötzlich löste sich eine Gruppe von drei Jugendlichen aus der Zuschauermenge und rannte davon.

»Oh, da wollen sich wohl welche von der Security nicht erwischen lassen«, vermutete Nathan.

»Was haben die vor?«, frage Emma bang.

Noch immer war inmitten der Tribüne ein Feuer zu sehen – als habe ein Bengalo einen Schal oder Ähnliches in Brand gesteckt.

»Keine Ahnung«, entgegnete Nathan.

Für ein paar Minuten war von den Flüchtenden nichts zu sehen. Emma und Nathan beobachteten, wie das Feuer gelöscht wurde und breitschultrige Security-Kerle versuchten, die Zuschauer wieder zu beruhigen. Ein Sanitäter untersuchte eine Zuschauerin, die sich wohl eine Brandverletzung zugezogen hatte.

Plötzlich hörte Emma es hinter sich knirschen und quietschen. Jemand schrie: »Achtung!« Da riss Nathan sie auch schon zurück. Kein Boden mehr unter den Füßen. Sie landeten unsanft im Gras. Emma spürte Nathans Hüftknochen unter ihrem Oberschenkel. Er unterdrückte ein Stöhnen. Der jugendliche Fahrradfahrer, der sie beinahe umgefahren hatte, drosselte sein Tempo nicht und verschwand in die Richtung, wo Mrs Framptons Auto stand. Sein Kumpel folgte dicht darauf und konnte ihnen nur knapp ausweichen. Der Dritte fuhr mit seinem klapprigen Rad quer über ihre Picknickdecke, Geschirr schepperte und Flaschen kullerten davon. Eine Sekunde sah es aus, als würde er auf sie herabstürzen, aber er riss am Lenker, wich aus, fand sein Gleichgewicht, rammte beinahe einen größeren Stein, der aus dem Boden ragte, wich diesem ebenfalls aus und war endlich verschwunden. Auch von den anderen gab es keine Spur mehr. Nur das Chaos auf der Picknickdecke.

»Puh! Was war das denn?« Nathan rappelte sich hoch und besah eine frische Schramme an seinem Knie. »Solche Arschlöcher!«

Emma hatte sich aufgesetzt und starrte in die Richtung, in die die Rowdys verschwunden waren. Sie war unfähig, einen Ton hervorzubringen. Das Quietschen und Knirschen in ihrem Kopf wurde immer lauter, füllte alles aus, fraß das Licht um sie herum und verengte ihr Blickfeld.

Es fühlte sich an, als hülle Dunkelheit sie ein, als läge diese eng an ihrem Körper an, sodass sie nicht mal den kleinen Finger rühren konnte. Sie begann immer stärker zu schnaufen, hektischer zu atmen.

Plötzlich rüttelte jemand an ihrer Schulter, fasste nach ihrer Hand. Als sollte sie aus den Tiefen des Meeres zurück an die Oberfläche gezogen werden. Aber wozu?

Sie hörte ihren Namen.

»Emma.«

Sie ließ sich nach hinten sinken. Hinein in die Schwärze. In die Stille.

Aber dann durchfuhr sie ein Schmerz, ein hoher, schneidender Schmerz, irgendwo an ihrer Nase. Sie schlug die Augen auf, schnellte mit dem Oberkörper nach vorne und spürte endlich wieder, was um sie herum war.

Arme. Arme und eine breite Brust, an die sie ihren Kopf drückte. Eine Hand auf ihren Haaren, leicht wurde sie gewiegt, vor und zurück, vor und zurück.

Sie hätte nicht sagen können, wie lange sie so saßen, aber sie war froh, dass er keine Fragen stellte.

»Es tut mir leid«, sagte er irgendwann dicht an ihrem Ohr. »Du warst ohnmächtig. Da habe ich dich in den Nasenvorhof gezwickt. Hier vorne …« Er berührte vorsichtig den schmalen Steg zwischen ihren Nasenlöchern. »Ich weiß, das tut sauweh, holt einen aber sehr effektiv zurück. Tut's noch weh?«

Sie schüttelte den Kopf, löste sich langsam von ihm. Er reichte ihr Wasser, und sie trank in gierigen Schlucken.

»Tut mir leid, ich habe mich so erschrocken!«, versuchte sie zu erklären, aber er legte einen Finger auf ihren Mund.

»Sch, ist schon gut!« Er zog sie wieder an sich, und sie ließ sich umfangen von seinem Geruch und seiner Wärme und schloss die Augen. Wie gut wäre es damals gewesen, wenn sie irgendjemand so in den Arm genommen hätte. Und wäre es nur für Sekunden gewesen.

Sie waren schon fast in The Cut angekommen, als er an einer roten Ampel fragte, ob sie über den Fahrradunfall sprechen wolle.

»Ich weiß nicht«, brachte sie hervor. Sie fixierte den kleinen, silbernen Jaguar auf der Motorhaube vor ihnen. »Ich weiß nicht. Tut mir leid, ich glaube, das packe ich gerade nicht.« Sie spürte, wie Tränen aufstiegen. Alles war mit einem Mal wieder genau so präsent wie damals, und dieser alte Wirrwarr aus Selbstmitleid, Schuldgefühlen und Hilflosigkeit durchströmte unaufhaltsam ihren Kopf. Dazu gesellte sich allerdings ein neues Gefühl – eine Mischung aus Dankbarkeit und Überwältigung, dass Nathan einfach nur da gewesen war und sie gehalten hatte. Zwischen diesen beiden Gefühlen war einfach kein Platz für Worte. Es ging nicht. Nicht jetzt.

»Schon gut«, sagte er und setzte den Blinker, um in die Hofeinfahrt einzubiegen. »Falls du es dir irgendwann mal von der Seele reden willst – du weißt, wo du mich findest.«

»Danke! Für alles!« Sie hätte sich gerne zu ihm hinübergebeugt und ihn geküsst – aber angesichts des Kloßes, der noch immer in ihrem Hals saß, ließ sie es lieber.

»Ich steige besser hier aus«, sagte sie stattdessen. »Nicht dass Mrs Frampton mich noch in ihrem Wagen erwischt – das Gekeife könnte ich heute nicht ertragen.«

Er schmunzelte und nickte.

»Ist vielleicht besser.« Und dann zog er sie zu sich und küsste sie auf die Wange. »*Bye!* War schön mit dir!«

Das Gefühl seiner Lippen auf ihrer Haut begleitete sie den ganzen Weg die Treppe hinauf bis zu ihrem Appartement.

»Was für ein herrlicher Tag! Ich liebe London.«

Es tat ihr beinahe körperlich weh, diese Zeilen zu schreiben. Denn in Wahrheit hatte London sie wieder zutiefst verschreckt – trotz Nathan. Und doch zeigte das Foto nur Schönheit: die großartige Skyline, das liebevoll angerichtete Picknick, das wunderbare Wetter. Und schon meldete das Smartphone: Dein Beitrag wurde veröffentlicht.

Emma lehnte sich in ihrem Schreibtischstuhl zurück und starrte auf das Handydisplay. Schnell leuchteten die ersten Herzchen-Likes auf.

»*Awesome*«, schrieb jemand zu ihrem Picknick-Foto.

»Wunderschön.«

»Beneide dich.«

»Genieße den Tag!«

Emma kamen die Tränen.

Genau dieser Tag hatte ihr wieder einmal deutlich ihre Grenzen aufgezeigt. Sie fühlte sich unfähig, so viele unterschiedliche Gefühle auf einmal zu verarbeiten. Den Minderwertigkeitskomplex, weil sie nicht in der Lage war, auf ein Fahrrad zu steigen. Das Glück und die Wonne, die Nathan ihr mit dem Picknick bereitet hatte. Die Sonne und den Wind auf ihrer Haut, die Natur ringsum. Seine Nähe. Und dann den Zusammenstoß mit diesen Radfahrern, der sie zurück in ihre düstersten Zeiten katapultiert hatte. Sie meinte, sogar wieder den Geruch der Krankenhausflure in der Nase zu haben. Das war alles so absurd. Und nicht einmal sprechen konnte sie darüber.

Nathan war so charmant und liebenswürdig, so geduldig und einfühlsam – wenn sie es zuließe, würde sie ihr Herz an ihn verlieren und es nie wiederfinden. Und falls dann etwas geschähe, so etwas wie mit Simon – das würde sie nicht überleben. Nein, es war besser, sich zurückzuziehen. Ihn nicht weiter an sich heranzulassen. Noch war es nicht zu spät, noch konnte sie ihn aus ihren Gedanken verscheuchen. Sie musste sich nur wieder mehr auf ihre Arbeit konzentrieren, auf all ihre Instagram-Freunde, die ihr doch auch Geborgenheit gaben. Jedenfalls so etwas wie Geborgenheit. Aber warum zitterte sie dann noch immer?

Sie hatte sich ins Bett gelegt und gehofft, dass das Beben in ihr endlich aufhörte. Ganz kühl war sie gewesen, ganz kalt in ihrer Körpermitte. Aber Hände und Beine, die hatten nicht aufgehört, Zuckungen aufzuführen wie einen ungelenken Tanz. Irgendwann war sie eingeschlafen, erschöpft von den Zumutungen ihres Körpers und der Scham, die hinter ihrer Stirn saß und sie piesackte.

Irgendwann fuhr sie auf und glaubte, ein Klopfen habe sie geweckt, aber als sie genau lauschte, war es hinter der Wohnungstür still.

Sie schlich ins Bad, klatschte sich Wasser ins Gesicht und achtete darauf, nicht in den Spiegel zu schauen. Ihren eigenen Anblick konnte sie gerade nicht ertragen.

Nachdem sie zehn Minuten lang von der Balkontür aus auf die Dachterrasse gestarrt hatte, deren Blütenpracht ihr heute übertrieben und protzig vorkam, hatte sie beschlossen zu arbeiten. Das würde sie ablenken, ganz gewiss. Nicht einmal Troy bekam seine Streicheleinheiten. Die Wärme und Nähe, der Trost seiner Gegenwart – all das würde sie noch mehr aus dem Gleichgewicht bringen, denn es würde sie daran erinnern, dass sie sich eigentlich nach etwas anderem sehnte: nach der Zuwendung eines lebendigen Menschen. Eines Mannes. Nach Nathans Zärtlichkeit. Doch dann würde wieder eins zum anderen führen und im Desaster enden. Wie mit Simon.

Das Chatfenster ihres Messengers ploppte plötzlich auf.

Brit
Tolles Foto! Da muss ich auch bald mal wieder hin. Mit Ed.
22:04

Und dann folgten unzählige Herzaugen-Emojis. Brit. Ein kleines Lächeln stahl sich in Emmas Gesicht. Offensichtlich ging es ihrer Digital-Freundin richtig gut.

Emma
Erzähl!
22:05

Die Ablenkung konnte ihr nur guttun. Ein wenig musste sie warten, aber dann erschien ein längerer Text, der mit vielen Herzchen und Sonnen garniert war.

Brit

Er ist toll! Wir hatten so viel Spaß. Erst haben wir bei Mackie was gegessen und sind dann in eine Karaoke-Bar. Er kann zwar nicht besonders toll singen, aber unser Musikgeschmack ist ganz schön ähnlich. *Hips Don't Lie … I Gotta Feeling … You're Beautiful* … Hach … Und er ist Installateur, hat auch 'n Kind, einen Sohn, und ist geschieden. Er fand es super, dass ich Poppy habe. Er meinte, er hätte einige Frauen getroffen, die von Kindern nix wissen wollten, und das ginge gar nicht für ihn. Und … küssen kann er auch.

22:09

Emma schickte schnell ein den Mund weit aufreißendes Emoji und viele Daumenhoch- und Daumendrück-Symbole. Brit ließ sich nicht unterbrechen. Schon kam die nächste Nachricht.

Brit

Na ja, wir haben es langsam angehen lassen, mehr als Küssen war nicht. Mir war das total recht. Aber jetzt vermisse ich ihn schon furchtbar. Wir haben heute gewhatsappt und so, aber er hat dieses Wochenende seinen Sohn und daher keine Zeit. Na, er kommt nächste Woche bestimmt in den Salon. Ich bin so happy! Und ich danke dir so sehr, dass du mir Mut gemacht hast, ihn zu treffen. Ohne dich würde ich immer noch schmachtend vor der Glotze hocken. So, Poppy schreit nach mir, hat wohl einen blöden Traum gehabt, oder so. Hoffe, du hattest mit Troy auch einen schönen Tag! XXX – Love!

22:12

Emma

Genieß die Sehnsucht. Freue mich, dass du so happy bist. Ja, mein Tag mit Troy war toll.

22:12

Sie spürte, wie ihr Gesicht rot anlief. Jetzt log sie Brittany schon wieder an. Sie seufzte und wandte sich endgültig ihrem Computer zu. Eine harte Nachtschicht war jetzt genau die richtige Strafe. Sie musste dringend neue Kunden akquirieren, denn die aktuellen Aufträge würde sie bald abgeschlossen haben.

Konzentriert arbeitete sie drei Stunden und stellte überrascht fest, dass es schon weit nach Mitternacht war, als sie sich die erste Pause gönnte. Ihr Magen knurrte unüberhörbar. Seit dem Picknick, das natürlich üppig gewesen war, hatte sie nichts mehr gegessen. Während sie wartete, dass der Sandwichmaker den Toast bräunte und den Käse schmolz, scrollte sie durch Instagram.

»*Wanted*«, leuchtete es ihr wie eine Leuchtröhren-Reklame von einem Bild entgegen, das der Nightingale Club eingestellt hatte. »Wir suchen für zwei bis drei Abende pro Woche einen Pianisten, der chillige, unaufdringliche Hintergrundmusik im Repertoire hat. Bewerbungen bitte an …«

Emma zögerte nicht lange und schickte dem Betreiber eine Nachricht. Sie stellte sich als begeisterte Clubbesucherin vor und empfahl Nathan Burberry, einen bescheidenen, aber unglaublich gefühlvollen Pianisten mit einem beeindruckenden Repertoire. Sie war sich nicht sicher, ob das stimmte, aber er hatte doch gesagt, er suche einen Job, bei dem er Klavier spielen konnte. Sie schrieb seine Telefonnummer dazu, bat darum, Nathan nicht zu sagen, von wem der Tipp kam, und schickte die Nachricht ab.

Vielleicht würde sie sich ihm gegenüber nicht mehr ganz so schlecht fühlen, wenn sie einmal etwas für ihn tun konnte.

KAPITEL 11

#GEMÜSEGENÜSSE

Cooking_Lover @Em_dreams: Und was ist dein Rezept für das ultimative Picknick?
Em_dreams @Cooking_Lover: Viele Leckereien einkaufen statt lange in der Küche stehen.

In der Mitte war ein riesiger Flügel. Darüber schwebten goldene Noten, der Hintergrund sah aus wie ein dunkler Samtvorhang.

Edel wirkte das, gediegen. Zu gediegen. Emma war unzufrieden. Sie hatte mittlerweile bestimmt zehn Dreamtableaus für alle möglichen Internetbekanntschaften entworfen, aber für einen Menschen, den sie im realen Leben kannte, brachte sie es nicht fertig, ein stimmiges Tableau zu kreieren. Sie speicherte ihren Versuch ab und schloss genervt die Datei.

Irgendwie wollte ihr gerade nichts gelingen. Sie hatte eine Webseitenbearbeitung nicht richtig abgespeichert und die Arbeit von einer Stunde war vergebens gewesen. Sie traute sich nicht auf die Dachterrasse, aus Angst, Nathan zu begegnen. Gleichzeitig pochte die Sehnsucht in ihr, aber sie musste das ignorieren. Irgendwann am frühen Morgen war sie kurz wach geworden und hatte gemeint, sie hätte das Rudergerät draußen gehört.

Sie blickte durch die Terrassentür und war froh, dass der

Himmel nach langer Zeit wieder einmal verhangen war. Die Pflanzen konnten dringend Wasser gebrauchen, und sie hoffte, das Wetter würde ihr diesen Job abnehmen. Auch von Troy war nichts zu sehen – vermutlich war er beleidigt, weil sie ihn am Abend zuvor so missachtet hatte.

Was stimmte an dem Dreamtableau für Nathan nicht? Irgendwie fehlte die Leichtigkeit. Sie hatte mit einem kleinen Fahrrad experimentiert, das sie in das Bild integrieren wollte, aber es wirkte völlig unpassend. Vermutlich kannte sie ihn einfach noch nicht gut genug. Und wenn es nach ihr ginge, würde sie ihn auch nicht besser kennenlernen – denn sonst geriet ihr Vorsatz, sich nicht hoffnungslos zu verlieben, in Gefahr. Das Dreamtableau war so eine Art Abschiedsgeschenk an ihn. Sie spürte etwas Weiches an ihren Beinen und bemerkte Troy, der sich lautlos angeschlichen hatte. Sie nahm ihn hoch und drückte die Nase in sein Fell, tätschelte ihn und genoss, wie er wohlig seinen Kopf an ihrem Hals rieb.

»Ach, Troy, du bist einfach meine einzige große Liebe«, flüsterte sie ihm zu. »Wenn ich dir mein Herz schenke, kann mir nicht allzu viel passieren.«

Der Kater maunzte kurz, wand sich aus ihren Händen und hüpfte zurück auf den Boden. Kurz berührte seine Schwanzspitze ihre Beine, dann war er schon wieder fort.

»So unabhängig wie du wäre ich auch gern!« Mit einem Satz war er hinter der Brüstung verschwunden, auf ging's zur nächsten Braut …

Emma beschloss, ihre Empfindungen für Nathan ebenfalls ziehen zu lassen. Sie war einfach niemand, der für eine Beziehung taugte. Mit ihr konnte man nur unglücklich werden – eine Frau, die ihre Gefühle nicht im Griff hatte, nicht darüber sprechen konnte – das war doch niemandem zuzumuten. Auch mit Simon hatte es Streit gegeben, weil er ungeduldig wurde, wenn sie sich ihm nicht öffnen, nicht anvertrauen konnte. Und das war schon vor dem Unfall so gewesen. Sie hatte dann versucht, ihm durch Taten zu zeigen, wie sehr sie ihn liebte, hatte etwas Tolles gekocht – na ja, das einzige Gericht, was sie hinbekam: Pasta Schuta –, sein Lieblingsbier kalt gestellt oder in ganz schweren Fällen sogar Konzertkarten besorgt. Manchmal hatte er sie zappeln lassen, bevor er sich wieder versöhnlich zeigte.

Aber Nathan war nicht ihr Freund und vielleicht war er sogar froh, dass sie sich nicht blicken ließ. Bestimmt fand er sie anstrengend, und dass das Picknick mit ihr schön gewesen sei, hatte er nur aus Höflichkeit gesagt. Andererseits würde sie ihm zwangsläufig wiederbegegnen – im Treppenhaus oder auf der Dachterrasse, die sie nicht auf ewig meiden konnte. Und was sollte sie dann sagen? »Tut mir leid, ich will nicht mit dir sprechen, weil ich mich sonst rettungslos in dich verliebe.« Oder gar nichts? Vielleicht könnte sie ihm eine Grafik schicken, wenn sie schon kein Dreamtableau für in zustande brachte. Ein Foto von gestern, das von ihm. Die Bilder waren toll geworden, aber wenn Emma sie ansah, kroch eine Melancholie über ihren Rücken, den Nacken bis tief ins Stammhirn hinein. Es war, als betrachte sie Bilder aus einem besseren Leben, das für immer vergangen war.

Mittlerweile hatte sie schon über 200 Likes für die Bilder vom Parliament Hill bekommen. Noch vor ein paar Wochen hätte sie sich darüber wie eine Schneekönigin gefreut. Aber heute schmeckte die Zustimmung schal wie abgestandener Cider.

Sie öffnete den Kühlschrank, aber auch der Blick hinein frustrierte sie. Er enthielt kaum noch essbare Dinge. Ein Glas eingelegte Gurken, ein Ei und einen Apfel, der schon braune Stellen aufwies und vor sich hin schrumpelte. Sie musste dringend Lebensmittel bestellen. Appetit hatte sie allerdings nicht.

Sie tigerte im Appartement auf und ab, die Wände schienen immer näher zu kommen. Eine fürchterliche Unruhe schnürte ihr den Hals zu, sie brauchte dringend frische Luft. Aber was, wenn er …? Könnte sie ihn nicht einfach ignorieren? Genau, sie würde zu ihrem Strandkorb schleichen und sich darin verstecken. Vermutlich hatte er eh Besseres zu tun, als daheim rumzusitzen.

Sie zog sich eine Strickjacke über und öffnete langsam die Terrassentür. Spähte vorsichtig nach rechts, doch dort schien alles ruhig zu sein. Wie gut die frische Luft tat! Sie ging schnell und auf Zehenspitzen und musste beinahe über sich selbst lachen.

»Emma!«

Sie hielt mitten in der Bewegung inne, unfähig sich zu entscheiden: umdrehen oder weiterlaufen?

Da sie hörte, dass er näher kam, wandte sie sich ihm zu.

»Hi, Nathan«, sagte sie so unbefangen wie möglich.

Er hielt den Kopf leicht gesenkt und sah sie forschend an.

»Geht's dir gut?«, fragte er. »Ich habe gestern noch bei dir geklopft, aber das hast du vermutlich nicht gehört. Alles klar?«

Sie nickte. »Ja, sicher.«

»Es tat mir so leid, dass unser Ausflug so ein Ende gefunden hat. Es war so schön, mit dir zu quatschen und zu picknicken – und dann das.«

Sie schluckte und hätte beinahe zu husten angefangen.

Er sollte sofort aufhören so verständnisvoll zu sein. Und dabei schon wieder so verdammt gut auszusehen.

»Äh.« Sie räusperte sich. »Mir … mir tut es leid. Dass ich so … ich weiß nicht, so anstrengend war.«

»Quatsch!«

»Hab ich mich überhaupt bedankt für den tollen Ausflug? Ich war einfach von der Rolle ... diese Radelrowdys haben mich ... ich weiß auch nicht.«

»Schon gut. So sind wir Menschen: Wir funktionieren nicht immer. Ich kenne das. Gut sogar. Und ja – du hast dich bedankt.«

»Gut.« Sie sahen sich an, er schien genauso wenig zu wissen, was er noch sagen sollte, wie sie.

»Ich habe die toll inszeniert, diese Rowdy-Stuntshow, oder?« Endlich zuckte wieder dieses spitzbübische Grinsen um seine Mundwinkel.

»Ja, unvergesslich!« Sie konnte tatsächlich lachen. Genau, er war nicht nur einfühlsam und charmant und attraktiv und hilfsbereit, sondern auch noch humorvoll. *Hach.*

»Und was machst du heute noch so?«, entfuhr es ihr. Sie hätte sich am liebsten auf die Zunge gebissen, aber jetzt war es zu spät.

»Oh, *shit*«, rief er, drehte sich um und verschwand in seinem Appartement.

Offensichtlich war ihm ihre Anwesenheit doch nicht so angenehm, wie sie gedacht hatte. Doch nach einer halben Minute erschien er wieder in der Terrassentür.

»Sorry, aber ich hatte ganz den Brokkoli in der Pfanne vergessen. Der soll schön braun werden, aber nicht völlig schwarz. Man kann's auch übertreiben mit den Röstaromen.«

Sie starrte ihn wohl so verwirrt an, dass er lachte.

»Ich koche gerade. Brokkoli à la Ottolenghi. Kennst du das?«

Sie würde ihm jetzt nicht sagen, dass sie Brokkoli hasste und dass ihr dieser Otto Dingenskirchen, den er schon mal erwähnt hatte, kein Begriff war.

»Magst du probieren? Ich habe sowieso wieder viel zu viel gekocht. Ich denke immer noch in Zwei-Personen-Gerich...«

Er brach ab, nuschelte »ich muss umrühren« und verschwand wieder.

Auch wenn sie Brokkoli nicht mochte, musste Emma zugeben, dass es aus seiner Wohnung extrem lecker duftete. Ein wenig angebrannt, das ja, aber auch nach frischem Knoblauch. Ihr Magen schrie sofort: »Ja, ich will!«

»Komm!«, rief er nun durch die Tür. »Ist gerade fertig geworden.«

Wie sollte sie ihm erklären, dass sie britisch-matschiges Gemüse nicht mochte und Brokkoli gleich zweimal nicht? Und dass sie sich seine Nähe verboten hatte.

»Ach was, bleib«, rief er nun. »Wir können doch draußen essen. Oder ist dein Strandkorb belegt?«

»Nein«, rief sie und beobachtete, wie er mit zwei dampfenden Tellern und zwei Bierflaschen unter den Armen nach draußen kam.

Er steuerte den Strandkorb an, sie schob ihre Bedenken beiseite und folgte ihm. Im Zweifelsfall würde sie behaupten, sie habe vorhin schon gegessen. Und vielleicht würde es genügen, ihn ab morgen nicht mehr zu sehen. Sie wollte ja auch nicht total unhöflich wirken.

Zum ersten Mal saß sie mit einem anderen Menschen im Strandkorb. Normalerweise teilte höchstens Troy dieses Sitzmöbel mit ihr, aber auch so fühlte es sich sehr gemütlich an.

»*Enjoy your meal*«, sagte Nathan und reichte ihr den Teller. Die Bierflaschen stellte er auf den Ablagebänkchen des Korbs ab.

»Hm, das duftet«, stellte Emma fest, trotzdem besah sie den Brokkoli skeptisch. Immerhin war er quietschgrün und nicht beige und matschig. Über den einzelnen Röschen, die zum Teil dunkelbraune Stellen aufwiesen, waren Pinienkerne, hauchdünne Knoblauchscheibchen, Zitronenabrieb und ein paar

Chiliflocken gestreut. Emma pikte mit der Gabel etwas Brokkoli auf, um ihn sich in den Mund zu stecken. Sie spürte, dass Nathan sie gespannt beobachtete.

Als das Gemüse ihre Zunge berührte, verstand sie zum ersten Mal das Wort Geschmacksexplosion. Was auch immer Nathan mit dem Brokkoli angestellt hatte – es war höllisch gut. Sie schmeckte ein fruchtiges Olivenöl, das dezente Aroma des Gemüses, die Zitrone und die leichte Schärfe des Chilis. Dazu den Knoblauch und die Pinienkerne. Alles war perfekt aufeinander abgestimmt, der Brokkoli noch schön knackig.

»Gut?«, fragte Nathan vorsichtig. »Das Geheimnis ist, dass der Brokkoli kontrolliert anbrennt.«

»*Awesome*!«, entfuhr es Emma. »Meine Güte, ist das lecker!«

Er grinste.

»Das freut mich. Und noch dazu kann hier niemand auftauchen und uns über den Haufen fahren.«

Emma nickte und steckte sich schnell ein weiteres Stück Brokkoli in den Mund. Und noch eins. Ungefragt füllte Nathan nach einer Weile ihren Teller erneut, und Emma hielt ihn nicht davon ab.

»Oder sollen wir für Troy noch was aufheben?«, fragte er plötzlich.

Emma pikste sich beinahe mit der Gabel in die Hand, die den Teller hielt. Beinahe hätte sie gesagt, für Katzen wäre das Gericht sicher zu scharf. Im letzten Moment zügelte sie sich.

Sie schüttelte nur den Kopf und lächelte. Schon wieder sprach er von Troy. Wollte er sie mit dieser Bemerkung auf das heikle Terrain »Liebesbeziehung« lenken, um herauszubekommen, ob sie eine ernsthafte Beziehung führte? Am besten, sie sprach schnell von etwas anderem.

»Vielleicht solltest du Koch werden«, schlug sie vor.

»Oh, eher nicht. In Küchen herrscht doch meistens eine

Stimmung wie im Krieg. Das wäre mir zu anstrengend. Da bekoche ich lieber Freunde und Nachbarn.«

Zwei Kategorien hatte er also. Und sie gehörte wohl definitiv zu den Nachbarn. Na ja, selbst schuld. Und außerdem war es besser so. Sie wollte ja selbst nicht mehr als seine Nachbarin sein.

»Ach, apropos Job … Heute hat mich so ein Typ von einem Club angerufen, dass er auf der Suche nach einem Barpianisten ist. Keine Ahnung, wie der auf mich kam. Morgen Abend gehe ich mal hin und spiele ihm was vor. Klang ziemlich nach dem, was ich gesucht habe.«

»Hey, cool!« Emma legte kurz die Gabel ab. »Das freut mich. Super! Vielleicht ist das ja der Beginn einer wunderbaren Karriere.«

»Wer weiß! Ich hole noch ein Stück Brot, dann kannst du es ins Olivenöl tunken.« Er verschwand kurz und kam gleich darauf mit ein paar Scheiben knusprigem Weißbrot zurück.

Emma wischte mit einem Stückchen über ihren Teller, bis er so sauber war, als sei er unbenutzt.

»Das nächste Mal muss ich aber unbedingt für dich kochen«, sagte sie dann, nachdem sie den letzten Bissen verspeist hatte. »Sonst komme ich mir bald wie ein Schmarotzer vor.« Himmel! Wie kam sie auf solche Ideen? Was musste sie tun, damit ihr keine unkontrollierten Sätze mehr entwischten – sich ein Pflaster über den Mund kleben?

»Kein Problem. Ich koche wirklich gerne, und alleine schmeckt es längst nicht so gut. Oh, Entschuldigung!« Er stand auf und nestelte sein Handy aus der Hosentasche, wo es leise vibriert hatte.

»Hi«, hörte sie ihn sagen. »Ich war gerade beim Essen.« Sein Tonfall klang mit einem Mal viel strenger, abweisender. »Nein, ich halte das für keine gute Idee.«

Nathan ging ein paar Schritte in Richtung seiner Terrassenhälfte, stellte einen Fuß auf der Befestigung des Tomatenbeetes ab und wippte ungeduldig auf und ab. Er redete bestimmt, aber so leise, dass Emma nichts mehr verstehen konnte. Angenehm schien ihm das Telefonat nicht zu sein – so viel war klar. Es dauerte auch nur ein paar Minuten, bis er zurückkehrte. Der entspannte Ausdruck war aus seinem Gesicht gewichen, seine Augen wirkten düsterer als sonst. Er streckte den Arm aus, um ihren Teller zu nehmen.

»Ich glaube, ich muss für Dienstag noch etwas üben«, sagte er. »Ich hoffe, das stört dich nicht.«

»Nein, nein«, versicherte Emma. »Im Gegenteil. Vielen Dank für das tolle Essen!«

»Sehr gerne. Tut mir leid, aber jetzt …« Er deutete hinter sich in Richtung seines Appartements. Offensichtlich konnte ihn ihre Gesellschaft nach dem Telefonat nicht aufmuntern. Auch er schien gelegentlich mit seinen Gefühlen nicht zurechtzukommen und musste dann allein sein. Beinahe war sie froh, dass heute *er* den überstürzten Abgang hinlegte.

Kurz darauf drangen die ersten Klaviertöne aus seinem Appartement. In Moll.

Wo war bloß der Ausgang? Sie hatte das Gefühl, sie rannte seit Stunden durch diesen riesigen, menschenleeren Park, aber nirgends war ein Tor zu finden, ein Gatter, irgendwas. Und egal, in welche Richtung sie lief, nach wenigen Metern prallte sie gegen eine unsichtbare Mauer. Sie versuchte es ein Stückchen weiter links, ein wenig weiter rechts, doch das Ergebnis war immer dasselbe. Und dann fuhren auch noch unbemannte Rennräder in atemberaubender Geschwindigkeit ganz dicht an ihr vorbei. Sie rannte erneut los, stieß aber gleich wieder gegen Mauern. Es war, als liefe sie in einer ihrer Grafiken herum und nicht in einer dreidimensionalen Landschaft. Außerdem hörte sie seit einiger Zeit ein Hämmern. Dumpf, auf Holz. Und rief da jemand ihren Namen?

Emma fuhr hoch. Der Park war verschwunden, Morgenlicht durchströmte ihr Schlafzimmer. Nur das Hämmern war geblieben. Nathan hängt ein Bild auf, war ihr erster Gedanke. Oh, shit, da klopft jemand an die Tür, ihr zweiter. Auf dem Handy sah sie, dass sie vier verpasste Anrufe hatte – um 8.32 Uhr. Wer wollte um diese Zeit so dringend etwas von ihr? Während sie sich vom Bett hochstemmte, fiel ihr Blick auf die für Nilla beschriftete Tafel. Und sie ahnte, wer da so vehement klopfte. Schnell rannte sie zur Tür.

»Hi, sorry, wenn ich dir Unannehmlichkeiten bereite!« Nilla sah aus wie der junge Morgen höchstpersönlich. Ihre Wangen schimmerten rötlich-frisch, ihr Blick war klar, und aus jeder Pore quoll Tatendrang.

»Nein, mir tut es leid!«, versicherte Emma. »Ich habe gar nicht daran gedacht, dass du die Tafel heute Morgen brauchst. Warte, ich bringe sie dir.«

Schnell hatte sie den Aufsteller herbeigeholt und präsentierte ihn der Ladenbesitzerin.

»Sehr schön«, urteilte Nilla. »Du hast echt ein tolles Gespür! Magst du dir nachher einen Frühstückskaffee holen kommen?«

Emma hob reflexartig eine Hand, als wollte sie das Angebot ablehnen. Schlafen wollte sie, das war alles, immerhin war sie erst gegen drei Uhr im Bett gewesen.

»Ja, später«, versprach sie. »Sehr gerne.«

Über Nillas Schulter hinweg fiel ihr Blick auf Nathans Rennrad, das er wie immer an dem Wandhaken vor seiner Wohnungstür aufgehängt hatte. Er war offensichtlich noch nicht unterwegs.

»Okay, dann bis später«, verabschiedete sich Nilla. »Und sorry noch mal wegen der Störung.«

»Ganz meinerseits«, rief Emma ihr hinterher. Das hatte sie schon nach kurzer Zeit im Land begriffen: auch wenn es ihr Fehler war, Engländer nahmen ihn immer auf die eigene Kappe. Sie vergaben sich dabei nicht viel, weil sie eigentlich wussten, dass sie es nicht waren, die etwas falsch gemacht hatten – aber dem Gegenüber verschaffte es eine gewisse Form der Erleichterung – und die Möglichkeit, sich den Fehler selbst einzugestehen. Eine Umgangsform, die in Deutschland komplett fehlte. Da galt: Hauptsache, man konnte jemand anderem einen Fehler nachweisen und ihn so richtig mit der Nase darauf stoßen.

An Schlafen war nicht mehr zu denken. Stattdessen verordnete sich Emma eine Runde auf dem Crosstrainer, und sie musste feststellen, wie angenehm die noch kühle Morgenluft war, die schon Spuren des warmen Tages, der sie erwartete, in sich trug.

Sie stellte die Dusche kälter als üblich ein, und nachdem sie sich abgerubbelt, eingecremt und angezogen hatte, stellte sie fest, dass sie sich gar nicht mehr ganz so schrecklich müde fühlte. Mittlerweile war es halb zehn und sie brauchte dringend einen Kaffee. Emma wusste, dass sie keine Milch mehr hatte, und sie hasste Kaffee ohne Milch. Es blieb ihr also nichts anderes übrig als Nillas Angebot anzunehmen. Der frühe Ansturm war sicher vorbei und im Laden nicht allzu viel los. Sie konnte es wagen, hinzugehen. Außerdem musste sie dringend radierbare Textmarker besorgen und sie hatte neulich schon welche bei ihrem Besuch von PaperLove entdeckt.

Als sie die Tür öffnete, stellte sie fest, dass Nathans Fahrrad inzwischen verschwunden war. Was das wohl gestern für ein Telefonat gewesen war, das ihn so verstimmt hatte? Er hatte ziemlich lange Klavier gespielt und gegen Ende waren die Melodien auch etwas fröhlicher geworden. Er hatte doch erzählt, dass das Spiel für ihn ein wenig dem Tagebuchschreiben ähnelte. Wenn das so war, dann lautete der gestrige Eintrag sicher: *Was für ein Ärger! Aber wird schon werden.*

Emma blieb kurz vor der von ihr beschrifteten Tafel stehen, die vor dem Laden stand. In der Tat: Es sah richtig gut aus. Leicht lesbar, dabei frisch und sehr passend zur Atmosphäre von PaperLove. Sie öffnete die Tür, und köstlicher Kaffeeduft stieg ihr in die Nase. Wie sie gehofft hatte, war der Laden wirklich so gut wie leer, nur eine junge Frau probierte Stifte aus.

Von Nilla war nichts zu sehen, vielleicht war sie im Keller oder in der Küche, und so suchte sich Emma erst einmal ein paar Textmarker aus. Wie immer war sie beeindruckt von PaperLove*s* üppigem Sortiment. Als sie zur Kasse ging, tauchte Nilla aus dem Hinterzimmer auf. Mit Nathan. Beide hatten rote Gesichter, und sie grinsten vergnügt vor sich hin. Nathan schüttelte den Kopf und kicherte wie ein Teenie. Immerhin schien der Ärger von gestern tatsächlich vergessen.

Emma spürte, wie sie innerlich ganz starr wurde. Was lief da zwischen den beiden?

»Oh, hi, Emma!«, sagte Nilla. »Latte macchiato, oder?«

»So früh schon munter?«, fragte Nathan, und der Blick aus seinen honigbraunen Augen schien die Umgebung in goldenes Licht zu tauchen. Was ihrer Stimmung überhaupt nicht entsprach.

»Ausnahmsweise«, presste Emma hervor und bemühte sich, die Kaffeemaschine zu fixieren.

»Ich hab sie geweckt«, erklärte Nilla, und Emma meinte, eine Spur Ironie in ihrer Stimme zu hören.

Was war das hier? Das Emma-Martins-Bashing-Komitee?

»Kein Problem«, sagte sie und nahm Nilla den Kaffee ab.

»Okay, Nathan, also vielen Dank für deine großartige Hilfe! Was würde ich nur ohne dich machen?«

Er berührte sanft Nillas Schulter.

»Bei dir wühle ich sogar gerne im Abfall! Aber jetzt muss ich leider dringend los! Wir sehen uns! Dir auch einen schönen Tag, Emma!«

Und fort war er. Nilla sah ihm hinterher. War ihr Blick leicht träumerisch?

»Ach, der gute Nathan!« Die Ladenbesitzerin wandte sich ihrer Kaffeemaschine zu. »Was täten wir nur ohne ihn.«

»Hm«, machte Emma. »Ich wollte die Stifte hier noch kaufen.«

»Weißt du, total bescheuert – mir ist ein Briefumschlag mit einem Gutschein darin in den Müll geraten. Ich habe überall gesucht, habe den Papiercontainer im Hof ausgeräumt, so weit es ging, aber nichts.« Sie kassierte das Geld, ohne auf die Münzen zu achten, die ihr Emma gereicht hatte. »Nathan ist dann über seinen Fahrradsattel in die Tonne geklettert und hat darin herumgesucht – bis er den Brief gefunden hat.«

»Okay.« Emma schlürfte etwas heißen Kaffee. Hach, dieser hilfsbereite Typ. Unfassbar – klettert sogar in den Müll fremder Leute. Die ihm vielleicht gar nicht so fremd waren?

»Allerdings war der Umschlag leer – na ja, das Anschreiben war noch drin, nur der Gutschein nicht. Ich wollte schon ins Büro, alles noch mal durchsuchen. Als wir reingegangen sind, haben wir beide gleichzeitig einen Zettel auf dem Boden liegen sehen – wir bücken uns und peng – hauen wir uns natürlich die Köpfe an. Immerhin war es tatsächlich der Gutschein. Ein Gutschein über fünf Pfund! Und dafür dieser ganze Aufwand.«

»Aber ihr scheint es ja mit Humor genommen zu haben.« Emma war nicht nach Mitlachen zumute.

»Ja, ich musste grinsen, weil ich so doof war. Ich dachte, das wäre ein Fünfzig-Pfund-Gutschein. Immerhin für *Victoria's Secret* …« Sie grinste leicht anzüglich und rollte die Augen. »Fünf Pfund reichen da nicht mal für die Hälfte eines Stringtangas in Size Zero.«

Jetzt musste Emma doch kichern.

»Stellst du dir auch gerade Nathan in einem halben Stringtanga vor? In einem goldenen!« Nilla wieherte geradezu und hielt sich den Bauch.

Emma würde es sofort verstehen, wenn sich Nathan in Nilla verliebte. Sie war einfach umwerfend – so fröhlich und unkompliziert, ideenreich und humorvoll. Dabei auch so hübsch!

»Alles okay, Emma?« Und aufmerksam noch dazu. »Du schaust so … unglücklich drein.«

Emma zog die Mundwinkel nach oben. »Alles gut.«

Nilla legte den Kopf zur Seite und verschränkte die Arme vor der Brust.

»Kann es sein, dass in deinem Leben der Spaß zu kurz kommt? Also, ich will mich nicht einmischen – aber ich sehe eine attraktive junge Frau, die irgendwie eine Aura von Traurigkeit umweht. Oder – Einsamkeit.«

War es schon so weit gekommen, dass man ihr ihre Isolation an der Nasenspitze ansah? Schnell trank Emma den letzten Schluck aus der Kaffeetasse. Sie würde jetzt gehen, sofort. Sie zog ihr Handy aus der Tasche und schaute auf die Uhr.

»Oh, ich habe gleich einen Termin«, flötete sie betont lässig. »Vielen Dank für den leckeren Kaffee. Wenn ich mich mal wieder einsam fühlen sollte, komme ich gerne vorbei. Hier gibt's ja immer was zu lachen.«

Sie nickte Nilla zu und machte, dass sie rauskam, bevor Nilla noch etwas sagen konnte. Warum hatte diese Bemerkung sie so getroffen? Weil sie stimmte?

KAPITEL 12

#FANALARM

magicmag @ all: Wie wäre es, wenn wir mal ein großes Treffen für alle Londoner Instagramer machen? Irgendwo in einem Park … bei Sonnenschein? Oder Mondschein? #beautifullive #meeting #happiness
Em_dreams @ magicmag: Was für eine tolle Idee! Sehr gerne! Bin dabei!

In den nächsten Stunden konzentrierte sich Emma auf ihre neuen Stifte und ein weißes Blatt Papier, das sie mit abstrakten Formen in leuchtenden Farben füllte. Kein Grau, kein Braun, kein Schwarz. Heute sollte alles strahlend sein. Vielleicht würde sich die Kraft der Farben auf ihr Inneres auswirken. Sie spürte, wie sie nach und nach in der Arbeit am Bild versank, wie sie alles um sich herum vergaß und den Eindruck hatte, sie marschierte durch die von ihr erschaffene Bildlandschaft, in der sie hier und dort immer wieder Hand anlegte, um die Skizze noch plastischer, noch *schöner* zu machen. Sie sollte ein Abbild ihres Inneren sein – bunt und optimistisch. Nicht, wie in ihrem klaustrophobischen Traum heute früh. Warum, überlegte sie, als sie aufstand, um das fertige Werk mit Abstand zu betrachten, wirkte trotzdem alles wie der Blick auf einen nebligen Herbsttag?

Vom Computer kam das Signal für einen Skype-Anruf. Bestimmt war es Jana.

»Hi, Sista!«, begrüßte Emma sie. Manchmal war sie selbst verblüfft, wie schnell sie auf fröhlich und zufrieden umschalten konnte. Oder dachte sie nur, dass ihr das gelang?

»Wie geht's?«, fragte Jana, und Emma erkannte an ihrer Stimmlage, dass sie das gar nicht wissen wollte, sondern nur höflichkeitshalber fragte, um nicht sofort mit dem Grund für ihren Anruf herauszurücken. Sicher würde es wieder darum gehen, wann sie endlich nach London kommen durfte.

»Okay«, sagte Emma knapp, ergänzte dann aber gnädig: »Habe am Samstag ein tolles Picknick auf dem Parliament Hill gemacht. Da hat man eine gigantische Aussicht auf die Stadt.«

»Klingt gut. Mit Troy?«

Mist, da hatte sie sich gleich mal zu weit aus dem Fenster gelehnt. Jetzt würden wieder die Fragen nach ihrem angeblichen Freund kommen.

»Der war anderweitig beschäftigt. Nein, mit einem Nachbarn. Kennst du nicht.«

»Ha, ha! Ich kenne gar keinen von den Menschen, mit denen du zu tun hast. Ist das jetzt noch so einer wie der legendäre Troy, der Mann, der nur aus Händen, Füßen und Schatten besteht? Ein echtes Phantom.«

»Hast du nur angerufen, um mich zu nerven?« Irgendwie tat es gut, diesen englischen Höflichkeitskram mal hinter sich zu lassen.

»Nein, ich wollte dir was erzählen.«

Das klang immerhin versöhnlich. Vielleicht hatte Jana endlich einen netten Mann kennengelernt?

»Ich habe gestern Simon getroffen.«

Alles wurde mit einem Mal eiskalt. Die Luft, ihr Körper, ihr Innerstes, ihr Herz.

»Jana …«, stotterte sie. Am liebsten hätte sie sofort die Verbindung unterbrochen. »Ich will davon nichts hören.«

»Mein Gott, Emma, reg dich nicht auf. Ich soll dich von ihm grüßen.«

»Das will ich auch nicht hören.«

»Du bist unmöglich! Herrje, die ganze Sache ist zwei Jahre her. Über zwei Jahre. Du musst doch mal langsam damit abgeschlossen haben!«

»Tut mir leid, Jana, tut mir leid«, wisperte Emma. »Ich habe dafür jetzt keine Zeit. Ich habe gleich einen Termin und muss los. Wir reden ein anderes Mal.« Ohne Janas Antwort abzuwarten schloss sie das Skype-Fenster. Es war sofort alles wieder da.

»Warum bist du einfach weggelaufen?«, hörte sie ihre Mutter sagen.

»Solltest du ihn nicht besuchen gehen?«, ihren Vater.

»Also, ich würde ihn nicht so im Stich lassen.« Originalzitat Jana.

»Wenn du nicht immer so kopflos wärst, wäre das nicht passiert!« Sein bester Freund Tobi.

»Mein Gott, der arme Junge. Sein Leben ist zerstört!« Hatte das ihre Großmutter gesagt oder seine Mutter? Egal, es hatte sowieso jeder gemeint, er müsse alles kommentieren, was Emma tat und nicht tat, sagte oder nicht sagte. Sie fuhr den Computer herunter und stellte ihr Handy auf lautlos. Ja, sie verweigerte sich einem Gespräch, weil die Bilder von damals sie wieder überfluteten, genau wie bei dem Picknick, und weil sie das Gefühl hatte, keine Luft mehr zu bekommen, wenn sie sich ihnen aussetzte.

Das erste Mal durfte sie sein Krankenzimmer drei Tage nach dem Unfall betreten, spät am Abend, als seine Familie fort war. Sie hatte ihn zwischen all dem Kabelgewirr, den Apparaturen und Maschinen erst gar nicht gesehen. Und war erschrocken zurückgewichen, als sie sein blasses, ausdrucksloses Gesicht auf dem Bett endlich entdeckt hatte. Die Augen geschlossen, eine Hand hing schlaff herunter, seine Haare waren geschoren und statt menschlicher Laute hörte sie nur ein monotones Piepen und das regelmäßige Schnaufen des Beatmungsgerätes. Sie hatte ihn angesprochen, ihn beschworen, ihr zu glauben, wie sehr ihr alles leidtat. Dass sie jede einzelne Sekunde zurückdrehen würde, auch wenn sie das Jahre ihrer Lebenszeit kostete. Sie hatte geweint und geschluchzt, hatte sich dann wieder nicht rühren können, bewegungsunfähig und innerlich erfroren, bis eine Krankenschwester kam und sie nach Hause schickte. »Kindchen, Sie müssen auch an sich selbst denken.« Der einzige freundliche Satz in der ganzen Zeit.

Am nächsten Tag ging sie wieder hin, aber seine Familie saß um das Krankenbett herum, und sie hatte nicht den Mut, sich bemerkbar zu machen. Vielleicht hatte sie in diesem Moment einen weiteren großen Fehler begangen. Sie hätte hingehen und die Schuld öffentlich auf sich nehmen müssen, vielleicht hätten sie ihr dann verziehen.

So hieß es später nur: »Du warst ja nie da. Dich hat das alles ja gar nicht interessiert.« Sie hatte nicht die Kraft gehabt, diesem Vorwurf zu widersprechen. Hätte sie die Krankenschwester als Zeugin herbeirufen sollen, dass sie an seinem Bett gewacht hatte – am Abend und nachts, wenn es ganz dunkel war?

Emma fühlte sich so ausgelaugt, dass sie sich auf ihr Bett legen musste. Sie starrte an die Decke und fühlte sich leer. Nichts weiter. Leer und leblos. Ja, auch zwei Jahre nach Simons Unfall noch. Jana hatte ja recht – war das normal? Müsste sie nicht längst wieder voll im Leben stehen? Fröhlich, unbekümmert. Aber sie war nie fröhlich und unbekümmert gewesen, sie hatte immer alles viel zu ernst genommen. Jana hatte das schon früher nicht verstanden, sie, die auf der Sonnenseite des Lebens geboren zu sein schien.

Wie es Simon wohl inzwischen ging? Sie hatte gelegentlich die Hoffnung gehegt, er würde sich bei ihr melden. Würde ihr erzählen, dass er wie durch ein Wunder genesen sei, wieder gehen konnte, sein Sportstudium fortsetzte. Ihretwegen konnte er gerne glücklich mit einer neuen Freundin sein, sie hätte es ihm von Herzen gegönnt. Aber so war er nicht. Am Anfang hatte sie ihm aus London gelegentlich eine E-Mail geschickt und sich nach seinem Befinden erkundigt. Es war nie eine Antwort gekommen. Ob er nicht wollte oder nicht konnte, wusste sie nicht. Und da sollte sie in der Lage sein, alles zu vergessen?

Sie setzte sich aufrechter hin und nahm ihr Smartphone zur Hand. Immerhin hatte Jana nicht auch noch versucht, sie auf dieser Leitung anzurufen. Wahrscheinlich hatte Emmas Ablehnung ihre Schwester nur in ihrem Urteil bestätigt: Mit Emma konnte man einfach nicht reden.

Sie rief Instagram auf und scrollte durch die Beiträge ihrer Abonnements. Meist liebte sie die fröhlichen Postings, die lustigen oder liebevollen Kommentare, die vielen wundervollen, von Sonnenlicht flirrenden Fotos, und sie war immer wieder geflasht, welche großartigen und kreativen Ideen Menschen hatten und welchen Aufwand sie betrieben, um diese umzusetzen. Lichtinstallationen, die wie Traumszenarien wirkten, optische Täuschungen, kluge Sprüche oder einfach die Fotografie eines Gesichts, bei der man glaubte, bis in die Seele des Porträtierten blicken zu können.

Doch heute wirkte Instagram zu laut, zu bunt, zu angeberisch. Alles schien ein Jahrmarkt der Eitelkeiten zu sein – überall diese Fotos von perfekten Wochenenden auf einer Jacht, einer Malediveninsel oder dem höchsten Gipfel. Diese Flutwelle an Selfies von strahlend hübschen Mädels, von kernigen Typen, alle waren sie selbstbewusst, alle standen sie fest im

Leben. Aber lachten die Menschen nicht nur affektiert, so als wollten sie damit ihr wahres Gesicht überdecken? Es konnten doch nicht immer alle gut gelaunt und glücklich sein! Sogar Brittanys heutiges Bild wirkte auf sie künstlich – ihre Online-Freundin hatte eine Landidylle eingestellt, kommentiert mit den Worten: »Durch die Augen der Liebe wirkt sogar Surrey auf mich neu und wunderschön.«

Ja, klar, Emma bediente genau dieses Verhalten mit all ihren Postings bis zum Äußersten. Nie hatte sie jemals über irgendwas geklagt, immer nach dem Guten im Menschen gesucht, als sei ihr Leben eine einzige Friede-Freude-Eierkuchen-Party. Was würde geschehen, wenn sie einmal die Wahrheit postete? »Mir geht's scheiße. Ich komme mit meinem Leben nicht klar.« Würden sich viele entfreunden? Wollten sie auf ihrem kleinen Heile-Digitalwelt-Planeten nichts wissen von wahrem Schmerz und Kummer? Von Isolation und Einsamkeit? Vielleicht kämen auch ein paar Aufmunterungen, schnell hingeschrieben, gleich wieder vergessen. Sie würde sich nicht trauen, es auszuprobieren. Im schlimmsten Fall büßte sie damit ihren letzten Kontakt nach draußen ein.

Entnervt warf sie ihr Handy aufs Bett und ging hinaus. Sie schnappte sich die Gießkanne, wässerte die Pflanzen, schnitt vertrocknete Blüten ab und band wild wuchernde Triebe fest. Dann schüttelte sie die Sitzkissen des Strandkorbs auf, fegte die Terrasse und sortierte überflüssige Gartengerätschaften aus.

Troy kam angesprungen und strich maunzend um ihre Beine. Sie gab ihm zu fressen und säuberte gleich das Katzenklo. Die Terrassenabfälle würde sie später entsorgen. Und sie hatte noch immer nichts zu essen bestellt. Was wäre, wenn sie einfach in einen Supermarkt ging und dort einkaufte? Wie jeder andere Mensch auch? Sie sollte es ausprobieren, es würde ihr sicher ein Gefühl von Normalität geben. Sie schaffte es mittlerweile ja recht locker zu PaperLove. Warum nicht den Radius etwas erweitern?

»Hm, Troy? Was soll schon passieren?«

Troy schnurrte und sprang an ihr hoch. Sie nahm ihn in die Arme und streichelte ihn ausgiebig. Mit jeder Sekunde wurde ihr wärmer, ihr Herz leichter. Ja, genau, sie würde sich und allen anderen beweisen, dass sie das konnte – hinausgehen, sich normal verhalten. Sie würde einkaufen gehen, und vielleicht fiel ihr etwas ein, was sie für Nathan kochen konnte. Vielleicht konnte sie diesmal ihn überraschen. Es wäre ja nur ein Essen, kein Heiratsantrag.

»Und du bekommst auch irgendwas besonders Leckeres«, versprach sie dem Kater.

Als habe er sie genau verstanden, strich er mit seiner rauen Zunge über ihren Oberarm. Lächelnd setzte sie ihn auf den Boden zurück. Entgegen seiner Gewohnheit sprang er nicht gleich fort, sondern gähnte und streckte sich, kugelte sich dann zusammen. Bestimmt würde er gleich ein erholsames Nickerchen machen.

Als das Knurren ihres Magens nicht mehr zu überhören war, machte sie sich auf den Weg. Unbeobachtet von Mrs Frampton entsorgte sie den Gartenabfall, holte tief Luft und trat auf die Straße. Kurz nach ihrem Einzug hatte sie ein paar Straßenecken weiter so etwas wie einen Markt entdeckt, wo es an verschiedenen Ständen frisches Obst und Gemüse gab, Fisch, Fleisch, Backwaren und auch köstlich aussehendes Streetfood. Sie hoffte, dass sie den Weg noch fand, zog die Schultern hoch, schob die Hände in die Taschen und marschierte los. Es war kurz vor acht und auf den Straßen war eine Menge los. Manche bummelten einem gemütlichen Essen oder einem Abend im Pub entgegen, andere eilten zum Old Vic Theatre oder zerrten hektisch quengelnde Kleinkinder hinter sich her.

In der Nähe der Waterloo Station fand sie versteckt in einer verkehrsberuhigten Straße den Lower Marsh Market. Niedrige Häuser, in deren Läden es Kontaktlinsen und Elektrogeräte gab, Pubs mit lustigen Namen wie *Fawlty Towers*, Schmuckläden und Kosmetikshops säumten den Weg. Dabei roch es, als sei sie plötzlich mitten in Asien gelandet. Thai-Essensstände und japanisches Soulfood machten ihr klar, wie hungrig sie war. Bevor sie einkaufen konnte, musste sie erst einmal etwas essen. Wie schwer es war, eine Wahl zu treffen! Einfach alles sah köstlich aus. Sie entschied sich für das japanische Soulfood, einfach weil der Stand am wenigsten umlagert war. Von der Karte, die an der Seite aufgehängt war, wählte sie eine Suppe mit Zitronengras und zwei große Futo-Maki-Rollen, eine mit Thunfisch und Gurke und eine mit Schrimps und Avocado. Dann sah sie sich nach einer ruhigen Ecke um, in der sie essen konnte.

Irgendwer hatte ein paar pinkfarbene Liegestühle aufgestellt, von denen einer unbesetzt war. Vorsichtig balancierte sie Suppe und Sushi dort hin und biss dabei die Zähne zusammen, weil die heiße Schale in ihrer Hand immer mehr schmerzte. Erleichtert ließ sie sich nieder, stellte die Maki-Rollen vorsichtig auf der Armlehne ab und balancierte die Suppe auf dem Schoß. Ihre Einkaufstasche hatte sie neben sich abgestellt.

Die Suppe roch nicht nur köstlich, sondern schmeckte auch so. Der erste Löffel davon – leicht scharf, ziemlich zitronig und mit einem weit verzweigten Aroma von vielen Gewürzen – ließ ihr Wohlbefinden deutlich ansteigen. Sie traute sich sogar, die Passanten zu beobachten, und war erleichtert, dass alle entspannt wirkten und sie nicht fürchten musste, im Umgang mit anderen Menschen überfordert zu werden.

Was hatte sie neulich auf Instagram gelesen: »Jeder von uns

kämpft einen Kampf, von dem kein anderer etwas weiß – sei freundlich, immer!« Womit wohl der schweigsame Japaner kämpfte, der ihr die Suppe verkauft hatte? Oder die mittelalte Frau dort drüben, die schicksalsergeben wartete, bis ihr fetter Mops genug an der Straßenlaterne geschnüffelt hatte? Und welche Kämpfe erwarteten das kleine Mädchen noch, das seinem Unmut laut Luft machte, als sein Vater es vom Schaufenster des Candy-Ladens davonziehen wollte?

Emma schlürfte den letzten Schluck Suppe direkt aus der Schüssel und überlegte, ob sie die beiden Maki-Rollen tatsächlich schaffte oder ob sie diese besser einpacken ließ und mit nach Hause nahm.

»Hey«, hörte sie plötzlich eine Stimme direkt neben sich. Verunsichert hob sie den Blick. Ein Mädchen, vermutlich noch kleiner als sie, mit rundem Gesicht, grellbuntem Pullover und einem viel zu kurzem Rock, unter dem stämmige Beine herausragten, starrte sie an.

»Du bist es, oder?«, rief sie. »Bitte sei es!« Sie blickte sich um, als müssten alle Passanten sofort ihre offensichtliche Begeisterung teilen.

»Pardon?«, fragte Emma und klammerte sich an ihrer Suppenschüssel fest. Wurde sie gerade Teil eines Flashmobs? Der versteckten Kamera?

»Hey, ich hab dich sofort erkannt, Wahnsinn! Ich hab' noch nie einen echten Star gesehen! *Awesome*! *Em_dreams!* Du bist tatsächlich ein echter Mensch!«

Emma spürte, wie ihr das Blut in den Kopf schoss. Wie gerne wäre sie sofort unsichtbar geworden.

»Krieg ich ein Autogramm? Du machst so tolle Bilder! Wo ist Troy? Kommt er auch vorbei? Bist du hier auf der Suche nach coolen Fotomotiven? Oder kaufst du fürs nächste Picknick ein?«

Im Aufstehen bemerkte Emma, dass einige Leute sie belustigt beobachteten.

Das Mädchen tänzelte aufgeregt vor ihr auf und ab, kam dabei immer näher.

Emma wich zurück und stieß dabei aus Versehen so heftig an den Liegestuhl, dass prompt die Sushirollen auf dem Trottoir landeten.

»Oh Gott, das tut mir leid!«, stöhnte das Mädchen, bückte sich und klaubte das Essen vom Pflaster auf. Emma wusste noch immer nicht, was sie sagen sollte. Die Jugendliche streckte ihr die vermatschten Sushis mit einem schiefen Grinsen entgegen. »Sorry, ich hab dich erschreckt. Ich bin echt ein Trampel – aber ich war so aufgeregt, als ich dich entdeckt habe. Weißt du, dein Channel – der ist einfach so cool.«

»Danke«, brachte Emma immerhin hervor.

Ermutigt legte das Mädchen den Kopf schief und kam noch ein Stückchen näher. Emma wich erneut zurück. Was war das für ein Ballett, das sie da aufführten?

»Weißt du, entschuldige, wenn ich dich so überfalle, aber ich finde es so toll, dass ich dir mal Danke sagen kann! Du glaubst gar nicht, wie wichtig das für mich ist, deine Bilder und so, meine ich. Manchmal, wenn's mal wieder so richtig Scheiße läuft, dann schaue ich mir alle deine Fotos ganz lange an. Dann träume ich, ich hätte dein Leben, und das gibt mir die Kraft, weiterzumachen. Vielleicht werde ich ja auch mal so glücklich wie du.« Tränen schimmerten in ihren hellblauen Augen, verlegen fuhr sie sich mit der Hand übers Gesicht.

Ohne darüber nachzudenken streckte Emma die Hand aus und klopfte ihr sanft auf die Schulter. Es war ein merkwürdiges Gefühl zu begreifen, dass hinter jedem ihrer Follower ein echter Mensch steckte, der mit seinem eigenen Schicksal klarkommen musste. Und viele waren sicher nicht besser als ihr eigenes.

Sie nahm dem Mädchen die verdreckten Reisröllchen ab und warf sie in einen Papierkorb direkt in der Nähe.

»Ich bin übrigens *BoringMary*. Du folgst mir auch, schon länger, weißt du? Obwohl meine Beiträge längst nicht so … also, meine sind irgendwie – langweilig eben. Äh, hast du … hast du vielleicht Zeit für einen Kaffee? Ich spendier dir einen!«, schlug das Mädchen vor und sah dabei zu Boden. »Also, wenn du mich nicht zu aufdringlich …«

»Oh, das tut mir leid«, schossen Emma die Worte aus dem Mund. »Ich habe leider gleich einen Termin.«

Das Mädchen nickte und bemühte sich, Emmas Blick standzuhalten.

»Ist schon klar. Tut mir leid.« Auf einmal wirkten ihre Augen, als sei alles Leben daraus gewichen.

In Emmas Hirn startete ein Film, der das Mädel als gemobbte, gedemütigte und von allen Aktivitäten ausgeschlossene Protagonistin zeigte. Mary tat ihr leid – aber was sollte sie ihr sagen? Welchen guten Rat konnte sie ihr schon geben?

»Dann mach's gut«, sagte das Mädchen und winkte ihr zu. »*See you on Instagram.*« Ohne Emmas Antwort abzuwarten, drehte es sich um und verschwand rasch in der Menge der Fußgänger. Emma überlegte so lange, ob sie Mary nachlaufen sollte, bis sie sie nicht mehr sehen konnte. *Verdammt!* Sie hatte eine Chance verpasst, sich einmal zu bedanken – dafür, dass jemand wie dieses Mädchen ihr so viel Aufmerksamkeit schenkte. *BoringMary* … ja, sie erinnerte sich an den Account. Mary postete Bilder von einer Tristesse, die schon wieder faszinierend war. Vielleicht sollte sie ihr auch ein Dreamtableau entwerfen – und zwar eines, das zeigte, dass Mary alles andere als *boring* wirkte.

Emma spürte, dass sie nicht mehr die Kraft dafür fand, einen Supermarkt zu betreten. Sie wollte so schnell wie möglich nach Hause. Schade, dass sie die Sushi-Rollen hatte wegschmeißen müssen, sonst hätte sie für später noch etwas gehabt. Aber lieber hungern, als noch mehr Menschen zu begegnen. Kurzerhand schlug sie ohne Einkäufe den Rückweg ein. Wieso hatte sie nicht auf das Mädchen reagieren können? Bestimmt war es furchtbar enttäuscht von ihr – so hatte es sich ein Treffen mit seiner Lieblings-Instagramerin bestimmt nicht vorgestellt. Entsprechend der Welt, die Emma auf Instagram erfunden hatte, hätte sie fröhlich und offen sein müssen, das Mädchen nach seinem Leben befragen, ihm Tipps geben und ein positives Gefühl vermitteln können. Sie hätten ein gemeinsames Foto gemacht und Emma hätte es begeistert auf Instagram gepostet. Stattdessen waren sie nun garantiert beide enttäuscht – und zwar beide von Emma.

Sie blieb kurz stehen, schloss die Augen. Die Großstadt um sie herum brummte, vibrierte. Es war, als stünde sie einer Statue gleich inmitten des Lebens, unfähig sich zu bewegen.

Da schwang neben ihr eine Tür auf. Klaviertöne strömten auf die Straße hinaus. War das seine Stimme, die da *Mad World* sang?

Jetzt erst bemerkte sie, dass sie direkt vor dem Nightingale Club stand. Und dass Nathan dort drin sein musste. Dass er dort saß und Klavier spielte. Für die Gäste. Für alle. Auch für sie. Die Töne legten sich wie ein warmer Mantel um ihre Schultern und zogen sie sirenenhaft hinein in den Raum. Sie würde sich auf einen Stuhl setzen, ganz ruhig und still und warten, bis er fertig gespielt hatte. Und dann würde sie mit ihm nach Hause gehen und reden, und er würde sie verstehen und vielleicht konnte sie ihm ja sogar ein klein wenig anvertrauen von den Kümmernissen, die ihr Herz so schwer machten und ihren Blick gen Boden drückten.

Sie brauchte einen Augenblick, um sich an das Dämmerlicht zu gewöhnen. Es waren nicht allzu viele Gäste da – glücklicherweise, nicht wie beim letzten Mal, als sie nach wenigen Minuten geflüchtet war – schließlich war es Dienstagabend. Sie ließ sich an der Bar einen Gin Tonic geben und suchte sich dann einen Platz im Hintergrund, wo sie gut sehen, aber nicht gesehen werden konnte.

Nathan saß tatsächlich am Klavier. Er trug eine dunkle Hose und ein schwarzes T-Shirt, und wieder einmal stockte ihr der Atem, weil er so umwerfend gut aussah. Als er ein neues Stück anschlug, sie erkannte die Melodie nicht, wurde ihr Herzschlag ruhiger, sie atmete gleichmäßiger. Der kühle Gin Tonic lief ihr durch die Kehle, das leichte Gurkenaroma umschmeichelte ihre Geschmacksknospen. Sie schaffte es, sich völlig auf das Hier und Jetzt zu konzentrieren. Verstohlen machte sie ein paar Fotos von Nathan am Klavier. Nur sein Schattenriss war darauf zu erkennen, der sich vor dem roten Licht der Scheinwerfer scharf abhob.

Die Melodie verebbte, höflich wurde geklatscht. Nur im Halbdunkel hinter Nathan applaudierte jemand lauter als alle anderen im Raum. Nathan stand auf, verbeugte sich in alle Richtungen und sagte: »Pause.«

Neben ihm tauchte nun eine große blonde Frau auf, die mit ausgebreiteten Armen auf ihn zu kam. Nilla! Wie innig sie ihn umarmte! Sein Gesicht konnte Emma dabei nicht sehen. Sie stürzte den Rest ihres Gin Tonics herunter und verdrückte sich ganz schnell aus der Bar. Und sie hatte für ihn kochen wollen! Als gäbe es die Aussicht auf ein »wir«!

Was hast du gedacht, Emma Martins? Dass du die Einzige bist, die ihn toll findet?

13. KAPITEL

#ERDNUSSABEND

Pierre @Em_dreams: Wow, auch wenn man den Pianisten nicht wirklich erkennt – scheint ein Bild von einem Mann zu sein.
Em_dreams @Pierre: Habe ich ehrlich gesagt gar nicht so drauf geachtet. Mir gefiel vor allem die Lichtstimmung.

Wie froh war sie über den Regen! Sie musste nicht hinaus auf die Dachterrasse, um die Blumen zu gießen. Also ließ sie die Rollos unten und die Tür geschlossen. Ohnehin fühlte sie sich, als bekäme sie eine Grippe oder hätte sich irgendeinen Magen-Darm-Virus eingefangen. Nein, vielmehr wünschte sie sich, sie bekäme so etwas. Dann hätte sie einen Grund, sich ins Bett zu legen und einfach nur an die Decke zu starren. Sie nähme sogar Schmerzen und Übelkeit in Kauf. *Out of order* – so fühlte sie sich.

Und gleichzeitig war sie wütend auf sich selbst. Warum war sie denn so eifersüchtig? Warum sah sie immer wieder diese Arme vor sich, die sich krakengleich um Nathans Hals schlangen? Er war ihr Nachbar, mehr nicht. Er war nett, mehr nicht. Er war zu allen und zu jedem nett. Wahrscheinlich wäre er sogar zu den Fahrrad-Rowdys neulich nett gewesen, wenn Emma nicht so panisch reagiert hätte. Sie sollte ihn aus ihren Gedanken streichen. Genau wie den Rest der Welt. Bevor er eingezogen war, hatte es ihr an nichts gefehlt! Sie war zwischen

Zimmer und Dachterrasse gependelt, sie hatte alles im Internet bestellt und ihr Ding gemacht. Er war es, der alles durcheinandergebracht hatte. Sie sollte nicht eifersüchtig auf Nilla sein, sie sollte sauer sein! Auf ihn! Er war schuld an der ganzen Misere.

Als es an der Tür klingelte, zuckte sie erschrocken zusammen. Dabei war es sicher nur der Lieferbote, der ihr Lebensmittel brachte. Sie hatte Unmengen bestellt – neben dem täglichen Kram auch noch Süßigkeiten, Chips, Erdnüsse, Wein, Prosecco. Zum einen wollte sie nicht so oft nachbestellen müssen, zum anderen wollte sie, tja, was nur? Es sich gut gehen lassen? Eher: sich trösten.

Sie drückte den Türöffner und lehnte die Tür an. Sofort klopfte es. Der Bote war offenbar bereits oben.

»Hi, deine Lieferung. Endlich kann ich dir mal wieder was zustellen.«

Nathan grinste breit. Emma schluckte und versteckte ihr Gesicht kurz hinter einem Küchenhandtuch. Ausgerechnet heute!

»Danke«, brachte sie hervor und nahm ihm das riesige Paket ab. Unglaublich, dass er das auf seinem Fahrrad transportiert hatte.

»Du siehst irgendwie … krank aus. Geht's dir nicht gut?«

»Doch, doch, alles bestens.« Sie nickte ihm zu, die Mundwinkel nach oben gerissen, ahnend, dass es unecht aussah. Er blickte sie weiter unverwandt an.

»Ach so, ein Trinkgeld, klar, Moment, muss nur nach meinem Portemonnaie schauen.«

Jetzt zogen sich seine honigbraunen Augen zusammen.

»Trinkgeld? Ich nehme doch von dir kein Trinkgeld! So weit kommt's noch.« Schließlich schmunzelte er.

»Tschuldigung.«

»Kein Problem. Übrigens – ich war gestern Abend beim Probespielen in diesem Club – war super! Hat richtig Spaß gemacht, und ich darf wiederkommen. Jeremy, der Chef, war ziemlich angetan.«

Und Nilla auch, dachte Emma und versuchte, eine kleine Spur Begeisterung in ihren Blick zu legen.

»Toll, klingt gut ... ich muss nur leider ... sorry ...«

»Ach so, klar, dann bis bald!«

»Ciao!«

Schnell schloss sie die Tür. Vielleicht einen kleinen Tick zu schnell.

Sie lehnte sich an die Wohnungstür. Warum musste er ausgerechnet heute kommen? Und so ungezwungen reden, als sei überhaupt nichts los?

Verdammt, in seinen Augen war ja auch nichts los. Sie waren Nachbarn. N.A.C.H.B.A.R.N. Schrieb man ganz anders als P.A.A.R.

Emma verstaute das Essen lustlos im Kühlschrank. Auf nichts davon hatte sie nun mehr Appetit. Sie setzte sich an ihren Computer und versuchte, sich auf die Arbeit zu konzentrieren. Aber alles kam ihr heute so nutzlos, überflüssig, gleichförmig und uninspiriert vor. Die wievielte Apotheken-Website bastelte sie da schon? Für eine launige Grafik fiel ihr überhaupt nichts ein. Inspiration, dachte sie, Inspiration! Sie scrollte durch Instagram, blieb mal da hängen, mal dort, fand aber alles irgendwie langweilig und beliebig.

Schließlich rief sie den Account von *BoringMary* auf und ärgerte sich, dass sie nicht wenigstens ein Selfie mit dem Mädchen gemacht hatte. Mary hatte sich vermutlich gar nicht getraut, danach zu fragen. Sie schaute sich die Bilder des Mädchens an, aber die Tristesse, die dort tatsächlich herrschte, überforderte Emma in Moment. Überall leere Straßen, Häuser mit abbröckelndem Putz, verblühte Pflanzen – und leider waren die Fotos nicht einmal besonders künstlerisch aufgenommen. Emma würde sich ein anderes Mal zu einem Dreamtableau für sie inspirieren lassen müssen.

Gegen halb drei meldete sich plötzlich Brittany über eine Instagram-Nachricht. »Emma, ich habe ein Riesenproblem – kann ich mit dir telefonieren? Bitte!!!!! Hab' leider deine Nummer verschmissen.«

»Klar«, schrieb Emma zurück und schickte Brittany ihre Handynummer.

Hoffentlich war nichts mit Ed, sodass Brit nach so kurzer Zeit schon wieder Liebeskummer hatte und sich ausweinen musste.

Keine zehn Sekunden später klingelte das Smartphone. Sie hatten früher schon mal telefoniert, einfach so, an einem langweiligen, verregneten Sonntagabend. Daher war Emma nun schon auf Brittanys heftigen schottischen Dialekt vorbereitet.

»Hi, Em«, meldete sich Brittany, und ihre Stimme klang belegt.

»Hi, Brit, was ist los?«

»Mir ist das total unangenehm. Ich würde dich nie fragen, aber ich bin in einer absoluten Zwangslage.« Sie stöhnte auf.

»*Oh dear!* Ist was passiert?«

»Ja, ich bin ... Scheiße, das tut so weh!«

Langsam ging Emmas Pulsschlag schneller.

»Ich bin auf der Kellertreppe im Laden ausgerutscht und runtergefallen.«

»Ach, herrje! Ist jemand bei dir? Soll ich kommen?« Ohne zu überlegen hatte Emma das gesagt – dabei wusste sie nicht einmal, wo in London Brittany arbeitete oder lebte. Und ob sie es tatsächlich über sich brachte, schon wieder das Haus zu verlassen.

»Ja, ich werde gleich mit dem Krankenwagen ins St.-Alban-Krankenhaus gebracht, vermutlich habe ich einen Bruch oder einen Bänderriss oder keine Ahnung, irgendwas jedenfalls, was furchtbar … ahhh … mein Problem ist: Irgendwer muss Poppy von der Schule abholen. Sie hat in einer halben Stunde Schulschluss, und ich finde einfach niemanden. Hier sind eh schon Kolleginnen krank, meine Chefin kann nicht weg, meine Tante ist mit ihrer Familie verreist …« Brittanys Stimme wurde immer zittriger und dünner. »Und ihre Klassenkameradinnen – na ja, das ist ein Thema für sich.«

Emma versuchte, ruhig zu atmen. Sie sollte jetzt also dort hinaus gehen, ein ihr fremdes Kind von der Schule abholen und mit diesem dann was tun?

»Ich weiß, wir kennen uns gar nicht richtig – aber ich habe einfach das Gefühl, ich kann dir vertrauen. Ich weiß nicht, ob du es von Notting Hill aus so schnell zu uns hier rüber nach Central London schaffst, aber ich rufe eh in der Schule an und kündige dich an. Sie behalten Poppy im Büro, bis du dort bist.«

Notting Hill! Oh Gott! Brit dachte ja, dass sie dort wohnte …

»Ich bin sowieso in meinem Büro, das liegt in Lambeth.«

»Ah, umso besser! Ach, deshalb ähneln sich die Blicke von deiner Dachterrasse und dem von unserem Balkon so. Hab mich schon gewundert. Egal, Poppy geht in die Charles Dickens Primary School, das ist in der Toulmin Road, weißt du, wo das ist?«

»Ich kann es rausfinden.«

»Das heißt, du würdest das für mich tun? Emma, ich würde dir das nie vergessen. Ich melde mich dann, sobald ich Näheres weiß, und bestimmt kann ich sie dann gegen Abend bei dir im Büro abholen kommen. Danke Emma, vielen Dank, du weißt gar nicht, was für ein Stein mir vom Herzen fällt. Pass auf, ich ruf jetzt in der Schule an und sag, dass du kommst, ja? Poppy ist echt pflegeleicht, und sie liebt deine Bilder und alles und sie wollte dich schon immer mal kennenlernen. Okay, jetzt kommt der Sanitäter – noch länger können die nicht warten. Danke, Emma, danke! Aua, das tut so weh …«

Und dann brach das Gespräch ab. Emma starrte auf das Smartphone. Ihre Hand zitterte.

Reiß dich zusammen! Da ist ein kleines Mädchen, das deine Hilfe braucht. Und du sollst sie nicht adoptieren, sondern nur ein paar Stunden auf sie aufpassen. Kein großes Ding. Jeder würde das machen. Jeder. Stell dich nicht an.

Sie googelte die Schule, die sich tatsächlich nur wenige Straßen entfernt befand. Okay, okay. Ihr Smartphone würde sie dort hingeleiten. Es würde nichts geschehen auf dem Weg. Keine Fans, die sie verunsicherten, keine verstörenden Bettler, niemand, der mit einem Fahrrad in sie hineinfuhr. Sie konnte durch kleine Seitenstraßen gehen, etwa am Nelson Square vorbei, einem kleinen Park mit Spielplatz. Vielleicht konnte sie auf dem Rückweg dort sogar mit Poppy haltmachen. Und ein Eis besorgen, alle Kinder liebten Eis. Oder einen Brownie von Nilla. Nein, nicht von Nilla.

Emma schnappte nach Luft. Es war gleich zehn vor drei. Sie musste dringend los.

Die Charles Dickens Elementary School bestand aus einem alten, dunklen, ziegelbraunen Gebäude mit hohen Sprossenfenstern und einem klotzigen, sehr modernen Anbau ganz dicht daneben. Auf dem Weg hatte Emma überlegt, ob sie einfach so in die Schule hineingehen konnte oder ob es dort strenge Sicherheitsmaßnahmen gab. Doch als sie ankam, strömten bereits die ersten Schüler heraus, und Emma quetschte sich an ihnen vorbei in einen hohen Flur, in dem es so roch wie in vermutlich jeder Schule in Mitteleuropa. Nach einer Mischung aus Papier, Buntstiften und Mensaessen mit einer dezenten Note verschwitzter Füße. Die Kinder sahen in ihren Uniformen aus roten Pullis und blauen Hosen oder Röcken adrett aus, sie plapperten durcheinander, keines kümmerte sich um Emma. Schließlich entdeckte sie ein Schild, das auf das Sekretariat hinwies. Emma straffte die Schultern, klopfte an und trat ein.

Bestimmt wirkte ihr Gesichtsausdruck genauso unsicher wie der des kleinen Mädchens, das auf einem Besucherstuhl saß, die Arme zwischen die Knie geklemmt, einen quietschrosa Rucksack neben den Füßen.

»Miss Martins?«, wurde sie von einer freundlich dreinblickenden Sekretärin angesprochen, und sie nickte nur, bevor sie sich zu dem Mädchen herabbeugte.

»Hi, Poppy, ich freue mich, dich kennenzulernen.« Poppy starrte sie an, ohne ein Wort zu sagen. Emma legte der Sekretärin ihren Ausweis vor, unterschrieb ein paar Papiere, dann sah sie Poppy auffordernd an. »Kommst du mit?«

Poppy nickte und stand auf. Weiter stumm trottete das Mädchen neben ihr her, bis sie das Schulgebäude verlassen hatten.

Erst draußen holte die Kleine tief Luft und nahm zögerlich Blickkontakt zu Emma auf.

»Muss meine Mommy für immer im Krankenhaus bleiben?«, fragte sie. Erstaunlicherweise klang ihre Stimme sehr nüchtern, so als habe sie sich schon mit dem Unvermeidlichen abgefunden.

Emma bückte sich zu ihr hinunter und legte die Hände auf Poppys Schultern.

»Aber nein.« Sie hoffte, dass sie ruhig und gelassen klang. »Nur ein paar Stunden. Wir zwei Hübschen machen uns jetzt einfach einen netten Nachmittag, und später bringe ich dich zu ihr oder sie holt dich ab. Weißt du, ich freue mich total, dass wir uns endlich mal kennenlernen.«

»Okay«, sagte Poppy und blickte unverwandt auf die Straße vor ihnen, die an ähnlichen Ziegelhäusern wie der Schule entlangführte.

Emma richtete sich wieder auf. Gerne hätte sie Poppy beruhigend an die Hand genommen, aber das Mädchen strahlte etwas Abwehrendes aus. Sie hatte ein breites, sommersprossiges Gesicht mit einer Stupsnase darin, mittellange, rotglänzende Haare und einen müden Blick aus perlgrauen Augen. Sie war keines dieser Kinder, die einen sofort mit ihrem Charme einnahmen, keines, bei dem man schon ahnte, dass es als Erwachsene eine strahlende Schönheit werden würde.

»Hab keine Angst«, betonte Emma noch einmal. »Ich habe mit deiner Mom gesprochen. Sie muss nur ihren Fuß untersuchen lassen. Dann darf sie wieder heim.«

»Okay«, sagte Poppy erneut und schlurfte weiter neben Emma her.

»Sollen wir am Nelson Square auf den Spielplatz gehen?«, bemühte sich Emma, das Gespräch in Gang zu halten. »Oder sollen wir ein Eis essen gehen?«

»Mir egal. Ich mag kein Eis.«

»Okay, dann gehen wir klettern und rutschen, ja? Und später gibt's irgendwas anderes Leckeres. Was magst du gerne?«

»Brownies«, kam es wie aus der Pistole geschossen. Emma fiel keine Bäckerei ein, die auf ihrem Heimweg lag und Brownies anbot. Außer …

Sie erreichten den beinahe leeren Spielplatz, und Emma forderte Poppy auf, ihren Rucksack abzulegen.

»Nein, dann wird der geklaut«, antwortete das Mädchen und ließ sich auf eine Bank fallen.

»Komm, wir gehen schaukeln«, rief Emma und spurtete schon auf eine der Schaukeln zu. Doch Poppy rührte sich nicht.

Emma ließ sich dennoch auf dem Sitz des Spielgerätes nieder, stieß sich mit den Beinen an und wunderte sich kurz, dass man Schaukeln genauso wenig verlernte wie Fahrrad fahren.

»Probier's«, rief sie. »Ist lustig.«

Aber Poppy bewegte sich keinen Zentimeter. Als sei sie die Mutter, die ihr Kind zum Spielen brachte und nicht umgekehrt.

Emma ließ die Schaukel langsamer werden und stieg ab.

»Sollen wir zu mir nach Hause gehen? Also, in mein Büro. Ist ganz in der Nähe.«

Poppy nickte und stand sofort auf.

»Gehst du nicht so gern auf Spielplätze?«

»Es geht.«

Vermutlich war sie einfach schüchtern, aber Emma hatte den Eindruck, dass Poppy in einer Art Melancholie gefangen war. Sie war keines dieser munteren, drauflosplappernden Mädchen, die wie ein Hüpfball neben einem her sprangen, während man die Straße entlangging. Poppy trottete eher und kniff die Lippen angestrengt zusammen.

»Soll ich deinen Rucksack nehmen?«, fiel Emma ein.

»Geht schon.«

»Okay.«

Herrje, Emma, spornte sie sich selbst an. Dir wird doch irgendetwas einfallen, worüber du mit diesem Kind reden kannst.

»Wie war dein Schultag?«

»Gut.«

Sie machte es einem aber auch wirklich nicht leicht.

»Hast du Angst wegen deiner Mommy?«

Poppy zuckte mit den Schultern und presste die Lippen noch fester aufeinander.

»Was würdest du denn jetzt am liebsten tun?«

»Weiß nicht.«

»Na gut, dann gehen wir erst mal einfach zu mir. Ich hab natürlich kein Kinderspielzeug. Aber vielleicht …« Emma klopfte sich selbst im Geiste auf die Schulter – das war eine gute Idee! »Aber vielleicht können wir etwas malen und basteln.«

»Hm.«

Dann halt nicht. Dann würde sie im Computer irgendeine Seite suchen, auf der man Kinderkram schauen konnte, und Poppy damit ruhigstellen. Oder zum Leben erwecken, denn ruhig war sie ja schon.

»Schau, hier ist mein Büro«, sagte Emma und wies auf das rote Ziegelhaus. »Ganz oben.«

»Und der Brownie?«

»Ach so. Vergessen, okay …«

Emma holte tief Luft und steuerte mit Poppy Nillas Laden an. Sie sah schon von Weitem, dass dort viel los war. Kinder waren echt eine Herausforderung.

»Hi, Emma, wen hast du denn da mitgebracht?«, begrüßte Nilla sie schon beim Hereinkommen. Sie ordnete gerade einen Stapel neuer Postkarten in den Ständer ein.

»Die Tochter einer Freundin«, antwortete Emma schnell und spürte einen Funken Freude darüber, dass sie so einen völlig normal klingenden Satz wahrheitsgemäß aussprechen konnte. »Das ist Poppy, und sie liebt Brownies.«

Poppy war vor dem Regal stehengeblieben, in dem die Radiergummis lagen und betrachtete sie aufmerksam.

»Zwei habe ich noch«, erklärte Nilla. »Soll ich euch die einpacken?«

Emma bejahte. Sie beobachtete Nilla, während die Ladenbesitzerin zum Tresen lief, die Brownies aus der Auslage nahm und in eine Tüte steckte. Hatte sie heute etwas besonders Strahlendes? Ein Funkeln in den Augen wie frischverliebt?

»Geht's gut?«, konnte Emma sich nicht verkneifen zu fragen.

»*Fine*«, antwortete die Ladenbesitzerin, und Emma wusste, dass dies die Standardantwort der Engländer war, selbst wenn man ihnen gerade einen Arm abgehackt hatte. So kam sie nicht weiter.

Sie zahlte die Brownies und wollte gehen. Doch Poppy stand wie angewurzelt vor dem Regal. Sie hatte einen Radiergummi, der wie ein Fohlen aussah, herausgepickt und ließ das Gummipferdchen über den Rand des Regalbrettes springen.

»Komm, Poppy«, sagte Emma.

Poppy reagierte nicht.

»Gefällt dir der?«

Das Mädchen nickte.

»Soll ich ihn dir schenken?«

Poppy drehte endlich den Kopf in Emmas Richtung. Und zum ersten Mal erschien ein Lächeln auf ihrem blassen Gesicht.

Eine halbe Stunde später wirkte es immerhin so, als machten sich Emma und Poppy einen ganz normalen schönen Nachmittag. Sie saßen im Strandkorb, den Poppy sofort für sich entdeckt hatte, aßen die Brownies und tranken Tee mit Milch. Poppy hatte das Radiergummifohlen nicht mehr losgelassen, seit Emma es für sie gekauft hatte. Sie galoppierte damit den gesamten Strandkorb entlang und schien völlig versunken in ihrem Spiel. Emma beneidete sie um diese Selbstvergessenheit. Sie hatte ein paarmal versucht, ein Gespräch in Gang zu setzen, aber Poppy war einsilbig geblieben. Hatte sie Freundinnen in der Schule? Ein paar. Eine Lieblingslehrerin? Ms Turner. Welches Fach mochte sie am liebsten? D.T.

»Was?«

»*Design and Technology.* Da lernen wir Kochen. Wir dürfen sogar scharfe Messer benutzen«, erklärte Poppy. »Obwohl ich das schon kann. Mommy lässt mich immer die Gurke schneiden.« Dann hoppelte sie wieder mit dem Pferdchen los.

Immerhin hatte sie mit keiner Silbe Verwunderung darüber geäußert, dass es in Emmas angeblichem Büro ein Bett gab, auf dem ein Schlafanzug herumlag. Aber klar – in dem Alter hatte man vermutlich noch keine Vorstellung davon, wie es in einem Büro auszusehen hatte. Irgendwann stand Poppy aus dem Strandkorb auf und sah sich auf der Terrasse um. Sie ließ das Fohlen über die Kästen und Töpfe reiten und versteckte es im Bambusdschungel. Dann kam sie zu Emma zurück und wies mit dem ausgestreckten Arm auf die andere Seite der Dachterrasse.

»Warum ist es da so hässlich und hier so schön?«

Weil da ein böser Mann wohnt, der mit anderen Frauen flirtet, schoss es Emma durch den Kopf.

»Der Mann, der da wohnt, hat nicht so viel Zeit, sich um die Dachterrasse zu kümmern«, erklärte sie.

Poppy blickte sich aufmerksam um.

»Du hast dafür ganz schön viel Zeit«, stellte sie fest. Emma musste lachen, aber es blieb ihr beinahe im Hals stecken. Poppy hatte recht. Wäre Emma ein normaler Mensch, dann würde sie ausgehen, andere Leute treffen, für Freunde kochen – und hätte nicht die Zeit, sich so auf der Dachterrasse zu verausgaben.

»Bei dir ist es schöner«, urteilte Poppy. »Oh, eine Katze! Ist das deine?«

Troy war ein Stückchen über die Brüstung der Terrasse balanciert und mit einem Sprung direkt neben Poppy gelandet. Er schmiegte sich zutraulich an die Beine der Kleinen. Poppy bückte sich und streichelte den Kater hingebungsvoll.

»Er ist mir zugelaufen. Das ist …« Emmas Gesicht fühlte

sich von einer Sekunde auf die andere heiß an. »… mittlerweile meine Katze, ja«, vollendete sie den Satz. Garantiert wusste Poppy, dass Troy angeblich ihr Freund war, sie hätte sich also um ein Haar verraten. Und dass ein Kater genauso hieß wie Emmas Partner, wäre sogar einer Sechsjährigen merkwürdig vorgekommen.

Poppy versuchte, die Arme um Troy zu schlingen, aber der Kater streckte sich und lief davon.

»Kitty!«, rief Poppy und lief Troy hinterher, der sich ins Appartement verdrückte.

»Er hat Hunger«, erklärte Emma. »Lass ihn erst mal was fressen, dann kannst du mit ihm spielen.«

»Wie heißt er eigentlich?«

»Ach, ich habe ihm gar keinen Namen gegeben. Vielleicht Mister Cat?« Emma fühlte sich schäbig dabei, Poppy anzulügen. Und diese Anstrengungen, die sie auf sich nehmen musste, um ihre kleine Fantasiewelt aufrechtzuerhalten, kamen ihr plötzlich völlig absurd vor.

»Magst du zuschauen, wenn er frisst?«

»Au ja!«, stimmte Poppy zu.

Nachdem Mister Cat alias Troy mit vollgefressenem Bauch und trotz Poppys großem Missfallen zu weiteren Streifzügen über die Dächer aufgebrochen war, ließ Emma das Mädchen als kleinen Trost auf dem Computer eine Kinderspielseite erkunden. Emma selbst versuchte, Brittany zu erreichen. Doch die war *»not available at the moment«*. Vermutlich wurde sie noch ärztlich behandelt. Ob sie für Poppy sicherheitshalber ein Abendessen vorbereiten sollte? Es war mittlerweile schon kurz vor sechs.

Poppy hatte aufmerksam Emmas angebliches Büro inspiziert und in jede Ecke geschaut. Manchmal hatte sie gefragt:

»Was ist das?«, und auf Bilder an den Wänden gedeutet oder auf Zeichenutensilien, die im Regal lagen. Emma hatte es ihr erklärt und sich bemüht, das Eindringen eines ihr fremden Menschen in ihr Heiligtum zu ertragen. Auch wenn es ein Kind war, das sich hier neugierig umschaute, fiel es ihr schwer.

»Pizza oder Nudeln?«, fragte sie nun, und Poppy antwortete: »Reis.«

»Reis mit Ketchup?«

»Au ja!«

Das sollte Emma gerade noch hinbekommen.

Nach dem Essen, das Poppy mit großer Hingabe verschlang, schlug Emma vor, sie könnten doch etwas malen. Poppy schielte zum Computer hinüber, aber da Emma unsicher war, wie lange sie das Mädchen den Rechner benutzen lassen dürfte, schlug sie einen Kompromiss vor.

»Wir malen jetzt ein bisschen und wenn deine Mommy dann immer noch beim Arzt ist, können wir uns einen Film anschauen. Okay?«

»*Die Eisprinzessin*?«, kam es wie aus der Pistole geschossen.

Emma nickte, überzeugt davon, dass es den Film auf irgendeinem ihrer Filmportale schon geben würde. Nun aber zog sie Papier und Kreidestifte heraus, legte auch Gelschreiber und Textmarker bereit. Sie ahnte: Je bunter, umso lieber wäre es Poppy.

Nach anfänglichem Zögern füllte Poppy ihr Blatt mit kräftigen Farben. Emma war überrascht, wie naturgetreu die Sechsjährige ein Pferd malen konnte. Sie gab ihr noch ein paar Tipps, und sie arbeiteten bald konzentriert nebeneinander her. Emma wusste nicht genau, was sie malen sollte und überließ ihrer Hand die Führung.

»Oh, ist das ein Klavier?«, fragte Poppy nach einiger Zeit und deutete auf Emmas Skizze. Emma drehte das Blatt hin und her – das Mädchen hatte eindeutig recht. Um kurz vor acht schob Emma die Zeichnung von sich und verkündete, sie würde es noch mal bei Brittany versuchen.

Poppy malte unverdrossen weiter, während Emma gespannt in ihr Handy lauschte. Aber wieder klingelte es am anderen Ende nicht einmal. Was, wenn Brittany das Krankenhaus heute nicht mehr verlassen konnte? Was, wenn sie ernsthaft krank war? Emma versuchte, diese Gedanken beiseitezuschieben, und lobte Poppy für ihr tolles Bild.

»Aber warum hat das Pferd ein zerbrochenes Herz?«

Poppy zog kurz die Schultern hoch.

»Weil Mommy auch eins hat.«

Emma stutzte. »Aber sie hat doch nur den Fuß gebrochen – nicht das Herz, da musst du keine Angst haben. Der Fuß ist bald wieder heil.«

Poppy legte den Kopf schief und malte das zerbrochene Herz noch ein wenig leuchtender aus. »Aber das hat sie ja von Ed. Und nicht, weil sie hingefallen ist.«

»Von Ed? Du kennst ihn schon?«

»Ich habe ihn einmal gesehen. Aber er kommt nicht wieder.«

Emma ließ sich neben Poppy auf dem Fußboden nieder.

»Wieso das denn nicht?«

»Mommy sagt, er passt nicht in unsere Wohnung.«

Emma musste ein Schmunzeln unterdrücken. Ein Mann, der nicht in eine Wohnung passte?

»Sie hat gesagt, er braucht mehr Platz und den haben wir nicht. Ist ja schon für uns zwei so eng. Mommy schläft im Wohnzimmer, weißt du? Nur ich hab ein eigenes Zimmer.«

»Aber könnt ihr Ed dann nicht einfach besuchen gehen?«

»Das will er nicht, hat Mommy gesagt. Sie glaubt, bei ihm ist es nicht so schön und er schämt sich dafür. Dabei müsste er ja nur mal aufräumen.«

Vielleicht muss er auch seine Ehefrau wegräumen, überlegte Emma. »Hm, vielleicht ist es dann wirklich besser, ihr seht ihn nicht mehr. Deine Mommy ist aber deshalb bestimmt bald nicht mehr traurig.«

»Okay.« Poppy beugte sich eifrig über das Bild und malte weiter. Zehn Sekunden später hielt sie es Emma hin. Das Herz war geflickt und sah jetzt aus wie eine große, rote Kirsche. Emma streichelte über Poppys rötliches Haar.

»Das kannst du nachher gleich deiner Mommy schenken«, schlug sie vor. Wenn doch nur alles im Leben mit ein paar Buntstiftstrichen gerichtet werden könnte.

»Ja! Gibt's jetzt einen Film?«

Emma räumte die Malsachen weg und suchte im Internet nach der *Eisprinzessin*. Schnell fand sie den Film. Sie drehte den Computerbildschirm so, dass sie gemütlich vom Bett aus zusehen konnten.

»Gibt's auch was zu knabbern?«, fragte Poppy. »Wenn ich mit Mommy einen Film gucke, darf ich immer knabbern. Und Fanta trinken.«

»Fanta habe ich nicht«, bekannte Emma. »Aber Knabberkram krieg ich hin.«

Sie war froh, dass sie am Morgen so eine große Lieferung bekommen hatte, und verscheuchte die Erinnerung an den Lieferboten. Sie tat Chips und Erdnüsse in Schüsselchen, Schokolade und Marshmallows ebenso. Poppy kicherte vergnügt vor sich hin und sprach Dialogzeilen des Films mit. Sie hatte ihn vermutlich schon Dutzende Male gesehen.

»So, jetzt wird's noch gemütlicher!«, versprach Emma, als sie die Knabbersachen um sie beide herum verteilte.

»Hoffentlich ruft Mommy erst an, wenn der Film zu Ende ist«, sagte Poppy. »Hm, lecker!« Sie steckte sich gleich drei Marshmallows auf einmal in den Mund.

Emma betrachtete sie von der Seite. Wie merkwürdig wäre es, die Verantwortung für ein Kind zu haben. Immerhin konnte sie kaum für sich selbst sorgen. Na ja, sorgen schon. Sie verdiente ihr eigenes Geld, konnte sich etwas zu essen machen und sich fit halten. Nur ihr ihre Seele vernachlässigte sie regelmäßig. Emma konnte sich bei diesen Gedanken kaum auf den Film konzentrieren – die süßliche Musik und die sehr plakative Gestaltung der Geschichte fesselten sie einfach nicht. Was musste man als Mutter wohl alles über sich ergehen lassen?

Nun kicherte Poppy fröhlich und stopfte sich eine weitere Handvoll Erdnüsse in den Mund.

»Noch was trinken«, quetschte sie hervor, und Emma holte ihr ein Glas Wasser. Etwas anderes hatte sie nicht.

Als sie dem Mädchen das Glas hinstreckte, sah Poppy mit einem Mal gar nicht mehr vergnügt aus. Sie starrte auf den Bildschirm, nur ihr Unterkiefer mahlte ruhelos.

»Poppy?«, fragte Emma. »Alles okay?«

Poppy sprang vom Bett auf und lief zum Schreibtisch, zur Terrassentür und wieder zum Bett.

»Was ist?« War dem Kind auf einmal bewusst geworden, dass seine Mutter sich noch immer nicht gemeldet hatte? »Du musst wirklich keine Angst haben, deine Mom meldet sich ganz bestimmt bald.« Emma hoffte, dass ihre Versprechungen auch eingehalten wurden. Poppy reagierte noch immer nicht.

Emma kniete sich vor sie und ergriff ihre Hände, versuchte, sie mit ihrem Blick zu erreichen.

»Das kratzt so«, sagte Poppy plötzlich. Sie öffnete den Mund und sah Emma hilfesuchend an.

»In deinem Hals?« Emma fuhr ein stechender Schmerz in die Magengrube.

Poppy nickte. Sie griff nach dem Glas und trank es in einem Zug aus. Als sie es absetzte, fielen Emma rote Quaddeln am

Hals des Kindes auf. Sie öffnete den obersten Knopf von Poppys rotem Poloshirt und sah auch dort Pusteln.

»Bist du gegen irgendwas allergisch?«, fragte Emma besorgt.

»Weiß nicht«, flüsterte Poppy. Sie trat von einem Fuß auf den anderen, irgendwas schien sie zu beunruhigen.

»Komm, leg dich mal hin«, sagte Emma und hoffte, sie klänge wenigstens ruhig. Kaum lag Poppy, riss sie die Hände auf ihren Bauch.

»Aua, das tut weh!«, rief sie und begann zu weinen. »Mommy! Ich will, dass meine Mommy kommt.«

»Sch, sch«, versuchte es Emma, aber Poppys Blick wirkte panisch, und auch Emma spürte, dass sie die Angst nicht mehr zurückhalten konnte. Was sollte sie bloß tun? Sie wählte erneut Brittanys Nummer, aber es tat sich nichts. Die Leitung blieb tot. Poppy war inzwischen kreideweiß im Gesicht und keuchte.

»Poppy?«, rief Emma. »Kannst du atmen?«

Poppy schüttelte den Kopf. Sie hatte den Mund geöffnet und sog krampfhaft die Luft ein.

Ein Notarzt, dachte Emma, wir müssen einen Notarzt holen! Sie wählte die Notfallnummer und erreichte tatsächlich schnell jemanden. Sie beschrieb die Situation und man riet ihr, ruhig zu bleiben, Poppy in einer sitzenden Position zu halten. Man käme, so schnell es ginge.

Emma lehnte Poppy aufrecht gegen einige Kissen. Das Kind atmete stoßweise. Wo blieb der Krankenwagen?

Ihr war klar, dass kaum zwei Minuten vergangen waren, aber schon diese kamen ihr vor wie zehn.

Plötzlich krümmte sich Poppy, beugte sich über die Bettkante und übergab sich. Emma fuhr angewidert zurück, überwand sich aber und holte für Poppy ein feuchtes Tuch, mit dem sie ihr den Mund abwischte. Auf dem verschmutzten Boden breitete sie erst mal nur ein Handtuch aus.

Das Kind sagte keinen Ton mehr, sondern atmete immer heftiger. Emma konnte sie unmöglich unbeobachtet lassen.

Jetzt waren doch bestimmt schon zehn Minuten um? Sie öffnete die Terrassentür, aber nirgends war der Klang einer Sirene zu hören.

Nathan, dachte Emma da. Nathan!

»Ich bin gleich wieder bei dir«, versprach sie Poppy, die sie mit angsterfüllten Augen ansah, während ihr Atem rasselte.

Emma rannte hinüber und hämmerte wie wild an seine Tür. Bitte, sei daheim, betete sie innerlich. Das Fahrrad war nicht da, das hatte sie sofort bemerkt. Aber manchmal ließ er es auch im Hof stehen. Sie hämmerte weiter, es blieb alles ruhig. Sie rannte zurück in ihre Wohnung, ließ die Tür offen, sah nach Poppy. Sie versuchte, ihr Wasser einzuflößen, aber das meiste rann dem nun apathischen Kind am Kinn hinab. Das konnte nicht sein! Das durfte einfach nicht passieren. Emma hatte das Gefühl, der Boden würde unter ihren Füßen beben. Sie wollte gerade noch einmal die Nummer des Notrufes wählen, als sie im Treppenhaus Schritte hörte. Ob das die Sanitäter …?

»Nathan!«, schrie sie, als sie ihn am Fuß der Treppe entdeckte. »Bitte, schnell, du musst mir helfen. Poppy … sie … ich weiß nicht, sie erstickt!«

KAPITEL 14

#ALTEBEKANNTE

Em_dreams: Genießt das Leben! Einfach mal so in den Raum geworfen!
Pierre @Em_dreams: Getroffen! Danke! :-)

Nathan stürmte an Emma vorbei und entdeckte das Kind. Er deutete auf die Schale mit den Erdnüssen.

»Hat sie die gegessen?«

Emma nickte.

»Moment!«, rief er und zog im Laufen seinen Schlüssel aus der Hosentasche. Er spurtete in seine Wohnung und war keine dreißig Sekunden später wieder zurück. In der Hand hielt er ein schwarzes Täschchen mit einem Reißverschluss. Er setzte sich zu Poppy, während er aus der Tasche ein Spritzenset und ein kleines Fläschchen mit einer Flüssigkeit darin herauszog.

»Hi, Poppy«, sagte er, und seine Stimme klang, als wolle er sie fragen, ob sie Quartett mit ihm spielen würde. »Pass auf, ich nehme jetzt deinen Arm und gebe dir eine Spritze. Das ist nur einen ganz kleiner Piks, du brauchst keine Angst zu haben.«

Emma konnte nicht erkennen, ob Poppy überhaupt noch wahrnahm, was um sie herum geschah. Ohne zu zögern, verabreichte Nathan dem Mädchen die Spritze. Sie zuckte nicht einmal.

»Sehr schön«, lobte Nathan und griff erneut in seine Tasche. »Kannst du für mich den Mund aufmachen?«

Poppy öffnete ihn tatsächlich, und Nathan sprühte etwas hinein.

»Wunderbar machst du das. Gleich geht es dir schon viel besser«, versprach er und wandte sich Emma zu. »Vermutlich hat sie einen anaphylaktischen Schock. Hast du den Notarzt verständigt?«

»Müsste schon längst hier sein.«

»Ringsum waren Straßensperren – an der Waterloo Bridge ist Blade Night und in der anderen Richtung war eine Demo – gegen den schlechten Zustand der Gesundheitsversorgung. Ich bin selbst mit dem Fahrrad kaum durchgekommen.«

»Was hast du ihr gegeben?«, fragte Emma.

»Adrenalin, das hilft am schnellsten. Aber sie muss trotzdem unbedingt ins Krankenhaus. Hat sie die Allergie schon länger?«

Emma streichelte über Poppys Arm. Das Mädchen wirkte noch immer benommen, aber ihre Atemprobleme waren tatsächlich deutlich zurückgegangen.

»Ich habe keine Ahnung. Ich kenne sie kaum. Sie ist das Kind einer Freundin, die selbst …«

»Tut uns leid, dass es so lange gedauert hat«, hörten sie plötzlich eine Frau sagen. In der Tür standen neben ihr ein weiterer Sanitäter und ein Notarzt. »Wo ist die Patientin?«

Emma deutete auf das Bett, und sie kamen mit ihrer Trage näher. Der Notarzt stutzte plötzlich.

»Nathan? Hey! Hast du Erste Hilfe geleistet?«

»Hi, Bertram«, antwortete Nathan. »Hab getan, was ich konnte. Sie hat fünfundzwanzig Milligramm Adrenalin intravenös und ein Betasympathomimetikum bekommen und ganz gut darauf angesprochen.«

»Hast nichts verlernt«, erwiderte der Arzt grinsend.

Emma blickte irritiert zwischen den beiden Männern hin und her. Kannten sie sich vielleicht von einem Praktikum, das Nathan mal gemacht hatte? Inzwischen hatten die Sanitäter Poppy auf der Trage festgeschnallt.

Hoffentlich würden sie diese gut durch das enge Treppenhaus bugsieren können.

»Komm mit«, hörte Emma Poppy leise flehen. »Mommy …«

»Kann ich mitfahren?«, fragte Emma. Die Sanitäterin warf dem Notarzt einen fragenden Blick zu.

»Ausnahmsweise, dem Mädchen zuliebe.«, antwortete er. »Ihr fahrt ja ohne Sirene. Und du fährst bei mir mit, Nathan?«

Ja, bitte bleib bei mir, dachte Emma. Bleib!

»Wäre großartig«, sprach sie es aus. »Poppys Mom ist nämlich ebenfalls im Krankenhaus – im St. Alban, sie hatte einen kleinen Unfall. Ich könnte nach ihr suchen, während du bei Poppy bleibst. Bisher konnte ich Brit nicht erreichen.«

Nathans Blick verdunkelte sich für einen Moment und ging in die Ferne, dann gab er knapp sein Einverständnis, und sie folgten den Sanitätern, die nur mit großer Mühe die enge Treppe abwärts bewältigten.

Während Nathan mit dem Notarzt mitfuhr, stieg Emma im Krankenwagen ein. Glücklicherweise war die Demo mittlerweile beendet und die Straßensperren waren aufgehoben.

Emma hielt Poppys Hand und wischte ihr das schweißverklebte Haar aus der Stirn. Das Kind war noch immer erschreckend blass, aber immerhin ging ihr Atem wieder normal. Nach nicht einmal fünf Minuten kamen sie an dem großen Kasten direkt am Ufer der Themse an, in dem sich das St.-Alban-Hospital befand, das auch eine Kinder-Notfallstation besaß. Als die Sanitäter die Türen des Wagens öffneten, stand Nathan schon davor. Emma hätte zu gerne gewusst, woher er den Notarzt kannte, aber jetzt war nicht die Zeit, darüber nachzudenken. Eiligen Schrittes liefen sie neben den Sanitätern her, die Poppy auf die Kinderstation brachten.

»Mist, brauchen wir nicht irgend so etwas wie eine Krankenkassenkarte?«, fragte Emma, die im Laufen Poppys Hand hielt.

»Ich mach das schon«, antwortete Nathan.

Emma hätte gerne länger sein Gesicht betrachtet. Irgendwie wirkte er angespannt, aber gleichzeitig strahlte er auch große Ruhe aus. Wie gelang ihm das nur?

Die Türen zur Kindernotfallstation öffneten sich, und Nathan blieb abrupt stehen. War sein Gesicht eben auch schon so blass gewesen?

»Nathan?«, rief Emma, die weiter mit den Sanitätern und der Trage Schritt hielt.

Er hustete kurz, holte tief Luft und ging dann weiter.

»Komme«, sagte er und hatte sie schnell eingeholt.

Glücklicherweise war der Warteraum der Notfallstation relativ leer. Ein Vater wiegte ein apathisches Kleinkind, ein Elternpaar hatte sich einen vielleicht Achtjährigen quer über die Beine gelegt, die Mutter strich immer wieder durch das verschwitzte Haar des Jungen.

Die Sanitäter stoppten die Trage neben dem Empfangstresen und erklärten einer Krankenschwester, welcher Verdacht vorlag. Die Schwester, jung, blond, mit einem energischen Zug um die Mundwinkel, hörte ihnen leicht ungeduldig zu – bis ihr Blick auf Nathan fiel.

»Nathan!«, rief sie. »Wie schön, dich zu sehen!« Sie kam hinter dem Tresen hervor und begrüßte ihn mit Küsschen rechts und links.

»Hi, Lou«, antwortete Nathan. »Immer noch nicht nach Kanada ausgewandert?«

Lou lachte und schüttelte den Kopf. »Die Hoffnung, dass du eines Tages zurückkommst, hält mich hier fest. Gehörst du zu der Kleinen?«

Nathan erklärte kurz, was vorgefallen war, Lou nickte verständnisvoll, telefonierte kurz, und keine dreißig Sekunden später wurde Poppy in Richtung eines Behandlungszimmers geschoben.

»Emma!«, rief Poppy mit schwacher Stimme.

»Ich komme gleich wieder«, antwortete Emma. »Ich schau mal, ob ich deine Mommy erreichen kann, okay? Vielleicht kann ich sie ja sogar hierher bringen. Nathan bleibt bei dir, ja?«

»Na klar«, sagte Nathan. »Und wenn der Doc dir wehtun will, hau ich ihm auf die Finger.«

Poppy konnte schon wieder ein klein wenig lächeln.

»Keine Sorge, Dr. Travian hat heute keinen Dienst«, hörte Emma Lou flüstern und bemerkte, dass Nathan dies mit einem kaum sichtbaren Nicken zur Kenntnis nahm.

»Gut, Poppy, auf geht's.« Nathan tätschelte Poppys Hand und schob ihre Trage in den Behandlungsraum. »Um den Bürokram kümmern wir uns später, Lou, ja?«

Lou nickte und betrachtete Emma forschend. Ihr war deutlich anzusehen, dass sie zu gerne gewusst hätte, in welchem Verhältnis Emma und Nathan standen.

»Äh«, begann Emma nun. »Poppys Mutter ist heute ebenfalls im St. Alban eingeliefert worden. Sie hat eine Fußverletzung. Wo finde ich sie? Können Sie mir da helfen?«

»Aber gerne!«, sagte Lou knapp. Sie drückte Emma einen Krankenhausplan in die Hand und kennzeichnete darauf die orthopädische Abteilung.

»Danke«, sagte Emma. »Sagen Sie Nathan bitte, ich komme auf jeden Fall wieder hierher. Vielleicht kann er auf mich warten.«

Lou nickte, und Emma machte sich auf die Suche nach Brittany.

Obwohl die Orthopädie gar nicht weit von der Kindernotfallstation entfernt war, dauerte es etwa eine Viertelstunde, bis sie endlich vor Zimmer 103 stand, in dem Brittany liegen sollte. Im Gegensatz zur Kindernotfallstation wimmelte es hier von Patienten, die zum Teil in ihren Betten auf den Gängen lagen. Pfleger und Ärzte quetschten sich dazwischen durch, riefen sich Anweisungen und Informationen zu, irgendwo stöhnte ein Kranker laut. Emma hatte an mehreren Stellen nachfragen und ausführlich erklären müssen – vor allem deshalb, weil sie Brittanys Nachnamen gar nicht kannte. Dass sich hinter *BritMom* eine Brittany Momford verbarg, war auf Instagram nicht zu erkennen. Zaghaft klopfte sie nun an die Tür und obwohl von drinnen nichts zu hören war, öffnete sie kurz darauf.

Sechs Frauen lagen in dem viel zu kleinen Raum, ein Fernseher flimmerte in das im Halbdunkel liegende Zimmer.

»Brittany?«, fragte Emma vorsichtig. Verdammt, obwohl sie so viele Fotos von Brittany gesehen hatte, konnte sie keine der Frauen zuordnen.

»Bist das du, Emma?«, kam endlich eine leise Stimme aus der hinteren rechten Ecke.

Emma eilte an das Bett der Kranken. Als Erstes fielen ihr die tiefen Augenringe ihrer Instagram-Freundin auf. Ihr Gesicht war knochig und blass. Ging es ihr so schlecht?

»*Oh my god!*«, sagte Brit nun und zupfte an ihrer Bettdecke. »Unser erstes Treffen wäre mir unter anderen Umständen lieber gewesen! Trotzdem: *Nice to meet you!*«

Emma griff nach Brittanys Hand und drückte diese fest.

»Wie geht es dir? Ich habe schon ewig versucht, dich zu erreichen.«

»Wo ist Poppy?«

Emma schluckte. Wie sollte sie Brit jetzt schonend beibringen, was Poppy widerfahren war?

»Gleich, sag erst, wie es dir geht.«

»Ich habe einen Knöchelbruch.« Brittany verdrehte genervt die Augen. »Erst haben sie mich stundenlang in der Ambulanz warten lassen, dann hat's gedauert, bis entschieden wurde, dass sie operieren, und als ich vor einer Dreiviertelstunde aus der Narkose aufgewacht bin, habe ich festgestellt, dass auch noch mein Akku leer ist und ich natürlich kein Ladekabel dabei habe. So konnte ich dich nicht anrufen, das tut mir total leid! Aber ich muss wohl schon froh sein, dass mein Bett nicht auf dem Gang steht.«

»Hast du Schmerzen?«

»Im Moment geht's noch, ich bin etwas unter Drogen gesetzt worden.« Sie lächelte schief und sah erwartungsvoll an Emma vorbei, als hoffe sie, dass ihre Tochter jeden Moment durch die Tür käme. »Durftest du Poppy nicht mitbringen?«

Emma holte tief Luft, nahm Brittanys Hand und erklärte dann, was geschehen war. Brittany traten Tränen in die Augen und sie fuhr in ihrem Bett hoch, was ihr offensichtlich Schmerzen bereitete. Sie stöhnte auf.

»Ich will zu ihr!«, rief sie beunruhigt. »Mein kleines Mädchen, ich will sofort zu ihr! Bitte!«

»Ich werde mich darum kümmern, dass du sie sehen kannst«, versprach Emma. »Es tut mir wahnsinnig leid, was passiert ist. Glaub mir, ich würde alles tun, um es ungeschehen zu machen.«

Brit lehnte sich kurz zurück und schüttelte den Kopf, die Augen geschlossen.

»Du kannst nichts dafür«, versicherte sie. »Poppy hat noch nie Erdnüsse gegessen – ich mag die Dinger nicht, deshalb kaufe ich die nie. Es konnte keiner ahnen, was passiert. Bitte, gib dir nicht die Schuld.«

Emma konnte nicht anders, die Tränen liefen ihr über die Wangen. Gib dir keine Schuld. Wie gerne hätte sie diesen Satz damals gehört, nach dem Unfall. Aber niemand, kein einziger Mensch, hatte das zu ihr gesagt. Gib dir keine Schuld. Sie wischte sich über die Augen.

»Mein Gott, du Arme!« Nun war es Brittany, die Emmas Hand nahm. »War wenigstens Troy bei dir, um zu helfen?«

»Nein«, stammelte Emma. »Er … ist gerade auf Reisen. Ich frage jetzt mal, ob wir dich irgendwie auf die Kinderstation bekommen, okay?«

»Danke, du Engel!«, rief Brit ihr hinterher, als sie das Zimmer verließ.

Es war nicht ganz einfach, das Bett über die Krankenhauskorridore zu manövrieren. Aber auf der orthopädischen Station hatten sie keine Pfleger, die Zeit gehabt hätten, Brittany zur Kinderstation hinüberzufahren. Also hatte sich Emma dazu bereit erklärt – auf Brittanys eigenes Risiko.

»Mommy«, rief Poppy nun und streckte ihrer Mutter die Arme entgegen. Das Mädchen wirkte schon wieder quietschfidel.

»Mommy, Mommy, ich habe einen Ponyradiergummi von Emma bekommen und ich hab Mr Cat gestreichelt und am Computer gespielt, also na ja, wir haben vor allem gemalt und gegessen und das war alles so lecker, nur die Erdnüsse, die waren dann total doof. Und ich hab keine Luft bekommen, obwohl ich mich ganz doll angestrengt hab zu atmen … ach, Mommy!« In null Komma nichts war Poppy auf das Bett ihrer Mutter hinübergeklettert, schmiegte sich in ihre Arme und strampelte vor Begeisterung mit den Beinen.

»Vorsichtig, mein Fuß«, rief Brit, aber das Glück, ihre Tochter in die Arme schließen zu können, schien den Schmerz schnell zu verdrängen. Glücklicherweise war Poppys Zimmer so groß, dass Brits Bett daneben passte. Nathan hatte es bereits einrichten können, dass Poppy und Brit die Nacht im selben Zimmer verbringen durften. Vermutlich war das Personal auf der Orthopädiestation froh, dass durch die Verlegung ein Platz in Brittanys Zimmer frei wurde.

»Poppy geht es soweit wieder gut«, erklärte Nathan nun den beiden Frauen. »Sie möchten sie aber sicherheitshalber zur Beobachtung dabehalten – ist bei Kindern so üblich. Und sie machen noch einen Allergietest, um die Ursache sicher abzuklären. Wenn nichts weiter ist, kann sie morgen wieder nach Hause.«

»Das ist übrigens Nathan Burberry, mein Nachbar«, stellte Emma die beiden endlich einander vor. »Brittany Momford.«

»Nathan Burberry? *Der* Nathan Burberry von der Colville Primary School? Der mir immer meine Mütze geklaut hat, um darin einen Vorrat Schneebälle zu sammeln?«

»Brit?«, sagte Nathan ebenso erstaunt. »Das ist ja lustig!« An Emma gewandt, fügte er hinzu: »Wir waren zusammen in der Primary School in Notting Hill. Lass mich überlegen – wir haben uns bestimmt fünfzehn Jahre nicht gesehen. Wow, und jetzt hast du schon so eine große Tochter! Nur die Frage, wie es dir geht, ist gerade etwas unpassend.« Er lächelte schief.

»Herrje, du bist ja ein richtiges Schnuckelchen geworden!« Brit presste sich die Hand auf den Mund. »Sorry, aber … das sind bestimmt die Nachwehen des Narkosemittels. Zu Schulzeiten war Nathan so ein blasser Spargel«, sagte sie an Emma gewandt, »frech und laut.«

Frech und laut. Das konnte sich Emma gar nicht vorstellen. Nathan kam ihr so bedacht vor, so ernsthaft. Aber sie selbst war früher auch anders gewesen.

Gewiss nie frech und laut. Auf jeden Fall jedoch unbeschwerter, irgendwann mal in grauer Vorzeit.

Die Tür öffnete sich und eine große, schlanke Frau in weißem Arztkittel kam herein. Ihre goldblonden Haare waren zu einem eleganten Knoten gesteckt, sie strahlte aristokratische Noblesse aus – und ein wenig Arroganz. Hinter ihr huschte eine Krankenschwester mit in den Raum.

»Ich wollte nur sichergehen, dass Poppy alles bekommen hat, was ich angewiesen habe«, sagte die Ärztin, und Emma war sich sicher, noch nie so reines Oxford-Englisch gehört zu haben.

»Oh, Nathan«, sagte die Ärztin. »Was für eine Überraschung.« Sie betonte das letzte Wort so übertrieben, dass Emma schlussfolgerte, sie habe genau gewusst, dass er im Raum sein würde.

Gemessenen Schrittes ging sie auf Nathan zu, legte eine Hand auf seine Schulter und hauchte einen Kuss neben sein Ohr. Kannte ihr Nachbar etwa das gesamte Krankenhauspersonal?

»Hi, Lauren«, antwortete Nathan ohne jede Regung. Sein Gesicht wirkte merkwürdig starr – so wie vorhin, als sie das Krankenhaus betreten hatten.

Lauren – in Emmas Hinterkopf klingelte etwas. War das nicht der Name, den er am Telefon genannt hatte?

»Wie geht es dir?«, fragte Lauren höflich, ohne die anderen Anwesenden auch nur eines Blickes zu würdigen. Emma hatte das Gefühl, Poppys Zustand war ihr herzlich egal. Es ging ihr nur um Nathan. Er musste hier tatsächlich so etwas wie ein Praktikum gemacht haben.

»Dr. Burberry«, sagte nun auch die Krankenschwester, ordnete schnell ihr üppiges schwarzes Haar und lächelte Nathan begeistert an. »Sind Sie jetzt wieder öfter da?«

Nein, ein Praktikum war das offensichtlich nicht gewesen. Dr. Burberry! Nathan wirkte, als würde er am liebsten im Boden versinken.

»Nein, eher nicht«, antwortete er der Krankenschwester. »Aber es geht mir gut. Alles bestens. Es gibt gerade nichts, was ich ändern wollte.«

Kam es Emma nur so vor oder hatte er den letzten Satz nur an diese Lauren gerichtet?

»Ich glaube, Emma«, sprach er nun sie an. »Poppy ist in besten Händen und wir können uns auf den Heimweg machen. Was meinst du?«

»Klar!« Emma beugte sich zu Poppy und Brit und umarmte beide. »Ich hoffe, ihr dürft das Krankenhaus bald verlassen.«

»Und dann treffen wir uns wieder«, strahlte Poppy. »Es war toll bei dir!«

»Aber dann gibt's keine Erdnüsse!«, mahnte Brit.

»Versprochen!« Emma warf ihnen Kusshände zu und dann verließ sie gemeinsam mit Nathan das Zimmer. Sie hatte das Gefühl, Laurens kalte Blicke folgten ihr.

Die Nachtluft war seidig weich und gleichzeitig erfrischend. Eine Kirchturmuhr schlug gerade zehnmal. Emma war froh, den Krankenhausgeruch aus der Nase zu bekommen. Beim Hineingehen hatte sie gar nicht darüber nachgedacht vor lauter Sorge um Poppy. Aber nun, als sie entkommen war, erzeugte der vertraute Geruch lauter Bilder, die sie nicht sehen wollte. Die Desinfektionsflüssigkeit, mit der sie ihre Hände einreiben musste, bevor sie Simon besuchen durfte, die welkenden Blumen neben seinem Bett, die Putzmittel, die von den Reinigungskräften verwendet wurden.

Ohne dass sie darüber gesprochen hätten, liefen sie nebeneinander her in der Dunkelheit, in Richtung The Cut. Nathan schien die Luft genauso begierig einzuatmen wie Emma. Ihm war offensichtlich nicht nach Reden zumute, und Emma respektierte dies. Obwohl sie wahnsinnig gerne gewusst hätte, was ihn mit dem St.-Alban-Hospital verband. Offensichtlich hatte er etwas geschummelt, als er von seinem abgebrochenen Medizinstudium erzählt hatte. Ganz so abgebrochen konnte es nicht sein, wenn man ihn als Dr. Burberry ansprach. Aber Emma wäre die Letzte, die ihm wegen einer Schummelei Vorwürfe machen würde. Sie wusste selbst am besten, wie schwierig es war, über manche Dinge aus der Vergangenheit zu reden. Und wenn Nathan nun als Fahrradkurier statt als Arzt arbeitete, musste irgendetwas Gravierendes vorgefallen sein. Wenn er darüber reden wollte, würde sie ihm zuhören – aber sie würde ihn nicht bedrängen.

Sie gelangten ans Themseufer und spazierten am Fluss entlang, der die vielen Lichter der Stadt reflektierte. Weiter vorne überstrahlte das London Eye alles, und Emma überlegte kurz, wie der Ausblick von dort oben wohl sein mochte. Noch nie hatte sie das Riesenrad bestiegen.

Nathan hatte die Hände in den Hosentaschen vergraben, starrte beim Laufen auf seine Schuhspitzen, und Emma war nicht sicher, ob er ihre Anwesenheit überhaupt wahrnahm.

»Habe ich mich schon bedankt?«, fragte sie ihn schließlich.

Er blickte beinahe erschrocken auf.

»Schon gut.«

»Nein, wenn du nicht gewesen wärst … Poppy hätte sterben können, oder?«

Er nickte. Emma stieß langsam die Luft aus.

Emma stieß langsam die Luft aus. »Wahnsinn! Stell dir mal vor …« Sie brach ab. Erst jetzt wurde ihr richtig bewusst, was in den letzten paar Stunden geschehen war. Schon wieder war ein Mensch in ihrer Nähe beinahe gestorben. Sie spürte, dass ihre Knie zu zittern anfingen, und fühlte sich mit einem Mal so schwach, als habe sie einen Marathon hinter sich, und zwar bei fünfunddreißig Grad Lufttemperatur.

»Können wir uns einen Moment hinsetzen?«, fragte sie und deutete auf eine Bank, die unter den Platanen stand.

Nathan folgte ihr, und sie ließen sich nieder. Er legte die Fingerkuppen aneinander und betrachtete den Fluss. Es waren kaum noch Spaziergänger unterwegs, und die Stadt wirkte hier still und friedlich.

»Ein Bier wäre jetzt großartig«, sagte er.

Auch ihn schienen die Ereignisse des Abends mitgenommen zu haben – nur konnte Emma nicht beurteilen, ob ihm der Rettungseinsatz oder die Begegnungen im Krankenhaus mehr zu schaffen gemacht hatten.

»Ja«, stimmte sie zu. Doch nirgends war ein Kiosk oder Ähnliches zu sehen, wo sie etwas hätten besorgen können.

»Du fragst dich bestimmt, warum mich im Krankenhaus alle kannten«, sagte er.

Sie nickte.

Nathan verschränkte die Arme vor der Brust, und sie betrachtete ihn vorsichtig von der Seite. Er hatte die Unterlippe etwas vorgeschoben, und plötzlich konnte sie sich bildhaft den kleinen Jungen mit den Schneebällen vorstellen, von dem Brit gesprochen hatte.

»Ich habe da mal gearbeitet. Bis vor einem halben Jahr, um genau zu sein.«

»Habe ich mir schon gedacht. Und du warst offensichtlich kein Praktikant, Dr. Burberry.«

»Nein.« Er rieb an einem nicht vorhandenen Fleck auf seiner Hose herum. Würde er noch mehr erzählen?

»Ich habe in Cambridge und London Medizin studiert, Schwerpunkt Kinderchirurgie. Und meinen ersten Job hatte ich im St.-Alban-Hospital. Assistenzarzt auf der Kinderstation.«

»Und Lauren war deine Kollegin?«

»Nicht nur. Sie war meine Freundin. Wir sind – na ja, seit knapp einem halben Jahr getrennt.«

Emma zog die Augenbrauen hoch. *Wow!*

»Okay«, sagte sie vorsichtig. »Und, äh, warum ... ich meine, warum bist du da weg?«

Er schüttelte den Kopf und sah sie dann lange schweigend an. Sie spürte, wie ihr Herz eine schnellere Gangart einschlug. Am liebsten hätte sie die Hand nach ihm ausgestreckt, ihm tröstend über die Wange gestrichen, nein, ihn an sich gezogen, seine Körperwärme gespürt.

»Ich habe es einfach nicht gepackt. Weißt du, das Arbeitspensum ist immens. Gut, okay, das ist einem klar, wenn man Arzt werden will – aber auf der Kinderstation ... Du hast so viel Verantwortung. Und in der Hektik musst du einfach immer funktionieren, du darfst dir keinen Fehler erlauben, sonst ...« Er stockte, blickte hinauf zu den Bäumen, zu den Sternen, die darüber funkelten.

»Hattest du so etwas wie einen Burn-out?«

»Ja, genau. Und Lauren ... sie ist extrem ehrgeizig. Sie ist eine hervorragende Ärztin, viel besser, als ich es je war, und für sie ist Karriere das Wichtigste. Sie hat überhaupt nicht verstanden, warum ich es, na ja, nicht in den Griff bekommen habe.«

»Leider gibt es wirklich wenig Menschen, die sich richtig gut in andere hineinversetzen können.«

»Am Anfang hat sie es versucht, aber irgendwann hat sie die Geduld mit mir verloren. Genauso wie meine Eltern. Sie sind ebenfalls beide Ärzte. Mein Vater ist Onkologe, meine Mutter Neurologin. Für sie war es klar, dass ich Arzt werden würde. Sie haben schon die Nase gerümpft, als ich mich für die Kinderchirurgie entschied – aber als ich dann sagte, ich packe es nicht mehr … wow, da waren sie persönlich beleidigt.«

Ehe Emma darüber nachdenken konnte, hatte sie ihre Hand auf Nathans Schulter gelegt und drückte sie sanft. Spürte er das überhaupt?

»Ich habe den Kontakt eine Weile abgebrochen. Bis vor Kurzem – da habe ich versucht, wieder mit ihnen ins Gespräch zu kommen, wollte über meine Pläne sprechen – aber sie haben mir klargemacht, dass sie die für Quatsch halten.«

»Am Telefon neulich?«

»Genau. Und Lauren hast du ja eben gesehen. Kälter als seinerzeit Margaret Thatcher. Vielleicht war es gut, dass sie mich aus unserer gemeinsamen Wohnung geworfen hat.«

»Nur weil du nicht mehr Kinderarzt sein wolltest?« Emma war sprachlos. »Wo bist du dann hin?«

»Ich konnte bei einem Freund unterkommen, bei Greg, du kennst ihn, er hat in deinen Bambus gepinkelt. Er ist ein rauer Kerl, hat aber einen weichen Kern und würde seine Freunde nie im Stich lassen. Er hatte so ein Souterrain-Zimmerchen frei, da konnte ich unterkommen. Es war etwas versifft, kaum Tageslicht – aber es stand ein Bett darin. Ich glaube, die ersten zwei Monate bin ich kaum aus dem Zimmer rausgekommen. Dann hat er mich als Fahrradkurier vermittelt, weil er wusste, wie gerne ich Fahrrad fahre. Ehrlich, die Bewegung hat mich gerettet. Irgendwie.«

»Dann verzeihe ich ihm das Pinkeln«, sagte Emma und war froh zu sehen, dass Nathan endlich ein wenig lächelte.

»Ich musste da jetzt raus, weil er das Zimmer anderweitig gebraucht hat«, sagte er und rieb sich dann die Oberarme. »Mir wird kalt. Wollen wir?«

Er stand auf und streckte ihr die Hand hin. Einen Moment lang starrte sie darauf. Dann ergriff sie sie.

Als sei es das Normalste der Welt, hielt Nathan ihre Hand fest. Seine fühlte sich warm an, etwas schwielig, vielleicht vom Fahrradlenker, aber es störte sie nicht. Sie hatte das Gefühl, sie liefe mit ganz vorsichtigen Schritten über einen Schwebebalken. So als verlöre sie nicht nur seine Hand, sondern ihr Gleichgewicht gleich mit, wenn sie einen falschen Tritt machte. Doch seine Finger umschlossen ihre fest und sicher.

Bis sie zu dem braunen Haus mit der großen Dachterrasse gelangten, sprachen sie kaum. Die Gegenwart des anderen zu spüren, schien beide vollauf zu beschäftigen. Für Worte blieb da kein Platz.

Nicht mal, als er die Haustür aufschloss, ließ Nathan Emmas Hand los. Dicht ging sie hinter ihm die Treppe hinauf. Das Licht hatten sie nicht angeschaltet. Ihre Beine zitterten genauso schlimm wie vorhin, als sie wegen Poppy an seine Tür gehämmert hatte. Nein, schlimmer. Denn sie sehnte sich einerseits danach, dass gleich das passierte, wovon sie seit Wochen träumte, und was sie die ganze Zeit vergebens zu verdrängen versucht hatte. Andererseits jagte es ihr fürchterliche Angst ein, ihn so nah an sich heranzulassen wie damals Simon. Sie war sich sicher, wenn es mit Nathan schiefginge, würde sie sich davon nicht mehr erholen. Und dass es schiefgehen würde, war beinahe vorprogrammiert. Nathan würde herausfinden, wie feige sie war und was für ein armseliges Leben sie führte, und dann konnte er sie unmöglich lieben. Das würde sie nicht überleben.

Als sie am Fuß der letzten Treppe angekommen war, blieb Nathan plötzlich stehen und drehte sich zu ihr.

»Emma«, flüsterte er leise, und plötzlich war sein Gesicht ganz dicht vor ihrem. Es gab keine Chance, auszuweichen. Und sie hätte es auch nicht geschafft.

»Ja, das bin ich«, flüsterte sie zurück.

Schon spürte sie seine Nase, die über ihre Wange strich. Seine Hand hatte sich um ihre Taille gelegt, und sie fühlte seine Oberschenkel an ihren.

Seine Lippen streiften ihren Mund, als das Licht aufflammte.

»Emma, bist du's?«, hörte sie von oben die vertraute Stimme ihrer Schwester.

KAPITEL 15

#SCHWESTERNLIEBE

Em_dreams: Liebe englische Freunde, bitte erklärt mir mal, wie vertraut einem ein Englishman *sein muss, ehe man ihm indiskrete Fragen stellen darf?*
Luca @Em_dreams: So nah kommst du nie! Vergiss es!
BritMom @Em_dreams: Geht nur von Frau zu Frau!
Magicmag @Em_dreams: Würdest du etwa indiskrete Fragen beantworten wollen?

03:42. Der Wecker zeigte erbarmungslos an, wie lange sie schon wach lag. Und wie lange es noch dauerte, bis sie aufstehen konnte. Emma schwitzte, drehte sich von rechts nach links und wieder zurück. Die Erlebnisse des Abends gingen ihr nicht aus dem Kopf. Immer wieder meinte sie, Poppy röcheln zu hören, aber es war nur Jana, die sanft neben ihr schnarchte. Auch Nathans Gesicht tauchte vor ihr auf. Er hatte sie küssen wollen! Und dann … Sie hatte Jana innerlich für ihr unangekündigtes Auftauchen verflucht – aber was nützte das? Die Magie des Moments war zerstört. Doch vielleicht war es besser so. Vielleicht hatte Jana sie beide nur vor großem Unglück bewahrt.

Emma stöhnte laut auf und zog unsanft die breite Bettdecke herüber, unter der sie sich vor etwa viereinhalb Stunden zusammen hingelegt hatten.

Jana war vermutlich recht schnell klar gewesen, dass Emma von ihrem Anblick alles andere als begeistert war. Die Umarmung war entsprechend frostig ausgefallen. Nathan hatte sich sofort in sein Appartement verzogen, sie zuvor aber immerhin noch auf beide Wangen geküsst. Ein schwacher Trost … Emma hatte Jana gegenüber kein Wort verloren, wer er war. Ihre Schwester hatte auch nicht nachgefragt. Etwas anderes war ihr viel wichtiger gewesen:

»Ich hab's einfach nicht mehr ausgehalten, ich habe gedacht, dir geht es schlecht, und ich wollte nach dem Rechten schauen.«

»Das ist ja auch sehr lieb von dir. Aber …« Emma hatte den Satz in der Luft hängen lassen. Ein richtiger Grund für das *Aber* fiel ihr auf die Schnelle nicht ein. »Ähm, nur für meine Planung – wie lange bleibst du?«

Jana war Emmas nur mühsam aufgebrachte Höflichkeit natürlich nicht entgangen und sie hatte beleidigt reagiert. Die erste halbe Stunde hatten sie sich angeschwiegen, während Emma aus Toastbrot, Salami und geriebenem Cheddar zwei Sandwiches zusammengebastelt hatte. Nach den Schrecken des Abends hatte sie ein schrecklicher Hunger überfallen. Auch Jana schien noch nichts gegessen zu haben. Wortlos verzehrten sie die kleine Mahlzeit. Dann berichtete Emma in knappen Worten, was an diesem Abend mit Poppy passiert war, und Jana wirkte so, als sei ihr der unangekündigte Auftritt nun doch etwas peinlich. »Oh Gott, wie furchtbar«, sagte sie immer wieder. Mit einem »Schön hast du's hier!«, versuchte Jana anschließend, sie friedfertiger zu stimmen, aber Emma war nicht nach Small Talk zumute.

»Ich bin hundemüde, lass uns schlafen gehen und morgen reden«, bat Emma.

Jana stimmte kleinlaut zu.

Gegen Morgen fand Emma doch noch etwas Schlaf, und als sie irgendwann die Augen aufschlug, blendete sie die hell gleißende Frühlingssonne. Es duftete nach Kaffee und gebratenen Eiern mit Speck.

»Guten Morgen!«, rief Jana und lugte vorsichtig in Emmas Bettnische. »Gut geschlafen?«

»Geht so.« Emma wurde wieder schlagartig bewusst, dass ihre Schwester eine penetrante Frühaufsteherin war, die bereits am Morgen über unerträglich gute Laune verfügte und Emma damit jedes Mal ein schlechtes Gewissen bereitete. »Und selbst?«

»Wie ein Murmeltier.« Jana schwenkte einen Kochlöffel. »Hab mal ein bisschen Frühstück gemacht.«

Emma schob widerwillig die Bettdecke fort und stand auf.

»Komme gleich«, versprach sie und verschwand im Bad.

Als sie ein paar Minuten später herauskam, stand die Terrassentür sperrangelweit offen und Jana hatte die Frühstückssachen nach draußen geräumt.

»Wow, ist das herrlich hier! Die Aussicht ist der Hammer! Was machen wir heute? Können wir mit dem London Eye fahren?«

Emma ließ sich auf der Kante des Strandkorbs nieder, in den sich ihre Schwester schon hineingelümmelt hatte. Die kleinen Tischchen rechts und links bogen sich unter der Last des Frühstücks. Eine unbedachte Bewegung, und Bacon and Eggs würden auf dem Boden landen.

»Warte mal«, sagte Emma. Sie war immer noch verärgert, dass ihre Schwester unangekündigt aufgetaucht war, vor allem aber schämte sie sich, weil sie genau wusste, dass der Besuch längst überfällig gewesen war und sie ihn mit ihren Ausreden regelrecht provoziert hatte. »Ich würde wirklich gerne die Fremdenführerin für dich spielen – aber ich habe einfach keine Zeit. Du verstehst das anscheinend nicht.«

»Doch, natürlich, aber …«

»Weißt du, ich muss ganz schön schuften, um mir das Leben hier leisten zu können. Da kann ich nicht einfach mal eben sagen, ach, heute ist schönes Wetter, ich mach blau.«

Als sie sich das sagen hörte, glaubte sie selbst kein Wort davon.

»Dann komm zurück nach Regensburg – da ist das Leben garantiert billiger.«

»Ja, ganz bestimmt. Aber dann hocke ich da in irgendeiner Bude ohne Aussicht und traue mich nicht auf die Straße, weil mich alle möglichen Leute blöd von der Seite anmachen, was für eine schreckliche Person ich doch bin.«

Jana fuhr hoch und packte Emmas Hand.

»Das glaubst du? Dass dich nach so langer Zeit noch irgendwer verurteilt? Mann, Emma, es sind zwei Jahre vergangen.«

»Für dich vielleicht.«

Irritiert starrte Jana ihre Schwester an.

»Aber ihm geht es doch so viel besser.«

»Was?«

Jana schaufelte sich Speck und Eier auf den Teller und griff nach einem Toastbrot, dann lehnte sie sich in die Polster zurück.

»Ich wollte dir das längst erzählen, aber du hast ja immer abgeblockt, wenn ich auch nur Simons Namen erwähnt habe. Als sei er Lord Voldemort!«

»Ich bin Lord Voldemort!«

»Quatsch!« Jana biss genüsslich von ihrem Toast ab.

Emma beneidete sie um die Leichtigkeit, mit der sie das Leben betrachtete.

»Simon hat die letzten zwei Jahre mit Reha verbracht – er

hat ordentlich geackert und ist immer wieder bis an seine Grenzen gegangen und darüber hinaus.« Jana blickte mit einer Mischung aus Stolz und Freude auf die Skyline vor ihnen. »Natürlich kann er sein Sportstudium knicken, aber er kann wieder laufen. Er hinkt ein wenig, aber das fällt kaum noch auf.«

Emma starrte über den Rand der Brüstung in die Ferne. Sie nahm kaum wahr, was sie da sah, die Hochhäuser und ein paar der Wahrzeichen der Stadt, in der sie lebte. Wann immer sie an Simon gedacht hatte, hatte sie ihn bewegungsunfähig und komatös in einem Krankenhausbett liegen sehen, blass, dem Tod näher als dem Leben. Natürlich wusste sie, dass er aufgewacht war, aber ihr war nicht klar gewesen, dass er sich tatsächlich so gut erholt haben könnte.

»Hätte er mir das nicht mitteilen können?«

»Hättest du ihm eine Chance gegeben?«

»Natürlich! Ich habe ihm öfter eine Mail geschrieben, aber er hat nie geantwortet.«

»Das wusste ich nicht.«

»Woher auch?«

Jana nickte. Sie schob das Rührei auf ihrem Teller hin und her, und Emma hatte den Eindruck, mittlerweile sei auch ihr der Appetit vergangen. Wollte Jana noch etwas loswerden? Doch sie blieb stumm.

Wieso quälte Simon sie so? Warum gewährte er ihr keine Entlastung? Wie froh wäre sie gewesen, wenn sie erfahren hätte, dass es ihm so viel besser ging. Sie gönnte, sie wünschte ihm ein glückliches Leben – dass sie dieses nicht miteinander verbringen würden, war doch schon zur Zeit des Unfalls klar gewesen. Auch wenn sie es damals noch nicht hatte akzeptieren können.

»Siehst du ihn manchmal?«, fragte sie Jana.

»Gelegentlich.« Jana rutschte näher heran und schlang die

Arme um Emma. »Können wir uns nicht einfach einen schönen Tag machen? Alles von früher vergessen und uns nur mal ein bisschen vergnügen? Weißt du, ich habe gerade die Prüfungen hinter mir und bin so froh, mal was anderes als meinen Schreibtisch, meine Profs und die Kommilitonen zu sehen.«

Emma ließ ihren Kopf gegen Janas Schulter sinken. Augenblicklich bekam sie ein schlechtes Gewissen.

»Sorry, ich bin echt eine Rabenschwester. Schmore nur im eigenen Saft. Wie sind die Prüfungen gelaufen?«

Jana berichtete, dass sie in Sprachheilpädagogik zufrieden sei, sie sich aber mit Psychologie fürchterlich schwergetan habe.

»Da kommt's im Mündlichen vor allem darauf an, dass du gut labern kannst«, meinte sie.

»Kannst du doch!«

»Na ja, jedenfalls bin ich froh, dass ich nach den Semesterferien wieder ein Schulpraktikum machen kann. Endlich mal weg vom Schreibtisch.«

»Kann ich verstehen.« Emma betrachtete ihre kleine Schwester und spürte, wie froh sie tief in ihrem Inneren über Janas Anwesenheit war. »Zur Wiedergutmachung, weil ich dich so vernachlässigt habe, gehen wir in der Stadt bummeln, okay?«

Jana klatschte in die Hände, wie sie es als Achtjährige ständig gemacht hatte.

»Super! Und lerne ich auch Troy kennen? Ach, oder war das der Typ von gestern Abend? Da habe ich ein wenig gestört, oder?«

»Kaum.« Emma biss endlich auch in eine Scheibe Toast. Das ersparte ihr eine nähere Antwort. Herrje, was sollte sie Jana bloß erzählen? Ein fremdes Kind wie Poppy anzuschwindeln war eins, aber die eigene Schwester anzulügen etwas ganz anderes.

»Übrigens, zu deiner Beruhigung«, sagte nun Jana. »Mein Flieger geht morgen früh um sechs. War der günstigste Flug.«

»Puh«, stöhnte Emma auf. »Dann sollten wir den Tag jetzt nutzen.«

Eine Stunde später standen sie vor der Tate Modern und blickten auf die Millennium Bridge. Sie waren zu Fuß gegangen, und weil Jana die ganze Zeit alles, was sie rechts und links gesehen hatte, fröhlich kommentierte, war Emma gar nicht dazu gekommen, die übliche Beklemmung zu empfinden. Ihr fiel auf, dass sie sich viel sicherer fühlte, wenn sie nicht alleine unterwegs war. Mit Nathan hatte sie gestern Abend ebenso unverkrampft durch die Straßen gehen können. Na ja, sie hatte vom Drumherum nicht viel wahrgenommen, weil sie so auf diese warme Hand in ihrer konzentriert gewesen war.

Jana konnte sich gar nicht beruhigen, so begeistert war sie von der Stadt. Die vielen verrückten Läden, das Gewusel in den Straßen, die altmodischen schwarzen Taxis und die roten Doppeldeckerbusse ließen sie geradezu in Verzückung geraten.

»Komm, Emma, und jetzt zeigst du mir deinen Lieblingsplatz, ja?«

Emma ließ das Handy sinken, mit dem sie jede Menge Fotos gemacht hatte – Futter für ihren Instagram-Account, den sie in den letzten Tagen fürchterlich vernachlässigt hatte. Was ihr gerade erst auffiel. Ein kurzer Blick auf ihren Account zeigte ihr, dass sich offensichtlich niemand daran zu stören schien. Keine Kommentare oder Nachfragen. Entweder gönnten ihre Follower ihr eine Auszeit oder es war gar nicht aufgefallen. Höchste Zeit, sich zurückzumelden.

»Los, wir machen eine Insta-Story«, schlug sie Jana vor. Sie stellten sich auf die Millennium Bridge, Emma schwenkte zuerst das Panorama ab, wechselte dann in den Selfie-Modus und sprach in die Kamera. Sie war selbst erstaunt, wie fröhlich und unbekümmert sie klingen konnte.

»Hi, Leute«, flötete sie. »Ich hab überraschend total lieben Besuch bekommen – meine Schwester Jana ist da. Sag mal ›Hallo‹, Jana.«

Jana grinste schief, quetschte ein »Hi« hervor und winkte. »*My English is not the best*«, fügte sie dann noch hinzu.

»Ich will mit Jana jetzt ein paar Sehenswürdigkeiten anschauen, weil das arme Mädel noch nie in London war. Habt ihr Tipps, wo ich mit ihr hingehen soll? Irgendwas Cooles, wo nicht so viele Touris sind? Schreibt das doch einfach in die Kommentare! Vielen Dank schon mal!«

Es dauerte keine zehn Sekunden und die ersten Reaktionen ploppten auf.

»Wow, du bist wirklich gut vernetzt«, stellte Jana überrascht fest.

Emma studierte die Vorschläge und hoffte, es wäre irgendetwas in der Nähe dabei, das sie kannte, sodass Jana nicht auffiel, wie schlecht sich Emma in London noch immer zurechtfand.«

»Covent Garden, Madame Tussaud's, Tower … na ja, das sind ja nun wirklich keine Geheimtipps«, stellte sie etwas enttäuscht fest.

»Und was ist das hier?«, fragte Jana und tippte auf einen neu erschienenen Kommentar. »Leadenhall Market … oh, lies mal, da wurden Szenen für *Harry Potter* gedreht. Können wir da hin? Bitte! Für die Studio-Tour reicht unsere Zeit vermutlich nicht.«

»Und unser Geldbeutel auch nicht. Na gut, dann ab in die Winkelgasse.«

Netterweise hatte der Kommentator dazugeschrieben, dass

der Markt, von dem Emma noch nie gehört hatte, am besten von der U-Bahn-Station Monument aus zu erreichen war.

U-Bahn fahren. Emma schluckte und verzögerte automatisch ihren Schritt.

»Ist was?«, fragte Jana prompt.

»Nö, alles gut. Ich habe nur überlegt ... weißt du, ich fahre nicht so oft mit der U-Bahn.«

»Echt nicht? Ich dachte, das ist hier das Hauptverkehrsmittel.«

»Von meinem Schlafzimmer fährt keine an meinen Schreibtisch«, versuchte Emma zu witzeln.

Jana hatte derweil auf ihrem Handy einen U-Bahn-Plan der Stadt aufgerufen und dirigierte Emma.

»Wir gehen über die Millennium Bridge, dann rüber zur Station Blackfriars und dann sind es nur ... drei Stationen bis Monument.«

»Okay.« Das würde sie aushalten. Drei Stationen.

Jana aktivierte Google Maps und lief im Stechschritt los.

»Das Großstädter-Marschtempo hast du jedenfalls schon drauf«, rief ihr Emma hinterher und setzte sich ebenfalls in Bewegung.

Die *Tube* war zwar nicht brechend voll, aber sie bekamen nur einen Stehplatz.

»Einer der ältesten Märkte Londons, aus dem vierzehnten Jahrhundert. Viktorianischer Stil mit viel schmiedeeisernen Verstrebungen und bunten Glasfenstern«, zitierte Jana während der U-Bahn-Fahrt aus ihrem Handy-Reiseführer, und Emma war froh, sich auf ihre Worte konzentrieren zu können.

Als Jana aufhörte zu lesen, blickte Emma auf und stellte erschrocken fest, dass ihre Fingerknöchel weiß hervortraten, weil sie sich so an den Haltegriffen festhielt. *Entspann dich*, versuchte sie, sich selbst Mut zu machen.

Glücklicherweise lagen die drei Stationen schnell hinter ihnen, und dank Janas Führung kamen sie tatsächlich ohne allzu große Umwege am Leadenhall Market an.

»Wow«, quietschte Jana begeistert. »Das sieht hier ja echt aus wie in der Winkelgasse! Krass! Komm, mach noch ein Video.«

Emma hatte sich schon immer über die Begeisterungsfähigkeit ihrer Schwester amüsiert und war darauf manchmal ein wenig neidisch. Sie stellten sich in die Mitte des Marktes, und Emma filmte, während sie sich langsam um die eigene Achse drehten.

Dann erkundeten sie den Markt. Jana rannte in beinahe jedes der Geschäfte hinein, und Emma neckte sie damit, dass sie sich wie eine Provinzlerin verhalte, die das erste Mal in der Großstadt sei. Schließlich holten sie sich einen koreanischen Wrap mit Garnelen und eine Schale Bibimbap mit scharfem Hühnchen.

»London ist toll«, stellte Jana fest. »Ich glaube, ich könnte mich hier auch total wohlfühlen. Wenn ich allein an die Museen denke – welches findest du am schönsten?«

»Die Tate Modern«, antwortete Emma und spürte, wie wenig enthusiastisch sie klang.

»Vielleicht könnte ich mal ein Schulpraktikum hier machen«, überlegte Jana weiter.

Emma verschluckte sich beinahe an ihrem Wrap.

»Was ist?«, fragte ihre Schwester. »Wäre es so schrecklich, wenn ich in deiner Nähe wäre?«

»Nein, natürlich nicht.«

»Aber?«

»Nichts aber. Komm, lass mich ein Foto von deinem Bibimbap machen. Sieht sehr lecker aus.«

Es war schon fast dunkel, als sie endlich wieder zu Hause ankamen. Nathans Fahrrad war nirgends zu sehen.

Nachdem sie sich mit einem Glas Wein und ein paar Knabbereien von einem Streetfood-Market auf die Dachterrasse gesetzt hatten, las Emma Jana eine WhatsApp-Nachricht von Brittany vor: »Liebste Lebensretterin, wir durften heute beide das Krankenhaus verlassen. Ich auf Krücken und Poppy mit dem Igel-Kuscheltier, das die nette Schwester ihr eigentlich nur für die Nacht überlassen hatte. Sobald wir etwas mobiler sind, melden wir uns mit einem großen Dankeschön bei dir! Ich weiß wirklich zu schätzen, was du für uns getan hast. Viele Küsse von Poppy und Brit.«

»Süß«, sagte Jana. »Scheint eine liebe Freundin zu sein.«

Emma nickte.

»Ja, Brittany ist cool. Sie ist alleinerziehend und hat's echt nicht leicht.«

»Dann ist sie bestimmt froh, wenn du ihr gelegentlich ihre Tochter abnimmst.«

»Jep!« Die Lüge schmeckte bitter. Aber was sollte sie sonst sagen?

»Und?«, fragte Jana etwas später, »was machen wir heute noch?«

Emma blickte verstohlen auf die Uhr. Es war kurz nach zehn. Jetzt noch mal das Haus verlassen? In Regensburg waren sie immer erst ab elf auf die Piste gegangen. Für Jana war das ganz normal.

»Komm, ich möchte ein bisschen Nightlife. Gibt's nichts Cooles in der Nähe? Du wohnst doch mitten im Zentrum.«

Emma überlegte, Kopfschmerzen vorzugeben oder zu behaupten, der koreanische Wrap sei ihr nicht bekommen. Aber sie wollte ihrer Schwester ein normales Leben vorspielen. Konnte sie es wagen, mit Jana in den Nightingale Club zu gehen? Bestimmt würde Nathan heute nicht schon wieder dort spielen, er war ja erst vorgestern dort gewesen. Mit Nilla. Und es war nun mal der einzige Club, den sie auf Anhieb fand.

»In der Nähe gibt es eine ganz coole Bar, da spielen sie ab und zu erst chillige Klaviermusik und später kann man tanzen.«

Jana sprang sofort auf.

»Bin dabei!«

Im Nightingale Club war nicht allzu viel los. Schon als sie am Türgriff zog, hörte sie die Klaviermusik. An der Bar waren zwei Hocker belegt, und im Halbdunkel des Raums verloren sich fünf, sechs Besucher an kleinen Tischchen. Am liebsten wäre sie sofort umgekehrt – wie nur sollte sie Nathan begegnen? Doch Jana hatte sich an ihr vorbeigedrängelt und sie mit sich gezogen.

»Wow, megaschön hier!«, hatte sie ausgerufen. Schnell hatte Emma ihre Schwester in eine Nische gezogen. Hoffentlich hatte Nathan sie nicht gesehen.

Jana bestellte den Cocktail mit dem unaussprechlichsten Namen: »Mon…on…ga…hela Mule«, irgendwas mit Whiskey und Ingwer, während Emma wie immer Gin Tonic wählte. Wenigstens war Nilla nirgends zu sehen.

»Ach, schau mal, da ist doch dein Typ von gestern!« Jetzt deutete Jana auch noch mit ausgestrecktem Arm auf Nathan, der gerade eine musikalische Pause einlegte. »Ist das jetzt eigentlich Troy? Troy! Huhu!«

Emma hätte ihr am liebsten den Mund verboten. Stattdessen versteckte sie sich hinter der Getränkekarte. Aber es war zu spät.

»*Hi, Ladies*«, begrüßte Nathan sie und deutete eine kleine Verbeugung an.

Emma tauchte hinter der Karte wieder auf und machte so etwas wie eine einladende Handbewegung, die man gleichzeitig für ein Wegscheuchen halten konnte.

»Jetzt noch mal offiziell«, riss sie sich einen Moment später zusammen. »Das ist meine kleine Schwester Jana.«

»*Nice to meet you,* Jana«, sagte Nathan.

»Und das ist …«

»*Nice to meet you, too,* Troy!«

Am liebsten hätte Emma ihr den Ellenbogen in die Rippen gerammt. Sie spürte, wie ihr Gesicht feuerrot anlief.

»Oh, ich bin nicht Troy!«, klärte Nathan mit einem zuckersüßen Lächeln im Gesicht auf. »Aber ich frage mich auch: Wer ist dieser Troy?«

»Nicht du?«, fragte Jana überrascht.

»Das ist Nathan«, schob Emma schnell ein. »Mein Nachbar.«

»Ach, schade«, sagte Jana prompt. »Also, nein, ich meine, wie nett! Aber ich hatte verstanden, Troy sei dein Nachbar *und* dein Freund. Ich hätte ihn schon gerne mal kennengelernt.«

Verdammt!

Schon zogen sich Nathans Augenbrauen zusammen.

Glücklicherweise kam die Bedienung und stellte die Getränke auf den Tisch.

»Dürfen wir dir einen Drink ausgeben?«, fragte Emma und hoffte, so das unleidige Thema vom Tisch zu haben.

»Danke, ich hol mir ein Bier an der Bar. Ich muss gleich weiterspielen.« Seine Stimme klang kühl.

Und schon stand er auf, wünschte Jana noch viel Spaß in London und verschwand in der Dunkelheit des Raumes. Emma nahm einen großen Schluck von ihrem Gin Tonic. Sie ignorierte, dass ihr Jana den Mule zum Anstoßen hinhielt.

»Hab ich was Falsches gesagt?«, wollte ihre Schwester wissen.

Emma zuckte nur mit den Schultern.

»Herrje, Emma, du wirst immer komplizierter.« Jana drehte ihr den Rücken zu und sah in Nathans Richtung, der mit seinem Bier wieder am Piano Platz genommen hatte und nun zu spielen anfing.

Doch dann beugte sie sich wieder zu Emma und knallte ihr Glas auf den Tisch.

»Mann, bin ich blöd! Du hast was mit Nathan und er weiß nix von Troy und Troy nix von ihm. Puh, da bin ich ja voll ins Fettnäpfchen getreten … Tut mir leid!«

»Schon gut. Ich wusste nicht, dass er heute Abend hier spielt. Und ich habe nicht wirklich was mit ihm.«

»Sollen wir vielleicht gehen?«, schlug Jana vor, stürzte ihren Cocktail hinunter und wischte sich mit der Hand über den Mund. »Komm, ich muss ja morgen eh so früh aufstehen.« Ihre Art, Emma um Entschuldigung zu bitten.

Blöd nur, dass Emma an diesem Missverständnis ganz allein schuld war.

Schweigend waren sie nach Hause gegangen, und da Jana um halb vier schon wieder aufstehen musste, um ihren Flieger zu erwischen, hatte sie sich schnell hingelegt.

»Komme auch gleich«, hatte Emma versprochen.

Sie brauchte dringend noch frische Luft, und so saß sie in ihre Decke gehüllt im Strandkorb und betrachtete die wenigen Sterne, die gelegentlich zwischen schläfrigen Wolken hervorblitzten.

Bei Nathan war noch alles dunkel. Funkelten deshalb die Sterne auf seiner Seite der Dachterrasse so viel strahlender?

Mit einem sanften »Miau« sprang Troy auf ihre Füße und kugelte sich dort zusammen. Emma zog ihn auf ihren Schoß und kraulte ihn ausgiebig, was er mit wonnigem Schnurren quittierte. Er drehte sich auf den Rücken und streckte alle viere von sich.

Es wurde alles immer schwieriger. Was konnte sie nur tun, um endlich wieder in ruhigeres Fahrwasser zu gelangen? Den Kontakt zu Nathan abbrechen? Schon der Gedanke daran ließ ihr Herz stolpern. Und wie sollte sie das auch anstellen? Er war ihr Nachbar!

Sie sollte sich besser schleunigst auf ihre Instagram-Aktivitäten konzentrieren. Meine Follower sind meine wahren Freunde, redete sie sich gut zu. Sie hatte noch ein paar Ideen für weitere Dreamtableaus – mit denen konnte sie sich sicher gut ablenken. Und vielleicht sollte sie Tante Gwen an der Küste besuchen, um mal aus allem rauszukommen. Der Wind, das Meer, die Ruhe – das würde ihren Kopf sicherlich freipusten. Dann konnte sich Emma überlegen, wie alles weitergehen sollte. Zurück nach Deutschland? Sich Nathan aus dem Herzen reißen wie einen Pflock? Ob die Wunde jemals heilen würde? Noch eine Wunde …

»Ich kann nicht schlafen«, hörte sie plötzlich Janas Stimme.

Emma schlug die Decke beiseite und ließ ihre Schwester neben sich auf den Sitz des Strandkorbs schlüpfen. Troy maunzte empört, erhob sich und stapfte über Emmas Beine zu Jana hinüber, der er auffordernd den Kopf entgegenstreckte.

»Ups«, entfuhr es Jana, »wen haben wir denn hier? Kommt der öfter vorbei?«

»Der Kater ist mir letztes Jahr zugelaufen. Ich habe ihn … Troy genannt.« Emma musste fast lachen, als sie Janas irritierten Gesichtsausdruck bemerkte.

»So wie deinen Freund?«

Jetzt musste Emma tatsächlich grinsen. Wie lächerlich war so ein Menschenleben letztendlich! »*Er* ist mein Freund. Es gibt nur Troy, den Kater.«

Jana öffnete den Mund, schloss ihn wieder.

»Aber …«, versuchte sie es dann. »Aber …«

»Und wie gesagt, ich habe auch nichts mit Nathan. Er ist nur … mein Nachbar.«

»Aber gestern Abend im Treppenhaus …« Jana hatte ihre Sprache wiedergefunden. »Da wolltet ihr euch doch küssen, oder?«

»Na ja, vermutlich schon.« Emma seufzte. »Es ist wirklich kompliziert!«

»Und ich dachte, wenn du jemanden küsst, dann muss das ja Troy sein. Wer sonst?«, überlegte Jana laut. »Sorry, aber das Ei hast du dir selbst gelegt: Auf Instagram war ja immer nur sein Schatten zu sehen. Oder ein Fuß. Ein paarmal habe ich sogar gedacht, es wäre Simons Fuß.«

»Du hast ihn erkannt?« Wieso erkannte ihre Schwester Simons Fuß?

»Na ja, auch die Landschaft davor sah aus wie am Dreifaltigkeitsberg, nur die Skyline von London hat nicht reingepasst. Ich weiß ja, dass du super mit Photoshop bist, aber das …«

»Was?«

»Konnte ich mir nicht vorstellen. Dass du deine Bilder so stark bearbeitest. Warum nimmst du keine echten Fotos von London?«

Sie hatte es noch immer nicht verstanden. Aber wie sollte sie auch?

Emma atmete tief durch. Und dann begann sie, Jana alles zu erklären. Von ihrer Einsiedelei, von ihrem Instagram-Leben …

»Ich kann dir gar nicht sagen, wie es letztlich dazu kam«, sagte sie am Ende. »Ich wollte das nie – mir ein Leben erfinden, Glücksmomente, die es nie gab, Erfolgserlebnisse, die ich nie hatte, einen Freund, für den ich gar keinen Platz in meinem Herzen habe. Ich wollte nur irgendwo dazugehören, irgendwo, wo mich niemand kennt und verurteilt, und ich dachte, in der digitalen Welt tut es doch niemandem weh, wenn es nicht hundert Prozent die Wahrheit ist. Ich habe geglaubt, es wäre viel einfacher, wenn ich niemanden mehr so nah an mich heranlasse. Und mich niemandem zumute.«

Erst jetzt sah sie Jana an. Ihrer Schwester standen Tränen in den Augen. Sie boxte Emma gegen den Oberarm. Troy sprang maunzend fort.

»Du blöde Kuh!«, rief Jana aus.

»Pscht«, machte Emma. Hinter Nathans Vorhang war mittlerweile ein Lichtschein zu sehen.

»Dich niemandem zumuten! Ganz bestimmt! Mann, warum hast du nicht mit mir geredet?«

Emma hob die Schultern und verharrte einen Moment so.

»Ich habe automatisch angenommen, du seist auch auf Simons Seite. Ich dachte, du hättest mich genau wie alle anderen verurteilt, weil ich vor ihm davongelaufen bin. Sowohl vor dem Unfall als auch danach.«

Jana wischte eine Träne fort.

»Wie kannst du das denken? Warum hast du nie gefragt?«

»Warum hast du's mir nicht gezeigt?«

Einen Moment schwiegen sie beide.

»Abistress«, sagte Jana dann. »Eigener Ärger. Keine Ahnung, wahrscheinlich war es mir einfach nicht bewusst, dass du dich so ausgestoßen gefühlt hast. Ich hatte immer den Eindruck, du wärst mit dir im Reinen.«

»Im Reinen?«

»Mann, Emma … wenn du schweigst oder abwiegelst, so wie du es schon immer getan hast – wie soll man dann zu dir durchdringen? Sag mir das mal. Außerdem dachte ich, du nimmst mich sowieso nicht ernst und meine Meinung ist dir egal.«

»Bitte?« Emma schnappte nach Luft. Ja, sie hatte Jana früher oft damit aufgezogen, dass sie die Jüngere von ihnen beiden war – aber natürlich hatte sie immer Wert auf ihre Ansichten gelegt. Konnte es sein, dass sie ihr das nie klargemacht hatte? Sie zog ihre Schwester an sich.

»Mich hat deine Meinung immer interessiert. Irgendwann hast du zu mir gesagt, ich sei schön doof, wenn ich die Beziehung zu Simon einfach so aufgeben würde, nur weil es mal Probleme gibt. Deswegen habe ich an diesem Unglückstag versucht, unsere Beziehung zu retten.«

»Gibst du jetzt mir die Schuld, dass der Unfall passiert ist?«

»Nein, natürlich nicht! Ich bin schuld. Nur ich!«

Jana machte sich los und betrachtete Emma kopfschüttelnd.

»Mach dich mal frei! Keiner ist schuld! Das war eine Verkettung unglücklicher Umstände. Mensch, ihr hättet in diesem Moment auch friedlich dort spazieren gehen können, und es wäre vermutlich das Gleiche passiert. Vielleicht hätte es dich getroffen und nicht Simon.«

»Aber er hat dem Autofahrer die Vorfahrt genommen.«

»Und wenn – jeder ist mal abgelenkt.«

»Er war abgelenkt, weil er mich einholen wollte.«

»Aber das ist doch nicht deine Schuld!«

»Ich habe ihn wütend gemacht!«

»Nein, *er* ist wütend geworden. Übrigens ist er längst nicht mehr so aufbrausend seit dem Unfall.«

»Ach Jana, das verstehst du alles nicht.«

»Kann sein. Aber ich verstehe, dass meine Schwester sich aus sehr merkwürdigen Gründen in ein Klosterleben zurückgezogen hat, das ihr hinten und vorne nicht passt.« Jana ballte die Hände und blickte in den Himmel. »Schnapp dir diese Sahneschnitte von nebenan und genieß das Leben! Herrje, ist das so schwer?«

Emma zog Jana erneut an sich.

»Du bist süß!«

»Nein, ich bin sauer! Weil du *versauerst* ...«

»Versprich mir, dass du alles für dich behältst. Bitte! Sag vor allem Ma und Pap nichts, die machen sich nur Sorgen. Ich finde schon eine Lösung. Und so schlecht geht's mir doch gar nicht. Ich mach mir halt nicht so viel aus der Außenwelt. Ist das so schlimm? Was meinst du, wie viele Menschen genauso leben? Und – mir fehlt nichts.«

»Ja, und die Erde ist eine Scheibe!« Jana griff nach einem Kissen und schlang die Arme darum. »Aber okay, ich sage niemandem was.«

»Danke!« Emma beugte sich vor und küsste ihre Schwester auf die Wange.

»Aber nur, wenn du das mit Nathan klärst. Ich werde jetzt ständig nachfragen, mach dich drauf gefasst!«

»Ich weiß doch gar nicht, ob der mich will. Neulich hat er mit der Besitzerin des Papierladens unten geturtelt.«

»Ja, und? Das zeigt doch nur, dass er ein Mann ist. Es sagt aber noch lange nichts darüber aus, wen er wirklich mag. So, und jetzt versuche ich mal, wenigstens noch zwei Stündchen Schlaf abzubekommen. Anstrengend, dieses Großstadtleben!«

KAPITEL 16

#OTTOLENGHI

Luca @Em_dreams: Wow, deine Schwester hat ja ein cooles Outfit! Typisch deutsch?
Em_dreams @Luca: Danke schön! Sie ist auch sonst eine coole Schwester, die beste, die man haben kann. Nur ob sie typisch deutsch ist, weiß ich nicht. Troy sagt Nein!
@all: Kommentiert, wenn ihr auch so eine tolle Schwester habt!

Ottolenghi, Ottolenghi – wo sollte sie denn jetzt Sumak oder Za'atar oder Orangenblütenwasser herbekommen?

Emma scrollte durch den Instagram-Account des Kochs, wo sie das Rezept für einen Fenchelsalat gefunden und spontan beschlossen hatte, diesen zuzubereiten. Der Plan: Sie würde ganz zufällig bei Nathan reinschauen, behaupten, sie habe viel zu viel gemacht, und ihn fragen, ob er etwas abhaben wollte. Soweit die Theorie. Emma klang immer noch Janas Stimme im Ohr: Schnapp dir diese Sahneschnitte von nebenan und genieß das Leben! Sie konnte es ja wenigstens mal ausprobieren!

Allerdings standen ihre Chancen nicht allzu gut, wenn sie schon an Sumak scheiterte, einem arabischen Gewürz, von dem sie noch nie gehört hatte. Musste es halt ohne gehen. Und auch ohne Estragon. Wer benutzte schon Estragon? Sie hatte im Supermarkt um die Ecke, in den sie sich vorhin, verborgen unter der Hoody-Kapuze, getraut hatte, immerhin Fenchel, Schafskäse und einen Granatapfel besorgt. Alles war gut gegangen, niemand hatte sie angesprochen, angerempelt oder überhaupt nur beachtet. Sie war einfach eine Frau beim Einkaufen, nichts weiter!

»Bin gut gelandet, Sis«, las sie die Nachricht von Jana auf ihrem Handy. »Hab den Flieger gerade noch erwischt. Hat doch länger zum Flughafen gedauert, als ich dachte.« Sie hatte überhaupt nicht gehört, wie ihre Schwester noch im Dunkeln aufgestanden war und die Wohnung verlassen hatte. Als sie selbst gegen Mittag wach wurde – und sich endlich mal wieder ausgeschlafen fühlte –, war ihr die Wohnung merkwürdig leer vorgekommen.

Am frühen Nachmittag hatte ihr Nilla die Wochentafel zum Beschriften vorbeigebracht. Sie war freundlich gewesen wie immer, aber Emma hatte den Eindruck gehabt, sie schiele ständig zu Nathans Tür – obwohl nicht mal sein Fahrrad davorstand.

Und das tat es jetzt noch immer nicht. Hoffentlich traf er sich nicht direkt nach der Arbeit mit irgendwelchen Kumpels oder musste gleich wieder in die Bar – auch wenn sie das zwei Abende hintereinander für unwahrscheinlich hielt. Emma musste gestehen, dass sie nicht darüber nachgedacht hatte, ob er überhaupt daheim war.

Aber es war erst kurz vor sieben, und er konnte noch immer auftauchen. Und der Salat sah allemal köstlich aus – der gelbgrüne Fenchel, der weiße Schafskäse und die roten Granatapfelkerne boten eine sehr appetitliche Farbpalette dar. Sie schnitt das krosse Weißbrot in schmale Scheiben und tat es in ein Brotsäckchen. Auf dem Salat drapierte sie noch ein paar quietschorangefarbene Brunnenkresseblüten. Ihr Magen knurrte. So etwas Leckeres hatte sie noch nie zubereitet. Bisher hatte sie sich aus Essen wenig gemacht. Aber diesmal hatte sie gespürt, wie sie das Herrichten des Salates vollkommen im Hier und Jetzt gehalten hatte. Das Herauslösen der durchscheinenden Granatapfelperlen, das Schneiden des Fenchels in sehr feine Scheibchen, das Zerbröseln des aromatischen Schafskäses – plötzlich waren alle anderen Gedanken verschwunden, und sie hatte sich so sehr im Reinen mit sich gefühlt wie sonst nur beim Malen oder Zeichnen. Letztlich war Kochen auch nichts anderes als Komposition verbunden mit Hingabe.

Emma schreckte auf. War da ein Geräusch auf der Dachterrasse? Vermutlich nur Troy. Der Kater.

Ihr stand die Szene des vorigen Abends wieder vor Augen. Nathans finsterer Blick, als Jana ihn mit dem Namen Troy angesprochen hatte. Sie musste ihm endlich klarmachen, wer Troy tatsächlich war. Er hatte sich ihr anvertraut, hatte ihr von seinem Burn-out erzählt. Dr. Burberry. Wer hätte das gedacht! Ein Kinderarzt …

Sie spähte vorsichtig um den Bambus herum hinüber zu ihm – tatsächlich, die Terrassentür stand offen, der Vorhang war zurückgezogen. Ihr Herz begann in einem wilden Rhythmus zu schlagen. Sollte sie jetzt wirklich einfach dort hinübergehen, anklopfen und mit fester Stimme fragen, ob er Fenchelsalat mit ihr essen wolle? Mit einem Mal sah der Salat überhaupt nicht mehr lecker aus – begannen die Blüten nicht schon zu verwelken? War der Fenchel inzwischen braun verfärbt? Der Schafskäse ausgetrocknet? Vielleicht wäre es besser, gar nichts zu unternehmen. Wenn sie sich von ihm fernhielt, würde es wieder sein wie vorher. Sie hatte ihre Instagram-Freunde. Statt mit ihm zu essen, sollte sie lieber etwas posten. Ein Foto des Salates. Den sie gleich mit Troy essen würde.

Schnapp dir die Sahneschnitte …

Es würde nicht mehr so werden wie früher, bevor sie ihn kannte, *no way*. Warum, fragte sie sich manchmal, hatte eigentlich jeder so viel Angst vor dem Tod? Schließlich war man vor seiner Geburt auch nicht existent – und das bedauerte niemand. Der Unterschied war vermutlich, dass man am Ende seines Lebens wusste, dass die Sterne anders funkelten, wenn man die Liebe in sein Leben hineinließ. Sie hatte Nathan schon viel zu weit in ihr Leben hineingelassen, um sich jemals wieder an seine Nicht-Existenz zu gewöhnen.

Sie ging ganz schnell quer über die Terrasse, spürte dabei die Angst, dass der kurze Impuls zu schnell an Schwung verlor und dass sie auf halber Strecke zwischen ihrer und seiner Welt der Mut verlassen würde.

Schon stand sie an seiner offenen Tür und hob die Hand. Sie musste nur noch klopfen. Da hob er den Kopf, zog unwillkürlich die Augenbrauen hoch, als ob er sich freue, sie zu sehen. Doch seine Lippen kniff er zusammen, beinahe feindselig.

»Ähm, hi«, stotterte sie los. *Schnapp dir …* »Ich, ähm, hast du vielleicht Hunger?« Wenn er jetzt ›Nein‹ sagte, dann würde sie an den Rand der Dachterrasse hechten, sich über die Brüstung schwingen und den Tod erleichtert begrüßen.

»Äh«, sagte er, und sie wusste nicht, ob es ein gutes oder schlechtes Zeichen war. Immerhin stand er nun auf und kam auf sie zu. Sein Mund wirkte entspannter.

»Du hast gekocht? Ich dachte, du lebst nur von Toastbrot.«

Okay, das war schon mal ein Witz. Und nun klopfte auch ihr Herz langsamer, als sie bemerkte, wie sein Blick weicher wurde und er zu lächeln begann.

»Na ja, gekocht ist ein großes Wort. Ich hab Salat gemacht. Viel zu viel. Bis morgen hält er bestimmt nicht.«

»Dann geht es gar nicht anders – ich muss dir wohl helfen.«

Sie nickte, furchtbar froh, dem Tod entkommen zu sein.

Beinahe hätte sie zu kichern angefangen. Stattdessen deutete sie auf ihre Seite der Dachterrasse.

»Gleich? Im Strandkorb?«

»Okay.«

Sie starrte ihn an, konnte den Blick nicht abwenden. Sie war so froh, dass die Feindseligkeit aus seinem Gesicht gewichen war. Für eine Sekunde kehrte die Hoffnung zurück, dass doch noch alles gut werden könnte. Mit ihm. Mit dem Leben. Sie spürte den Vorhangstoff zwischen ihren Fingern, berührte eins der kleinen Spiegelchen darauf.

»Der ist hübsch«, sagte sie schnell und ließ ihn wieder los.

»Ich habe ihn damals für Lauren gekauft, als wir zusammengezogen sind. Ich dachte, Frauen mögen so etwas. Türkis, Spiegel … ein bisschen Bollywood-Romantik. Es war das Erste, was sie mir hinterherschmiss, als sie mich rauswarf. Sie hatte den Vorhang vom ersten Tag an gehasst, war aber zu höflich, mir das zu sagen. Ich hätte gleich wissen müssen, dass sie nicht so der Typ für indische Musikfilme ist. Eher für wissenschaftliche Dokumentationen über neuronale Netze oder so was.« Sein Lachen klang leicht bitter. »Ich komme gleich.«

»Wow, der ist wirklich köstlich«, lobte er sie zwanzig Minuten später. »Ein eigenes Rezept?«

Wie gerne hätte sie lässig »na klar« gesagt.

»Von deinem Ottolenghi. Hab ich auf seinem Instagram-Account gefunden. Ich habe allerdings nicht alle Zutaten bekommen. Sumak zum Beispiel.«

Nathan lachte. »Eins seiner Lieblingsgewürze, gibt's bei dem kleinen türkischen Supermarkt in der Waterloo Road. Warst du noch nie dort? Der hat auch einmal die Woche superleckeren und günstigen Fisch. Total frisch.«

»Muss ich mal hin«, sagte Emma und versuchte sich vorzustellen, wie sie unbekümmert die Gegend durchstreifte, Läden erkundete und schwer bepackt mit Sumak und anderen fremdartigen Kostbarkeiten zufrieden nach Hause kam. So schwer konnte das doch nicht sein!

»Auf die Köchin«, sagte Nathan, hob das Weinglas und stieß mit Emma an. Der Weißwein, den er mitgebracht hatte, war fruchtig und leicht perlend und passte so genau zum Essen, dass Emma mutmaßte, Nathan hätte hellseherische Fähigkeiten.

Sie aßen schweigend weiter, und Emma hielt verstohlen nach Troy Ausschau. Der Kater könnte ihr helfen, die Kurve zu kriegen. Für ihr Geständnis. Aber natürlich war er nirgends zu sehen, jagte vermutlich irgendwelchen Katzendamen hinterher. *Los, Emma, sag schon was!*

»Brittany …«, fing sie an.

»Deine Schwester …«, sagte er im gleichen Augenblick. Sie lachten.

»Brittany?«, wiederholte er.

»Ja, sie hat sich gemeldet. Sie und Poppy durften das Krankenhaus verlassen. Es geht ihnen ganz gut. Also, Poppy zumindest. Brit humpelt an Krücken.«

»Die Arme! Aber gut, dass alles glimpflich ausgegangen ist.«

»Wenn du nicht gewesen wärst … Also, …«

»Nicht der Rede wert. Der Notarzt wäre ja auch gleich gekommen. So lange hätte sie vermutlich noch durchgehalten.«

»Aber ich vielleicht nicht.« Sie atmete tief durch. *Red schon!* Doch sein Blick war so sanft, so nah, sie hatte das Gefühl, er würde gleich die Hand nach ihr ausstrecken, ihre Wange streicheln. *Troy. Sprich von Troy!*

»Das geht vielen Leuten so – in Stresssituationen können sie gar nicht mehr reagieren. Und bekommen so eine Schockstarre«, erklärte er und verteilte den restlichen Salat auf ihre beiden Teller.

»Ja, das kenne ich. Bei Poppy konnte ich immerhin noch den Notarzt holen …«

»Aber?«

Sie grub mit der Gabel Furchen in den Salat, schob die Granatapfelkerne hin und her. »Ich habe in Deutschland einen Unfall miterlebt. Hautnah. Diesen Fahrradunfall. Und da … das war, als wäre ich von einer Sekunde zur anderen schockgefroren worden. Ich konnte mich nicht mehr bewegen.«

»Was war passiert?« Er schob einen Arm hinter ihr auf die Lehne des Polsters. Seine Konzentration galt ihr allein. »Willst du es mir erzählen?«

Sie musste nicht lange überlegen. Seltsamerweise kam es ihr in diesem Augenblick einfacher vor, über den Unfall zu reden als über Troy.

»Ich war in München zu Besuch. Simon, mein damaliger Freund, hat dort studiert. Sport. Na ja, wir waren schon seit drei Jahren ein Paar, wir kannten uns aus der Schule. Er hat ein Jahr vor mir Abi gemacht und ist zum Studium nach München gezogen. Plötzlich führten wir eine Fernbeziehung.«

»Das kenne ich, das ist oft schwierig.« Er nickte bestätigend.

»Ich war im Abistress, er war total happy, dass er seine neue Freiheit auskosten konnte. Ich hab's ihm ja gegönnt, keine Frage. Er hat das Münchner Nachtleben erkundet, hatte neue Freunde, die alle viel spannender waren als unsere alte Clique, eine coole WG, das Übliche.« Sie spürte etwas Bitteres auf der Zunge. Wie hatte sich dieser Geschmack in den Salat geschlichen? Oder lag es nicht am Essen?

Nathan sah sie immer noch aufmerksam an, und sie fuhr fort.

»Am Wochenende hatte Simon überhaupt keinen Bock mehr, nach Regensburg zu kommen, also bin ich meistens zu ihm gefahren. Und kam mir immer öfter wie ein Störenfried vor. Ich hatte das Gefühl, ich behindere ihn, schränke seine Freiheit ein. Und er … na ja, er hat nicht gerade viel getan, um mir das Gefühl zu vermitteln, es sei anders. Kurzum: Wir haben angefangen, uns zu streiten. Oder eher: Wir haben uns beleidigt angeschwiegen. Es war echt grauenhaft. Dazu noch die Abiprüfungen. Und ich wusste immer noch nicht, wohin ich nach dem Abi gehen sollte. Ich hätte ja auch in München studieren können, aber ich dachte, ich wäre dort nicht willkommen. Dann, ich hatte gerade mit dem Studium in Regensburg angefangen, hat mir eine seiner Kommilitoninnen, mit der ich mich ganz gut verstanden habe, gesteckt, er habe was mit einer anderen.« Sie sah die WhatsApp-Nachricht von Carmen so genau vor sich, als hätte sie diese erst vor einer halben Stunde bekommen. Mit dem Wissen von heute wäre sie dem erstem Impuls von damals bestimmt gefolgt: löschen, ignorieren, vergessen. So aber verfolgten sie diese Nachricht und ihre Folgen bis heute.

»Na ja, meine Geduld war da zu Ende. Ich bin nach München in seine WG gefahren und habe ihn zur Rede gestellt. Er hat natürlich alles bestritten, aber ich habe ihm nicht geglaubt. Oh Gott, wir waren beide so wütend aufeinander! Der Frust der Monate davor ist aus uns herausgequollen wie flüssiges Pech. Er ist immer lauter geworden, hat mir hässliche Dinge an den Kopf geworfen – ich würde ihn nicht unterstützen, ich hätte kein Verständnis für ihn, ich würde immer nur mein Ding machen wollen und wäre gar nicht fähig eine Beziehung zu führen – was man halt alles so sagt. Ich habe ihn gefragt, ob wir uns trennen sollen. Ob es das ist, was er will? Seine Antwort: Er wüsste es nicht. Er würde mich lieben, aber ich würde ihm die Luft zum Atmen nehmen – dabei sahen wir uns zu dem Zeitpunkt höchstens am Wochenende. Ich würde ihm zu viel hinterhertelefonieren, wäre eingeschnappt, wenn er nicht sofort auf meine Messages reagieren würde, er hielte das einfach nicht aus. ›Na los, dann trennen wir uns‹, habe ich gesagt und er: ›Nein, so hab ich das nicht gemeint, aber vielleicht könnten wir Dinge ändern. Nicht mehr so aufeinander fixiert sein …‹ Ich habe nicht verstanden, was er wollte.«

Sie hatte gar nicht gemerkt, dass Nathan ihr Weinglas aufgefüllt hatte, war aber froh, als sie ihre Kehle benetzen konnte. Ihr Mund hatte sich fürchterlich trocken angefühlt.

»Wir stritten also so schlimm wie nie zuvor – in diesem Moment wurde seine Zimmertür aufgerissen«, nahm sie den Faden wieder auf, »und da stand diese Tussi, mit der er angeblich nichts hatte. Sie trug so superkurze Pants, ein megatief ausgeschnittenes Top und war aufgestylt bis zum Geht-nicht-mehr. Ich dachte, er würde sie sofort hochkant rauswerfen, aber nein, plötzlich wurde seine Stimme ganz sanft, und er guckte sie lieb an und bat sie, in der Küche zu warten. Er käme gleich. Sie bot an zu gehen, aber er schickte sie nicht fort. Er wollte, dass sie in der Küche wartet. Da hielt ich es nicht mehr aus. Ich drehte mich um und rannte weg. Keine Ahnung wohin, ich lief einfach los, die Straße runter, bog ab, irgendwo lang. Ich hoffte, dass ich eine U-Bahn-Station finden würde und ich zum Bahnhof fahren könnte, weg, fort …«

Sie registrierte, dass seine Hand nun auf ihrer Schulter lag und ihre Haut warm prickelte. Sie hielt kurz inne, atmete tief, wusste nicht, ob sie das, was nun kommen würde, aussprechen konnte. Vielleicht war es das Englisch, die ihr fremde Sprache, die zwischen sie und das Geschehene zusätzlich Abstand brachte – die Worte kamen erstaunlicherweise wie von allein, und sie war wieder mittendrin in diesem Albtraum.

»Plötzlich höre ich seine Stimme. Irgendwo hinter mir, ich bleibe nicht stehen, ich laufe weiter, ich sehe kaum etwas, Tränen brennen in meinen Augen. Seine Stimme kommt schnell näher, wird lauter. Natürlich läuft er viel schneller als ich, aber so schnell? Und dann höre ich nur noch ein Quietschen, ein Scheppern. Ich drehe mich endlich um – die nächsten Augenblicke sind wie in Zeitlupe gedehnt. Etwas Sperriges, Orangefarbenes, fliegt durch die Luft. Darunter ein dunkler Körper, der hilflos mit den Armen rudert. Gleich darauf ein weiteres Krachen und ein Schrei, beides hallt in meinen Ohren. Ich kann es noch immer hören. Und dann – für eine Sekunde ist es totenstill. Ich spüre den Bürgersteig unter meinen Füßen, und es ist, als würden meine Beine plötzlich darin versinken, er umgibt mich wie erstarrender Beton. Ich reiße die Arme nach vorne, gehe aber keinen Schritt. Auf der Straße steht quer ein Auto, ein großes, schwarzes. Am Steuer, ebenso benommen wie ich, der Fahrer. Simon liegt in grotesk verdrehter Haltung auf dem Asphalt, irgendwo neben ihm sein Fahrrad. In meinem Kopf ist sein Schrei gefangen, er hält mich fest, erstickt jede Bewegung im Keim. Simon rührt sich nicht.«

»Hat er überlebt?«

Emma nickte langsam und fuhr sich über die Arme, versuchte, die Gänsehaut wegzustreichen, die sie heimgesucht hatte. Spürte, dass Nathan dichter an sie herangerutscht war. Seine Hand strich sanft über ihren Nacken.

»Er wurde schwer verletzt ins Krankenhaus gebracht, Schädelfraktur, diverse Knochenbrüche, Wirbelsäulenverletzung. Man versetzte ihn ins künstliche Koma, und die Ärzte konnten nicht sagen, wann sie ihn wieder aufwecken würden. Und in welchem geistigen Zustand er dann sein und ob er jemals wieder laufen würde. All das war völlig unklar.«

»Und ist er?«

»Ja, aber … das meiste davon habe ich nicht mehr miterlebt.«

»Wieso?«

»Weißt du, das ist jetzt der schwierige Teil.«

»Okay«, sagte er und nahm seine Hand aus ihrem Nacken. »Ich hol uns noch Wein. Lauf nicht weg!«

Sie nickte, betrachtete die Skyline und wunderte sich, wieso ein Ereignis einem gleichzeitig so nah und so fern sein konnte. Ihr Bericht kam ihr vor wie eine Erinnerung an ein Ereignis, das vor hundert Jahren stattgefunden hatte. Doch ihr Herzklopfen und der Kloß im Hals waren genauso stark wie in dem Moment, als es geschehen war.

Er kam zurück, füllte ihre Gläser, sie stießen kurz an und tranken. Das tat gut!

»Kein Wunder, dass du es nicht so mit Fahrradfahren hast«, stellte er fest.

Sie nickte nur und nahm einen weiteren Schluck.

»Ich weiß nicht, ob du dir das vorstellen kannst«, fuhr sie dann fort. »Aber seit jenem Nachmittag in München fühle ich mich nur noch schuldig. Ich bin weggelaufen, ich habe den Unfall ausgelöst – weil ich so kopflos war, weil ich ihm nicht zuhören wollte. Weil … ich weiß nicht …«

»Weil er dich betrogen hatte?«

»Nein, das kam ja auch noch dazu – später stellte sich heraus, dass er wirklich nichts mit der Tussi hatte. Sie hat ihn wohl angebaggert, aber er hat sie abblitzen lassen. Genau wie das Mädel, das mich gewarnt hatte. Sie war es, die einen Keil zwischen uns treiben wollte. Na ja, das ist ihr gelungen. Aber glaub nicht, dass eine von den beiden jemals an seinem Krankenbett stand.«

»Wie gemein!«

»Aber das wusste ich direkt nach dem Unfall ja nicht. Ich bin natürlich in die Klinik gegangen, ich saß jeden Abend, wenn seine Familie gegangen war, bis tief in die Nacht an seinem Bett. Die Schwestern haben mich irgendwann heimgeschickt. Sie hatten Angst, ich würde das alles nicht durchstehen. Als Simon stabiler war, wurde er nach Regensburg verlegt. Da ging es dann richtig los: Seine Familie, die ich natürlich gut kannte, hat mir immer wieder zu verstehen gegeben, ohne mich wäre das alles nie passiert. Und ich habe ihnen geglaubt, sie hatten recht in meinen Augen.«

»Das kann ich gut nachvollziehen«, sagte Nathan.

»Nach vier Wochen ist er langsam aufgewacht. Die erste Erleichterung war, dass sein Gehirn keinen bleibenden Schaden erlitten hatte. Er konnte sich an alles erinnern – auch an unseren Streit. Nach ein paar Tagen, als das mit dem Sprechen wieder besser klappte, hat er mich fortgeschickt. Er sagte, er hatte sich tatsächlich von mir trennen wollen, weil er mich nicht mehr liebe. Und daran hätte sich nichts geändert – außerdem wolle er nicht, dass ich nur aus Mitleid bei ihm bliebe, jetzt, da er ein Krüppel sei.«

Sie sah in den noch hellen Himmel hinauf und hoffte, die Tränen, die sie aufsteigen spürte, würden sich verflüchtigen, dorthin, wo niemand sie sähe. Aber sie kullerten schon über ihre Wangen.

Nathan hob langsam die Hand und wischte die Tränen mit seinen warmen Fingern sanft weg. Am liebsten hätte sie ihre Wange in seine Handfläche geschmiegt, aber da war seine Hand schon wieder fort. Sie holte noch einmal tief Luft. Das nächste Geständnis fiel ihr besonders schwer.

»Weißt du, was ich als Erstes gefühlt habe, als er das sagte?«

Nathan schüttelte den Kopf.

»Ich habe das noch nie jemandem gestanden: Ich war erleichtert. Sehr, sehr erleichtert. Und erschrocken über meine Reaktion gleichermaßen. Wie konnte ich nur so herzlos sein? Ich war schuld an dem Unfall und dann auch noch erleichtert, dass er mich nicht mehr sehen wollte. Natürlich habe ich ihm widersprochen, aber ich glaube, er hat gemerkt, was in mir vorging. Ich hatte sogar den Verdacht, dass er mich nur fortschickte, weil er spürte, dass ich mir die Zukunft mit ihm einfach nicht mehr vorstellen konnte. Und dann stand ich da mit all den widerstreitenden Gefühlen. Ich fühlte mich doppelt schuldig, weil es nur seine Großzügigkeit war, die es mir erlaubte zu gehen. Aber das machte ihn zum wahren Helden und mich zur kleinen, miesen Verräterin, die ihn einfach im Stich ließ. Ich weiß nicht, was und wem er etwas über unsere Trennung erzählt hat, aber alle behandelten mich so, dass ich spürte, ich war die Böse! Sogar meine Eltern, meine Schwester – von seiner Familie ganz zu schweigen. Ein paar Monate später kam das Angebot meiner Tante Gwen, ihre Wohnung in London zu beziehen. Kannst du dir vorstellen, wie ich aufgeatmet habe?«

Er nickte und sah ihr in die Augen. Das Honigbraun der seinen leuchtete wie Karamell. Sein Blick tröstete sie, ließ den Kloß in ihrem Hals um ein paar Millimeter schmelzen. Vielleicht war sie doch kein so schlimmer Mensch, wie sie immer gedacht hatte. Vielleicht war ihre Reaktion nachvollziehbar? Und sollte sie jetzt gleich noch damit rausrücken, wer Troy tatsächlich war? Im Gegensatz zu dem, was sie eben preisgegeben hatte, schien ihr dies nun eine beinahe unbedeutende Lüge zu sein …

»Und wenn ich schon ein Geständnis ablege …«, wagte sie sich vor. »Was Troy angeht …«

Laute Schläge donnerten gegen die Tür, die vom Treppenhaus zur Dachterrasse führten.

»Emma!«, hörten sie die Stimme eines Kindes. »Bist du noch da? Wir sind's! Wir wollen dich vom Arbeiten abhalten.«

»Das jedenfalls scheint nicht Troy zu sein«, sagte Nathan und erhob sich. »Besser wir machen auf, ehe Poppy die Tür einschlägt.«

KAPITEL 17

#CUPCAKES

Em_dreams: Kinder sind was Wunderbares! So frisch und mitreißend!
BritMom@Em_dreams: Denkst du da an ein bestimmtes??? ;-)

»Und weißt du, ich muss jetzt alles für Mommy machen – mit ihren Krücken kann sie ja gar nichts mehr. Ich muss die Tür aufschließen, die Taschen tragen – und die sind total schwer. Und dann muss ich ihr die Sachen geben, die in den Kühlschrank sollen, und dann hole ich sie wieder raus, damit sie kochen kann. Ich glaube, ich will doch nicht erwachsen werden, da muss man ja ständig so viel machen – es ist unfassbar!« Poppys Worte kamen wie aus einem Schnellfeuergewehr, und sie riss ihre ohnehin schon großen Augen noch weiter auf. Gleichzeitig wirkte sie unheimlich stolz, dass sie ihrer Mutter so eine Stütze war. Entsprechend liebevoll betrachtete Brittany ihr Kind, und auch Emma und Nathan folgten Poppys Ausführungen amüsiert.

»Tja, Poppy beweist mir gerade, was für ein großes Mädchen sie schon ist«, erklärte Brit und sah ihre Tochter mit leuchtenden Augen an. »Sie hat auch noch genau den Weg zu deinem Büro hier gewusst – deine Adresse in Notting Hill kennen wir ja gar nicht.«

Emma versuchte, Nathans irritiertem Blick auszuweichen

und überlegte krampfhaft, was sie sagen konnte. Aber Poppy war sowieso nicht zu bremsen.

»Ich hab Mommy gesagt, dass du immer ganz lang arbeitest und bestimmt noch hier bist. Sie wollte mir erst nicht glauben …« Poppy hielt die Hand vor den Mund und kicherte, als wäre sie gerade beim Pupsen erwischt worden.

»Ähm ja«, versuchte Emma nun vom Thema abzulenken. »Noch etwas Wein, Brit, oder verträgt sich der nicht mit deinen Schmerztabletten?«

Poppy und Brittany hatten es sich natürlich im Strandkorb gemütlich machen dürfen und Brits Gipsbein ruhte auf dem Fußteil. Emma und Nathan hatten sich zwei Stühle von Nathans Seite der Dachterrasse geholt. Außenstehende hätten sicher den Eindruck gewonnen, dies wäre ein nettes Treffen alter Freunde.

»Ach, was soll's«, antwortete Brit und hielt Nathan ihr leeres Weinglas entgegen. »Alkohol ist auch gut gegen Schmerzen.«

»Und das ist für euch«, sagte Poppy nun und holte aus der Umhängetasche ihrer Mutter – die natürlich *sie* getragen hatte – eine große, braune Papiertüte. »Vorsichtig – gerade halten!«

Emma linste gespannt hinein.

»Hm, die sehen aber lecker aus!« Sie beförderte fünf Cupcakes in einem Plastikpack hervor. Bei dreien war das Topping quietschrosa und mit goldenen Perlen überzogen, zwei waren hellblau und mit gelben und pinkfarbenen Ministreuseln bedeckt.

»Der ist für Nathan!«, sagte Poppy, nahm einen der blauen Cupcakes und hielt ihn Nathan hin. »Du hast mein Leben gerettet, sagt Mommy. Das war sehr nett von dir!«

Nathan sah regelrecht gerührt aus, als er dem Kind das Kuchenstückchen abnahm. »Danke schön, das ist aber nicht nötig.«

»Das habe ich auch gesagt, weil es ist ja deine Aufgabe, Kinder zu retten, aber Mommy meinte, du würdest dich trotzdem freuen.«

Brittany stupste Poppy tadelnd mit dem Ellenbogen an.

»Das tue ich«, bestätigte Nathan und räusperte sich mehrmals.

Täuschte sich Emma oder glitzerten Tränen in seinen Augenwinkeln?

»Und die hier sind für uns Frauen! Emma, hast du Gabeln?«

Emma nickte und verschwand in ihrem Appartement. Poppy und Brittany waren wirklich süß – nur ihr Timing ließ sehr zu wünschen übrig.

»Ach, und für wen ist der fünfte?«, fragte Nathan gerade, als Emma zurückkam.

»Na, für Troy«, sagte Poppy prompt und sah sich suchend um. »Oder ist der immer noch auf seiner Reise? Mommy hat gesagt, wenn er nicht da ist, darf ich seinen haben.«

Emma spürte, wie ihr Gesicht rot anlief. Sollte sie jetzt vor versammelter Mannschaft gestehen, dass Troy in Wahrheit ein einfacher Kater war? Und gleich noch zugeben, dass sie auch nicht in einem schicken Notting-Hill-Townhouse lebte, sondern in dieser kleinen Bude? So viele Enthüllungen an einem Abend …

»Urlaubs- oder Geschäftsreise?«, fragte nun Nathan.

Emma war unfähig seinen Gesichtsausdruck zu deuten. Er wirkte gelassen, fast desinteressiert. Nur seine Finger spielten unablässig mit der Gabel.

»Geschäftsreise«, sagte sie. »In Japan. Computerkram.«

»Ach, schade«, fiel nun auch noch Brittany ein. »Dann müssen wir mal was ausmachen, wenn er wieder da ist. Wir alle vier.«

»Fünf«, sagte Poppy und nahm sich Troys Cupcake.

Gegen halb zehn schlief die Kleine in eine Decke gekuschelt im Strandkorb ein, das vor sich hinplätschernde Gespräch der Erwachsenen war wohl eine passende Einschlafmusik. Emma hatte gar nicht gemerkt, wie schnell die Zeit vergangen war. Die Cupcakes hatten nur nach Zucker geschmeckt, aber Poppy war überaus begeistert gewesen. Von Troy hatte niemand mehr gesprochen. Es hatte sich alles so vertraut angefühlt – als kenne sie Brittany tatsächlich schon viel länger. Zusammen mit Poppy hatte sie versucht, Emma die schwierigsten englischen Zungenbrecher beizubringen.

Bei *Sam's shop stocks short spotted socks* war Emma ausgestiegen. Poppy hatte sich vor Lachen gekringelt. Allerdings war sie mit Nathans Zungenbrecher auch nicht klargekommen.

»*If one doctor doctors another doctor, does the doctor*
who doctors the doctor doctor the doctor the way the
doctor he is doctoring doctors? Or does he doctor
the doctor the way the doctor who doctors doctors?«

Dann hatten Brittany und Nathan Anekdoten aus ihrer gemeinsamen Schulzeit ausgetauscht und alle hatten sich köstlich amüsiert. Emma hatte sich trotz der Geschichten, die sie nicht teilen konnte, zugehörig gefühlt. Die beiden hatten erzählt, um sie und Poppy zu unterhalten, sie teilhaben zu lassen an ihrer gemeinsamen Vergangenheit.

Nun aber widmeten sie sich ernsteren Themen. Brittany erzählte, dass sie Modedesign studiert hatte, bis sie mit Poppy schwanger geworden war. Das Geld hatte hinten und vorne nicht gereicht. Sie hatte im Friseurladen ihrer Cousine eine Ausbildung gemacht, immer in der Hoffnung, später weiterstudieren zu können. Bisher hatte es sich nicht ergeben.

»Und langsam bin ich eh zu alt für so was.« Sie klang leicht desillusioniert, aber so wie sie Poppys Rücken während dieser Worte liebevoll streichelte, ahnte Emma, dass ihr das Wohl ihrer Tochter über ihre Karrierepläne ging.

»Na ja, vielleicht klappt es ja zumindest mal irgendwann mit einem eigenen Laden. Wenn es schon wieder nichts mit der großen Liebe wird ...«

»Dieser Ed war eine Niete?«

»Frag lieber nicht! Das erzähl ich dir ein anderes Mal. Jetzt müssen wir dringend heim.«

Emma rief für die beiden ein Taxi und als es kam, trug Nathan das schlaftrunkene Kind die Treppe hinunter, und Brittany humpelte mühevoll hinterher.

Emma wartete unschlüssig auf der Dachterrasse. Würde er noch kommen, um sich zu verabschieden? Sollte sie das Gespräch dann noch mal auf Troy lenken? Der Wind, der über ihre nackten Arme strich, fühlte sich kühl an. Und müde war sie auch. Auf eine überraschend wohltuende Art. Sollte sie – statt jetzt noch etwas zu arbeiten – einfach mal ausprobieren, ob sie um diese Uhrzeit einschlafen könnte – so wie normale Menschen auch?

»Hab noch jemanden mitgebracht«, hörte sie Nathan hinter sich sagen. An seinen Beinen schlüpfte der Kater vorbei.

»Troy!«, rief Emma aus, ohne nachzudenken.

Nathan kam erstaunt auf sie zu.

»Das ist Troy? *Der* Troy, der eigentlich gerade in Japan weilt?«

Emma nickte. Sie traute sich kaum, Nathan in die Augen zu blicken. »Das wollte ich dir schon die ganze Zeit sagen.«

»Hi, Troy!« Nathan bückte sich zu dem Kater hinunter und kraulte ihn zwischen den Ohren. »Dich habe ich mir ja ganz anders vorgestellt.«

»Weniger männlich, oder?«

Er richtete sich wieder auf und musterte Emma unsicher.

»Ähm«, sagte er.

Er wirkte nicht, als sei ihm nach Scherzen zumute.

»Ja?«

Nun starrte er hinauf in den Nachthimmel, als suche er in den Sternenbildern nach Botschaften.

»Okay«, sagte er schließlich und blickte sie wieder an. »Okay, warte … habe ich das richtig verstanden? Du hast so getan, als sei der Kater dein Freund – also ich meine, dein Partner. Lebensgefährte. Geliebter.«

Sie nickte, wich seinem Blick aber immer noch aus. *Oh Gott, das klang ja völlig verrückt.* Er würde sich jetzt umdrehen, fortgehen und nie wieder mit ihr reden.

»Ich weiß«, versuchte sie es leise. »Das klingt irgendwie komisch …«

»Ja, schon. Ich meine, es geht mich nichts an, aber …«

»Ich weiß auch nicht, das hat sich so ergeben.«

»Ergeben?«

»Ja.« Herrje, wie sollte sie das nur erklären, ohne ihm von ihrem vollkommen gefakten Instagram-Leben zu erzählen? Dann würde er doch erst recht nichts mehr mit ihr zu tun haben wollen.

»Ich dachte … ich weiß auch nicht, was ich dachte. Ich dachte, du hast eine Freundin. Lauren. Und da wollte ich nicht wie so ein einsamer Single-Loser rüberkommen.«

»Ein einsamer Single-Loser?«

Ihre Worte mussten ihm so merkwürdig vorkommen, dass er nicht anders konnte, als sie zu wiederholen. Oder wollte er nur, dass sie merkte, wie seltsam das alles klang?

»Es tut mir leid, war eine blöde Taktik.«

»Und das Büro? Und Notting Hill? Was ist das für eine Taktik?«

Sie verschränkte die Arme hinter dem Rücken, damit er nicht sehen konnte, wie heftig sie ihre Finger knetete.

»Nur eine kleine Geschichte für Poppy. Da hat sie irgendwas falsch verstanden und es ihrer Mutter so erzählt. Bitte, es tut mir leid.«

Nichts wäre ihr lieber gewesen, als wenn er sie jetzt in seine Arme zöge, ihr übers Haar striche und sagte: »Ich verstehe dich, alles wird gut.« Und: »Du bist ein wundervoller Mensch trotz all deiner Märchen und deiner Ausreden und Unsicherheiten und Macken und Manien und überhaupt.« Aber er blieb stumm und seufzte stattdessen.

»Na gut, okay.«

Sie spürte, dass er ihr kein Wort glaubte. »Wenn das jetzt geklärt ist, kann ich dich ja doch noch fragen, was ich schon die ganze Zeit wissen wollte.«

Emma hielt den Atem an. Was kam denn jetzt noch? Hatte er doch ihren Instagram-Account entdeckt und würde sie nun mit der bitteren Wahrheit konfrontieren? Nachdem sie sich sowieso schon so klein vorkam wie eine Nacktschnecke im Salatbeet.

»Da du ja offensichtlich keinen Freund hast, spricht vermutlich nichts mehr dagegen. Falls du am Samstag Zeit hast … meine Mutter feiert ihren sechzigsten Geburtstag und … ich würde mich sehr freuen, wenn du mich begleitest. Alleine überstehe ich den Abend vermutlich nicht.«

Emma versuchte, seinem Blick nicht auszuweichen. Ihr Herzschlag dröhnte in ihren Ohren. Er lud sie ins Haus seiner Eltern ein. Sie! Emma Martins, die kleine Verrückte aus dem Nachbarappartement. Die ohne Freunde, ohne Sozialleben, die Frau, die nichts als einen Instagram-Account besaß. Und keinen Deut Mut.

Sie legte ihre zitternde Hand auf seinen Unterarm. Sie

musste sich davon überzeugen, dass er ein echter Mensch war, dessen Blut warm unter der Haut pulsierte. Was sollte sie bloß antworten?

»Darf ich es mir überlegen?«

»Natürlich. Klar. Sag einfach Bescheid. Also, wenn's geht bis morgen Abend? Übermorgen ist ja schon Samstag.«

»Klar, natürlich, mache ich. Gute Nacht!«

»Bye!« Er beugte sich vor und küsste sie auf die Wange. Dann drehte er sich um und verschwand in der Dunkelheit.

Der Laden war brechend voll. Emma war sich nicht sicher, wie sie den Aufsteller zwischen den vielen Menschen hindurch bugsieren sollte, ohne dass die Kreideschrift verwischte. Im ersten Moment hatte sie umkehren wollen, aber sie wusste, dass Nilla auf die Tafel wartete. Ausnahmsweise hatte die Ladenbesitzerin ihr die aktuelle Speisekarte erst am Vormittag zugemailt und Emma hatte die Tafel dann in Rekordzeit beschriftet. Anschließend war sie losgegangen, ohne auf die Uhr zu schauen. Erst jetzt wurde ihr klar, dass gerade Lunchtime war und sich viele Angestellte aus der Gegend mit einem Gebäckstück und Nillas köstlichem Kaffee die Mittagspause versüßten. Doch die höflichen Engländer machten ihr freundlich Platz, damit sie mit dem sperrigen Teil an ihnen vorbeigehen konnte. Sie lasen interessiert, was auf der Tafel stand, und ein junger Kerl mit Hipsterbart murmelte, wie schön die Schrift sei und fragte, ob sie das gemalt habe. Als Reaktion auf ihr Nicken erhielt sie einen ganz realen, völlig analogen Daumen, der nach oben wies. Emma musste grinsen. So schrecklich war es hier trotz der vielen Menschen gar nicht.

»Danke, Emma, super, dass du das so schnell hinbekommen hast! Stell die Tafel gleich da neben den Tresen. Magst du eine Latte?«, rief ihr Nilla zu, als Emma es bis zu ihr geschafft hatte.

Normalerweise hätte Emma entsetzt den Kopf geschüttelt und auf dem Absatz kehrtgemacht. Aber irgendetwas war heute anders. Sie war hier freundlich begrüßt worden, als ob sie dazugehöre. Sie könnte jedem völlig ehrlich berichten, dass sie gestern lecker gekocht und einen schönen Abend mit Freunden verbracht hatte. Dass dieser am Ende ziemlich verwirrend gewesen war, ging ja niemanden etwas an. Sie war stolz, dass sie um halb zwölf im Bett gelegen und es geschafft hatte, einzuschlafen, statt noch stundenlang grübelnd wach zu liegen.

Am Morgen war sie um kurz nach neun aufgestanden und hatte nun schon zwei Stunden Arbeit hinter sich. Wie andere Menschen auch. Sie nickte Nilla zu, wartete, bis der Kaffee und die geschäumte Milch ihren Platz im Glas gefunden hatten und entdeckte einen letzten leeren Hocker in der Ecke gleich neben dem Fenster zum Hof. Ein schöner Platz, um das Treiben zu beobachten. Keiner beachtete sie groß. Sie machte einige sehr atmosphärische Fotos vom Laden, von den Menschen und von ihrem Kaffee, dann postete sie eins davon auf Instagram. Es war ein wunderbares Gefühl, etwas zu zeigen, das sich tatsächlich gerade eben ereignet hatte. Ohne es fälschen zu müssen, ohne doppelten Boden.

Beruhigt bemerkte sie, dass nicht nur Grüppchen und Paare unterwegs waren, sondern dass viele der Gäste alleine dasaßen. Sie waren in ihre Smartphones oder in eine Zeitung vertieft oder mit Starren in die Luft beschäftigt. Man musste nicht ständig und überall Zugehörigkeit demonstrieren und war nicht wertlos, nur weil man alleine unterwegs war. Ein beruhigendes Gefühl.

Außerdem schenkte ihr Nilla zwischendurch ein freundliches Lächeln. Ob sie tatsächlich Konkurrentinnen waren? Aber Nathan hatte ja sie, Emma, gefragt, ob sie ihn zum Geburtstag seiner Mutter begleitete. Nur was, wenn er Nilla zuerst gefragt hatte und sie nur verhindert war? Ging es ihm vielleicht schlichtweg um eine Begleiterin, weil seine Mutter eine erwartete? Aber dann wäre es irrelevant gewesen, ob sie einen Freund hatte oder nicht – und er schien ja eher erleichtert gewesen zu sein, dass Troy ein Kater war. Jetzt fuhren die Gedanken doch wieder Karussell, und Emma wusste nicht, wie sie abspringen sollte. Was, wenn er sie mitnahm, weil er sie mochte … oder sogar mehr als das? Ein Schauer überlief sie, wohlig und unangenehm zugleich. Sie steckte sich einen Löffel voll Milchschaum in den Mund, und der süße Geschmack ließ sie an den Kuss denken, den sie getauscht hätten, wenn ihre Schwester nicht dazwischengekommen wäre.

Schnell trank Emma einen Schluck Kaffee. Ihr Herz zog sich zusammen bei der Vorstellung, sie würde sich tatsächlich auf ihn einlassen und irgendetwas Unvorhersehbares würde dann ihre Liebe zerstören. Hör auf, Emma, du sollst ihn auf eine Party begleiten, nicht zum Standesamt gehen! Bis zum Abend sollte sie ihm Bescheid geben, das war nur fair.

Würden so viele fremde Menschen auf einem Fest genauso okay sein wie hier oder würden sie ihr doch wieder Angst einjagen? Was erwartete Nathan von ihr? Welche Rolle sollte sie spielen? Seine Freundin? Oder einfach nur *eine* Freundin? Und sicher würden im Haus seiner Eltern, das vermutlich nicht mehr viel mit einer Hippie-Bleibe gemein hatte, lauter Ärzte unterwegs sein, denen sie sich völlig unterlegen fühlen würde. Und was machen Sie so? Ach, Websites für Handwerker bauen. Sehr interessant, schönen Abend noch. Wenn überhaupt jemand mit ihr redete …

»Hi, Emma!«

Sie hatte gar nicht gemerkt, dass Nilla plötzlich direkt vor ihr stand. Der Laden hatte sich sichtlich geleert, die Angestelltenmeute kehrte zurück in ihre Büros.

»Schau mal, ich konnte dieses Baklava für dich retten. Probier mal, ist meine neueste Kreation. Mal was anderes als immer nur Brownies und Cookies.«

Emma biss von dem mit Pistazienstückchen bestreuten Teilchen ab und schloss für einen Moment unwillkürlich die Augen. Es schmeckte zwar sehr süß, war dabei aber saftig und ungewöhnlich gewürzt. Der Teig war knusprig und sehr dünn und man wurde sofort süchtig danach.

»Köstlich!« Wenn sie ihm das zu essen gibt, kann ich einpacken, fuhr es ihr durch den Kopf.

»Danke, meine Liebe! Ist wieder toll geworden, deine Tafel. Bei *Pie* hast du ein *E* vergessen, aber das kann ich selbst ausbessern. Willst du mir nicht mal die erste Rechnung bringen?«

»Oh, sorry, du bekommst nächstes Mal ein E mehr. Ja, ich schreib die Rechnung, sehr gerne.«

»Und wie geht es dir sonst?«

Emma spürte sofort, dass Nilla irgendwas auf dem Herzen hatte. Sie wirkte im Gegensatz zu sonst verhalten.

»Gut. Und selbst?«

»Du bist viel mit Nathan unterwegs, oder?«

Ach herrje …

»Gelegentlich«, antwortete Emma vorsichtig. »Du auch, wenn ich mich nicht täusche.«

Nilla zuckte knapp mit den Schultern und schob unwillkürlich die Unterlippe vor. Dann straffte sie sich und lächelte so freundlich wie sonst.

»Okay, ich will nicht lange um den heißen Brei herumreden. Ich glaube, wir sind uns einig, dass Nathan ein ziemlich … na ja, toller Typ ist.«

»Ich mag ihn, ja.«

»Und er mag dich. Mehr als mich.«

Emma schob ihr leeres Kaffeeglas von sich.

»Wie kommst du darauf?«

»Ich bin doch nicht blind! Er sieht dich ganz anders an als mich. Viel … intensiver.«

»Na ja, aber das muss doch nichts heißen …«

»Außerdem nimmt er dich zum Geburtstag seiner Mutter mit.« Sie wusste davon?

»Ich hab noch gar nicht zugesagt.«

Nillas Lächeln trug eine Spur Bitterkeit in sich.

»Ich gönne es dir. Weißt du, er hat mir neulich im Club von dem Geburtstag erzählt. Und wie angespannt das Verhältnis zu seinen Eltern derzeit ist. Keine Ahnung, warum. Ich habe – hinterher kam ich mir total blöd vor, aber es kam so ganz spontan – gefragt, ob ich ihm Begleitschutz geben soll.« Sie hielt sich kurz eine Hand vor den Mund. »Er ist total zusammengezuckt und hat gestammelt, er wolle eigentlich dich fragen. Aber im Notfall würde er sehr gerne auf mich zurückkommen. Also, falls du Nein sagen würdest. Er ist ganz rot angelaufen und hat rumgestottert, ich sei natürlich keine zweite Wahl, aber letztlich – er sieht es so.«

»Was?« Emma konnte nicht glauben, was sie da hörte. Diese wunderschöne Frau konnte niemals zweite Wahl sein! Was musste Nathan für ein Idiot sein, wenn er sie, Emma, Nilla vorzog?

»Ja, er hat dann noch gesagt, er würde mich sehr schätzen – auf einer rein freundschaftlichen Ebene«, fuhr sie fort. »Ich nehme mal an, er würde mich nur auf die Party mitnehmen, um sich hinter irgendwem verstecken zu können.«

»Das soll er bei mir mal versuchen – das funktioniert nicht! Ich reiche ihm ja kaum bis zur Schulter«, versuchte Emma die Situation mit einem Scherz zu entkrampfen.

Nilla legte den Kopf leicht schief.

»Ich glaube, es ist klar, wen von uns beiden er lieber mag.«

»Aber …«, stotterte Emma. »Ich meine … zwischen ihm und mir ist gar nichts. Wir mögen uns, aber …«

»Na ja, mir scheint, das ist nur noch eine Frage der Zeit, bis es bei euch so richtig funkt«, sagte Nilla.

»Ich weiß nicht …« Emma bemerkte, dass sie sinnlos mit den Händen herumfuchtelte.

»Oder bist du gar nicht ernsthaft an ihm interessiert?«, hakte die Ladenbesitzerin nach. Doch, doch, schrie alles in Emma. Und wie!

»Das Thema Beziehungen ist bei mir nicht sonderlich positiv besetzt«, brachte sie hervor. Nilla sah ihr fest in die Augen.

»Beim wem ist es das schon?«, fragte sie. »Egal. Ich meine, ich würde ihn wirklich nicht von der Bettkante stoßen, aber auf Dauer ginge es mit uns sowieso nicht gut.«

»Woher willst du das wissen?«

Nilla griff nach Emmas leerem Kaffeebecher.

»Ich weiß es natürlich nicht. Aber ich glaube, er würde meine Energie nicht ertragen. Und ich nicht seine bedächtige Art. Ich brauche einen Kerl, der mich mitreißt. Also, sagen wir so, Nathan würde mir sicher verdammt guttun, aber ich würde die anstrengenden Typen bald vermissen. Aber, na ja, vielleicht käme es auf einen Versuch an.«

Emma öffnete den Mund, wusste aber nicht, was sie sagen sollte. Ihre Handinnenflächen waren ganz feucht.

»Ich glaube, in erster Linie braucht er eine Frau, die nicht mit ihm spielt«, überlegte Nilla laut. »Eine, die es ehrlich mit ihm meint. Auf die er sich verlassen kann. So, und jetzt muss ich in die Küche und das gesamte Geschirr spülen, weil die Spülmaschine heute früh ihren Geist aufgegeben hat. Der Kaffee geht aufs Haus.«

Sie winkte knapp und verschwand in Richtung Küche.

Völlig verwirrt trat Emma den kurzen Heimweg an. Was

hatte ihr Nilla sagen wollen? Zuerst hatte es so geklungen, als wolle sie Emma und Nathan ihren Segen geben, obwohl sie auf ihn stand. Aber hatte sie dann nicht Emma zwischen den Zeilen zu verstehen gegeben, dass sie sich weiterhin um Nathan bemühen würde, sobald sie merken würde, dass Emma nicht an ihm interessiert war?

Mit jeder Treppenstufe nach oben verknäulten sich ihre Gedanken immer mehr. Was sollte die Anspielung auf eine Frau, auf die er sich verlassen konnte? Weil er selbst seine Päcklein zu tragen hatte? Meinte Nilla, Emma wäre einer Beziehung mit Nathan nicht gewachsen, wäre viel zu fragil dafür?

Emma trat vom Treppenhaus direkt auf die Dachterrasse. Sie brauchte frische, klare Luft. Sie lief unruhig auf und ab. Ja, sie war viel zu schwach, um ihm eine Stütze zu sein, da hatte Nilla definitiv recht. Für sie war es schon eine Leistung, in ein voll besetztes Kaffee zu gehen – wie sollte sie da die Nöte eines anderen Menschen auffangen können? Dazu wäre sie gar nicht in der Lage. Sie würde ihn enttäuschen, das stand fest. Besser, sie würde die Einladung absagen. Möglichst sofort.

Sie verließ die Terrasse über die Treppenhaustür, um in ihrer Wohnung nach einem Zettel zu suchen, den sie ihm an die Tür pinnen konnte. Sie würde sagen, ihr sei etwas dazwischengekommen. Irgendwas. Ganz egal. Doch als sie den Schlüssel ins Schloss schob, fiel ihr ein Post-it auf, das daneben klebte. Mit zittrigen Fingern entfaltete sie es.

»Komm mit. Bitte. Nur du verstehst, wie sehr man manchmal einen Menschen braucht, der einfach zu einem hält – egal was passiert.«

KAPITEL 18

#NOTTINGHILL

Em_dreams: Kennt ihr eigentlich den schönsten Laden Londons? Das PaperLove? Ganz in der Nähe meines Büros – mit den hübschesten Stiften und Heften, den leckersten Brownies, dem köstlichsten Kaffee und der weltliebsten Besitzerin! Geht vorbei, wenn ihr in der Gegend seid.
Nillalovespaper, BritMom und 217 Personen gefällt dein Beitrag

Das Haus von Nathans Eltern lag nicht irgendwo in Notting Hill. Es lag mitten in Notting Hill, am Lansdowne Crescent, einer der Straßen, die zusammen mit dem Stanley Crescent einen Kreis um den zentralen Ladbroke Grove bilden, unweit der berühmten Portobello Road. Und es war in der Tat kaum vorstellbar, dass es hier einmal so schmuddelig gewesen sein sollte, dass Ratten und Mäuse um die Ecken gehuscht waren.

»Komm«, sagte Nathan und fasste Emma am Arm.

Sie war unwillkürlich vor dem schmiedeeisernen Zaun stehen geblieben, um das Haus mit den zwei Giebeln zu betrachten. Gegenüber einer kleinen, fast dörflich wirkenden Kirche strahlte es in frischem Weiß. Es war drei Stockwerke hoch, und die Erker im Erdgeschoss rechts und links waren mit Weinlaub zugewachsen. Es wirkte großzügig, aber nicht protzig. Ursprünglich hatten Nathans Eltern nur die eine Hälfte des Doppelhauses bewohnt, hatte er auf der Tube-Fahrt hierher erzählt, aber vor einigen Jahren hatten sie die zweite Haushälfte dazugekauft. Emma hatte aufmerksam seinen Erzählungen von langwierigen Umbauten zugehört und sich damit vom Geschehen in der U-Bahn abgelenkt. Sie hatte sich das Innere des Hauses genau ausgemalt und darüber vergessen, wie viel lieber sie noch einmal mit Mrs Framptons Jaguar gefahren wäre. Nathan hatte anschaulich erklärt, dass hinter dem Entree ein riesiges Wohnzimmer und eine geräumige Küche lagen, in den oberen Geschossen mehrere Schlaf- und Arbeitszimmer sowie drei Badezimmer. Die Giebel waren auf der Rückseite verglast und mit einem breiten Balkon verbunden worden, von dem man einen herrlichen Blick in den großzügigen Garten hatte.

»Es wird dich niemand beißen«, versprach Nathan nun.

Emma atmete tief durch und folgte ihm die Stufen hinauf zu der dunkelbraun gerahmten Tür, die von kleinen Fenstern durchbrochen war. Nathan zog einen Schlüssel aus der Innentasche seines Jacketts und schloss auf.

Stimmengewirr und ein köstlicher Essensduft wehten ihnen entgegen. Für eine Sekunde hatte Emma das Gefühl, sie würde keinen Zentimeter über diese Türschwelle gehen können. War sie wirklich bereit, sich unter so viele fremde Menschen zu mischen?

»Du siehst hinreißend aus in dem Kleid«, flüsterte ihr Nathan in diesem Moment ins Ohr, und sie spürte, dass ihre Beine ihr wieder gehorchten.

»Danke!«, antwortete sie und hoffte, es klang lässig. »Ich war unsicher mit der Farbe.« Das Kleid war elfenbeinfarben, fast weiß, und sie hatte Sorge, dass es zu sehr an ein Brautkleid erinnerte. Dabei war es kaum knielang, mit wenigen, zarten Blumenranken in hellrosa bestickt und in der Taille mit einer Schleife gebunden. Der Ausschnitt war am Hals mit einem Haken geschlossen, gab aber am Dekolleté die Sicht auf nackte

Haut frei. Dazu trug sie apricotfarbene Slingpumps, auf denen sie Nathan bis zur Schulter reichte.

»Nathan!«, rief nun eine zierliche dunkelhaarige Frau, deren Augen denen ihres Sohnes auf frappierende Weise glichen. Das Honigbraun war ein wenig dunkler, aber ihr Blick war genauso intensiv und hielt einen sofort fest. Sie streckte die Arme aus und umarmte Nathan lange. Dann begrüßte sie Emma, als sei es das Selbstverständlichste auf der Welt, dass sie dabei war. »Sagen Sie Elizabeth!«

Emma überreichte der Jubilarin ein kleines Päckchen mit feinster Schokolade und einem wunderschönen Kugelschreiber, den sie bei PaperLove gekauft hatte.

»Kommen Sie, meine Liebe«, sagte Elizabeth und hakte Emma unter. »Ich zeige Ihnen alles.«

Nathan grinste und hob kurz die Augenbrauen. Seine Mutter wirke immer erst mal völlig unkompliziert, hatte er erzählt. Um zu erkennen, wie kompliziert sie in Wahrheit war, dafür musste man mehr als einen Abend mit ihr verbringen.

Es waren schon sehr viele Gäste anwesend. Zum Teil saßen oder standen sie in dem großen Wohnzimmer, das an strahlend weißen Wänden ausschließlich großformatige, ebenfalls sehr helle Kunstwerke versammelt hatte. Diese standen in Kontrast zum schwarzen Marmorboden, auf dem schwarze Sofas, Sessel und Beistelltische angeordnet waren. Beerenfarbene Blumen in riesigen, hellgrauen Vasen aus Beton sowie Kissen im gleichen Ton setzten die einzigen farblichen Akzente. Die Anwesenden hielten schlanke Champagnerflöten in den Händen und unterhielten sich angeregt. Auch auf der Terrasse, die hinunter in den malerischen Garten führte, drängten sich Menschen. Emma spürte, wie sich ihr Nacken zu verkrampfen begann, und rollte ein paarmal mit den Schultern. Tatsächlich – die Nervosität ließ nach. Noch vor ein paar Wochen hätte sie es nicht einmal über die Türschwelle geschafft – und damit war die ihrer eigenen Wohnung gemeint.

»Lassen Sie sich von denen nur nicht einschüchtern«, empfahl Elizabeth. »Auch ein Glas Champagner?«

Sie nahm ein Glas vom Tablett einer Bedienung, die sich durch den Raum schlängelte, und reichte es Emma.

»Auf Sie! Herzlichen Glückwunsch!« Emma prostete ihr zu.

»Eigentlich sollte man in meinem Alter gar keine Geburtstage mehr feiern. Höchstens Überlebensjahre.« Elizabeth lächelte gequält. »Aber genug davon – ich habe mich sehr gefreut, als ich hörte, Nathan bringt Sie mit. Bestimmt haben Sie einen guten Einfluss auf ihn und seine merkwürdigen Pläne …«

»Pläne?«, hakte Emma nach, aber da winkte Elizabeth über Emmas Schulter hinweg schon jemandem zu und entschuldigte sich – sie müsse die nächsten Gäste begrüßen.

Emma sah sich nach Nathan um, konnte ihn jedoch nicht entdecken. Von was für Plänen hatte seine Mutter gesprochen? Meinte sie seine Radlerkarriere? Sie sollte ihn fragen, wenn er wieder auftauchte. Hoffentlich ließ er sie nicht den ganzen Abend allein. In wenigen Zügen hatte sie den eiskalten Champagner getrunken. Das half, die Anspannung abzustreifen.

Sie ging hinaus auf die Terrasse, wo sich der Tisch unter dem üppigen Büfett schier bog. Zum ersten Mal an diesem Tag wallte so etwas wie Hunger in ihr auf. Vor lauter Aufregung hatte sie seit dem Frühstück kaum etwas gegessen. Im Garten, der auf den ersten Blick nach Wildnis aussah, die sich auf den zweiten als wohl durchdacht herausstellte, standen viele runde Tische, die festlich mit weißen Tischdecken, hohen Kerzenständern, Blumenschmuck und feinen Gedecken geschmückt waren.

Nachdem sie Nathans Post-it gelesen hatte, hatte sie nicht länger überlegt und zugesagt. Weil er nicht zu Hause gewesen war, hatte sie ihm ihrerseits ein Zettelchen mit ihrer Zusage an der Tür befestigt. Und als sie an diesem Vormittag aufgestanden war, eine Antwort auf ihrer Schwelle gefunden.

Wie schön! DANKE! Ich freue mich. Ich hole dich um halb sechs ab. Dresscode: Summer-Cocktail-Party. XX big hug, N.

Während des Frühstücks hatte sie gegoogelt, welche Kleidung dem Dresscode wohl angemessen wäre, und schnell festgestellt, dass sie nicht ein Teil besaß, das diesem entsprach. Mit Jogginghosen, Hoodys und labberigen T-Shirts kam sie nicht weit. Da blieb nur eines: Shoppen gehen!

Und so hatte sie sich tatsächlich am Samstagmittag rund um die Oxford Station auf die Suche nach dem passenden Outfit gemacht. Bei Joy wirkte alles zu billig, in die Osman Studios traute sie sich gar nicht erst hinein. Schließlich landete sie bei Oasis, wo sie es schwierig fand, sich zwischen all den wunderschönen und tatsächlich bezahlbaren Kleidern zu entscheiden. Schließlich war es eine junge, sehr freundliche Verkäuferin, die ihr ganz pragmatisch die Auswahl erleichterte. Sie hielt jeweils zwei von den Kleidern, die Emma ausgesucht hatte, hinter ihrem Rücken versteckt, ließ ihre Kundin rechts oder links wählen – und Emma spürte sofort, ob sie über die Auswahl erfreut war, oder nicht. Das machte die Verkäuferin so lange, bis nur noch ein Kleid übrig blieb. Glücklich zog Emma mit dem elfenbeinfarbenen Traum davon. Und sie war stolz, dass sie diese Hürde gemeistert hatte.

»Entschuldige, dass ich dich so lange allein gelassen habe«, riss Nathan sie aus ihren Gedanken. »Ich musste kurz mit einem Kollegen meines Vaters etwas besprechen. Apropos, hast du meinen Vater schon kennengelernt? Francis.« Er steuerte auf einen grauhaarigen Mann zu, der so streng aussah, dass Emma sofort schweißnasse Hände bekam.

»Er beißt nicht – zumindest dich nicht«, flüsterte Nathan ihr ins Ohr und legte den Arm um ihre Taille. »Hi Dad, darf ich dir meine liebe Freundin Emma vorstellen?«

»*Nice to meet you*«, sagte Emma artig.

Nathans Dad musterte sie ungeniert von oben bis unten.

»Oh, dem Akzent nach sind Sie Deutsche?«, fragte er, nickte ihr mit einer sparsamen Kopfbewegung zu und ergänzte: »Wogegen ich natürlich nichts habe.« Endlich lächelte er. Mit einem Mal sah er gar nicht mehr so Furcht einflößend aus.

Dennoch war Emma froh, als Nathan sie weiter ans Büfett zog, das mittlerweile eröffnet worden war.

»Schnell, sonst frisst uns diese hungrige Meute alles weg!« Er grinste wie ein kleiner Junge und schnappte sich zwei Teller, von denen er ihr einen reichte.

Ein paar Minuten später setzten sie sich mit ihrer Beute an einen der Gartentische. Emma wusste gar nicht, was sie als Erstes probieren sollte – alles sah köstlich aus.

»Nur Ottolenghi – meine Mutter liebt ihn fast noch mehr als ich. Und mehr als mich liebt sie ihn vermutlich auch.« Er grinste. »Na ja, sie holt sich dort beinahe täglich etwas zum Lunch. Sein Laden ist ja auch nur einen Katzensprung von hier entfernt. Sie ist nicht mehr so häufig im Krankenhaus, sie schreibt fast nur noch Artikel über ihre wissenschaftlichen Arbeiten.«

Emma meinte, sich zu erinnern, dass Elizabeth Neurologin war. Aber das war ihr jetzt ziemlich egal. Sollte sie erst von den Lamm-Köfte mit Sumak-Sauerrahm probieren oder von der gebackenen Polenta mit Grillgemüse und Manouri? Natürlich gab es auch Brokkoli in scharfem Knoblauch-Öl, von dem sie sich einen großen Löffel voll genommen hatte. Ob er besser war als der von Nathan? Gerade als sie probieren wollte, fiel ein langer Schatten auf den Tisch.

»Nathan, Darling«, hörte sie die Stimme der Ärztin, die nach Poppy gesehen hatte.

Lauren. Seine Ex. Artig erhob sich Nathan und begrüßte sie mit einem Wangenkuss. Emma hielt die Gabel in der Luft und starrte zu der großen Frau hoch, die wie aus einem Hollywoodfilm entstiegen erschien. Perfekt gekleidet, geschminkt – ein Gesamtkunstwerk. Sie selbst kam sich vor wie Aschenputtel, ihr 75-Pfund-Kleid erschien ihr schäbig, als sei es von Woolworth. Nathan setzte sich schnell wieder hin und bot Lauren keinen Platz an. Dennoch zog sich seine Ex einen Stuhl heran und ließ sich nieder.

»Bloß nicht, Herzchen, diesen Brokkoli kann man einfach nicht essen«, warnte sie Emma mit hoher Stimme. »Da ist so viel Fett dran – da musst du monatelang trainieren, um das wieder wegzubekommen. Glücklicherweise gibt es ja auch ein paar rohe Gemüsestängchen – und zur Not übertönt etwas Champagner den Hunger.« Sie lachte affektiert, und Emma wusste nicht, ob Lauren sie nur auf den Arm nehmen wollte oder ob ihre Worte ernst gemeint waren.

Als sie die Gabel in den Mund schob und die neuerliche Geschmacksexplosion genoss, verzog Lauren tatsächlich angekelt das Gesicht. Wie konnte Nathan jemals mit einer solchen Person zusammen gewesen sein?

»Wie geht's, Lauren?«, lenkte Nathan sie von dem Essensthema ab. »Wann wirst du Oberärztin? In diesem Herbst oder erst nächstes Frühjahr?«

»Im Sommer, Darling, am erstem August ist es so weit. Da kann ich zwar vorher keinen Urlaub mehr machen, aber egal. Es gibt Wichtigeres im Leben. Und was macht das Fahrradfahren? Noch nicht unter die Räder gekommen?«

Sie griff sich ein Champagnerglas vom Tablett einer vorbeikommenden Kellnerin und trank einen großen Schluck.

»Ich erinnere mich an unseren letzten gemeinsamen Urlaub«, antwortete Nathan, ohne auf ihre Spitze einzugehen. »Da warst du noch der Ansicht, dass du dir ein Sabbatical irgendwo in der Karibik vorstellen könntest.«

»Ach, das habe ich nur gesagt, damit du nicht an meiner Liebe zu dir zweifelst. Du warst ja knapp davor auszusteigen und eine Tauchschule aufzumachen. Das mit dem Aussteigen hat ja dann immerhin geklappt. Vielleicht schaffst du es ja noch mit dem Fahrrad in die Karibik. Francis hilft dir sicher gerne mit einem kleinen Vorschuss aufs Erbe.«

»Ich komme prima zurecht. Auch ohne meinen Vater.«

»Na, dann ist ja alles gut. Wird ja auch Zeit, dass du wieder auf die Beine kommst.« Lauren wandte sich an Emma. »Hat er Ihnen erzählt, wie schrecklich das letzte Jahr für ihn war mit diesem süßen, kleinen Mädchen, das einfach …«

»Lauren, es reicht«, unterbrach Nathan sie. Nun klang er aufgebracht. »Geh dir noch eine Gemüsestange holen und lass uns in Ruhe essen, ja?«

Lauren schob die Unterlippe vor, stand jedoch auf und verschwand in der Menge der Gäste.

»Ein kleines Mädchen?«, fragte Emma, aber Nathan schien sie nicht zu hören.

»Nachdem sie mich rausgeworfen hatte, habe ich lange gehofft, wir könnten Freunde bleiben. Inzwischen weiß ich nicht mehr, warum«, sagte er und verdrehte die Augen.

»War sie früher anders?«

»Ich glaube nicht, aber vielleicht war *ich* anders. Alle haben uns für ein tolles Paar gehalten.«

»Optisch passt ihr schon gut zusammen.«

»Ja, und wir kommen beide aus Arztfamilien, gehörten beide zu den Besten unseres Jahrgangs an der Uni …«

»Im Ernst?«

»Ja, na ja, sie noch mehr als ich. Und wir hatten Verständnis füreinander, weil uns der Job damals dasselbe bedeutet hat. Überstunden, Nacht- und Wochenenddienste – da mussten wir einander nicht viel erklären. Das alles hat schon gereicht, um eine Beziehung zu führen.«

»Und wunderschön ist sie auch noch.«

»Das stimmt – aber sie ist genauso schön wie ehrgeizig. Und wenn man da irgendwann nicht mehr mithalten will oder kann, dann macht sie einem das Leben zur Hölle. Sie konnte es nicht ertragen, wenn ich einfach mal auf dem Sofa liegen und ein Fußballspiel im Fernsehen anschauen wollte. Alles, was sie tut, muss einen Sinn haben, muss dem größeren Ganzen dienen. Das ist so anstrengend!«

Emma strich über seinen Unterarm. »Du Ärmster!«

»Machst du dich lustig über mich?« Er grinste dabei.

»Niemals!«

»Soll ich uns noch etwas vom Büfett holen?«

Emma nickte dankbar.

Während Nathan etwas zu essen holte, machte Emma Fotos mit ihrem Smartphone. Das würde tolle Instagram-Posts geben. Die Kulisse war einfach grandios und die Motive wunderbar: das herrliche Haus, der pittoresk verwilderte Garten und diese so typisch aussehenden Engländer in ihren leicht aus der Zeit gefallenen Blazern mit Einstecktüchern, die Ladys in Cocktailkleidern und kecken Hütchen hier und da. Einzig eine Szene, die sie durch den Sucher der Kamera bemerkte, irritierte sie. Sie sah, wie Nathan versuchte, sich hinter einem Mann um die vierzig vorbeizuschlängeln. Dieser drehte sich plötzlich zu ihm um, stemmte die Hände in die Hüften und warf Nathan einen herausfordernden Blick zu. Nathan schien bemüht, ihn zu ignorieren, aber nun fasste der Kerl – Typ englischer Adliger mit akkuratem Undercut, starker Adlernase und fliehendem Kinn – Nathan an der Schulter und begann, auf ihn einzureden. Nathan wischte den Arm des Mannes beiseite, wich zurück und schüttelte den Kopf. Dann drehte er sich brüsk um und entfernte sich in Emmas Richtung, so schnell es ging.

Der Kerl sah ihm mit einem spöttischen Ausdruck hinterher und rief etwas, das Emma nicht verstand.

Gleich darauf kehrte Nathan an den Tisch zurück, die Augenbrauen zusammengezogen und einen grimmigen Zug um den Mund. Sie sah ihm an, wie er sich zusammenreißen musste, um ihr ein Lächeln zu schenken. Auf gar keinen Fall würde sie fragen, wer der Mann gewesen war, beschloss sie.

Dann trat Francis Burberry an den Mikrofonständer, der auf der Gartentreppe stand, und begann, eine Rede auf das Geburtstagskind zu halten. Auch dabei wirkte er zunächst steif und ernst, aber je länger er redete, umso warmherziger klang er. Nathans Vater erinnerte an ihre Anfangsjahre hier in diesem heruntergekommenen Viertel, an die harten Zeiten mit zwei kleinen Buben und an viel zu viel Arbeit. Er bedankte sich bei seiner Frau, die ihn immer unterstützt hatte und die er zutiefst bewunderte für ihre Stärke, ihre Klugheit und ihre wissenschaftliche Karriere. Elizabeth stand mit sanft erröteten Wangen daneben und versuchte durch ein paar trockene Bemerkungen zu überspielen, wie gerührt sie war. Erleichtert hob sie am Ende ihr Glas, um allen Anwesenden zuzuprosten. Die Gesellschaft stimmte *For she's a jolly good fellow* an und wandte sich dann wieder Essen und Getränken zu.

An der rechten Seite der Terrasse baute eine dreiköpfige Band ihr Equipment auf und bald schwebten sanfte, jazzige Klänge in den frühsommerlichen Himmel, der allmählich eine dunklere Farbe annahm.

Nathan wurde immer wieder von Freunden seiner Eltern angesprochen und unterhielt sich kurz mit ihnen. Viele schienen von seinem Burn-out zu wissen, und er musste permanent erklären, dass es ihm wieder besser ging, er aber noch sehr genau überlegte, ob und wann er wieder in den Arztberuf einsteigen würde. Auch Colin, sein Bruder, wurde erwähnt. Alle bedauerten, dass dieser nicht auf dem Fest war, weil er sich mit seiner Frau und dem Baby auf einer Konzertreise durch Südafrika befand.

»Weil er nicht in die Fußstapfen meiner Eltern getreten ist, musste ich das wenigstens tun«, erläuterte Nathan Emma, als sie einen Moment allein waren.

»Wärst du auch lieber Pianist geworden?«

»So weit wie Colin hätte ich es nie gebracht. Nein, das Medizinstudium war schon das Richtige für mich. Irgendwie. Ich finde, so was ist immer so schwierig zu beurteilen – ich weiß nicht, wie es mir mit einem anderen Beruf ergangen wäre.«

»Stimmt«, pflichtete Emma bei. »Man müsste mehrere Leben haben, um verschiedene Berufe ausprobieren zu können und sich dann für den besten entscheiden.«

»In einer Partnerschaft ist das einfacher«, sinnierte Nathan. »Da kann man schneller die Reißleine ziehen.«

»Oh, ein Romantiker«, frotzelte Emma und boxte ihn gegen den Oberarm.

»Und wie!«, konterte Nathan. »Komm, ich zeig's dir.«

Er stand auf, reichte ihr die Hand und zog sie zur Tanzfläche, die unterhalb der Band auf einer kleinen ebenen Fläche vor der Gartentreppe lag. Ehe Emma nachdenken konnte, hatte er sie in seine Arme gezogen und führte sie sanft, aber sicher im Takt der Musik. Sie schloss die Augen und wagte es, ihre Stirn gegen seine Schulter zu lehnen. Er roch wunderbar. Eine Spur Aftershave. Eine große Portion Nathan. Sie fühlte sich mit einem Mal federleicht. Könnten sie nicht die ganze Nacht so tanzen? Nie rempelte er andere Paare an, eine Hand lag leicht und warm auf ihrer Hüfte, die andere hielt ihre eigene. Sie konnte sich seinen Schritten ohne nachzudenken hingeben. Schrecklich hatten sie ihre gemischten Gefühle gequält, bevor sie auf diese Party gegangen war – die Zweifel, ob es richtig war, sich weiter auf Nathan einzulassen, die Hoffnung, einfach einmal einen unbeschwerten Abend zu genießen, die Angst, wie es ihr inmitten der vielen Menschen ergehen würde. Aber das war jetzt alles vergessen, und sie gab sich einfach seiner Berührung hin und der Musik und den Champagnerperlen, die durch ihre Blutbahn strömten.

»Romantisch genug?«, flüsterte er.

Sie nickte, lächelte und sah zu ihm auf. Sie drehten sich im Takt, ließen sich nicht aus dem Blick. Ihre Körper schienen zu verschmelzen, der Hintergrund verschwamm zu einem bunten Rauschen, nichts anderes zählte mehr. Ihre Gesichter näherten sich einander. Emma hatte den Eindruck, sie blicke durch einen Tunnel hindurch, dessen Ende sich immer schneller näherte. Dahinter: ein Paar fein geschwungene Lippen.

»Entschuldige, Nathan, es tut mir leid, dich zu stören.«

Ein kleiner Mann Ende fünfzig mit einer großen, altmodischen Brille auf der Nase war zu ihnen getreten. Nathan stoppte ihren Schwung und ließ Emma los.

»Wir müssen kurz noch etwas bereden. Ich habe gerade Dr. Smitts am Telefon erwischt.«

»Lauf nicht weg, ich bin gleich wieder da«, versprach Nathan und folgte dem kleinen Mann in Richtung Wohnzimmer. Emma nickte und sah sich nach einem Getränk um.

Als sie eine der Servicekräfte auf der Terrasse entdeckte, drängelte sie sich zwischen den Gästen hindurch und versuchte, das letzte Glas auf deren Tablett zu erwischen. Sie kam einem Mann in die Quere, der ebenfalls danach griff. Als er Emma bemerkte, zog er seine Hand zurück. Sie mussten beide lachen. Emma erkannte, dass es der kinnlose Undercut-Träger war, den Nathan vorhin so böse angefunkelt hatte.

»Oh, Pardon, ich wollte nicht unhöflich sein«, sagte der Mann. »Außerdem vermute ich, dass der halbe Keller noch voll ist mit diesem Gesöff.« Er drehte sich zu der Kellnerin und tätschelte ihr den Oberarm. »Sie bringen noch mehr, nicht wahr?« Sie nickte und verschwand.

»Nur schade, dass ich jetzt nicht mit Ihnen anstoßen kann, Miss …?«

»Martins. Emma Martins«, antwortete sie und wagte es nicht, an ihrem Wein zu nippen. Sie würde mit dem Trinken warten, bis er ebenfalls ein Glas hatte, sonst wäre es sicher sehr unhöflich.

»Habe ich Sie schon mal gesehen? Welche Verbindung haben Sie zur Gastgeberin?«

»Ich bin eine Freundin von Nathan«, erklärte sie.

»Ach, von Nathan, interessant.« In den Augen des Mannes funkelte es. »Entschuldigung, ich habe mich noch gar nicht vorgestellt. Thomas Travian, ein alter Freund der Familie.« Er deutete eine Verbeugung an, und nachdem ihm die Bedienung ein Glas Weißwein gereicht hatte, stießen sie an.

»Wunderschön, dieses Haus«, versuchte sich Emma im Small Talk.

Vielleicht war es die Nähe zu Nathan, die sie beim Tanzen so intensiv gespürt hatte, die es ihr nun ermöglichte, mit diesem Fremden zu plaudern und nicht sofort wegzulaufen. Sie blickte umher, als musterte sie die Umgebung, aber in Wahrheit hoffte sie, Nathan zu entdecken. Irgendwie war der Typ unsympathisch. Er hielt zu wenig Abstand, und sein Atem roch unangenehm nach Alkohol.

»Und jetzt hat Nathan Sie einfach hier stehen lassen – wie unaufmerksam von ihm.«

»Oh, er muss nur kurz mit jemandem etwas besprechen.«

Travian nickte, aber man spürte, dass er nicht an Nathans baldige Rückkehr glaubte.

»Nathan verpisst sich gerne mal, wenn ihm etwas unangenehm wird.« Er nahm einen tiefen Zug aus dem Glas, das damit bereits geleert war.

Emma stutzte wegen des unflätigen Ausdrucks, den sie in diesen Kreisen nicht erwartet hatte.

»Tut mir leid, wenn ich das so deutlich sage«, erklärte ihr Gesprächspartner auch schon. »Ich habe mal mit ihm zusammengearbeitet. Da bekommt man so einiges mit.«

»Sie sind auch Arzt?«

»Nathan war so was wie mein Azubi. Ich bin leitender Herzchirurg der Kinderstation am St. Alban.«

»Sicher ein anspruchsvoller, aber schöner Job«, sagte Emma.

»Ja, allerdings. Und nicht jeder ist dafür geeignet. Man muss schon Eier haben und darf nicht wegen jedem Unglücksfall die große Krise bekommen.«

»Verstehe.« Worauf spielte er an – es schien dasselbe zu sein, das auch Lauren vorher schon angedeutet hatte? Bisher hatte Emma angenommen, Nathan hätte seinen Burn-out bekommen, weil ihm die Arbeit schlichtweg zu viel geworden war.

»Aber reden wir lieber über Sie«, sagte Travian nun und trat noch dichter an Emma heran.

Weil sie direkt neben einer der Säulen stand, die die Terrassentreppe rechts und links begrenzten, konnte sie nicht weiter zurückweichen. Und jetzt stützte sich der Kerl auch noch mit einem Arm direkt über ihrer Schulter an der Säule ab.

»Woher kommen Sie? Aus Deutschland? Ich finde diesen deutschen Akzent ja – entgegen der landläufigen Meinung der Engländer – sexy. Er klingt richtig niedlich. Und Sie sind auch ziemlich niedlich.«

Schnell nahm Emma einen Schluck Wein. Irgendein Spruch musste ihr doch einfallen, um diesen Idioten loszuwerden. Doch sie fühlte sich regelrecht paralysiert. Wie ein aufgespießtes Insekt. Sie hätte nicht den kleinen Zeh rühren können. Nun starrte der Kerl ungeniert in ihren Ausschnitt. Dass er seine Finger bei sich behielt, war alles. Ihr fielen unzählige feine, rote Äderchen auf seiner Adlernase auf.

»Bitte …«, quetschte sie hervor, ohne zu wissen, wie der Satz weitergehen sollte. Warum bemerkte keiner der vielen Gäste in der Nähe, dass sie hier in Bedrängnis geriet?

»Gehen Sie eigentlich mit Nathan ins Bett? Nach so einem Burn-out …«, er spuckte das Wort geradezu aus, »… ist's mit der Libido ja meist nicht mehr weit her …«

»Das geht Sie überhaupt nichts an!«, rief Emma nun ziemlich laut.

Travian legte den Kopf schief.

»Wie bitte? Ich spreche leider kein Deutsch.«

Hatte sie plötzlich wirklich in ihre Muttersprache gewechselt?

Er grinste breit. »Ich weiß nur, dass *to fuck* im Deutschen ficken heißt …«

Emma wollte die Hände heben, um ihn von sich wegzustoßen. Doch ihr Körper gehorchte ihr einfach nicht mehr. Sie spürte, wie sich ihr Blickfeld eingrenzte, wie alles, was an den Rändern zu sehen war, verschwommen wirkte und wie sie immer unkontrollierter nach Luft schnappte. Sie wollte nach Nathan rufen, aber ihre Stimmbänder fühlten sich perforiert an, unbrauchbar.

»Hau ab, Travian«, schrie plötzlich Nathan, der wie aus dem Nichts bei ihnen aufgetaucht war. Er packte seinen früheren Chef von hinten an den Schultern, drehte ihn herum und stieß ihn weg von Emma. Der Arzt taumelte und stolperte rückwärts. Da er direkt am Treppenabgang gestanden hatte, trat er ins Leere, verlor endgültig das Gleichgewicht und fiel die Stufen hinunter. Raunen und ein paar spitze Schreie drangen aus der Geburtstagsgesellschaft, die Musiker unterbrachen ihr Spiel.

»Arschloch!«, brüllte Nathan, und Emma sah, wie eine Ader auf seiner Stirn anschwoll. »Dass du es überhaupt wagst, hier aufzutauchen!«

»Nathan, bitte«, rief nun sein Vater, der von der Tanzfläche herbeigeeilt war, um den Sohn von seinem Gegner fortzuziehen. »Benimm dich, es ist der Geburtstag deiner Mutter!«

Nathan, die Hände noch immer zu Fäusten geballt, drehte sich zu seinem Vater am Fuß der Treppe und blickte auf ihn nieder.

»Das weiß ich«, rief er immer noch erregt. »Und ich verstehe nicht, wieso ihr diesen Kretin überhaupt einladen musstet! Das zeigt mir nur wieder, wie wichtig euch mein Wohlergehen ist.«

»Nathan, Schatz.« Elizabeth legte eine Hand auf seinen Arm. »Das ist hier nicht der richtige Ort, um darüber zu sprechen. Geh in die Küche und lass dir ein Glas Wasser geben. Und dann beruhigen wir uns alle wieder. Es wäre schön …« Sie drehte sich zur Band um. »… wenn wir etwas Musik hätten.« Die Musiker nahmen ihre Instrumente auf und stimmten eine Melodie an, leicht und beschwingt, als sei nie etwas geschehen.

Travian hatte sich inzwischen aufgerappelt. Er schwankte leicht, aber das war wohl eher dem Alkohol zuzuschreiben als einer Verletzung.

»Bin schon weg, bin schon weg«, sagte er in Elizabeths Richtung, aber Francis eilte zu seinem Gast, sagte mit gedämpfter Stimme: »So weit kommt's noch!«, legte eine Hand auf seine Schulter und redete leise auf ihn ein. Er half Travian die Treppe hinauf, und die Männer verschwanden in Richtung Gästebadezimmer.

Emma hatte die ganze Zeit wie erstarrt neben der Säule gestanden und den Tumult beobachtet. Wie peinlich, dass sie so einen Eklat ausgelöst hatte! Nathan, rot im Gesicht und mit finsterem Blick, kam auf sie zu, griff nach ihrer Hand und zog sie mit sich fort.

»Hier bleibe ich keine Sekunde länger«, schnaubte er und stürmte so schnell in Richtung Ausgangstür, dass sie auf ihren hohen Schuhen kaum folgen konnte.

»Nathan, beruhige dich!«, hörte sie Elizabeth rufen, aber da hatte ihr Sohn schon die Haustür geöffnet und auch gleich wieder hinter ihnen zugeknallt. Er ließ Emmas Hand los und lief ein paar schnelle Schritte auf den Bürgersteig vor dem Haus. Nach ein paar Metern blieb er stehen. Langsam holte Emma auf.

»Es tut mir leid!«, sagte er, nahm ihre Hand und starrte auf seine Fußspitzen. »Es tut mir leid!«

KAPITEL 19

#DEMHIMMELSONAH

Magmagic @Em_dreams: Wow, das sieht ja nach einer tollen Party aus – echt Notting Hill Style, oder?
Em_dreams @Magmagic: Du sagst es! Fantastisch!

Sie setzten sich auf eine Bank vor dem Nebeneingang der Kirche, die gegenüber des Elternhauses stand. Nathan stützte beide Hände auf den Knien ab und starrte auf den Boden. Emma legte ihm die Hand auf die Schulter, bis er wieder ruhig atmete.

»Willst du darüber reden?«, fragte Emma ihn nach ein paar Minuten.

»Wäre vermutlich gut«, antwortete er und grinste sie schief an.

Dr. Thomas Travian war Nathans Chef am St.-Alban-Hospital gewesen, genau wie Laurens. Sie waren zeitgleich bei ihm auf der Kinderstation eingestellt worden. Die Arbeit mit den Kindern hatte Nathan großen Spaß gemacht. Auch wenn es natürlich regelmäßig Kinder gab, denen sie nicht mehr helfen konnten, wurde Nathan meist dennoch von dem Gefühl getragen, zur Genesung vieler kleiner Patienten beitragen zu können. Im Laufe der Zeit hatte er immer mehr in seinem Spezialgebiet, der Chirurgie, gearbeitet und von Travian, einem Kinder-Herzspezialisten, beträchtlich dazugelernt. Natürlich war es stets viel zu viel Arbeit gewesen, die sie alle belastet hatte, ob Oberarzt, Assistenzärzte oder Pflegepersonal. Doch für das Wohl der Kinder waren sie alle bereit gewesen, an ihre Grenzen zu gehen und darüber hinaus. Nathan hatte sich nie beschwert, auch wenn er so erschöpft war, dass ein freies Wochenende bei Weitem nicht mehr ausreichte, um wieder zu Kräften zu kommen. Zwölf, vierzehn Stunden hatte er oft im OP gestanden und assistiert, mit der Zeit war es ihm erlaubt worden, die weniger komplizierten Operationen auch selbst zu übernehmen. Travian hatte ihn als Naturtalent gelobt, vor allem wegen seiner ruhigen Hand. »Dr. Slowhand« hatten sie ihn genannt, in Anlehnung an den Gitarristen Eric Clapton – ein großes Kompliment.

»Mit der Zeit fiel mir auf«, erzählte Nathan, »dass Travian mich immer öfter operieren ließ. Am Anfang dachte ich, dies sei eine Auszeichnung, aber dann merkte ich, dass er oft zitterte. Ihm standen Schweißperlen auf der Stirn, manchmal war er wie weggetreten. Überarbeitung, klar, dachte ich. Aber dann habe ich ihn einmal auf der Toilette überrascht, wo er hastig etwas im Papierkorb versteckte. Als ich später nachsah, fand ich eine halb leere Flasche Whiskey. Ich wusste nicht, was ich machen sollte. Ich hatte dem Mann viel zu verdanken, er war ein guter Lehrer gewesen und ich verstand, dass er dem Druck einfach nicht mehr gewachsen war. Ich erzählte nicht mal Lauren davon. Sie hatte in der onkologischen Abteilung oft viel härtere Schicksale, mit denen sie umgehen musste, aber sie tat dies mit Bravour. Nie klagte sie. Jedenfalls beschloss ich, Travian zu decken. Ich nahm mir vor, ihn zu einem passenden Zeitpunkt anzusprechen, aber das hat sich nie ergeben. Also versuchte ich, ihm unauffällig möglichst viel abzunehmen, was er auch ohne ein Wort hinnahm. Und dann kam diese eine Nacht …«

Er verstummte und sah hinauf zu den Sternen, die langsam hinter der Kirchturmspitze aufschienen.

Emma bemerkte jetzt erst, wie still es um sie herum war. Von den bald neun Millionen Bewohnern der Hauptstadt war wenig zu hören, nur ein Grundrauschen. Hin und wieder schwebten ein paar Töne der Band von der anderen Straßenseite herüber, aber sie wirkten wie die Filmmusik zu einem Stummfilm aus einem anderen Jahrhundert.

»Das Mädchen war noch keine drei Jahre alt«, fuhr Nathan fort zu erzählen. »Ein lang ersehntes Wunschkind mit blonden Locken und großen braunen Augen. Schön wie ein Engel. Sie war mit ihren Eltern in einen Verkehrsunfall geraten, hatte eine Herzquetschung mit einem Teilabriss einer Herzklappe – doch sie wäre zu retten gewesen. Travian hatte Bereitschaftsdienst, aber er ließ mich hinzurufen, obwohl ich gerade einen Vierzehn-Stunden-Tag hinter mir hatte. Für mich war das okay. Wir waren irgendwie – eingespielt. Meist begann er die OP, ließ mich assistieren und nach kurzer Zeit übernahm ich dann immer mehr. Keiner vom Team sagte irgendwas dazu. Als wenn es ihnen auch lieber wäre, wenn ich das machte. In dieser Nacht war Travian so betrunken, wie ich ihn nie zuvor erlebt hatte. Er konnte sich kaum auf den Beinen halten. Irgendwann nuschelte er etwas von ›grippalem Infekt und Kopfschmerzen‹ und verließ den OP. Der Eingriff war nicht ganz unkompliziert, für Travian wäre es zu seinen Glanzzeiten sicher ein Leichtes gewesen. Auch mir gelang die Operation. Dachte ich jedenfalls zuerst. Wir nähten den Brustkorb des Mädchens zu. Ich wollte gerade eine Schwester losschicken, um den Eltern ausrichten zu lassen, dass alles gut gegangen sei.«

Emma spürte, wie sich etwas in Nathan anspannte. Er drückte den Rücken durch, die Finger umklammerten die Knie. Seine Stimme klang nur mühsam beherrscht, als er nun weitersprach.

»Doch dann … sackte der Kreislauf ab, rapide. Das Gehirn bekam nicht mehr genügend Sauerstoff. Wir mussten den Brustkorb wieder öffnen, ein irrsinniger Wettlauf gegen die Zeit. Was ich sah, ließ mich beinahe zusammenbrechen. Der Faden, mit dem ich die Herzklappe genäht hatte, war gerissen. Ich weiß bis heute nicht, ob ich die Fadenspannung falsch eingeschätzt hatte, oder ob der Faden defekt gewesen war. Jedenfalls blutete die Wunde so stark, dass wir nicht dagegen ankamen. Das Mädchen starb.«

Die Glocken der Kirchturmuhr schlugen zehnmal. Emma hatte Nathans Hand genommen, während er erzählte. Sie war nicht sicher, ob er das überhaupt gemerkt hatte. Er sah sie erst an, als eine Träne auf seinen Daumen fiel.

»Wie fürchterlich«, flüsterte sie, die Laute zerquetscht von dem Kloß in ihrem Hals.

»Ich konnte danach den OP nicht mehr betreten. Es ging einfach nicht. Schon wenn ich an der Schleuse zum Operationstrakt stand, zitterten meine Beine, mir brach der Schweiß aus und ich hatte das Gefühl, mich übergeben zu müssen. Vom Herzrasen ganz zu schweigen. Natürlich bin ich zu Kollegen aus der Psychiatrischen Abteilung gegangen, aber ich konnte ihre Ratschläge nicht an mich heranlassen. Ich dachte, meine körperlichen Symptome wären meine gerechte Strafe. Ich hatte den Eltern ihr Kind genommen. Und mein Köper warnte mich davor, jemals wieder einen Fuß in einen Operationssaal zu setzen.« Er räusperte sich. »Die Eltern haben Anklage gegen das Krankenhaus erhoben. Mich persönlich können sie zwar nicht belangen, und da ja eigentlich auch Travian Dienst hatte, muss ich nicht vor Gericht – falls es überhaupt zum Prozess kommt. Das ist alles sehr kompliziert. Gutachter müssen eingeschaltet werden, das dauert ewig, und vielleicht gibt es auch eine gütliche Einigung. Aber egal, wie es ausgeht – ich werde vermutlich immer davon überzeugt sein, dass ich am Tod des Mädchens schuld bin. Du weißt, wie sich das anfühlt.«

Sie nickte stumm.

»Ich bewundere es sehr, dass du so schnell einen Weg gefunden hast, damit umzugehen«, sagte sie dann.

Nathan wiegte den Kopf. »Na ja, mal sehen, wohin mich dieser Weg noch bringt. Jedenfalls … erst mal ließ ich mich krankschreiben, saß wochenlang auf dem Sofa und starrte den ganzen Tag vor mich hin. Schlafen konnte ich auch nicht. Wenn Lauren kam, stritten wir nur. Am Anfang hat sie versucht, mir Mut zu machen, aber als sich mein Zustand nicht besserte, hat sie sich immer weiter von mir entfernt.«

Er hatte Emmas Hand umklammert, als wollte er sich daran aus Wasserstrudeln herausziehen, und sie erwiderte seinen Druck. Sie wollte ihn spüren lassen, dass sie da war. Für ihn.

»Ich war in dieser Zeit wirklich niemandem zuzumuten«, fuhr er fort. »Irgendwann entdeckte ich, dass mir das Fahrradfahren ein wenig half. Ich fuhr jeden Tag, bei Wind und Wetter, achtzig oder hundert Meilen. Irgendwohin, meist wusste ich nicht mal, wo ich gewesen war, wenn ich abends völlig erschöpft nach Hause kam. Aber immerhin konnte ich nach diesen Touren wieder schlafen. Lauren ertrug das nicht – sie warf mich aus unserer Wohnung.«

»Unfassbar!« Emma fehlten die Worte. So viele Gefühle stürmten auf sie ein. Mitleid mit Nathan, der mit einer solchen Schuld umgehen musste. Bedauern über den Tod des kleinen Mädchens und den Schmerz der bemitleidenswerten Eltern. Ihre eigene Schuld gegenüber Simon. Aber ein wenig fühlte sie sich auch getröstet. Sie war nicht die Einzige, die eine Katastrophe ausgelöst hatte.

»Im Nachhinein betrachtet ist es gut, dass ich ausgezogen bin. Ich erkannte endlich, wie anstrengend diese Beziehung gewesen war. Im Alltag war nie Zeit gewesen, darüber nachzudenken. Eigentlich hätte ich schon viel früher merken müssen, dass mich Lauren infrage gestellt und mir ständig das Gefühl gegeben hatte, nicht zu genügen. So wie meine Eltern früher. Anscheinend sucht man sich gerne das, was man kennt.« Ihm gelang ein Lächeln, er legte seine Finger nun gegen ihre und sie verschränkten sie ineinander.

»Zeit, Schluss damit zu machen«, fügte er an.

Emma spürte, wie ihr Herz immer schneller klopfte. Er legte seine freie Hand auf ihr Haar, sein Blick hielt sie fest. Langsam kam sein Gesicht näher. Bitte, flehte Emma innerlich, keine Schwestern, keine Bekannten, keine Freunde und keine alten Ladys mit kläffenden Kötern!

Aber da lagen seine Lippen schon auf ihren. Es fühlte sich an, wie nach Hause zu kommen. Endlich! Wieso hatte sie sich so lange gegen ihre Gefühle gewehrt? Er legte seine Arme um sie und küsste sie erneut. Als sie die Augen öffnete, bemerkte sie, dass er sie anblickte. Sie konnte nicht aufhören, ihre Lippen gegen seine zu pressen. Als küsste sie das erste Mal in ihrem Leben.

Irgendwann fuhr er mit der Zungenspitze über ihre Mundwinkel, sie musste kichern, doch er pflückte den Laut, verschloss ihre Lippen und sie lösten sich wieder lange nicht voneinander.

»Mir ist kalt«, wisperte sie schließlich und stellte fest, dass tatsächlich ihr ganzer Körper zitterte.

Er zog sie von der Bank hoch und legte ihr sein Jackett um. Eng umschlungen gingen sie die Straße entlang, bis ein Taxi vorbeifuhr, das Nathan heranwinkte. Sie war froh, nicht in die U-Bahn steigen zu müssen und ihm dankbar, dass er dies wohl geahnt hatte. Eine Wärme breitete sich in ihrem Inneren aus, die sie ganz ruhig werden ließ. Eine Ruhe, die sie seit Jahren nicht gespürt hatte – vielleicht auch nie zuvor.

Das nächtliche London zog an ihnen vorbei, aber sie bekam nicht viel davon mit. Nathans Küsse waren viel aufregender als jedes illuminierte Wahrzeichen der Stadt. Immerhin war der Taxifahrer diskret und beachtete sie nicht weiter.

»Kommst du noch mit hoch?«, fragte Nathan grinsend, als sie vor der Haustür standen.

Emma musste lachen, aber Nathan presste den Zeigefinger auf seine Lippen.

»Pscht! Hier wohnt so ein Zerberus! Wenn meine Vermieterin sieht, dass ich Damenbesuch habe – und dann noch von der verfeindeten Seite – wirft sie mich raus.«

Nun musste sie noch lauter lachen und gab ihm einen spielerischen Klaps auf den Hinterkopf.

»Ungezogenes Mädchen«, raunte er und scheuchte sie vor sich die Treppe hinauf.

Er blieb ihr so dicht auf den Fersen, dass sie seinen Körper direkt an ihrem spürte. Was würde passieren, wenn sie oben ankämen?

»Lädst du mich in deinen Strandkorb ein?«, fragte Nathan und küsste ihre Stirn, ihre Nase, ihre Ohrläppchen, als es so weit war. Ein Schauer fuhr über ihren Rücken. »Ich hole uns noch was zu trinken, okay?«

Sie nickte, und dann küssten sie sich, als stünden sie an einem Bahnsteig und einer von ihnen würde für immer fortfahren.

In der Tat war Emma erleichtert, dass es nur fünf Minuten dauerte, bis sich Nathan mit zwei Gläsern eiskaltem Cider neben sie in den Strandkorb setzte. Sie stießen an und tranken beide einen großen Schluck. Wie gut das tat! Er stellte sein Glas ab und ließ seine Finger ihren Unterarm hinauf und hinab wandern. Sie hätte vor lauter Wonne am liebsten geschnurrt.

Das nahm ihr Troy ab, der sich mit einem Sprung zu ihnen gesellte.

»Hi, Troy«, begrüßte ihn Nathan. »Tut mir leid, ich glaube, sie hat Schluss mit dir gemacht. Glaub mir, die Entscheidung ist ihr nicht leichtgefallen. Aber letztlich … ich kann einfach besser schnurren als du.«

Er brummte ihr ins Ohr, und sie musste schon wieder lachen, was Nathan mit einem weiteren Kuss erstickte. Troy merkte wohl, dass er hier nicht allzu viel Aufmerksamkeit bekommen würde und trottete von dannen.

Emma war längst in ein anderes Reich gewechselt, in dem es nur Hände und Haut, Fingerspitzen, Lippen und Zungen gab. Sie spürte erst jetzt, wie sehr sie all das vermisst hatte. Berührungen und das Versinken in die Umarmung des anderen, wie sie am liebsten in ihn hineingekrochen wäre und sich nicht sattfühlen konnte an der Wärme, die sein Körper ausstrahlte.

Als er sie irgendwann umfasste und auf seinen Armen hineintrug in sein Appartement, hegte sie nicht den geringsten Zweifel, dass all dies richtig war, dass sie hier und jetzt an dem Ort war, an dem sie zu sein hatte und genau bei dem Menschen, der für sie bestimmt war. Die Liebe umgab sie wie die salzigen Wellen des Meeres, und sie ließ sich tragen und hielt nicht mehr Ausschau nach Land.

Vielleicht war es der Sonnenstrahl, der sie an der Nase kitzelte, vielleicht aber auch der Duft von Kaffee. Ein Lächeln hatte sich in ihren Mundwinkeln verfangen und sie vertrieb es nicht.

»Guten Morgen, Schönheit«, begrüßte Nathan sie nun und stellte ein Tablett mit zwei Schalen dampfendem Kaffee und zwei Schüsseln voll frischem Müsli auf dem Bett ab. Dann rutschte er vorsichtig unter die Bettdecke, schmiegte sich an sie und küsste ihr Ohr. »Gut geschlafen?«

»Himmlisch«, antwortete Emma, ohne zu zögern.

Sie hatte zwar kaum die Augen zugetan, weil alles viel zu aufregend gewesen war, aber dennoch fühlte sie sich frisch. Sie hatte es genossen, die ganze Nacht seine Gegenwart zu spüren – sie war sich beschützt und aufgehoben vorgekommen. Jederzeit war da eine Hand gewesen, die sie im Notfall hätte halten können.

Emma schlürfte den starken, süßen Kaffee, und Nathan machte sich mit viel Appetit über das Müsli her. Es herrschte einvernehmliches Schweigen, nur unterbrochen von irgendwelchen Frühaufsteher-Amseln auf der Dachterrasse. Es war nämlich erst kurz nach sieben. Emma konnte sich nicht erinnern, dass sie in den letzten Jahren an einem Sonntagmorgen je so früh wach gewesen wäre. Aber die friedvolle Ruhe gefiel ihr.

»Ich wusste gar nicht, dass du so ein wunderbarer Tänzer bist«, sagte sie schließlich, als ihr die gestrige Party in den Sinn kam.

»Danke.« Er schmunzelte. »Ich hätte gerne noch länger mit dir getanzt. Aber die Entwicklungen des Abends …«

»Die waren ganz in Ordnung«, ergänzte Emma.

»Ganz in Ordnung?« Er stellte seine Schüssel weg, fuhr mit der Hand unter die Bettdecke und kitzelte sie sanft.

»Sehr in Ordnung«, kicherte Emma. »Total in Ordnung. Überaus vollkommen in Ordnung!«

»Das will ich meinen.« Er zog seine Hand zurück und angelte nach dem Kaffee.

»Wer war eigentlich der Typ, mit dem du so geheimnisvolle Gespräche geführt hast?«, fragte Emma und probierte vom Müsli. Es war sogar frisch geriebener Apfel darin, stellte sie fest. Köstlich! Frühstück machen konnte er auch noch.

»Der Typ?« Nathan rührte in seiner Tasse, einen Moment zu

lange, bevor er antwortete. »Er hat mir einen neuen Job vermittelt, und wir mussten noch ein paar Dinge besprechen.«

Emma rückte ein wenig von ihm ab, um ihm ins Gesicht zu sehen.

»Aber das ist ja toll«, rief sie. »Großartig! Was für einen Job?«

»Als Kinderarzt.«

Sie hob ihren Kaffeebecher, als wollte sie einen Toast ausbringen.

»Glückwunsch, wann kannst du anfangen?«

»Na ja, ich muss mich kommende Woche erst noch vorstellen. Und ein paar Tests machen.«

»Okay. Was für Tests?« Sie spürte, dass er ein wenig von ihr wegrutschte. Sah, wie er sehr lange den schwarzen Kaffee in seiner Tasse betrachtete. Hörte seinen tiefen Seufzer.

»Emma«, fing er an, und ihr wurde kalt.

Sie nahm seine Hand, strich über seine Finger, er reagierte nicht.

»Es ist alles …«, versuchte er es. »Verdammt … ich wollte das alles nicht, glaub mir.«

In ihrem Magen breitete sich eine Kälte aus, die kaum auszuhalten war. Was wollte er nicht? Sie?

»Kannst du mir erklären, worum es geht?«, brachte sie über die Lippen.

»Ich versuche es ja.« Er richtete sich auf, nahm ihre Hand fest in die seine und betrachtete sie ernst.

»Okay, irgendwann muss ich es dir sowieso sagen. Ich hatte es schon öfter vor, aber es … tut mir leid … ich habe es nicht über mich gebracht.«

»Bitte, komm zum Punkt. Es wird mich nicht umbringen, egal was es ist. Du hast noch eine andere, oder?« Sie wusste nicht, ob sie ein »Ja« wirklich überleben würde, aber im Moment war die Ungewissheit das Schlimmste.

Er riss die Augen auf, schüttelte den Kopf.

»Nein, herrje, nein!« Er sah sie verständnislos an. »Ich habe mich recht bald nach dem Tod des kleinen Mädchens dazu entschlossen, für eine Zeit ins Ausland zu gehen, um dort in einem Hilfsprojekt als Arzt zu arbeiten.«

»Oookay. Das war jetzt nur ein Test, wie ich reagieren würde, oder?«

Er lächelte schief, schüttelte den Kopf und zog sie an sich. Seine Küsse schmeckten noch immer wie Met und Ambrosia und Champagner und alle Köstlichkeiten dieser Erde. Aber etwas Bitteres war nun beigemischt. Es verhinderte, dass sie hinabsank in diesen Zustand, in dem sie nur aus guten Gefühlen bestand. Emma befreite sich aus seinen Armen, noch immer sprachlos, unsicher, ob sie mehr wissen wollte.

»Weißt du, ich habe das Gefühl, ich muss in irgendeiner Form Wiedergutmachung leisten«, erklärte er weiter. »Den Eltern ist nicht zu helfen – der Verlust ihres Kindes kann mit nichts aufgewogen werden. Ich muss einfach einen Weg finden, um mit dieser Sache klarzukommen. Ich will nicht mein Leben lang mit dem Fahrrad davor wegfahren.«

Sie nickte, ja, sie konnte das so gut nachvollziehen, keine Frage. Aber gleichzeitig tat es so schrecklich weh, sich vorzustellen, dass er fort sein würde, dass sie nicht wusste, ob sie je wieder einen Atemzug tun konnte.

Er streichelte vorsichtig ihren Arm.

»Es tut mir so leid.«

»Wohin wirst du gehen?«

»Vermutlich nach Peru. Irgendwo ins Hochland. Da gibt es ein Projekt für Waisenkinder, und sie benötigen dringend medizinische Unterstützung. Es hat sich alles recht plötzlich ergeben. Eigentlich hatten sie gar keine Stelle frei, aber dann ist einer ihrer Ärzte selbst krank geworden und sie brauchen dringend Ersatz. Sie haben angefragt, kurz bevor ich hier einzog. Da kannten wir uns noch gar nicht.«

»Verstehe.«

»Ach Emma, ich weiß, es klingt … egoistisch. Aber wenn ich die Chance nicht nutze, kann es ewig dauern, bis ich eine zweite erhalte. Sieh es als Pilgerfahrt. Um Abbitte zu leisten.«

»Und wie lange?«

»Das steht noch nicht genau fest. Vermutlich für zwei Jahre. Ab fünfzehnten Juni.«

»Oh Gott«, entfuhr es ihr. Sie rutschte tiefer ins Bett hinein, zog sich die Bettdecke bis über die Ohren. Mit einem Mal wurde ihr so vieles klar – die Pläne, über die seine Mutter geredet hatte, der Peru-Vortrag, sein Rumgedruckse, wenn es um Zukunftspläne gegangen war.

Warum? Warum geschah das jetzt?

Als Simon ihr damals erklärt hatte, er würde nicht in Regensburg, sondern in München studieren, hatte sie sich aufrichtig gefreut. Sie hatte gedacht, er würde das Terrain für sie sondieren, bis sie selbst nach München käme. Sie hatte gedacht, etwas Abstand würde ihnen ganz guttun. Und dann war sein Umzug der Anfang vom Ende gewesen. Mit Nathan hatte es kaum einen Anfang gegeben, und das Ende war schon da. Ein Ende ohne Anfang. Sie riss sich die Bettdecke vom Kopf, die Hitze war plötzlich unerträglich. Das Geschirr klapperte, und Nathan rettete mit einem schnellen Griff die halb volle Müslischale vor dem Umkippen.

»Und da dachtest du dir, bevor ich in die weite Welt rausfahre, gönne ich mir noch eine Nacht mit der Nachbarin, oder was?« Es tat so weh, und ihre heftigen Worte fühlten sich so lindernd an wie kaltes Wasser auf einer Brandwunde.

»Nein, Emma, das darfst du nicht denken!« Er zog die Brauen zusammen. Schimmerten Tränen in seinen Augen?

»Ich wollte dich nicht so nah an mich heranlassen, glaub mir, aber ich konnte nicht anders. Du hast mir so gutgetan, du hast Ähnliches durchgemacht wie ich – du verstehst mich. Ehrlich, du hast das Beste in mir zum Vorschein gebracht.«

»Ich? Die verkorkste, nervige Tussi von nebenan?«

»Ja, genau du! Du bist empfindsam und einfühlend, und ich fühle mich so entspannt in deiner Nähe. Bei dir muss ich nicht der Karrierearzt sein. Du bist so … echt.«

Ihre Wut wehte zur offenen Terrassentür hinaus. Zurück blieb ein Gefühl von Peinlichkeit. Sie war echt. Oh Gott, wenn er wüsste, wie künstlich sie in Wahrheit war, wie der Schein ihr Leben beherrschte.

»Weißt du, es ist ja noch nicht alles hundert Prozent entschieden«, sagte er. »Na ja, so gut wie, aber … Jedenfalls muss ich in der nächsten Woche noch nach Brighton. Da hat der Verein seinen Sitz, und ich durchlaufe eine Art Workshop, in dem ich alles über das Projekt und das Land erfahre und wo wir auch noch ein wenig getestet werden auf Teamfähigkeit und so Sachen.«

»Das heißt, du könntest noch durchfallen?« Ein Funken Hoffnung keimte auf. Und erlosch sofort wieder.

»Vermutlich nicht. Ärzte sind sehr gesucht, zumal solche, die für so wenig Geld arbeiten. Da müsste sich schon ein Suffkopf wie Travian melden, um abgewiesen zu werden.«

Emma ließ den Kopf sinken, zupfte an der Bettdecke herum, sie wollte nicht weinen. Nicht hier, nicht vor ihm.

»Weißt du, neulich, als das mit Poppy geschah. Es klingt vielleicht merkwürdig – aber es hat sich so gut angefühlt, ihr zu helfen. So richtig. So lebendig. Ich muss das einfach tun.«

Sie verstand ihn ja und sie liebte ihn dafür, dass er mit einer solchen Leidenschaft Kinderarzt war – aber warum nur konnte er das nicht in ihrer Nähe sein?

»Und warum hast du mir nicht früher davon erzählt?«

Er zuckte mit den Schultern. »Ich hätte es dir längst sagen müssen, ich weiß. Ich hatte Angst, dass das kleine bisschen Vertrauen, was du so langsam zu mir aufgebaut hast, sofort zerstört werden würde. Und gestern Abend … da wollte ich dich so sehr. Hätte ich alles kaputtmachen sollen mit diesem Geständnis? Hättest du das gewollt?«

Nein, natürlich nicht. Der Abend und die Nacht waren das Wunderbarste gewesen, was sie seit Jahren erlebt hatte. Es hatte ihr so gutgetan. Sie war sich wie erweckt vorgekommen und ja, tatsächlich auch endlich wieder echt. Aber der Preis, den sie nun zahlen musste, war fürchterlich hoch.

»Verdamme mich nicht«, bat er sie.

Emma schob die Decke von sich und schwang die Beine über die Bettkante.

»Bitte«, brachte sie hervor, »gib mir etwas Zeit. Ich brauche jetzt … keine Ahnung. Jedenfalls muss ich raus hier, tut mir leid.«

Sie sah aus den Augenwinkeln, wie er versuchte, ihre Hand zu erwischen, aber sie konnte nicht stehenbleiben, ihm nicht mehr in die Augen sehen. Ohne ein weiteres Wort ging sie.

Als sie draußen war, holte sie tief Luft. Seine Hälfte der Dachterrasse wirkte wie eine Mondwüste, karg und kahl und vereinsamt. Sie fühlte sich, als hätte sie einen grässlichen Kater und müsste sich gleich übergeben. Nach nichts sehnte sie sich mehr als nach ihrem Bett, wollte am liebsten die Türen verschließen und die Fenster verrammeln, damit er und die Welt sie endlich in Ruhe ließen.

Das war es schon, dachte sie. Aus. Vorbei. Dann hob sich ihr Magen so schnell, dass sie es gerade noch in ihr Bad schaffte.

KAPITEL 20

#HAPPINESSCHALLENGE

Em_dreams: Der schönste Liebesbeweis, den ihr je bekommen habt – verratet ihr mir den?
Pierre @Em_dreams: Er hat für mich seinen Lover abserviert.
BritMom @Em_dreams: Er ist für mich nach London gezogen. Das war's dann aber auch …
Granny53 @Em_dreams: Er hat mich gegen den Widerstand seiner Eltern geheiratet.

Den ganzen Sonntag verließ sie ihr Bett nicht. Und sie war sich sicher, sie würde es auch am Montag und am Dienstag und am Mittwoch nicht tun – so lange, bis irgendetwas passierte, das sie davon überzeugte, dass dies einen Sinn hätte. Aber vermutlich gab es nichts, was diesen Sinn besaß. Ein paarmal klopfte es an der Tür, aber sie vergrub sich nur tiefer in ihrem Bett. Sie konnte nicht mit ihm reden. Wie konnte er ihr nur so etwas antun? Mit ihr schlafen, sie mit Liebkosungen überschütten, ihr die größten Wonnen bereiten, ihr Leben einhauchen – um sie dann wegzuschmeißen wie einen vollen Müllbeutel. Sie hätte ihn hassen sollen, sofort und für immer, aber es ging einfach nicht. Seine Berührungen spürte sie überall auf ihrer Haut, sie hatten sich eingeritzt wie Tattoos. Und sie sehnte sich danach, ihn wieder zu fühlen, überall. Niemals würde sie zwei Jahre ohne ihn überstehen.

Irgendwann brachte sie es dennoch über sich, stand auf und kochte sich einen Tee. Sie sehnte sich nach etwas Warmem, Weichem, Tröstendem, und ihr Blick fiel auf eine Packung Kartoffelbrei.

Zehn Minuten später saß sie mit der dampfenden Schale wieder im Bett und löffelte den Brei. Doch weil die düsteren Gedanken sich nicht aus ihrem Kopf vertreiben ließen, griff sie schließlich zu ihrem Smartphone und öffnete Instagram. Sie wollte von hübschen, heiteren, harmonischen Posts mitgerissen werden, wollte ihr Elend vergessen. Doch es war kaum zu ertragen. Die Fotos von fröhlichen Menschen, die spannende Dinge taten, glücklich waren, von Schönheit umgeben, geliebt und eingebunden, hatten nicht die Kraft, sie zu trösten. Sie sehnte sich plötzlich nach Leidensgenossen, Kummergefährten. Warum zeigte ihr die Timeline nie Bilder von solchen Menschen? Wo waren all die gebrochenen Herzen? Die Liebeskranken? Die Sehnsüchtigen? Verfluchten? An diesem Morgen gab es hier tatsächlich nur Sonnenschein und Eititei. Zum Kotzen!

Emma legte sich auf den Parkettboden, dort wo die schwarzen Brandflecken waren, und griff aus dem Altpapierkarton ein Blatt heraus. Vom Schreibtisch angelte sie Stifte, vor allem dunkle, und ließ diese ihre Finger dirigieren, möglichst ohne nachzudenken. Erst wirkte das Wesen, das entstand, wie ein Gespenst, einsam, ängstlich, aber dann wurde es größer und fetter und gruseliger. Ein Dämonenmonstergespenst mit riesigen, blutunterlaufenen Augen und spitzen Zähnen, das aussah, als erwürgte es sich selbst. Zu seinen Füßen eine rote, herzförmige Blutlache, in die immer mehr Tränen tropften, genauso rot, genauso herzförmig. Im Hintergrund lauerten weitere Dämonen, bedrohlich wie die Dementoren aus *Harry Potter*. Bald hätte das Monstergespenst keine Seele mehr, es wäre ausgeblutet und tot. Ein totes Gespenst. Doppelt tot.

Erschöpft hielt sie inne, ihre Kehle brannte vor Durst. Sie übertrug das Bild auf ihren Computer, sandte es an ihr Handy und lud es hoch. Ohne jeden Kommentar, ohne Hashtag. Sie musste in die Welt schreien, wie beschissen sie sich fühlte, aber sie wollte dabei unauffindbar sein. Ihr war klar, dass das nicht ging, aber das war ihr egal.

Es wurde schon hell, als Emma endlich ins Bett kroch. Sie hätte kaum sagen können, womit sie die Zeit herumgebracht hatte. Noch ein halbes Dutzend Blatt Papier bemalt, versucht, ihren Lieblingsfilm *Lalaland* anzuschauen, bis ihr klar wurde, dass sie das bittere Ende diesmal noch weniger als sonst ertragen könnte und sie schaltete vorher ab. Irgendwann, mitten in der kalten Nacht, hatte sie sich dann in den Strandkorb verkrochen und nach seinem Geruch gesucht. Ihn nicht gefunden.

Auch der Montag war schrecklich. Körperlich fühlte sie sich etwas besser, aber das Wetter spiegelte ihren seelischen Zustand: Es regnete von morgens bis abends, und Emma war froh, einen Grund zu haben, um das Haus nicht verlassen zu müssen. Sonnenschein hätte sie an diesem Tag nicht ertragen. Einmal lugte sie zur Tür hinaus, sein Fahrrad war fort.

Wann findet dieser Workshop wohl genau statt?, fragte sie sich, rief sich aber gleich zur Ordnung. Sie sollte nicht grübeln.

Sie war sowieso nicht bereit für eine neue Beziehung. Was, wenn er zwar nicht fortging, aber ihm in ein paar Wochen klar wurde, dass Emma doch nicht die Richtige für ihn war? Wenn er sie mit einem Mal zu langweilig fände? Wenn er entdeckte, was sie da für bescheuerte Lügenspiele auf Instagram aufführte? Bis dahin hätte sie vermutlich Dutzend Mal mit ihm geschlafen, und ihre Liebe zu ihm wäre größer und größer geworden – und wenn er sie dann fallen ließe … Das würde sie nicht überleben. Dann sollte er lieber fortgehen, und sie konnte sich den Träumen hingeben, dass es theoretisch mit ihnen beiden hätte klappen können. Ja, vielleicht war es sogar gut, dass er fortging! Dann hätte die Realität keine Chance ihre Härte zu zeigen.

Sie würde Nathan jetzt einfach abhaken. Wie einen Punkt auf einer To-do-Liste. Erledigt. Keine Relevanz mehr.

Dass dies nicht ging, bewies das Zittern ihrer Finger, als sie die WhatsApp-Nachricht öffnete, die er ihr einen Moment später schickte. Er bat darum, dass sie noch einmal redeten. Er wollte sie sehen. Wollte ihr klarmachen, dass er sie nicht ins Unglück hatte stürzen wollen. Schrieb, er habe nicht geahnt, dass es ein solcher Schock für sie wäre.

Emma fand keine Buchstaben auf der Tastatur, die sie hätte sinnvoll zusammensetzen können. Was sollte sie schreiben? Sie konnte sich nicht vorstellen, mit ihm zu sprechen. Nicht jetzt. Auch wenn nicht mehr viel Zeit blieb, bevor er ging. Sie schaltete ihr Handy ab und stopfte es unters Kopfkissen.

Nach einem kargen Abendessen – noch eine Portion Kartoffelbrei – hatte der Regen aufgehört. Dunkle Wolken jagten noch immer über den Himmel. Irgendwann hörte sie Troy an der Terrassentür kratzen und ließ ihn hinein. Er schüttelte die Feuchtigkeit aus seinem Fell und ließ sich im Altpapierkarton nieder, sein liebster Platz, wenn er mal keine Lust auf aushäusige Aktivitäten hatte. Die Luft jenseits der geöffneten Tür roch nicht nach Großstadt. Der Wind hatte etwas Ländliches herbeigeweht, das in Emma eine große Sehnsucht freisetzte, ohne dass sie genau hätte beschreiben können, wonach. Am ehesten nach dem Meer. Einem rauen Meer, dem Menschen egal waren, das auf- und abbrandete und so riesig war, dass alle Bedürfnisse auf die Größe eines Wassertropfens schrumpften.

Sie schnappte sich eine Decke und sprintete über die nassen Fliesen zum Strandkorb, den sie einer kurzen Eingebung folgend in der Nacht zugeklappt hatte. Er war zwar nicht ganz trocken, aber die Feuchtigkeit der Polster ließ sich, in die Decke gehüllt, ignorieren. Garantiert würde Nathan bei diesem Wetter hier nicht auftauchen – vielleicht war er sowieso schon fort. Gierig sog sie die frische Luft ein. Troy war ihr gefolgt und rollte sich zu ihren Füßen zusammen. Nach einiger Zeit dämmerte Emma sogar ein wenig weg.

Plötzlich war sie wieder auf der Party in Notting Hill. Sie quetschte sich durch die Menschenmenge, sah nur fremde Gesichter. Wo war Nathan? Hände legten sich auf ihren Hintern, auf ihre Brüste, sie versuchte, fortzukommen, aber die Gäste standen so eng beieinander, dass es ihr nicht gelang. Dann tauchte ein großer, grell geschminkter Mund vor ihr auf, der sich rasend schnell bewegte.

»Bloß nicht essen«, sagte der Mund. »Viel zu fett.«

Endlich materialisierte sich ein Gesicht zu dem Mund, und Emma erkannte, dass es Lauren war, die laut auf sie einsprach und damit alle anderen Geräusche überlagerte.

Sie zuckte erschrocken zusammen und fand sich in ihrem Strandkorb wieder. Troy war verschwunden. Wie kalt es auf einmal war.

»… deinen Kaffee werde ich vermutlich besonders vermissen«, erklang nun Nathans Stimme. »Man hört ja Gruseliges über Kaffee in Peru. Vermutlich muss ich mich an Instantpulver gewöhnen.«

»Oh, ja, man könnte meinen, wo Kaffeebohnen wachsen, gäbe es auch guten Kaffee – aber nein, die trinken da eine ziemliche Plörre.«

Emma spähte durch das Korbgeflecht des Strandkorbes in Richtung von Nathans Terrasse. Sie konnte erkennen, dass seine Tür offenstand und er neben Nilla dort im Rahmen lehnte. Ein Stich fuhr ihr ins Herz. Sollte nicht sie dort stehen? Doch allein sein Anblick trieb ihr schon wieder die Tränen in die Augen.

»Vielen Dank jedenfalls für die Reiseführer!«

»Und pass auf mit den Steckdosen – die sind oft wackelig. Wenn du was einsteckst, sprühen gerne mal Funken.«

Wieso wusste Nilla von seinem Peru-Aufenthalt? Hatte er sich ihr schon vor längerer Zeit anvertraut – und Emma nicht? Hatte er mit Nilla die Pros und Contras abgewogen, diskutiert, ob es richtig war, diesen Schritt zu gehen? Und hatte sie ihn darin bestärkt? War Nilla insgeheim vielleicht sogar froh, dass Emma Nathan dann auch nicht bekam? Emma schämte sich für ihre fiesen Gedanken, aber sie poppten einfach auf wie Maiskörner in einem heißen Topf. Sie konnte es nicht verhindern. Am liebsten hätte sie sich in ihre Wohnung zurückgezogen, sie ertrug dieses freundliche Gespräch einfach nicht. Aber dann hätten sie ihre Anwesenheit bestimmt bemerkt und sie angesprochen, und das hätte sie noch weniger ertragen.

»Freust du dich, dass es bald losgeht?«, fragte Nilla nun.

Nathan starrte in den trüben Himmel, und Emma biss sich auf die Unterlippe. Was würde er sagen?

»Irgendwie schon.«

»Und irgendwie auch nicht?«

»Das Timing könnte besser sein. Na ja, ach, irgendwie ist immer der falsche Zeitpunkt.«

»Ich finde es jedenfalls großartig, dass du in so ein Projekt gehst«, sagte Nilla. »Und du wirst sehen – du wirst das Land lieben.«

»Bestimmt«, hörte Emma ihn noch sagen. Dann wurde die Terrassentür geschlossen.

Emma verharrte so lange im Strandkorb, bis das Klappern ihrer eigenen Zähne sie aufschreckte. Die klamme Decke eng um den Körper gelegt, huschte sie in ihr Appartement zurück, ohne die Nachbarwohnung eines weiteren Blickes zu würdigen. Drinnen blieb sie mitten im Zimmer stehen und starrte auf die Brandflecken.

Warum sagte er diesen Einsatz nicht einfach ab? Wenn sie ihm etwas bedeutete, könnte er sich doch ganz einfach für sie entscheiden. Und gegen Peru. Aber nein, er freute sich darauf. Sagte er zumindest.

Könnte er nicht einfach darauf vertrauen, dass ihre Liebe zueinander diese Schuld heilen würde? Nein, offensichtlich nicht. Sie wusste genau, dass es für ihn so schwer sein musste, mit dieser vermeintlichen Schuld zu leben, wie für sie mit ihrer. Hätte sie selbst das Gefühl gehabt, ihre Schuld wäre durch irgendetwas wettzumachen, hätte sie es getan – egal, was es gewesen wäre. Verdammt, wenn sie ihn doch einfach nicht verstehen würde – dann könnte sie wenigstens wütend und beleidigt und verletzt sein. Aber sie verstand ihn ja, sie verstand ihn so gut. Sie wollte hinüberlaufen, wollte ihn in ihre Arme ziehen und ihm sagen, dass sie ihn gehen ließ und dass sie warten würde, bis er zurückkäme, aber sie wusste, sie konnte es nicht. Sie brachte es nicht übers Herz.

Emma zitterte noch immer, streifte die Kleider ab und stellte sich unter die warme Dusche. Sie drehte das Wasser immer heißer und heißer, bis ihre Haut ganz rot wurde, fühlte kaum etwas dabei.

Anschließend saß sie lange auf dem Rand des Duschbeckens und starrte die Kacheln an. Sie begann wieder zu frieren, duschte noch einmal. Könnte sie nicht damit den Rest ihres Lebens zubringen? Das Wasser riss ihre Tränen mit. Nur ihr Schluchzen konnte es nicht übertönen.

Irgendwann stand sie in frischen Klamotten wieder mitten in ihrem Zimmer. Alles fühlte sich leer an, ihr Kopf wie mit Watte ausgestopft. Sie sah sich um, bemerkte immerhin die Unordnung, weil sie seit Tagen nicht aufgeräumt hatte. Sie sammelte schmutzige Wäsche ein, spülte das Geschirr und räumte ihren Schreibtisch auf. Es war gut, einfach etwas zu tun und nicht nachzudenken. Ein Blick in die Vorräte sagte ihr, dass sie dringend Katzenfutter kaufen musste und vielleicht ein paar Becher Instantsuppe für sich selbst. Appetit verspürte sie keinen, aber ihr Magen grummelte.

Der Regen hatte zwar wieder eingesetzt, aber nur leicht. Ein Blick durch den Türspion zeigte ihr, dass Nathans Fahrrad fehlte. Ob er mit Nilla unterwegs war? Abschied feiern? Was blieb ihm übrig, wenn Emma jeden Kontakt verweigerte?

Sie schlüpfte in eine ausgeleierte Regenjacke, zog die Kapuze tief ins Gesicht und machte sich auf den Weg zum Supermarkt. Erst als sie beinahe angekommen war, fiel ihr auf, dass sie nicht gezögert hatte, dorthin zu gehen. Sie bewegte sich durch die Straßen des Viertels wie eine ganz normale Passantin, kaufte ein wie andere Kunden auch. Etwas Brot, Margarine, Asia-Tütensuppen, eine Dose Thunfisch für Troy und Trockenfutter. Nach einer Viertelstunde war sie schon wieder auf dem Heimweg. Der Regen war stärker, auf den Straßen standen Pfützen, in denen sich die Lichter der Autos spiegelten. Es roch nach nassem Asphalt und nach Kebab von den Imbissbuden, die sie passierte.

Obwohl alles gut gegangen war, fühlte sie sich erleichtert, als sie den Haustürschlüssel ins Schloss steckte. Und zuckte zusammen, als sie hinter sich das Quietschen von Bremsen hörte und einen Aufprall.

Nathan!, fuhr es ihr unwillkürlich durch den Kopf, und sie drehte sich um. Doch offensichtlich hatte nur ein Bus schärfer abgebremst, schon rollte er weiter. Sie wollte sich zurück zur Tür wenden, als sie aus den Augenwinkeln eine Bewegung wahrnahm. Eine Frau tat einen Schritt auf die Straße, dorthin, wo eben noch der Bus gestanden hatte. Sie bückte sich, und Emma konnte erkennen, dass sie versuchte, etwas von der Straße aufzuheben. Die Frau schimpfte, klang empört … nein, entsetzt. Sie war schon älter, trug einen merkwürdigen Regenhut auf dem Kopf und einen geblümten Regenmantel. Emma bemerkte erst jetzt am Klang ihrer Stimme, dass es Mrs Frampton war. Die alte Dame sah sich um. Ihr Mund stand leicht offen und ihre Züge waren beinahe entgleist. Ob sie Hilfe brauchte?

Emma vergaß alle Vorbehalte und ging auf sie zu. Und je näher sie kam, umso heftiger schlug ihr Herz. Denn Mrs Frampton hielt einen kleinen Körper in Händen, dessen Köpfchen schlaff nach unten hing. Schwarzes Fell, eine weiße Brust. Emma fing an zu schreien.

Sie trugen das Tier gemeinsam in den Hausflur. Es war ganz leicht, Emma hätte es auch alleine tragen können, aber Mrs Frampton wollte genauso wenig loslassen wie Emma selbst. Eine Regentropfenspur sprenkelte den Fußboden, aber Emma spürte weder Nässe noch Kälte. Nur ein Gedanke blitzte auf: Troy hat Mrs Frampton gehört? Mein Troy? Dieser treue Kater, mein Gefährte in düsteren Stunden? Das kann nicht sein!

Aber es war so, definitiv.

»Sherlock!«, rief ihre Nachbarin immer wieder. »Sherlock!«

Sie rüttelte an dem Kater, tätschelte ihn, als könnte sie ihn aus einer Narkose erwecken, aber alle Gliedmaßen hingen kraftlos herunter. Es war eindeutig: Troy war tot. Vermutlich war er gegen den Bus gelaufen oder hatte ihm nicht mehr ausweichen können – sein Genick war gebrochen.

»Ich wusste, dass es einmal so ein Ende mit ihm nehmen würde«, schimpfte Mrs Frampton, und Emma war beinahe froh, dass sie das Meckern nicht verlernt hatte. »Immer war er so viel unterwegs, tagelang ist er nicht nach Hause gekommen … ich wusste nie, wo er sich rumtreibt, aber schließlich kam er immer zu seiner Mommy zurück … ach, mein Sherlock …«

Und nun weinte und schluchzte sie hemmungslos. Obwohl Emma sich fühlte wie unter Schock, legte sie ihrer Nachbarin eine Hand auf den Arm und streichelte sie mechanisch. Troy, dachte sie, Troy, und auch ihr schossen die Tränen in die Augen.

»Was heulen Sie denn da?«, fuhr Mrs Frampton sie plötzlich an, als hätte sie als Einzige das Recht, um den Kater zu trauern.

»Ich …«, stammelte Emma.

Sollte sie erzählen, dass Troy – für sie würde er immer Troy bleiben! – ein Doppelleben geführt hatte? Dass ihre Dachterrasse quasi sein Zweitwohnsitz gewesen war? »Er war so ein liebes Tier«, sagte sie schließlich nur und streichelte sein Fell, das sich anfühlte wie immer, nur, dass es feucht war. Hatte er nicht gerade eben noch auf ihren Füßen gesessen und geschnurrt? Mrs Frampton blickte erstaunt zu ihr auf.

»Sie kannten ihn?«

»Natürlich«, antwortete Emma. »Er hat ab und zu ein Leckerli bei mir bekommen.«

»Und sie mögen Katzen?«

»Diese hier ja! Allerdings!«

»Oh ja, er war was Besonderes.« Mrs Frampton schien für den Moment alle Feindseligkeit zu vergessen. »Wissen Sie, als kleiner Kater war er so frech und wild. Er hat mir die Gardinen von den Fenstern gerissen und die Kissen zerfetzt.« Ganz weich wurde ihr Blick, als sie diese Erinnerung mit Emma teilte. »Er hat die Erde aus den Blumentöpfen gebuddelt und Mäuse … herrje, wie viele halb tote Mäuse hat er ständig mitgebracht.« Unter ihren Tränen schien ein Lächeln auf, und zum ersten Mal bemerkte Emma, was für hübsche Augen Mrs

Frampton hatte. Sie strahlten azurblau, gerahmt von langen, dunklen Wimpern.

»In den letzten Jahren war er viel ruhiger – er hat keine Mäuse mehr gejagt. Na ja, er war ja auch schon vierzehn Jahre alt mittlerweile. Ach, mein Baby …« Erneut kamen ihr die Tränen.

Emma biss sich auf die Zunge. Bestimmt wäre Mrs Frampton beleidigt, wenn sie erführe, dass Emma mittlerweile Opfer seiner fragwürdigen Geschenke geworden war.

»Haben Sie auch eine Katze?«, fragte Mrs Frampton nun und deutete auf Emmas Einkaufstüte, aus der oben eine Packung Trockenfutter herausragte.

»Nein, ähm, für eine Freundin«, log sie, fühlte sich aber wie eine Verräterin. »Was werden Sie jetzt mit ihm machen? Im Hof beerdigen?« Die Vorstellung, sein Grab besuchen zu können, beruhigte sie für einen Moment.

»Ich bringe ihn ins Tierkrematorium. Und seine Asche stelle ich dann auf den Wohnzimmerschrank. Neben meine Mutter.«

Emma nickte, unfähig, noch irgendetwas zu sagen. Sie streichelte weiter sein weiches Fell, und mit einem Mal überfiel sie die Gewissheit, dass er nie wieder um ihre Beine streichen oder auf ihren Schoß springen würde, mit einer solchen Macht, dass es ihr die Kehle zuschnürte.

»Ich muss leider weiter«, brachte sie irgendwie hervor. »Es tut mir so leid!«

Mrs Frampton musterte sie von oben bis unten, dann sagte sie: »Vielen Dank für Ihre Hilfe. Alleine hätte ich das nicht geschafft.«

»Gern geschehen«, flüsterte Emma und meinte es ganz ehrlich.

Jeder Schritt die Treppe hinauf war beschwerlicher als der davor. Kaum hatte sie Mrs Frampton den Rücken zugekehrt, begannen die Tränen zu laufen. Emma machte nicht einmal das Treppenhauslicht an, obwohl es mittlerweile komplett dunkel war. Sie japste beinahe, als sie oben ankam. Nur mit Not fanden ihre Finger das Türschloss.

Verdammt! Welche Schicksalsgöttin musste sich zu solchen Tiefen herabschwingen? Emma rutschte innen an der Tür hinunter und blieb bewegungsunfähig auf dem Boden sitzen. Die Einkaufstüte kippte neben ihr um und das Katzenfutter polterte aufs Parkett. Sie griff danach und warf es gegen die Wand. Mit einem Knall zerplatzte die Packung, und der Inhalt spritzte in alle Richtungen.

Troy! Wie konnte er ihr das antun? Wie konnte er einfach aus ihrem Leben verschwinden? Wer würde sie jetzt trösten und beruhigen, wer sie zum Lachen bringen und zum Fluchen? Sie holte ihr Handy heraus und tippte wie eine Wahnsinnige darauf herum. Irgendwo musste sie ein Foto von ihm haben. Wo war es nur? Partybilder leuchteten auf, Essensbilder, fremde Menschen, ein fremdes Haus – sogar Nathan war auf einem der Bilder zu sehen. Sie überlegte, es zu löschen, ließ es aber sein. Hier waren das Picknick und ein paar Impressionen der Skyline vor ihrem Fenster. Jana lachte sie an mit ihrem Bibimbap in der Hand. Sogar in der U-Bahn hatte sie ein paar Fotos gemacht und auf der Millennium Bridge. Aber wo war eines von Troy? Sie fand keines.

Erschöpft, als habe sie nächtelang nicht geschlafen, ließ sie das Smartphone sinken. Es war, als hätte er nie existiert. Nur seine Futterschale, sein Wassernapf zeugten noch von seinem Leben. Dieser Filou! Hatte sich von ihr durchfüttern lassen und ausgerechnet von Mrs Frampton auch noch – wer hätte das gedacht? Sie musste lachen und gleichzeitig weinen, und sie flüsterte seinen Namen »Troy«. Eine einzige Farce dieser Name – denn treu war er ja nun wirklich nicht gewesen.

Sie erschrak furchtbar, als es sacht an der Tür klopfte. Mrs Frampton? Aber dann hörte sie Nathans Stimme.

»Emma? Bist du da?«

Sie presste den Kopf zwischen die Knie, wollte seine Stimme nicht hören. Gleichzeitig sehnte sie sich nach einer Umarmung von ihm, nach seinen Lippen auf ihrer Haut, sie sehnte sich mit jedem Quadratmillimeter ihrer selbst nach ihm, aber ihn zu berühren würde es nur noch schwieriger machen, sich ihn aus dem Kopf zu schlagen. Denn dessen war sie sicher: Sie musste ihn aus ihrem Herzen verbannen, je schneller, umso besser.

Es klopfte noch einmal, kräftiger nun. Aber noch immer war sie nicht in der Lage zu öffnen. Mit angehaltenem Atem starrte sie in die Dunkelheit des Zimmers und wünschte sich nichts mehr, als einzuschlafen und in einer komplett anderen Welt wieder aufzuwachen. In einer glücklichen Welt.

Nachdem sie das Zuschlagen von Nathans Wohnungstür wahrgenommen hatte, rappelte sie sich auf. Ihr Handy hatte mit einem Ton eine Nachricht angezeigt. »*free_like_a_Bird, DoctorPiano91, moving_Betty* und sieben andere folgen dir jetzt«, las sie. Ihr Instagram-Account hatte in den letzten Tagen schon wieder mehr als zwanzig neue Follower gefunden. Sie presste das Handy an ihr Herz. In ihrem Kopf nahm etwas Gestalt an, das Trost versprach. Freude und Glück. Genau. Glück. Das war es, was sie jetzt benötigte. Und wie dumm sie war – sie hatte doch all die Menschen, die sie glücklich machten und die sie glücklich machen konnte, immer bei sich. Hier drin, da waren sie alle – ihre Kontakte, diese zwischenmenschlichen, die sie stets begleiteten. Mit ihrer Hilfe, da war sie sich plötzlich ganz sicher, würde das Glück auch wieder in ihr Leben einziehen. Ganz ohne Außenwelt.

Ein Bild zu finden war das Einfachste. Sie besaß eine Nahaufnahme von zwei aneinanderstoßenden Champagnerflöten, die im warmen Abendlicht schimmerten. Man sah sogar die Kohlensäureperlen schillern, links rote Rosen und rechts zwei Finger, die sich berührten. Länger brütete sie über den Text. Als Hashtag hatte sie sich für das schlichte Wort #Glück entschieden – in verschiedenen Sprachen. #Happiness, #Bonheur, #Felicità, #Felicidad, #Mutluluk, #Lycka, #te_Oaoa, #Boldogság, #Screća …

Aber was sollte sie dazu schreiben? Zu »ich bin so glücklich wie noch nie« konnte sie sich nicht durchringen. Die Lüge würde aus jedem Buchstaben springen. Sollte sie das berühmte Glück in den kleinen Dingen preisen? Aus der aktuellen Glücksforschung zitieren? Oder einfach nur fragen, was die anderen glücklich machte? Wann war sie zuletzt glücklich gewesen? Als sie in Nathans honigbraune Augen geblickt hatte. Als sie Troys weiches Fell an ihren Wangen gespürt hatte. Nichts davon war übrig geblieben. Was blieb? Wenn eine Zeichnung, eine Grafik besonders gelungen war. Wenn sie sich eins fühlte mit der Natur. Wenn sie sich bedürfnislos fühlte, weil alle Bedürfnisse für den Moment gestillt waren. Musste man für das Glück einen Sinn haben? Es detektivisch aufspüren? Nein, wurde ihr klar, das Glück tauchte immer überraschend auf. Dann, wenn sie nicht damit gerechnet hatte. Aber konnte es sein, dass man bereit dazu sein musste, sich vom Glück überraschen zu lassen? Wann war sie bereit?

Ihr wurde ganz schwindelig. Als blickte sie auf eine dieser Zeichnungen von M.C. Escher, bei denen man nicht erkennen konnte, wo eine Treppe anfing und aufhörte, wo sich alles ineinanderfügte und gleichzeitig auseinanderfiel. Vielleicht war das die Schwierigkeit mit dem Glück: Sie konnte nicht erkennen, welche Treppe sie nehmen musste, um diesen überraschenden Moment zu erleben. Glück setzte die Bereitschaft voraus, es wahrzunehmen, wenn es kam. Und gleichzeitig durfte man nicht darauf lauern – das vertrieb es sofort. Eine Bereitschaft also, die man gleich wieder vergessen musste. Fast so unmöglich wie geplante Spontaneität.

Aber jetzt würde das Glück mit Nathan nach Peru verschwinden und mit Troy war es vor den Bus gelaufen. Oder? Letzteres konnte sie verneinen, auch wenn es jetzt schmerzte und ihr schon wieder Tränen in die Augen traten – sie wusste, dass das Glück nicht mit Troy gestorben war. Das Glück brauchte größere Dramen, um zu sterben. Den Tod von geliebten Menschen. Schreckliche Qualen. Und selbst dann lauerte es in den Fugen der Zeit, um – im besten Falle – doch irgendwann wieder herauszukriechen, reanimiert und so plötzlich da, dass man sich ihm nicht widersetzen konnte. Vielleicht war es das, was das Leben ausmachte: dass man immer wieder bereit sein musste, dem Glück eine Chance zu geben.

Die Bank vor der kleinen Kirche tauchte auf, Nathan und sie, die Sterne und ihre Küsse. Die Nacht in seinem Bett. Pures Glück. Immer wieder abrufbar. Ein Film auf der Festplatte. Doch das Glück dieser Erlebnisse ließ sich nicht reproduzieren. Alles, was danach geschehen war, überlagerte sie. Dass das Glück nur noch in der Erinnerung existierte, erzeugte gleichzeitig die Sehnsucht nach neuem. Erinnerungen ans Glück kamen an den Moment selbst nicht heran.

»Teilt ihr euer Glück mit mir?«, schrieb Emma auf Instagram. »Lasst uns die Welt überfluten mit unseren Glücksgefühlen, sodass sie ein besserer Ort wird. Einer, an dem kein Platz mehr ist für Schuld und Angst, für Kämpfe und Trauer, für Missgunst und Neid und Gier. Schaffen wir das? Wenigstens eine Woche lang nur positive Gefühle? #HappinessChallenge«.

Vielleicht klang es naiv und banal und löste kein einziges Problem. Vielleicht aber lenkte das Nachdenken über das Glück ihre Follower und sie selbst von allem Schlechten ab, und wenigstens für eine kurze Zeit geschah kein Übel – weder ihr noch den Menschen, mit denen sie verbunden war.

Emma klickte ganz schnell auf »veröffentlichen«. Sie fühlte sich erschöpft, aber auch getröstet, jetzt schon. Nun hatte sie die Welt aufgefordert, ihre besten Seiten zu zeigen und war zuversichtlich, dass die Welt das auch tun würde.

KAPITEL 21

#FEEL

Em_dreams: Gibt es echtes Leben im unechten?
DoctorPiano91 @Em_dreams: Niemals!

Sie hatte sich nicht getäuscht. Als sie am nächsten Tag gegen Mittag aus einem unruhigen Schlaf erwachte, gab es schon 127 Kommentare.

Natürlich überwogen schlichte Herzchen, aber einige hatten kurz geschrieben, was sie in der letzten Zeit glücklich gemacht hatte. Auch Brittany war natürlich dabei, eine der Ersten, wie so oft. Und Emma war ganz gerührt, als sie las: »Du hast mich glücklich gemacht – du hast meiner Tochter das Leben gerettet.«

Viele hatten ihren Hashtag *HappinessChallenge* auch schon übernommen und eigene Bilder gepostet. Kinder, Haustiere, geliebte Menschen, aber auch schöne Kleider, Schmuck, Tattoos, Bücherregale oder Coffeeshops waren zu sehen.

Die meisten Fotos waren Naturaufnahmen: das Meer, Wolken, Sonnenuntergänge, Gebirgsgipfel, lichtdurchflutete Wälder. Emma lächelte, als sie die Bilder betrachtete. Doch sie sah vor allem Schönheit. Glück? Das Glück versteckte sich in den Aufnahmen, war in ihnen konserviert – aber es war nicht von Dauer. Das Kleid konnte in der Waschmaschine verfärbt werden, das Café schließen und das Tattoo verblassen, Kinderlachen konnte in wütendes Geschrei umschlagen, geliebte Menschen konnten sterben, sich von einem trennen oder ans andere Ende der Welt fliegen. Dennoch fühlte sie sich für einen Moment getröstet. Was mehr der Tatsache geschuldet war, dass es Menschen gab, die ihren Vorschlag aufgegriffen hatten. Die Inhalte waren letztlich nebensächlich, stellte sie fest.

»Emma, bist du da? Hast du kurz Zeit?«, ploppte eine WhatsApp-Nachricht von Brittany auf. Wollte sie mit Brit telefonieren? Jetzt? Aber vielleicht war das eine gute Ablenkung. Sie schickte ein Daumen-hoch-Icon zurück und keine dreißig Sekunden später klingelte ihr Smartphone.

»Hi, meine Liebe, wie geht's dir?«, begrüßte Brittany sie und Emma wurde einmal mehr klar, dass dieses »*Thanks I'm fine*« Fluch und Segen zugleich war. Einerseits konnte man Dinge, über die man nicht reden wollte, wunderbar dahinter verstecken. Andererseits war das, was man eigentlich gerne losgeworden wäre, danach nur schwer anzusprechen. Vor allem nicht mal ebenso im Vorbeigehen.

»Was machen die Krücken?«, fragte sie Brittany. Heute war sie ganz froh, nicht über sich reden zu müssen.

Ganz okay, sie habe sich dran gewöhnt, erklärte Brit und dann druckste sie ein wenig herum, bis Emma sehr deutsch und sehr direkt fragte, was sie auf dem Herzen habe. Natürlich ging es um Ed. Im Beisein von Poppy und Nathan hatten sie nicht über ihn reden können.

»Unser erstes Treffen war ja sehr schön«, begann Brittany zu erzählen. »Aber danach hat er sich einfach nicht mehr gemeldet. Also, am Tag danach schon noch, aber dann war Sendepause.«

»Hast du dich bei ihm gemeldet?«

»Ja, ein-, zweimal … aber als dann keine Reaktion kam, habe ich es gelassen. Weißt du, ich möchte schon das Gefühl haben, dass der Typ auch wirklich was von mir will und dass ich ihm nicht hinterherrennen muss. Schließlich ist er der Kerl. Und wenn er wirklich will, dann findet er auch die Zeit.«

»Ach, ich finde es auch okay, wenn man als Frau mal den ersten Schritt macht.«

»Aber wenn nichts zurückkommt?«

»Mh, ja, schwierig. Und im Laden ist er auch nicht mehr aufgetaucht?«

»Ich weiß nicht, ob er mal da war, während ich krankgeschrieben war. Jetzt arbeite ich wieder so ein bisschen, alles, wobei ich sitzen kann. Termine aufschreiben, Bestellungen aufgeben und so Sachen. Na ja, und heute geht die Tür auf und er steht plötzlich vor mir. Wollte mal sehen, ob er auch ohne Termin die Haare geschnitten bekommt. Aber er hat mit mir geredet, als hätte er mich nie zuvor gesehen. Dabei hatte ich schon seine Zunge im Hals!«

»Krass!«

»Ich habe ihn dann zu einer Kollegin geschickt, ich konnte ja eh nichts machen. Ich sag dir, mein Herz hat geklopft – du kannst es dir nicht vorstellen. Irgendwie haben wir uns immer gegenseitig dabei erwischt, wie wir einander angestarrt haben. Wie Siebtklässler auf dem Pausenhof.« Ihre Stimme überschlug sich fast vor Empörung. »Zum Kassieren ist er dann wieder zu mir gekommen. Er hat gefragt, was ich mit meinem Bein gemacht hätte, aber nur genickt, als ich es ihm erzählt habe. Dann hat er mir nach dem Bezahlen fünf Pfund Trinkgeld zugesteckt und ist gegangen. Ohne ein weiteres Wort. Ich war so was von am Boden zerstört. Am liebsten hätte ich ihm sein Geld hinterhergeschmissen … Ich meine, was soll das? Wollte er mich im Nachhinein für den Abend bezahlen? Mit fünf Pfund?«

»Sehr merkwürdig, echt.«

Emma hätte Brittany gerne in den Arm genommen und fest gedrückt. Und so ein bisschen menschliche Wärme würde auch ihr guttun. Schade, dass das noch nicht ging in der digitalen Welt.

»Ich musste so an mich halten, nicht loszuschreien. Aber der Laden war voll und meine Kolleginnen sollten ja auch nichts mitbekommen. Was geht nur in dem Typ vor, kannst du mir das sagen?«

»Ich fürchte nicht. Und ich glaube auch nicht, dass du es herausbekommst, wenn du ihn nicht darauf ansprichst.«

»Na, aber ich habe ja versucht, mit ihm zu reden – und da hat er nicht reagiert. Ich meine, klar, im Laden, vor allen Leuten kann ich ihm ja keine Szene machen. Ich konnte nur Belanglosigkeiten von mir geben.«

»Vielleicht hat er heute nach einer Chance gesucht, wieder mit dir ins Gespräch zu kommen, und es hat einfach nicht geklappt.«

»Wie auch – vor Publikum.« Brittany schnaubte.

Emma konnte sie gut verstehen.

»Männer haben manchmal merkwürdige Ideen«, sagte sie. »Dachte vermutlich, er taucht da mal lässig auf und schaut, was geht. Und als er dann vor dir stand, hat er gemerkt, wie bescheuert das ist. Aber einfach wieder zu gehen wäre ja auch doof gewesen.«

»Idiot!«

»Würdest du ihm denn noch eine Chance geben?«

»Hm, mein Herz hat nicht nur so gepocht, weil ich wütend war. Wenn er eine gute Erklärung für sein Verhalten hätte, dann vielleicht schon.«

»Weißt du, man geht ja viel zu oft nur von sich selbst aus, wenn man die Handlungen eines anderen beurteilt. Aber du steckst nicht in seiner Haut. Du darfst nicht vergessen, dass er noch ein eigenes Leben hat, von dem du nicht viel weißt. Vielleicht hatte er riesige Probleme im Job. Vielleicht hat ihm seine Exfrau das Leben zur Hölle gemacht«, Emma merkte, dass sie immer lauter sprach und senkte die Stimme wieder. »Auch wenn das alles nichts mit dir zu tun hat – vielleicht schämt er sich, weil er nichts in den Griff bekommt und das genau in dem Moment, in dem er eine Frau trifft, für die er was empfindet. Die ihn auf keinen Fall als Loser wahrnehmen soll.«

»Hm.« Mehr sagte Brittany nicht.

»Vielleicht solltest du ihm ein kleines Zeichen geben, dass du gesprächsbereit bist? Nicht fordernd, einfach nur empathisch, freundlich. Wenn dir noch was an ihm liegt, hättet ihr beide doch eine Chance verdient. Und du kannst sie euch geben. Er schämt sich vermutlich total, weil es heute im Laden so schlecht gelaufen ist, oder?«

»Vermutlich hast du recht. So habe ich das noch gar nicht gesehen. Ich hab halt gedacht, er wollte nur schauen, ob er vielleicht doch was für mich empfindet. Und dann hat er mich gesehen und ihm ist klar geworden, dass es nicht so ist. Deshalb ist er wieder gegangen. Und das Geld?«

»Die einzige Art, wie er sich im Moment ausdrücken konnte. Hilflosigkeit. Als wollte er etwas gutmachen und wüsste nicht, wie.«

»Ach Emma, du bist so klug. Dein Troy hat wirklich großes Glück mit dir.«

Emma spürte, wie sich ihr Hals zusammenzog. Sie war froh, dass sie nur miteinander telefonierten und nicht skypten. Sonst wären Brittany bestimmt die Tränen aufgefallen, die sich nun wieder in Emmas Augen sammelten.

»Versprich mir, dass du ihm noch eine Chance gibst, ja?« Sie räusperte sich ein paarmal, um ihre Stimme wieder in den Griff zu bekommen. »Wie geht es meiner süßen Poppy?«

»Oh, sie redet viel von dir. Sie hat allen in der Klasse ganz ausführlich erzählt, was ihr passiert ist, und du und Nathan … ihr seid die absoluten Helden in ihrer Geschichte.«

»Süß!«

»Wir müssen uns bald mal wieder sehen. Würde mich freuen!«

»Ja, gerne«, log Emma. Sie würde in der nächsten Zeit keine echten Menschen sehen wollen, da war sie sich ganz sicher. »Aber jetzt bekomm erst mal die Sache mit Ed auf die Reihe, okay?«

»Was soll ich ihm denn schreiben? Oh Gott, sobald ich deine Stimme nicht mehr höre, verlässt mich der Mut.«

»Frag einfach, ob er mit dir reden möchte. Mehr nicht. Mach die Arme auf – loslaufen muss er sowieso von alleine. Aber wenn er das Ziel sehen kann, fällt es ihm bestimmt leichter.«

»Okay, Emma, okay. Du hast recht. Wir machen jetzt Schluss, und ich schreib ihm sofort. Okay, okay, okay … pass auf dich auf, Emma, mach's gut!« Und schon hatte sie aufgelegt.

Emma sank in ihr Kopfkissen zurück. Vielleicht war wenigstens Brit eine Seele, die noch ihr Glück finden konnte …

Für den Rest des Tages lenkte sich Emma mit Arbeit ab. Es war einiges liegengeblieben in der letzten Zeit. Sie bestellte Lebensmittel über das Internet und ein paar andere Dinge, die ihr ausgegangen waren. Das Wetter war noch immer fürchterlich, es regnete fast ohne Unterlass. Kaum zu glauben, dass es schon so sommerliche Temperaturen in diesem Jahr gegeben hatte. Wie am Samstag etwa … Stopp, Emma, hör auf, daran zu denken. Sie ertappte sich dabei, wie sie beim leisesten Geräusch aus dem Treppenhaus zusammenzuckte. Wenn Nathan noch einmal klopfte … vielleicht sollte sie dann aufmachen. Mit ihm sprechen. *Mach die Arme auf, zeig dich offen.* Aber vielleicht war er schon in Brighton? Er hatte nicht genau gesagt, wann der Workshop losging.

Der Regen hielt sie davon ab, auf die Dachterrasse zu gehen. Vielleicht wäre es dort einfacher gewesen, ihm zu begegnen. Sie absolvierte einige Yogaübungen notgedrungen drinnen, was in dem kleinen Appartement nicht ganz einfach war. Durch die halb offene Terrassentür sah sie das Rudergerät einsam und verlassen draußen stehen. Was würde daraus werden, wenn er in Peru war?

Ob sie mit Nilla reden sollte? Die wusste ja offensichtlich über seine Reise Bescheid. Emma interessierte brennend, seit wann die Shopbesitzerin davon wusste. Sie musste sowieso fragen, ob es wieder eine Tafel zu beschriften gab.

Zuerst aber übergoss sie eine der *Thai-Chicken-Instant-Noodle-Soups* mit kochendem Wasser, und während die Suppe zog, überflog sie Instagram. Wahnsinn, wie viele Menschen sich ihrem Hashtag angeschlossen hatten! Wie eine Flutwelle strudelten ihr die Fotos entgegen. Noch mehr Babys, noch mehr Meer, noch mehr Bräute. Ganz schwindelig konnte einem davon werden. Sie spendierte jede Menge Likes und postete ab und an einen Kommentar.

»Wie schön die Welt doch ist!«, schrieb sie und schlürfte dabei die heiße Suppe, deren Geschmacksverstärker bitter herausstachen. »Oh ja, so sieht das Glück aus!«, und: »Danke, dass du mich teilhaben lässt.« Hatte sie das nicht alles schon hundertfach geschrieben? Und unter ihren eigenen Bildern gelesen? Ihr Monstergespenst, das sie neulich gepostet hatte, das hatte kaum Likes bekommen, fiel ihr auf. So etwas wollten die Menschen hier einfach nicht sehen. Verdirb uns bloß nicht die Laune!

Der fiese Nachgeschmack der Suppe wurde immer unangenehmer. Sie schüttete den Rest in den Abfluss und starrte der trüben Flüssigkeit hinterher. War das Leben auf Instagram nicht genauso mit Geschmacksverstärkern aufgepumpt wie diese Suppe? Im ersten Moment ganz lecker, aber dann nur noch widerlich? Zu unecht, zu laut, zu unaufrichtig? Und sie war eine der vielen Ofenplatten, die das Ganze am Köcheln hielten.

Im Treppenhaus rumpelte es, und Emma fuhr zusammen. Im ersten Moment dachte sie, Troy habe von außen gegen einen Blumenkübel gestoßen, aber dann wurde ihr klar, dass das nicht sein konnte. Ob Nathan mit seinem Fahrrad herumpolterte? Sie konnte es sich nicht verkneifen und warf einen Blick durch den Türspion. In einen riesigen Regenumhang gehüllt, stand er tatsächlich vor seiner Wohnungstür und hantierte mit Fahrradschloss und Schlüssel herum. Sollte sie einfach aufmachen und ihn ansprechen? *Öffne die Arme …* Doch ihre Hände zitterten so sehr, dass sie die Türklinke nicht drücken konnte. Ihr war schlecht und sie fürchtete, sie müsste sich gleich übergeben.

Er blickte auf, und sie schreckte kurz zurück. Dabei konnte er sie unmöglich durch den Türspion wahrnehmen. Versonnen sah er zu ihr hinüber, es schien, als fixiere er einen Moment die Klingel. Dann erschlafften plötzlich seine Gesichtszüge, er sah müde aus, so müde. Er wandte sich ab und war kurz darauf hinter seiner Wohnungstür verschwunden.

Warum war das so schwierig zwischen den Menschen? Allein der Gedanke, hinüber zu gehen, zu klingeln, war so furchteinflößend, dass sich Emma hinsetzen musste. Sie hörte die Stimme ihres Vaters im Kopf. »Willst du gelten, mach dich selten«, hatte er früher immer gesagt, wenn sie enttäuscht war, dass sich ein Junge scheinbar nicht für sie interessierte. Dräng dich ihm nicht auf. Entweder er will, oder er will nicht. Offenbar wollte Nathan nicht. Nicht mehr. Ihre Finger zitterten über ihrem Smartphone. Und wenn sie ihm schrieb: »Sollen wir reden?« Aber was, wenn er nicht antwortete? Die Ungewissheit war im Moment deutlich leichter zu ertragen als das Gefühl, abgelehnt zu werden. Ihr wurde wieder einmal klar, wie viel einfacher es war, anderen einen Rat zu geben. Selbst einen zu befolgen kam ihr hingegen unendlich schwer vor.

Sie schob das Smartphone so heftig von sich, dass es über die Tischplatte rutschte und sich beinahe in den Tod stürzte. Wäre das nicht vielleicht besser?

»Quatsch, Emma«, ermahnte sie sich. Vielleicht sollte sie so schnell wie möglich raus aus ihrem Versteck und mit einem echten Menschen sprechen. Vielleicht würde ihr das den Mut verleihen, doch noch mit Nathan zu reden.

Eine Viertelstunde später stand sie in Nillas Laden. Wie so oft kurz bevor er zumachte. Doch Nilla begrüßte sie wie immer mit einem strahlenden Lächeln.

»Schön, dass du kommst. Ich wollte eh schon bei dir nachfragen, wie es mit einer weiteren Tafel aussieht. Bist du krank? Du siehst so blass aus.«

Ohne eine Antwort abzuwarten legte Nilla einen Brownie auf einen kleinen Teller und schob ihn Emma hin.

»Hier, der bringt Energie zurück.«

Emma setzte sich auf einen der Holzhocker vor der Theke und schob den Brownie unentschlossen hin und her. Nilla holte tief Luft.

»Er hat es dir gesagt.«

Emma nickte und spürte, wie sich die Tränen in ihre Startposition begaben.

»Es tut mir so leid! Als ich davon gehört habe, wollte ich es gar nicht glauben. Wie kann er jetzt fortgehen?«

Emma biss schnell in den Brownie. Die schokoladige Süße führte immerhin dazu, dass sie die Tränen mit hinunterschlucken konnte.

»Seit wann weißt du davon?«, fragte sie.
Nilla dachte kurz nach.
»Seit Montagabend? Er kam vorbei, weil er noch eine Lieferung für mich hatte. Da hat er es mir dann erzählt. Ich war selbst mal für drei Monate in Peru, in einem Projekt für junge Mütter, die sich in einem Kombinat zusammengeschlossen hatten, um Alpaka-Wolle zu vermarkten. War eine spannende Zeit.«
Emma nickte nur, und Nilla strich ihr über die Schulter.
»Dich hat's echt erwischt, oder? Männer und Timing! Das ist selten eine gute Kombi.«
»Ich weiß nicht, ob ich noch mal mit ihm reden soll. Ich bring's einfach nicht über mich.«
»Das verstehe ich.« Nilla stützte sich mit den Ellenbogen auf der Theke ab und bettete das Kinn in die Handballen.
»Ich meine, ich will ihn auch gar nicht von seiner Reise abbringen – was, wenn Hierbleiben die falsche Entscheidung ist und alles noch komplizierter für ihn wird?«
»Zumal ihr, na ja, äh, seid ihr eigentlich offiziell zusammen?«
»Ich weiß es nicht.«
»Verdammt.« Nilla kam nun um die Theke herum und legte ihre Arme um Emma. »Es tut mir so leid für dich!« Dann schob Nilla sie ein Stück von sich. »Vielleicht sprichst du doch noch mal mit ihm. Letzte Chance! Morgen fährt er nach Brighton und nächste Woche geht es schon los.«

Mit einer unbeschriebenen Tafel in der Hand stieß Emma kurz darauf die angelehnte Haustür auf und stieg langsam die Treppe hinauf in den vierten Stock. Sie wusste nicht, was sie tun würde, wenn sie oben ankam. Ob das Tafelbeschriften sie ablenken konnte? Oder war sie doch so todesmutig, bei ihm zu klingeln?

Da klangen Töne durchs Treppenhaus. Eine filigrane Melodie, die sie im ersten Moment nicht erkannte. Aber sie wusste, woher sie kam. Nathan saß an seinem Klavier und spielte. Einzelne Worte tauchten auf, Textpassagen. Sie kannte sie, aber sie wusste, er würde den Refrain spielen müssen, damit ihr der Titel einfiel. Die Worte tropften in ihr Bewusstsein wie Regentropfen auf ihre Haut, unwillkürlich summte sie mit, flüsterte den Text.

Sie war nie ein großer Fan von Robbie Williams gewesen, aber so wie Nathan seinen Song *Feel* auf dem Klavier spielte, bekam sie eine Gänsehaut. Vor allem das Ende des Refrains ließ sie schlucken: *Ehe ich mich verliebe, bereite ich mich darauf vor, sie zu verlassen.* Oh Gott! Wie konnte er das nur anstimmen? War das sein Ernst? Er spielte hier quasi ein Abschiedslied für sie und nahm in Kauf, dass sie es tatsächlich hörte.

Emma ging schnell weiter, wollte rasch die Tür hinter sich zuwerfen, auch wenn sie wusste, dass sie ihn weiter hören würde. Sie griff in die Tasche ihres Hoodys, um den Schlüssel herauszuziehen. Doch er war nicht da. Verdammt, sie hatte ihn in der Wohnung liegengelassen. Immerhin hatte sie die Terrassentür zum Lüften aufgemacht, bevor sie runtergegangen war. Mit klopfendem Herzen versuchte sie, die Tür zu öffnen, die vom Treppenhaus direkt auf die Dachterrasse führte. Natürlich war sie verschlossen. Sie hatte sie selbst zugesperrt, nachdem neulich Brittany und Poppy wie aus dem Nichts von dort hatten auftauchen können.

Mit einem Stöhnen blickte sie hinüber zu Nathans Tür. Damit war es entschieden. Er war ihre einzige Chance, zurück in ihre Wohnung zu gelangen. Ausgerechnet jetzt, wo ihr klar wurde, dass er sich schon längst von ihr verabschiedet hatte. Robbie Williams' Lied war fast am Ende angelangt. Sie stand mit erhobener Hand vor seiner Tür und hoffte, der Tsunami in ihrem Inneren würde verebben. Als der letzte Ton verklungen war, klopfte sie. Zaghaft. Sie hörte seine Schritte, hätte am liebsten die Augen zugekniffen. Wenn ich dich nicht sehe, bin ich auch nicht da. Schon ging die Tür auf.

Er sagte kein Wort, sah sie nur an. Traurig und irgendwie erleichtert.

Einen Moment überlegte sie, einfach die Hände um seinen Hals zu schlingen, ihren Mund auf seinen zu pressen. *Ich gehe, bevor ich mich verliebe …*

»Ich freue mich …«, begann er, »… dass du doch mit mir reden willst.«

Sein Anblick brachte sie dermaßen aus dem Konzept, dass sie überhaupt nicht wusste, was sie ihm sagen sollte.

»Ehrlich gesagt«, brachte sie schließlich hervor und versuchte, so freundlich wie möglich zu klingen. »Ich habe mich ausgesperrt. Aber die Terrassentür steht offen. Ich müsste nur …«

Er öffnete die Tür ein Stück weiter und signalisierte ihr mit einer Handbewegung, einzutreten. Obwohl sie sein Appartement inzwischen kannte, sah es plötzlich fremd aus. Ihr wurde klar, wie nüchtern es eingerichtet war, auf das Wesentliche reduziert. Eine Durchgangsstation. Kein Zuhause für immer. Das Klavier unter dem Fenster war der persönlichste Gegenstand im Raum, alles andere wirkte austauschbar. Als sei er schon fort.

Schnell hob er eine Zeitung vom Boden auf und warf sie auf das Sofa in der Ecke. In der Spüle lag übereinandergestapeltes Geschirr. Sie bemerkte, wie unsicher er sie nun ansah.

»Ich hatte gehofft, wir könnten noch einmal reden. Ich würde dir gerne alles erklären«, sagte er.

»Das brauchst du nicht …«, antwortete sie schnell. »Ich verstehe dich ja. Du musst gehen und dein Ding durchziehen, schon in Ordnung. Ich will nicht der Klotz an deinem Bein sein.«

»Das bist du nicht, wie kannst du das denken?«

»Ich hatte nicht den Eindruck, dass du es überhaupt in Erwägung ziehst, darüber nachzudenken, ob dein Schritt der richtige ist. Du hast dich längst entschieden.«

»Aber das ist es doch, was ich dir sagen will – ich bin in einem absoluten Dilemma gefangen. Gehe ich, verliere ich dich. Bleibe ich, werden meine Schuldgefühle für immer unsere Beziehung überschatten.«

»Na eben – sag ich ja, und du hast dich dafür entschieden, mich zu verlieren. Was weniger schrecklich gewesen wäre, wenn du nicht auch noch mit mir hättest schlafen müssen! Tja, erst denken, dann handeln.« Es klang fies, aber sie konnte ihre Enttäuschung, ihre Trauer nicht länger im Zaum halten.

»Ich weiß, es tut mir leid. Ich hätte nicht …«

»Hey, ich bin eine erwachsene Frau. Ich komm schon klar. Wir müssen das nicht künstlich in die Länge ziehen … Du erlaubst?« Schnell ging sie in Richtung seiner Terrassentür, vor die der türkisfarbene Vorhang gezogen war.

»Emma.« Er machte einen Schritt auf sie zu. »Verzeih mir.«

»Ja, ja, mache ich.«

Sie wollte nur noch raus und riss den Vorhang beiseite. Mit einem lauten Schlag donnerte die Vorhangschiene herunter und das türkisfarbene Stück Stoff hüllte sie ein. Wütend und erschrocken zugleich versuchte sie, sich daraus zu befreien.

»Oh, tut mir leid, tut mir leid«, rief Nathan, und sie spürte, wie er den Vorhang von ihr fortzog. »Ich wollte die Stange schon längst wieder festschrauben.«

»Das ist ja nun nicht mehr nötig.« Sie ordnete ihre Haare, die sich wie ein Spinnennetz über ihr Gesicht gelegt hatten, und öffnete endlich die Terrassentür.

»Emma, bitte«, fing er wieder an. »Ich möchte nicht, dass wir so auseinandergehen. Gib mir nicht das Gefühl, dass ich der totale Honk bin! Ich habe nicht mit dir geschlafen, weil es sich so ergeben hat. Sondern weil ich dir – und nur dir – nahe sein wollte.«

»Ja, schön. Aber du hast nicht eine Sekunde darüber nachgedacht, welche Konsequenzen das für mich hat. Das finde ich ziemlich verantwortungslos. Ich wusste ja zu dem Zeitpunkt überhaupt nicht, dass ich null Chancen hatte. Dann hätte ich nämlich sofort nein gesagt! Zu allem!« Sie wusste, dass sie log. Aber sie konnte nicht anders.

»Hey, Moment mal!« Seine Augenbrauen zogen sich zusammen. »Vielleicht habe ich mich von meinen Gefühlen überwältigen lassen – okay. Und vielleicht hätte ich dich früher aufklären sollen, was ich vorhabe. Aber es ist so, wie es ist. Und ich hätte es gerne wieder gutgemacht und mit dir zusammen überlegt, wie es mit uns weitergehen könnte. Trotz Peru. Aber du warst es, die in den letzten Tagen nicht auf mein Klopfen reagiert hat. Du warst es, die nicht reden wollte. Was soll ich daraus schließen? Dass du mich verdammt hast! Dass du mich abhakst und dich anderen Dingen zuwendest. Deiner komischen Glücks-Challenge zum Beispiel, die du da auf Instagram ins Leben gerufen hast. Was soll ich denn davon halten? Anscheinend findest du es großartig, dass ich gehe! Dein Account sprüht ja über vor lauter Glücksgefühlen.«

Verdammt – er hatte die Challenge entdeckt. Er folgte ihr auf Instagram! Wie hatte er sie gefunden?

»Aber das war doch nur, weil …«, stotterte sie und Tränen rannen über ihre Wangen. Sie wollte nicht länger hier stehen, sie wollte weg, fort von ihm. »Das war doch nicht echt. Das habe ich doch nur erfunden, weil ich mich ablenken wollte.«

»Ja, das habe ich schon gesehen, dass da viel erfunden ist in deinem Instagram-Leben. Teenachmittage auf Yachten, Strandspaziergänge, Blumenshows. Bevor du dich fragst, ob ich dich stalke: Ich hatte Brittany neulich eine ganz neue Studie über Lebensmittelallergien geschickt, und als sie sich gestern bedankte, kamen wir auf dich zu sprechen und sie empfahl mir deinen Account. Weil der so schön und so lebendig und lichtdurchflutet sei, wie sie sagte. Ein Sonnenstrahl in der dunklen Welt.«

Emma spürte, wie der Boden unter ihr immer stärker schwankte. Sie wollte sich die Ohren zuhalten, wollte all das nicht hören.

»Ich war ziemlich erstaunt«, fuhr er unbarmherzig fort. »Wie du die Leute anlügst und ihnen weismachst, du führst ein großartiges Leben mit deinem Troy. Wenn es nicht so armselig wäre, würde ich mich so was von aufregen! Wie kannst du nur Momente, die du mit Menschen erlebt hast, die dich aufrichtig mögen, zu etwas völlig anderem umdeuten? Wie lächerlich ist das? Was hast du für ein Bild von dir selbst, wenn du meinst, du musst anderen was vorlügen, damit sie dich interessant finden? Wie viele von diesen Followern hast du? Viertausend? Fünftausend? Die du alle verarschst?«

Sie rannte los, quer übers Dach, stolperte in ihren Flipflops wieder über diesen verdammten Grill, schlug der Länge nach hin, rappelte sich hoch, lief weiter, wich gerade noch dem Rudergerät aus und war endlich auf ihrer Seite der Dachterrasse angekommen. Schnell schlüpfte sie durch die Terrassentür, warf sie hinter sich zu und lehnte sich gegen das kalte Glas. Ihre Unterlippe zitterte, die Tränen liefen über ihre Wangen. Kälte, Selbstekel und das ganze Unglück, das ein Mensch fühlen konnte, fielen erbarmungslos über sie her.

Auf dem Parkett entdeckte sie eine blutige Spur und bemerkte erst jetzt, dass einer ihrer Fußnägel bei dem Crash mit dem Grill halb abgerissen war. Mit einem Aufheulen ließ sie sich auf den Boden gleiten und weinte wie nie zuvor.

KAPITEL 22

#STAYFRIENDS

Em_dreams: Sorry für die Unterbrechung der Glückswoche – aber: Mein Kater ist vor den Bus gelaufen!
BritMom @Em_dreams: Oh no! Armer Mr Cat*! Das darf ich Poppy gar nicht erzählen! Schluchz!*
372 Personen haben das kommentiert.

Sie hatte in der letzten Nacht kaum geschlafen. Nicht nur, weil ihr Gespräch, nein, die Auseinandersetzung mit Nathan beständig in ihren Ohren dröhnte wie eine Flugstaffel Tornados, sondern weil auch die Wunde an ihrem Zeh klopfte und pochte. Natürlich hatte sie kein Schmerzmittel mehr im Haus, und nur ein paar Kühlpacks verschafften ihr ein wenig Linderung.

Trotzdem zwang sie sich, früh aufzustehen, weil sie Sorge hatte, sie würde sonst den ganzen Tag im Bett bleiben. Oder vielleicht für immer. Sie schnappte sich ihr mittlerweile stark vernachlässigtes Bullet-Journal und sah nach, was sie in letzter Zeit alles versäumt hatte. Fensterputzen stand an, Abrechnungen überprüfen und auf dem Crosstrainer hatte sie auch schon seit Tagen nicht mehr gestanden. Sie malte sich eine neue Liste. Eine Überlebensliste. Ganz normale Dinge schrieb sie dort hinein – Haare waschen, etwas essen, in einem Buch lesen. Wenn sie überall dort einen Haken setzen konnte, dann würde ihr das beweisen, dass sie ein normales Leben führte, angefüllt mit normalen Tätigkeiten. Nur für eines war in ihrer Liste kein Platz: für Gefühle. Sie malte sich selbst als kleinen Roboter an den Rand. Auf Herzhöhe zeichnete sie eine geöffnete Klappe, hinter der sich ein leerer Raum befand. Ganz unten am Bildrand konnte man ein plattgedrücktes Herz entdecken, das mit Fußspuren übersät war.

Es war eine der besten Zeichnungen, die sie je angefertigt hatte – nur zeigen würde sie das Bild niemandem.

Als sie das Bullet-Journal zurück ins Regal legte, fiel ihr ein kleiner Stapel Ausdrucke entgegen. Dreamtableaus, die sie angefangen, aber noch nicht beendet hatte. Auch das für Nathan war dabei. Ein Klavier, ein Fahrrad – viel weiße Fläche. Vielleicht hatte ihr Unterbewusstes sie warnen wollen, dass er nicht der Richtige für sie war, und ihr deshalb die Kreativität abgeschnürt. Emma spürte, wie sich ihre Kehle zuzog, und sie zerriss das Blatt in unzählige Schnipsel. Dann ging sie damit auf die Dachterrasse und warf sie in den Himmel über London. Schnell trug der Wind sie mit sich fort. Ohne nach nebenan zu schauen ging sie hinein.

Als sie wieder an ihrem Arbeitsplatz saß, öffnete sie Instagram. Sie hatte sich fest vorgenommen, so zu tun, als sei nichts gewesen. Aber sie spürte, wie schwer es ihr fiel, darin herumzuscrollen. Es war, als läge über jedem Bild ein Trübsinnsfilter. Zwar trugen immer mehr Fotos den Hashtag *GlücksChallenge*, aber sie hatte den Eindruck, die Personen darauf glichen eher Plastikpuppen als Menschen. Ihren eigenen Account checkte sie nicht. Sie wollte keine Likes sehen, keine freundlichen Kommentare. Was, wenn Nathan irgendwo einen bösen hinterlassen hatte? Die Abscheu, die aus seinen Worten gesprochen hatte, hallte noch immer in ihr nach. Sie wusste, er hatte recht, er hatte so recht. Wie hatte es so weit kommen können?

Sie hatte sich aufgelöst hinter gefakten Fotos, ihre Persönlichkeit war nicht mehr vorhanden.

Sie schämte sich beinahe so sehr wie damals, als sie Simon, bewegungsunfähig und zutiefst unglücklich, in seinem Krankenbett zurückgelassen hatte. Als sie gegangen war und wusste, sie würde nie zurückkommen. So wie sie damals Simon enttäuscht hatte, so hatte sie nun Nathan enttäuscht. Warum war sie im Gespräch am Vortag so ausgerastet? Wieso hatte sie ihm keine Chance gegeben, sich zu erklären? Die Wahrheit war: Hätte er ihr gesagt, er liebe sie, hätte es sie zerrissen. Ihn gehen zu lassen und zu wissen, dass diese Sache zwischen ihnen tatsächlich Liebe war – das hätte sie niemals verwinden können.

Irgendwie schaffte sie es, sich einen Tee zu kochen, mit dem sie in ihr Bett kroch. Natürlich verbrannte sie sich die Zungenspitze an der heißen Flüssigkeit, aber diese Strafe erschien ihr viel zu gering. Sie musste sich richtig quälen. Ohne Qual keine Erlösung. Wenn es denn überhaupt eine gab.

Es war kurz nach drei am Nachmittag, als es an der Tür klingelte. Emma fuhr aus einem unruhigen Dämmerzustand hoch. Ihre Finger begannen sofort wieder zu zittern. Nathan? Nein, Nilla hatte gesagt, er würde heute nach Brighton fahren. Bestimmt war er schon fort. Vermutlich ein Bote mit einem Paket. Sie atmete tief durch und öffnete die Tür.

Davor stand niemand und erst auf das Drücken des Türöffners hin drangen Geräusche zu ihr hinauf. Vermutlich wirklich ein Lieferant. Doch sie hörte zwei Stimmen im Treppenhaus, eine weibliche und eine männliche. Im ersten Moment verstand sie die Worte nicht. Bis sie begriff, dass da Deutsch geredet wurde. Emma lehnte sich gegen den Türrahmen, krallte sich am Holz fest.

Zuerst erschien Janas heller Schopf am Treppenabsatz.

Sie hatte doch wohl nicht … Emma meinte, überdeutlich die Schritte zu hören, die sich die Treppe hochkämpften.

»Emma«, rief Jana und stürzte auf ihre Schwester zu.

Emma konnte die Umarmung nicht erwidern. Ihre Arme hingen wie Eisenstangen an ihrem Körper herunter.

»Ich weiß, ich hätte was sagen sollen«, redete Jana drauflos. »Aber ich hatte Angst, du sagst nein. Manchmal muss man die Leute zu ihrem Glück zwingen.«

Glück, echote es in Emmas Kopf. Glück. Was war das?

Simon sah älter aus, als sie ihn in Erinnerung hatte. Vielleicht lag es nur an dem Vollbart, den er sich hatte wachsen lassen, aber nein, sein Gesicht war schmaler, kleine Fältchen umringten seine Augen. Immerhin strahlten diese so blau, wie sie es in Erinnerung hatte. Er ging langsam, kämpfte mit den Stufen, aber er kam ganz allein die Treppe hinauf.

»Hättest du nicht ins Erdgeschoss ziehen können?«, war sein erster Satz, aber es klang, als wollte er einen Spaß machen.

Als er über den Flur auf sie zukam, sah man kaum noch, dass er hinkte. Er streckte ihr zögerlich die Hand hin, sie war unsicher, wie sie ihn begrüßen sollte. Schließlich klopften sie sich mehr auf die Schulter, als dass sie einander tatsächlich umarmten. Dennoch war sein Geruch sofort wieder in ihrer Nase.

»Tut mir leid für den Überfall«, wiederholte Jana. »Aber … na ja, ich hatte das Gefühl …«

»Sie hat so lange auf mich eingeredet, bis ich zugestimmt habe, mit ihr herzufliegen«, unterbrach Simon sie. »Ich dachte, sie wird sich das schon gut überlegt haben.«

»Dürfen wir reinkommen?«, fragte Jana nun, und Emma merkte erst da, dass sie noch immer im Treppenhaus standen.

»Ja, klar, Entschuldigung. Ist nur etwas unordentlich bei mir.« Sie hoffte, sie klänge ruhig, gelassen. Sie hoffte, keiner von den beiden sähe ihr an, wie schlecht es ihr ging.

Jana legte ihre Jacke über Emmas Schreibtischstuhl und half dann Simon beim Ausziehen. Er hatte wohl Schwierigkeiten, den linken Arm richtig zu bewegen.

»Alles okay bei dir?«, wollte ihre Schwester wissen. »Du hast dich kaum gemeldet in der letzten Zeit. Warst du mit deiner Glücks-Challenge beschäftigt? Hast ja massig Resonanz.«

»Ja, auch, ich … weiß nicht. War öfter unterwegs. Und viel zu tun. Wie du schon sagst …«

»Okay, na dann.« Jana wirkte befangen. Als zweifelte sie gerade daran, ob es wirklich eine gute Idee gewesen war, mit Simon herzukommen.

»Ähm, tja, wollt ihr was trinken? Hab allerdings nur Wasser da. Oder soll ich einen Kaffee machen? Ich war nicht auf Besuch eingerichtet.«

»Kein Problem«, antwortete Simon. »Das war uns klar.«

»Eine Sahneschnitte wäre cool gewesen«, sagte Jana und grinste schief.

Emma brauchte einen kleinen Moment, bis sie verstanden hatte, worauf Jana anspielte. *Schnapp dir die Sahneschnitte* … Tja, das war wohl gründlich schiefgegangen.

»Wir haben uns ganz in der Nähe ein Appartement gemietet, über *Airbnb*«, erklärte Jana. »Wir rücken dir nicht auf die Pelle. Wäre ja nicht genug Platz für uns alle hier.«

»Ja, prima«, sagte Emma schnell, »… das mit eurem Appartement.«

Sie nahm drei Gläser aus dem Küchenschrank und füllte sie mit Wasser. Irgendwo gab es noch eine angebrochene Packung Kekse, die sie auf einem kleinen Teller drapierte. Als sie alles auf dem Schreibtisch abgestellt hatte, um den sie sich gequetscht hatten, wagte sie endlich zu fragen: »Wie geht es dir, Simon?«

»Na ja, ich lebe. Ich laufe. Ich komme gut zurecht.«

»Super, ja, das ist … großartig.«

Warum konnte sie sich nicht mit ihm freuen? Warum blieb da so ein pelziges Gefühl auf der Zunge, nachdem sie ihm geantwortet hatte? Sie spürte, wie zwei Gefühle um die Vormachtstellung rangen. Der Ärger, dass er nie etwas über sein Befinden gesagt hatte. Die Erleichterung, dass es ihm tatsächlich so gut ging.

»Es war ein harter Kampf, glaub mir«, erzählte er nun. »Ich weiß schon gar nicht mehr, bei wie vielen Physios ich in Behandlung war. Mobilitätstraining, Krafttraining, Koordinationstraining, Balancetraining – Wahnsinn, was es da alles gibt.«

»Aber es scheint ja geholfen zu haben.«

»Wer hätte das gedacht?« Sein Blick wanderte zwischen ihr und Jana hin und her. Mit einem Mal wirkte er unsicher.

Jana sprang auf. »Was haltet ihr davon – in der Nähe gibt es doch bestimmt irgendeinen Takeaway, wo ich Pizza oder was Asiatisches holen kann, oder? Mir knurrt nämlich fürchterlich der Magen.«

»Och, bei mir geht's noch«, entgegnete Simon. Er wirkte, als sehne er sich nicht gerade danach, mit Emma allein zu bleiben.

»An der Oxford Station gibt es Imbissstände von so ziemlich allen Volksgruppen der Welt«, erklärte Emma. »Mir reicht aber ein Käsesandwich, oder so.«

»Ich finde was«, antwortete Jana. »Ihr habt euch bestimmt einiges zu erzählen, da störe ich mal lieber nicht.« Und schon war sie zur Tür raus.

Simon sah sich zum ersten Mal bewusst um.

»Ziemlich kleine Wohnung.« Er stand auf und ging zur Terrassentür. Die ersten Bewegungen nach dem Aufstehen schienen ihm leichte Probleme zu bereiten, den linken Arm spreizte er etwas ab. Nach einigen Schritten hatte er sich jedoch stabilisiert. »Aber immerhin eine tolle Dachterrasse! Schade, dass es so kalt ist.«

»Hm ja, ist mein zweites Wohnzimmer bei schönem Wetter.«

»Gibt's das in London?«

Auch früher hatte er manchmal schlecht über Dinge geredet, die für andere wichtig waren. Irgendwann war Emma darauf gekommen, dass er damit ein Gefühl von Unterlegenheit kaschieren wollte. Oder von Unsicherheit.

»Oh, wir hatten bisher ein herrliches Frühjahr. Aber ich glaube nicht, dass du hier bist, um mit mir über den englischen Regen zu philosophieren.«

Er drehte sich zu ihr um und betrachtete sie ausgiebig.

»Du bist noch schmaler geworden.«

»Kann sein.«

Langsam kam er wieder auf sie zu, ließ sich auf ihrem Schreibtischstuhl nieder, der neben dem Bett die bequemste Sitzgelegenheit in der Wohnung war. Sie zog den Küchenhocker heran und setzte sich zu ihm, eine Armlänge entfernt.

»Ich weiß ehrlich gesagt nicht ganz genau, was Jana erwartet. Ich glaube, sie will, dass wir uns aussöhnen. Dabei, von meiner Seite … herrje, ich habe dir nichts vorzuwerfen. Wir haben uns getrennt, *that's life*.«

Emma zuckte unwillkürlich zusammen.

»Na ja, ich würde mal sagen, die Umstände damals waren vielleicht nicht ganz so normal.«

Was hatte sie eigentlich getan, dass sie sich schon wieder in einem Gespräch befand, bei dem ihr Herz wild zu pochen anfing und ihr Kopf immer heißer wurde?

»Du warst gerade aus dem Koma aufgewacht. Es war nicht klar, wie es mit dir weitergehen würde«, erinnerte sie ihn. »Und ich bin einfach gegangen.« Der letzte Satz kam ihr nur sehr leise über die Lippen.

Er zuckte ein wenig hilflos mit den Schultern.

»Ehrlich gesagt, war ich froh, als du fort warst. Es tat mir leid, dass du dir schuldig an allem vorkamst, aber ich hatte nicht die Kraft, dir darüber hinwegzuhelfen. Und ehrlich – es war doch vorher schon klar, dass es nicht mehr lief zwischen uns. Also mir jedenfalls.«

»Weshalb du dich ja trennen wolltest.«

»Ja, und ich hätte dir auch alles erklären können, wenn nicht diese blöde Kuh plötzlich in meinem Zimmer gestanden hätte und du wie von der Tarantel gestochen losgerannt wärst.«

Emma zog die Augenbrauen hoch und trank einen Schluck Wasser. Ihre Stimme zitterte, als sie es nun zum ersten Mal direkt aussprach: »Also gibst du doch mir die Schuld an dem Unfall.«

Simon lehnte sich auf dem Stuhl weit zurück, rieb mit den Fingern über seinen Oberschenkel.

»Nein, nicht mehr. Es gab schon Momente, in denen war ich so verzweifelt, dass ich dich verflucht habe. Aber ganz ehrlich – mir ist völlig klar, dass ich es war, der nicht aufgepasst hat. Ich ganz allein. Der Autofahrer konnte nichts dafür, die Frau in meinem Zimmer konnte nichts dafür und du – du konntest sowieso nichts dafür.«

Sie schluckte gegen die Tränen an. Es war, als türmte sich eine riesige Welle in ihr auf, die gleich alles verschlingen würde. Aber vielleicht gab es eine winzige Chance, dass die Welle sie ausspuckte und ans feste Ufer spülte. Dieser Gedanke gab ihr die Kraft, weiterzureden.

»Damals … du … du hast mich weggeschickt. Aus dem Krankenhaus. Du hast gesagt, du willst mich nie wiedersehen. Du warst so wütend. Ich konnte nicht anders, als mir die Schuld zu geben.«

Er senkte den Blick, schaffte es nicht mehr, sie anzusehen.

Sie versuchte, unauffällig die Tränen fortzuwischen, die über ihre Wangen rannen. Es war still, nur der Regen trommelte in unablässiger Gleichförmigkeit gegen die Fensterscheiben.

»Es tut mir leid«, sagte er schließlich leise und legte die rechte Hand auf ihr Knie.

Sie betrachtete seine Finger, die ihr noch immer vertraut waren. Die einstmals jeden Zentimeter ihres Körpers berührt hatten. So wie Nathans auch. Ein Seufzen drang aus ihrer Kehle. Sie berührte vorsichtig seine Finger mit ihren, einen Moment nur.

»In meinem Kopf herrschte ein einziges Chaos«, versuchte er zu erklären und nahm die Hand fort. »Ich hatte solche Angst, dass ich für immer gelähmt bleiben würde. Immerhin hatte ich keine Idee, wie es weitergehen sollte, mein Studium konnte ich abschreiben. Ich habe mich sabbernd an Mamas Küchentisch sitzen sehen für den Rest meines Lebens.«

»Aber warum hast du mir das nicht gesagt?«

»Na ja, das gehörte auch dazu, volles Programm. Ich dachte, du sitzt nur aus Mitleid an meinem Bett. Ich konnte mir nicht vorstellen, dass du noch mit mir zusammen sein wolltest. Nachdem ich dich so schlecht behandelt hatte und mich trennen wollte – kamst du trotzdem jeden Abend an dieses beschissene Krankenhausbett. Deine Güte konnte ich nicht ertragen. Irgendwie wollte ich unbedingt alleine in meinem Selbstmitleid versinken. Du hättest einen Strohhalm bedeutet – und den wollte ich einfach nicht. Nicht zu dem Zeitpunkt.«

Emma nickte. Sie konnte nachvollziehen, was er sagte. Geahnt hatte sie es schon, aber ihr war damals nicht klar gewesen, wie sie seine Sichtweise hätte ändern sollen. Und zudem war sie fast an ihren Schuldgefühlen erstickt. Ein Ertrinkender und eine Erstickende – wie hätten sie einander helfen sollen?

»Als ich aus dem Krankenhaus entlassen wurde, Monate

später, habe ich das erste Mal wieder klar denken können. Ich merkte, dass sich an meiner Situation was verbessern ließ, dass ich Fortschritte machte – aber da warst du schon fort.«

»Ich habe dir ein paarmal geschrieben.«

»Ja.«

Sie sah ihn fragend an. Er nahm einen Keks und knabberte den Rand ab.

»Ich weiß nicht. Ich wusste nicht, wie ich es erklären sollte. Ich liebte dich nicht mehr – das war schon länger so, auch vor dem Unfall. Irgendwie war ich in so eine Märtyrerrolle geraten. Alle bemitleideten mich und ja, da waren einige, die dir die Schuld gaben. Ich hatte keine Kraft, ihnen zu widersprechen. Es war einfacher so. Weißt du …« Er blickte hinaus in den Regen, dann in ihr Gesicht. »Ich musste mich weniger schämen, wenn die Leute annahmen, dass du die Schuldige warst. Andernfalls hätte ich alles nur auf meine Blödheit schieben müssen – mit dem Fahrrad über die Straße heizen, ohne zu gucken. Verdammt! Wer macht so einen Scheiß?«

»Viele. Menschen machen Blödsinn. Das gehört zur Natur des Menschseins. Kein Grund, sich selbst zu verdammen. Fakt bleibt: Wäre ich nicht weggelaufen, wäre es nicht passiert. Punkt.«

»Da kann ich jetzt genauso sagen, du brauchst dich nicht schuldig zu fühlen. Ich weiß, dass du es trotzdem tust – noch immer.«

»Ach Simon, vermutlich zieht ein solcher Unfall immer sehr viel mehr Verletzte nach sich, als es auf den ersten Blick scheint.«

»Allerdings. Weißt du, der Autofahrer, dem ich vor die Stoßstange geflogen bin – der hat ein paar Wochen später seinen Führerschein abgegeben. Er hat sich genauso schuldig gefühlt wie du und ich.«

Emma nagte an ihrer Unterlippe. Sollte sie nicht noch das bekennen, was sie bisher nur Nathan gestanden hatte? Und was ihr das größte Unbehagen bereitet hatte? Sie spürte, dass Simons Worte ihr Kraft gaben, Ruhe schenkten.

»Weißt du«, überwand sie sich. »Ich war regelrecht erleichtert, als du mich fortgeschickt hast. Und habe mich gleichzeitig so furchtbar geschämt dafür. Ich konnte es nicht ertragen, dich dort bewegungsunfähig liegen zu sehen. Du warst immer so sportlich. Ich wusste, dass ich es nicht über mich bringen würde, dich im Rollstuhl durch die Gegend zu schieben, aufs Klo zu setzen, dich mit Brei zu füttern oder was auch immer. Und ich kam mir deswegen so klein und schäbig vor.« Die letzten Worte hatte sie nur noch flüstern können.

Nun stand er auf und zog sie mit dem gesunden Arm von ihrem Hocker hoch. Sie umfassten sich, und Emma spürte, dass es gut war. Es war eine freundschaftliche Umarmung, eine ohne Ansprüche und Erwartungen, eine, die dem anderen Trost spenden sollte und viel besser als jedes Wort ausdrückte, dass alles okay war. Dass es nicht länger Gründe gab, zu verzweifeln, sich zu schämen und sich schuldig zu fühlen.

Als es klingelte und Jana mit dem Essen in einer zugeknoteten Plastiktüte die Treppe heraufkam, hatte Emma seit Tagen zum ersten Mal wieder das Gefühl, wirklich Hunger zu haben. Ein Sandwich würde ihr vermutlich nicht genügen. Als ob ihre Schwester es geahnt hätte, hatte sie verschiedene asiatische Gerichte mitgebracht, die sie nun auf großen Tellern anrichtete.

»Hm, das sieht ja lecker aus«, sagte Simon und berührte Jana kurz am Handgelenk.

Emma fiel der Blick auf, den er ihr dabei schenkte. Mit diesem hatte er sie früher auch bedacht, wenn es mal gerade besonders gut zwischen ihnen lief. Für diesen Blick hatte sie ihn geliebt. Ehrlich, interessiert, warmherzig, zugewandt. Dieser Blick gehörte jetzt offensichtlich Jana. Während sie aßen, beobachtete Emma die beiden genauer. Sie wirkten einträchtig, vertraut. Sie wusste nicht genau, was sie davon halten sollte. Jana und Simon – ein Paar?

Erinnerungsfetzen blitzten in ihrem Gedächtnis auf. Wie ihre kleine Schwester am Anfang oft in der Nähe herumgeschlichen war, wenn Simon Emma zu Hause besucht hatte. Wie selbstvergessen die beiden, wenn Emma noch mit anderen Dingen beschäftigt gewesen war, miteinander irgendein Kartenspiel gespielt hatten oder sich Jana Musik angehört hatte, die Simon toll fand. Damals war Jana ein kleines Mädchen gewesen, auf der Schwelle zum Teenagerdasein. Jetzt war sie eine junge Frau. Und fünf Jahre Altersunterschied waren nichts Besonderes mehr.

Als Simon auf der Toilette verschwand, rutschte Jana dichter an Emma heran.

»Alles klar zwischen euch?«, fragte sie.

Emma nickte. »Ich glaube schon. Wir haben ein gutes Gespräch geführt.«

»Puh, das freut mich. Weißt du, ich habe mir echt Sorgen um dich gemacht. Ich hatte das Gefühl, du sitzt da in so einem Loch und kommst nicht raus – und ich dachte, es fällt dir leichter, wenn du mit der Vergangenheit endgültig abschließen kannst. Vielleicht bist du dann doch bereit für die Sahneschnitte.«

Emma lehnte ihre Stirn gegen Janas, küsste sie dann auf die Wange.

»Danke, kleine Schwester! Das war eine gute Idee.«

Jana strahlte einen Augenblick, dann bemerkte sie wohl Emmas traurigen Ausdruck. Sie schielte kurz zum Bad, aber von Simon war nichts zu hören. »Was ist mit Nathan?«

Emma überlegte kurz, was sie erzählen sollte. Doch sie fürchtete, sie würde sich ganz in Tränen auflösen, wenn sie davon anfing.

»Kann ich dir demnächst davon erzählen? Ist jetzt nicht so der richtige Moment.«

»Okay.« Jana strich über ihren Unterarm. »Och Menno, ich hab mir so gewünscht, dass das mit euch was wird.«

»Danke. Und, ähm, was ist mit euch? Wird das auch was?«

Jana ließ Emmas Arm los und riss die Augen auf.

»Du hast was gemerkt?«

»Na, so wie ihr euch anschaut.«

Jana schob die Hände unter ihre Oberschenkel.

»Ich weiß nicht … ich meine, immerhin ist er dein Exfreund.«

»Hm.«

Sie hörten die Toilettenspülung im Bad rauschen.

»Aber du magst ihn. Du mochtest ihn schon immer.« Täuschte sie sich, oder lief Jana rot an?

»Also wäre es für dich kein Problem?«

»Nein, natürlich nicht«, erwiderte Emma.

Dann öffnete sich die Badezimmertür und Simon sah sie neugierig an.

»Schwesterngespräche?«

»So in etwa«, antwortete Emma und lächelte. Was für ein schönes Gefühl, dass sie das noch konnte.

»Wo ist denn eigentlich Troy, der alte Schmusekater«, fragte Jana, um das Thema zu wechseln.

Emma erzählte, was ihm passiert war und auch Jana kamen die Tränen, als sie davon hörte. Erst als Emma von Troys Doppelleben berichtete, beruhigte sich Jana wieder. Und irgendwie schafften sie es alle drei, in den nächsten eineinhalb Stunden über angenehme und unverfängliche Themen zu plaudern und so zu tun, als säßen hier nur alte Freunde zusammen, die sich lange nicht gesehen hatten.

Obwohl sie schon um kurz nach halb neun losmussten, hatte Emma darauf bestanden, dass sie Jana und Simon am nächsten Morgen zur U-Bahn bringen würde, mit der sie zum Flughafen fuhren. Jetzt standen die beiden auf dem Bahnsteig vor ihr, und Emma spürte eine große Welle der Dankbarkeit in sich hochkommen. Sie nahm Jana bei den Händen und drückte sie fest.

»Ich bin sehr froh, dass ihr gekommen seid«, sagte sie.

Janas Lächeln geriet etwas schief, und Emma sah, dass ihre kleine Schwester gegen Tränen ankämpfte. Als sie sich umarmten, flüsterte Jana: »Ich habe es nicht nur für dich getan.«

»Ich weiß. Passt aufeinander auf!«

Auch Simon umarmte sie, aber anders als am Tag zuvor. Irgendwie sachlicher. Doch keinesfalls abweisend.

Emma sah ihnen hinterher, als sie in die U-Bahn stiegen, die eingefahren war. Simons leichtes Humpeln stand in merkwürdigem Kontrast zu seiner wieder so durchtrainierten Silhouette. Jana hatte einen federnden Gang, als sei eine große Last von ihr abgefallen. Das Letzte, was Emma sah, bevor die Türen sich schlossen, war, dass Jana ihre Hand in Simons schob. Ohne zu zögern, nahm er sie, und sie blickten sich kurz an. Dann winkten sie Emma noch einmal, und die U-Bahn fuhr los.

Emma sah dem Zug noch lange nach, während die Passanten um sie herum zu ihren Terminen, Verabredungen und Jobs hetzten. Schließlich holte sie tief Luft und presste dann die Lippen fest aufeinander. Eine Vielzahl an Empfindungen pulsierte durch ihren Körper. Sie war noch müde, hatte in der Nacht kaum geschlafen. Das Gespräch mit Simon war immer wieder durch ihre Gedanken gezogen. Warum hatten sie nicht schon viel früher die Kraft gehabt, so ehrlich und offen miteinander zu reden? Wehmut pochte hinter ihrer Stirn, als ihr klar wurde, wie viel Zeit sie vertan hatten. Aber langsam klangen Töne lauter, die in ihrem Bauch wohlige Akkorde anschlugen. So wie Simon ihr nicht die Schuld gegeben hatte, so konnte sie sich jetzt selbst sagen, laut und aufrichtig, dass sie keine Schuld trug. Es war das erste Mal seit zwei Jahren, dass sie sich tatsächlich glaubte. Nein, du hast keine Schuld, Emma.

Doch diese Töne hatten noch immer etwas Verhaltenes, legten sich wie eine melancholische Melodie um ihre Schultern und erinnerten sie beständig daran, dass sie nun ganz von vorne anfangen musste. Sie konnte zwar wieder sichtbar werden, hervorkriechen unter der zu Staub zerfallenen Schulddecke – aber aufrichten musste sie sich nun ganz alleine, ohne Schutz. Es gab niemanden, der ihr die Hand reichte. Bekam sie es alleine hin? Nathan würde fortgehen. Gerade jetzt, da sie zum ersten Mal seit Langem wieder frei atmen konnte, ging er fort, und ihr gestriger Streit war bestimmt kein Anlass für ihn, es sich noch einmal anders zu überlegen. Langsam stieg sie die Stufen der Tube hoch. Ihre Augen blieben an einem riesigen Plakat hängen, das für einen Urlaub an der Südküste Englands warb. Das Meer schillerte darauf türkisblau, steile Felsen wölbten sich pittoresk darüber. Als sie die U-Bahn-Station verließ, blickte sie dagegen noch immer in den bleigrauen Himmel, der nicht einen Sonnenstrahl hindurchließ. Eine Möwe segelte vorbei, was sie einmal mehr daran erinnerte, dass London gar nicht so weit vom Meer entfernt war. *Was hat dir früher schon mal geholfen?*, schoss es ihr durch den Kopf. Das Meer. Frische Luft. Weg von allem. Vielleicht sollte sie das jetzt wieder versuchen.

KAPITEL 23

#CHEERS

Em_dreams: Juchhu! Es geht ans Meer! Ich kann's schon riechen!
BritMom, Granny53 und 647 anderen gefällt das

An der Victoria Station nahm sie den quietschroten Gatwick-Express Richtung Süden. Sie war so froh, in den Zug steigen zu können, dass sie sich nicht mal an dem Menschengewusel rund um den Bahnhof störte. Entschlossen zog sie den kleinen Koffer hinter sich her, bis sie einen freien Sitzplatz gefunden hatte. Tante Gwen war zwar etwas überrascht, aber auch erfreut gewesen, als Emma einige Stunden zuvor bei ihr angerufen hatte. Sie sei jederzeit willkommen, hatte Gwen versichert. Ja, auch schon diesen Nachmittag, warum nicht, sie müsse zwar noch einmal aus dem Haus, aber nur kurz. Emma hatte schnell die Tafel für Nilla beschriftet und ihr Bescheid gegeben, dass sie für ein paar Tage verreisen würde. Dann hatte sie einen E-Mail-Client eingerichtet, der auch ihre Kunden informierte. Sie konnte sich schon gar nicht mehr erinnern, wann sie zum letzten Mal Urlaub gemacht hatte. Mit Simon musste das noch gewesen sein, eine Fahrradtour durch Südfrankreich.

Gut eineinhalb Stunden dauerte die Fahrt von London an die Küste. In Brighton musste sie in die Southern-Line umsteigen und erst, als sie dort den Bahnsteig betrat, wurde ihr klar, wo sie sich gerade befand: in Brighton. Dort, wo Nathan sich gerade auf seinen Trip ans andere Ende der Welt vorbereitete.

Aber immerhin lagen noch einmal etwa zwanzig Minuten Fahrt zwischen dem berühmten Badeort und dem Häuschen von Tante Gwen in Worthing. Genug, um so zu tun, als lägen Welten zwischen ihren Aufenthaltsorten.

Tante Gwen hätte Emma normalweise an der Station Durington-on-Sea mit dem Auto abgeholt, aber es war gerade in Reparatur. Emma war das recht. Sie wollte lieber zu Fuß gehen, sich dem Meer langsam nähern und den Wind durch ihre Haare streichen lassen.

Ewig zog sich die Shaftesbury Avenue geradeaus, vorbei an kleinen, weißen Häusern mit tief gezogenen Dächern, die ihre besten Zeiten schon hinter sich hatten. Einmal mehr war Emma erstaunt, wie viele Palmen in den Vorgärten wuchsen, bis ihr einfiel, dass auch in Tante Gwens Vorgarten gleich drei der wärmeliebenden Bäume standen.

Es war um die Mittagszeit, und Emma nahm mit Erleichterung zur Kenntnis, dass auf der Straße so wenig los war. Sie war weit und breit die einzige Fußgängerin. Nach den vielen Regentagen spannte sich ein hellblauer Himmel wie ein leichtes Tuch über die Landschaft. Die vom Wind zerzausten Hecken und gebogenen Stämme der Bäume traten in dem hellen Licht viel stärker hervor. Je näher sie der Küstenlinie kam, umso größer und gepflegter wurden die Häuser. In dieser Gegend waren sie aus rotem Ziegelstein, die weißen Fensterrahmen in den kleinen Erkern blitzten – wie beschaulich es zuging im Gegensatz zu London. Am Ende der Seafield Avenue konnte sie nun schon das grüne Marschland erkennen, das Meer und Strand vom Wohngebiet abtrennte. Die Luft roch immer würziger. Gleich an der Ecke stand im Marine Crescent Tante Gwens Haus mit der rot-weiß gestreiften Markise vor dem Wohnzimmerfenster, die dem Gebäude etwas Puppenstubenhaftes verlieh. Das Haus war deutlich kleiner als die anderen ringsherum und die braunrot verwaschenen Ziegelsteine wirkten heimelig. Emma blieb kurz stehen, sah in Richtung Meer, wo kleine, weiße Strandhäuschen standen wie von Kindern vergessenes Spielzeug. Das Wasser war nur aus dem ersten Stock des Hauses zu sehen. Aber immerhin hörte man es rauschen.

Tante Gwen hatte sie wohl schon vom Fenster aus gesehen, denn als sich Emma nun umdrehte, winkte ihr die kleine, runde Lady schon zu. Auf den ersten Blick konnte man glauben, Gwendolyn Martins sei eine typisch englische Lady mit adrett ondulierten Locken und einer Goldrandbrille auf der Nase, und sie müsste in den Duft von Earl-Grey-Tee und frisch gebackenen Scones eingehüllt sein. Doch wenn man näher kam, erkannte man die feuerrote Strähne, die sie sich in ihr schneeweißes Haar hatte färben lassen, und wenn sie einmal eine kurzärmelige Bluse trug, sah man die tätowierte Blumenranke, die sich vom Handgelenk bis zum Oberarm zog. Tante Gwen hatte wilde Zeiten erlebt, so viel war sicher.

Nun schloss sie Emma fest in die Arme und zog sie dann zur Tür hinein. Es roch tatsächlich nach frisch gebackenem Kuchen, aber Emma wusste, dass es Gwen nicht über eine Fertigbackmischung hinaus brachte.

Als sie mit Kaffee und Kuchen auf der von einer niedrigen Steinmauer eingefassten Terrasse saßen, spürte sie genau, dass Tante Gwen absichtlich so ausschweifend den neuesten Klatsch und Tratsch aus der Nachbarschaft erzählte, weil ihr klar war, dass Emma nur ungern über ihr eigenes Befinden reden wollte. Emma lächelte sie dankbar an und schaufelte gleich mehrere Stücke Kuchen in sich hinein.

»Wie läuft es in London?«, fragte Gwen dann doch irgendwann.

Emma schluckte ihren Bissen hinunter und überlegte dabei eine Antwort. Es sollte eine ehrliche sein, zu diesem Schluss kam sie schnell, aber sie wollte nicht gleich alles erzählen.

»Es ist nicht immer einfach«, begann sie. »Also, ich fühle mich in der Wohnung nach wie vor sehr wohl. Du müsstest die Dachterrasse sehen – das ist jetzt wirklich ein kleines grünes Paradies.«

»Klingt großartig.«

»Ja, aber London … Es ist schon deutlich besser geworden als am Anfang. Nur die Größe der Stadt ist mir noch immer nicht ganz geheuer. Ehrlich gesagt, ich gehe nicht so oft vor die Tür.«

Tante Gwen riss die Augen auf.

»Liebes, ich hatte gehofft, du wärst ins Nachtleben abgetaucht, kämst aus dem Feiern gar nicht mehr raus. Ich will ja nicht davon anfangen, was wir in den Siebzigerjahren so alles angestellt haben, aber dass du gar nicht …« Sie beendete den Satz mit einem Kopfschütteln. »Fühlst du dich nicht einsam?«

Diese Direktheit hatte sie bestimmt in ihren zwölf Jahren in Deutschland gelernt.

»Manchmal. Aber ich habe Freunde.«

»Und die kommen dich besuchen?«

»Ja. Na ja, gelegentlich.« Sie dachte kurz an Poppy und Brittany. Ob sich Brittany schon mit Ed versöhnt hatte? »Selten. Wir treffen uns eher so auf Instagram.«

»Hm, na ja, ich verstehe ja, dass diese modernen Medien eine große Verlockung sind – ich weiß gar nicht, was ich ohne meine ganzen WhatsApp-Gruppen tun würde. Aber die brauche ich schlicht, um mich mit Freundinnen im echten Leben zu verabreden. Nur in der digitalen Welt unterwegs zu sein … ich weiß nicht, ist das nicht ziemlich fade?«

Emma konnte nicht anders, als stumm zu nicken. Nach einem Moment Stille sagte sie: »Ich bin auch hier, um all das hinter mir zu lassen. Weißt du, am liebsten möchte ich einen Reset-Knopf drücken und wenn ich zurück nach London fahre, noch mal ganz von vorne anfangen.«

»Ja, wenn das ginge, wäre es großartig«, sagte Tante Gwen. »Aber wenn wir keine komplette Amnesie auf uns nehmen wollen, dann müssen wir uns mit den Geistern der Vergangenheit irgendwie arrangieren. Trotzdem – etwas Abstand ist sicher fürs Erste nicht schlecht. Aus einer entfernteren Perspektive sehen die Dinge oft anders aus.«

Weil Tante Gwen wie angekündigt noch einmal fortmusste, nutzte Emma die Zeit, um einen langen Strandspaziergang zu machen. Bis ins Zentrum der Stadt, das hinter dem direkt am Pier gelegenen Pavilion Theatre lag, waren es gut drei Kilometer. Schon nach den ersten Minuten zog Emma ihren Hoody aus und band ihn sich um die Hüften. Die Sonne brannte schon wieder richtig heiß, und Emma bedauerte, dass sie sich nicht mit Sonnencreme eingerieben hatte.

Glücklicherweise war am Strand nicht viel los. Unter ihren Füßen knirschten Muschelschalen sowie kleine und große Kieselsteine, über ihr schrien die Möwen. Jetzt bei Ebbe lag das Meer weit draußen, alle paar Hundert Meter ragten Holzpoller aus dem Wasser. Die Luft roch ein wenig nach Fisch und Algen, salzig und einfach unglaublich frisch. Sie hatte das Gefühl, endlich wieder richtig atmen zu können. Um sich abzulenken, konzentrierte sie sich auf die Farben des Wassers am Horizont, auf die Flugbahnen der Seevögel, die Formationen der kleinen Wölkchen weit draußen. Nicht denken, ermahnte sie sich zwischendurch immer wieder, wenn Worte wie Zukunft, Nathan, Instagram oder London in ihr auftauchten.

Schließlich wollte sie erst einmal Abstand – und den gewann sie nur, wenn ihre Gedanken nicht ständig um London kreisten. Sie lief immer weiter, bis sich ihr Mund trocken anfühlte von der salzigen Luft. Ihre Schritte wurden länger, sie erhöhte das Tempo, stemmte sich gegen den Wind, der mittlerweile große Kraft entwickelt hatte. Als sie sich dem Pavilion Theatre an der Promenade im Stadtzentrum näherte, beschloss sie, sich in ein Strandcafé zu setzen und dort etwas zu trinken.

Während sie auf ihren Kaffee wartete, riskierte sie einen Blick auf ihr Smartphone. Jana hatte sich nach ihrer Ankunft auf dem Flughafen München gemeldet. »Sind gut gelandet. Im siebten Himmel«, schrieb sie und hatte unzählige Herzaugen-Smileys dahintergesetzt. »Ach, und die wollte ich dir schon längst schicken. Habe ich ganz vergessen …« Emma konnte sich ins kostenfreie WLAN einloggen und nach und nach die Fotos von Janas letztem Aufenthalt in London abrufen. Zum letzten Foto hatte Jana dazugeschrieben: »RIP – mögest du Mäuse bei den Engeln jagen!« Es war ein Bild von Troy, ein Porträtfoto, auf dem seine wunderschönen, karibikgrünen Augen funkelten. Emma presste das Handy an ihr Herz und schluckte schwer. Schnell fixierte sie das glitzernde Meer. Sie wollte nicht schon wieder weinen, nicht hier, nicht jetzt. Ja, vielleicht saß er irgendwo weit über den Wolken und sah auf sie hinunter voller Wärme und Wohlwollen.

Zurück bei Tante Gwen entdeckte Emma einen verpassten Anruf auf dem Smartphone. Vermutlich hatte sie auf dem Rückweg im Rauschen des Windes das Klingeln nicht gehört. Sofort setzte ihr Herzschlag aus. Vielleicht Nathan, der mit ihr reden wollte? Aber dann las sie Brittanys Namen. Sie klickte auf das Anrufsymbol und wartete, dass ihre Freundin dranging. Während es klingelte, blickte sie aus dem Fenster des kleinen

Gästezimmers. Langsam kam die Flut, das Meer war deutlich zu sehen.

»Emma?«, hörte sie nun Brittanys Stimme an ihrem Ohr. »Wie lieb, dass du dich zurückmeldest. Wo bist du? Wir haben vorhin mal bei dir geklingelt, aber du hast nicht aufgemacht. Diese Nilla im Café unten hat gesagt, du wärst verreist. Stimmt das?«

»Ähm, ja. Ich besuche meine Tante in Worthing. War ganz spontan, ich musste einfach mal raus.«

»Oh je, ist was passiert?«

»Nein, nein, alles okay. Wie steht's mit Ed?«

Sie hörte, wie Brittany tief Luft holte, und sah förmlich das Lächeln, das vermutlich Brits Gesicht überzog.

»Hm, na ja, wie soll ich sagen …« Sie machte eine kleine Spannungspause. »Wir haben uns ausgesprochen – und es war wirklich genau, wie du gesagt hast! Ach, Emma, du kannst dir gar nicht vorstellen, wie glücklich ich bin. Ed hatte tatsächlich furchtbaren Stress mit seiner Ex. Als ob die geahnt hätte, dass er 'ne Neue am Start hat, hat sie gleich mal reingegrätscht. Sie hat ihm gedroht, dass er seinen Sohn nicht mehr sehen darf, und das hat ihn so … geschockt, dass nichts anderes mehr in seinem Kopf Platz hatte.«

Emma verkniff sich ein »Siehste«, und Brittany redete auch schon weiter.

»Als er im Laden aufgetaucht ist, hatte sich das so langsam wieder geklärt, aber als er mich sah, hat ihn dann wohl echt der Mut verlassen. Er war so froh, als ich ihm dann die WhatsApp geschrieben habe. Wir haben uns schnell getroffen und irgendwie war's diesmal perfekt. Er hat mir ganz offen von seiner schrecklichen Ehe und seiner ätzenden Ex erzählt.« Emma konnte ihre Entrüstung genau raushören.

»Vorher wollte er das nicht, weil er Angst hatte, ich würde

ihn für ein Weichei halten«, fuhr Brit fort. »Er wollte halt wie ein toller Kerl rüberkommen, der sein Leben voll im Griff hat. Und jetzt hat er gemerkt, wie viel cooler es ist, nicht den Harten zu geben – sondern den Gefühlvollen. Es ist echt … himmlisch mit ihm!«

»Oh, Mann, das freut mich so dermaßen für dich!« Emma spürte Tränen aufsteigen, aus Freude über diese Wendung in Brittanys Geschichte, aber auch, weil sie an ihr eigenes, kleines, einsames Leben denken musste. Da gab sie schon so gute Ratschläge, konnte sich selbst aber nicht helfen.

»Wir wollen vielleicht auch bald mal ein Wochenende am Meer verbringen«, fuhr Brittany fort. »Mit seinem Sohn und Poppy natürlich, die sind ja im selben Alter. Mal schauen, wie die sich verstehen.«

»Klingt traumhaft.«

»Emma, entschuldige, wenn ich so direkt bin. Aber du hörst dich nicht so an, als ob du deine Ferien genießt. Ist Troy mit dir gefahren?«

»Nein.«

»Komm schon, du kannst mir doch sagen, wenn etwas passiert ist. Ich habe dir immerhin auch mein Herz ausgeschüttet.«

Ja. Und das täte Emma sicher gut. Aber ihre Kehle war wie zugeschnürt, ihre Lippen wie mit Pflaster verklebt.

»Ich weiß, ich danke dir, aber im Moment … es ist alles zu kompliziert«, brachte sie schließlich hervor.

»Herrje, und das gerade, nachdem *du* die Glücks-Challenge ausgerufen hast. Da bist du aber auf einer schlimmen Gefühlsachterbahn, oder?

»Hm, ja, schon irgendwie.« Emma konnte sich ein bitteres Lachen nicht verkneifen.

»Ich würde dir so gerne helfen. Ich meine, du hast so viele Leute angeregt, nicht immer nur das Schlimme zu sehen, sondern auch mal dankbar zu sein für das, was man hat, sich auf die schönen Seiten des Lebens zu konzentrieren – und ausgerechnet du …«

»Das ist lieb von dir. Danke! Ich glaube, was die Challenge betrifft – die hat sich schon so verselbstständigt, dass ich da gar nicht mehr gebraucht werde. Und was mich persönlich angeht – im Moment tun mir die Ruhe hier und das Meer wirklich gut. Wenn ich so weit bin, dass ich darüber sprechen kann, bist du die Erste, die ich anrufe, okay?«

»Unbedingt! Ach, es tut mir so leid. Sag mir nur eins: Hat es mit Troy zu tun? Und Nathan?«

»Im weitesten Sinn. Mach dir keinen Kopf, ich krieg das schon hin. Der Abstand tut mir gut, wirklich. Jetzt genieß du die Zeit mit Ed, bitte!«

»Poppy schickt dir ein dickes Küsschen!«

»Küss sie zurück. Ich melde mich, wenn ich wieder in London bin, versprochen!«

Auch wenn sie zwischendurch immer wieder von melancholischen Flutwellen mitgerissen wurde, spürte Emma, wie wohltuend die Ruhe war. Ebenso wie Tante Gwens freundliche, aber zurückhaltende Art. Sie verwöhnte die angeheiratete Nichte mit typisch englischen Leckereien, die zwar alle aus der Mikrowelle kamen, aber Emma war froh, dass es überhaupt jemanden gab, der über ihr körperliches Wohlbefinden wachte.

Schon in der ersten Nacht schlief sie viel besser als in London, und sie ließ sich früh am Morgen gerne von den Sonnenstrahlen wecken, die in ihre kleine Dachkammer drangen. Gleich nach dem Frühstück brach sie zu einem weiteren Strandspaziergang auf. Nachdem ihr aufgefallen war, dass sie am Vortag weder daran gedacht hatte, ein Foto von der Küste zu machen, noch daran, zu bedauern, dass sie nun keines posten konnte, beschloss sie, diesmal das Handy gar nicht mitzunehmen.

Auf den ersten Kilometern strudelten die Gedanken in ihrem Kopf wild durcheinander, und immer spülten die gleichen Überlegungen hoch, ohne dass sie zu einem Ergebnis kam. Sollte sie London einfach verlassen? Nach Deutschland zurückkehren? Jetzt, wo sie sich mit Simon ausgesprochen hatte, stand dem eigentlich nichts mehr im Weg. Andererseits würde es bedeuten, wieder bei null anzufangen. Sie hatte die Befürchtung, ihre Kräfte würden dafür im Moment nicht ausreichen.

Am Abend zuvor hatte sie – angeregt von dem Gespräch mit Brittany – mehrmals eine Nachricht an Nathan auf WhatsApp getippt – nur, um sie sofort wieder zu löschen. Es gab keine Lösung für ihr Dilemma. Selbst wenn sie sich versöhnten – nächste Woche würde er nach Peru fliegen. Sie blickte lange aufs Meer, stellte sich die Welt auf der anderen Seite dieser Wassermassen vor, bekam aber kein Bild zu fassen.

Irgendwann kam ihr die Vision, wie es wäre, für immer hierzubleiben und sich jeden Tag mit einer altmodischen Staffelei an den Strand zu setzen und das Meer, die Wellen, den Horizont und den Himmel zu malen. Jeden Tag. Nichts weiter. Würde sie dabei wunschlos werden? Vielleicht nicht wunschlos glücklich, aber zumindest befreit von ihren Sehnsüchten? Von der Ruhe geheilt? Vermutlich wäre sie nach spätestens einem halben Jahr eine Touristenattraktion, Videos würden sich viral verbreiten und vorbei wäre es mit der Stille. Zur Einsiedelei war diese Gegend nicht gemacht.

Zurück bei Tante Gwen holte sie ihre Zeichensachen hervor und fertigte eine Bleistiftskizze von Troy an, den sie von Janas Foto abmalte. Als sie fertig war, überraschte es sie selbst, wie naturgetreu sie den Kater auf Papier gebannt hatte. Als würde er gleich eine Pfote heben und sie anstupsen. Den Hintergrund gestaltete sie als Katzenhimmelsparadies mit Wolken in Mäuseform – in der Hoffnung, Troy ließe es sich dort gut gehen.

Am Abend legte sich Emma auf Tante Gwens altmodische Chaiselongue im Wohnzimmer und verfolgte halbherzig eine Liebesschmonzette im Fernsehen. Gwen war am frühen Abend zu einem Treffen mit Freundinnen aufgebrochen, und als sie gegen halb elf zurückkam, wirkte sie mit ihren roten Bäckchen und der etwas schief sitzenden Frisur ziemlich angeheitert. Einen Moment beneidete Emma ihre Tante, die mit Mitte sechzig eine perfekte Lebensphase erreicht zu haben schien. Sie war noch fit und gesund, musste aber nichts mehr leisten, nichts mehr beweisen, hatte schon viel erlebt und konnte nun tun und lassen, was sie wollte.

»Liebes, es ist eine Schande, dass du hier vor dem Fernseher versauerst«, begrüßte sie Emma, noch bevor sie sich in den Sessel neben der Chaiselongue fallen ließ. »Man ist nur einmal jung, weißt du? Ich weiß ja nicht, was du genau durchmachst, aber glaube mir, man kommt in ein Alter, in dem man sich gar nicht mehr vorstellen kann, dass das alles früher so wichtig gewesen sein soll. Manchmal klappt es mit den Männern und manchmal eben nicht. Erst war's der Falsche, dann kommt der Richtige und der ist dann doch wieder der Falsche. Ich war dreimal verheiratet – und meine Affären kann ich gar nicht zählen, ich weiß, wovon ich spreche.«

Emma musste schmunzeln. Onkel Alfred, das hatte ihre Mutter früher immer erzählt, war dem wirbeligen Leben mit Tante Gwen einfach nicht gewachsen gewesen – aber er hatte seiner geschiedenen Frau noch jahrelang nachgeweint und sich noch immer nicht erneut gebunden. Vielleicht war es auch Veranlagung, ob man das Leben und die Liebe leicht nahm oder nicht.

»Ach, Gwen, ich wünschte, ich hätte deine Gelassenheit und deinen Optimismus!«, antwortete Emma.

Ihre Tante stand auf, öffnete einen zierlichen Schrank mit Glastür und entnahm zwei Gläschen, die sie mit dunkelrotem Likör füllte.

»Beides hart erkämpft. Prost!« Gwen reichte Emma eins der Gläser und stieß mit ihr an. »Früher war ich eine echte Dramaqueen – wenn einer mich verstieß, dann ging gleich das ganze Königreich unter.« Sie kicherte wie ein junges Schulmädchen und trank ihr Glas mit einem Zug leer. »Entschuldige«, sagte sie dann und blickte Emma mit warmherzigem Ausdruck an. »Während man mittendrin steckt im Schlamassel, ist alles ganz furchtbar.«

»Allerdings«, seufzte Emma und tat es Gwen gleich. Der Likör schmeckte süß und bitter zugleich. So wie die Liebe. »Ich stecke einfach in einem furchtbaren Dilemma. Besser gesagt – er steckt in dem Dilemma.«

Und dann brachen die Worte hervor, und Emma konnte gar nicht mehr aufhören zu reden. Gwen füllte währenddessen mehrmals ihre Gläser nach, und der Likör schmeckte immer besser.

»Wenn es nur darum ginge, dass er das Land verlässt, dann würde ich ja vielleicht meinen Mut zusammennehmen und ihn noch einmal treffen. Aber nachdem er mein verdammtes Instagram-Fake-Life entdeckt hat, schäme ich mich einfach so. Was, wenn er das zu übel findet?«, endete Emma schließlich.

»Weißt du«, sagte Gwen nach einem Moment der Stille. »Das Einzige, was ich immer bereut habe, war, wenn ich mich nicht getraut habe. Wenn ich zurückgeschreckt bin und es nicht gewagt habe, das Schicksal herauszufordern. Es war nicht immer so, dass ich für meinen Mut belohnt worden bin, das kannst du mir glauben. Ich denke da an einen George, dem ich einfach keine Chance gegeben habe … Ach je, da kommen mir heute noch die Tränen. Aber egal … was ich sagen wollte: Probiere es aus! Sei mutig! Du wirst dich nie darüber ärgern, zu mutig gewesen zu sein – aber für Feigheit wirst du dich dein Leben lang schämen. Und was soll denn schon passieren? Man grämt sich, man weint, man kommt wieder auf die Beine.«

»Und wenn nicht?«

Gwen lächelte. »Hey, du bist doch eine ganz normale junge Frau. Hübsch, intelligent, interessant – dass du nicht irgendwann den Richtigen abbekommst, kann ich mir nicht vorstellen. Und wenn es nicht der aktuelle Mann ist, dann eben der nächste. Du wirst glücklich sein – das zählt. Du kannst nicht wissen, ob der, den du triffst, wirklich der Beste für dich ist. Aber wenn du jedem ausweichst, dann wirst du bestimmt nicht glücklich, so viel ist sicher. Das Glück kommt nicht zu dir – du bist diejenige, die ihrem Leben das Glück hinzufügen muss. Ergreif deine Chance!«

»Aber … Nathan …«, stotterte Emma.

»Wer sagt denn, dass es für dein momentanes Problem nicht doch eine Lösung gibt?«, unterbrach Gwen sie sofort. »Vielleicht findet er das mit Instagram gar nicht so schlimm – und hat dich nur so hart angegriffen, weil er genau gespürt hat, dass er zu weit gegangen ist, als er mit dir geschlafen hat. Du weißt doch – Angriff ist die beste Verteidigung. Wenn du ihm wiederum verzeihen könntest, dass er dich im Ungewissen gelassen hat – und ich sehe dir sehr deutlich an, dass du ihm alles verzeihen würdest – vielleicht findet ihr dann doch eine Möglichkeit, mit zwei Jahren und einem Ozean zwischen euch zurechtzukommen. Es gibt nie nur zwei Lösungen – schwarz oder weiß. Es gibt auch sehr viel grau! Cheers!« Sie verteilte den Rest der Flasche auf ihre beiden Gläser und prostete

Emma noch einmal zu. Dann lehnte sie sich in ihrem Sessel zurück. Mehr würde sie dazu nicht sagen.

Emma starrte in die rote Flüssigkeit. War es wirklich so einfach? Stand sie sich nur selbst im Weg? Wie sehr hatte sie als kleines Mädchen die Betäubungsspritze beim Zahnarzt gefürchtet – und heute spürte sie in dieser Situation kaum noch ein Pieks. Schmerzen vergingen. An manchen Stellen hörte das Herz auf wehzutun und entspannte sich.

Sie versuchte sich vorzustellen, wie es tatsächlich wäre, Nathan nie wiederzusehen. Würde es sie umbringen? Vermutlich nicht. Sie kannte ihn ja noch viel zu wenig, wusste nichts über irgendwelche Macken, die sie in ein paar Jahren vielleicht zur Weißglut treiben würden. Hatte sie sich jemals vorstellen können, von Simon getrennt zu sein? Damals nicht. Hatte sie es überlebt, trotz der verschärften Umstände? Hatte sie. Und würde sie sich ärgern, wenn sie es nicht wenigstens versucht hätte, Nathan ihr wahres Ich zu zeigen? Das jenseits ihres Instagram-Accounts?

Als sie eine halbe Stunde später ins Bett wollte, spürte sie, dass sie noch nicht schlafen konnte. Auf einmal hatte sie eine Idee für Nathans Dreamtableau. Auch wenn sie hier nicht wirklich daran arbeiten konnte, weil ihr der Computer fehlte, so hielt sie zumindest in einer Skizze fest, wie das Bild aussehen könnte. Europa und Südamerika standen sich rechts und links außen silhouettenhaft gegenüber und streckten so etwas wie Arme nacheinander aus. Dazwischen tanzten auf einer nachtblauen Meeresoberfläche Sterne, ein kleines Klavier, zwei Fahrräder, Blumen in Töpfen und ein Picknickkorb. So in etwa – so konnte es aussehen. Zufrieden legte sie sich hin. Und fasste augenblicklich einen Plan. Gleich morgen würde sie ihn in die Tat umsetzen.

KAPITEL 24

#ONTHEROADAGAIN

Em_dreams: Neuentdeckung! Echt englischer Likör … köstlich! Habt ihr einen Favoriten?
BritMom @Em_dreams: Den Wacholderlikör von meiner Mama – selbst gemacht!
Granny53 @Em_dreams: Ich schwöre auf Schlehenlikör! Gibt nichts Besseres!

Ob heute wirklich der richtige Tag dafür war, ihr Vorhaben anzugehen? Das Wetter war nicht mehr so heiter wie gestern, dunkle Wolken wehten vom Meer herüber und schienen ihr sagen zu wollen: Überlege, was du tust.

Trotz des kleinen Schwipses am Vorabend saß Tante Gwen schick herausgeputzt am Frühstückstisch und las die Zeitung.

»Jetzt streiken schon wieder die Zugschaffner«, stöhnte sie. »Dabei wäre ich heute so gerne nach Brighton gefahren. Ich muss meine Garderobe dringend ein wenig aufpeppen – und hier in Worthing gibt es ja kein gescheites Geschäft. Alles nur für Touristen. Ich habe neulich in Brighton einen entzückenden Laden entdeckt, der fair gehandelte Bio-Kleidung verkauft. Mit der Besitzerin habe ich mich so nett unterhalten …«

Emma hörte nur mit halbem Ohr zu und pustete auf ihren Kaffee, um ihn abzukühlen. Mist – ein Streik! Das zweite schlechte Omen. Denn auch ihr Plan sah vor, nach Brighton zu fahren. Aber sollte sie sich wirklich von dunklen Wolken und einem Bahnstreik bremsen lassen?

Sie hatte die halbe Nacht überlegt, wie der Verein hieß, bei dem Nathan das Training absolvierte. Irgendwas mit Kindern, klar … Genauer gesagt: mit Brüdern und Schwestern, fiel ihr im Morgengrauen wieder ein. Mit diesen Stichworten hatte sie die Vereinsadresse schnell gegoogelt und festgestellt, dass der Verein »Hilfe für unsere kleinen Schwestern und Brüder« direkt an der King's Road, der Seepromenade, in Brighton lag.

»Wie viele Meilen sind es bis Brighton?«, fragte sie Tante Gwen.

»Etwa dreizehn«, antwortete sie.

»Könnte man auch mit dem Fahrrad fahren«, überlegte Emma laut. »Ist ja schön flach die Strecke.«

»Im Schuppen steht noch so ein Rennflitzer von meinem letzten Mann. Der hatte das eher zu Dekorationszwecken. *Feel free* – du darfst es gerne benutzen. Wolltest du auch nach Brighton?«

Emma nickte und wurde rot, verzichtete aber auf eine weitere Erklärung, was Gwen schmunzelnd mit den Worten »sehr gute Idee« kommentierte.

Den Schwung, den Emma spürte, musste sie sofort ausnutzen. Jetzt oder nie. Den schlechten Omen zum Trotz. Immerhin regnete es nicht. Sie zog sich schnell an, ehe ihr Entschluss ins Wanken geriet. Was sie sagen würde, wenn sie tatsächlich vor ihm stand, wollte sie nicht überlegen. Bestimmt fiel ihr etwas ein. Irgendwas mit einer dritten Möglichkeit.

Im Schuppen geriet ihr Plan noch einmal kurz ins Wanken, als sie das Fahrrad entdeckte, das sie erst einmal von einer dicken Schicht Spinnweben befreien musste. Würde sie es wirklich über sich bringen, darauf zu steigen? Damit zu fahren? *Für Feigheit wirst du dich dein Leben lang schämen*, erklang Gwens

Satz in ihrem Ohr. Emma atmete tief ein, fand eine Luftpumpe und pumpte die schmalen Reifen hart auf. Immerhin schienen die Bremsen und die Gangschaltung noch zu funktionieren. Sie entdeckte ein Fläschchen Öl und schmierte die Zahnkränze und die Kette ein. Jetzt sah es beinahe wieder aus wie neu. Es war ein wenig groß für sie, aber sie brachte den Sattel in die niedrigste Position, dann stieg sie auf. Ja, sie würde jetzt Fahrrad fahren. Das gehörte zu ihrer Mutprobe dazu. Ich komme, Nathan. Ich komme zu dir.

Schon nach wenigen Metern wurde ihr klar, dass sie länger brauchen würde, als gedacht. Mit Kraft wehte der Wind direkt von vorne. Doch Emma fühlte sich an diesem Morgen trotz der nächtlichen Grübelei ausgeschlafen und fit. Sie trat in die Pedale, als gelte es, die Tour de France zu gewinnen. Der Wind verstrubbelte ihre Haare, kitzelte ihre Nase und nahm alle Gedanken mit sich mit. Es gab nur die Muskeln, die beständig ihre Arbeit verrichteten, ihren Atem, der in ihren Ohren rauschte. Sie kam sich plötzlich wie verwachsen mit dem Fahrrad vor, als gehörte es zu ihr. Sie konnte sich kaum noch vorstellen, warum ihr das Fahrradfahren bis vor Kurzem solche Angst gemacht hatte. Glücklicherweise gab es einen Fahrradweg, der kaum frequentiert war.

In Shoreham-by-Sea entfernte sie sich von der Küste und fuhr über die Norfolk Bridge, um den Adur zu überqueren, der kurz vor Brighton ins Meer mündete.

Je näher sie der Stadt kam, umso schneller pochten ihr Atem, ihr Herz, ihre Gedanken. Die Landschaft, noch immer städtisch geprägt, trotz der vielen Boote, die in kleinen Häfen lagen, wurde unwichtiger. *Nathan, Nathan,* schien ihr der Asphalt bei jeder Umdrehung der Pedale zuzuflüstern.

Durstig und völlig außer Atem stand sie schließlich am Pier von Brighton mit seinen weißen Pavillons und dem zierlichen

Glockenturm. Trotz des trüben Wetters herrschte hier Gedränge. Die Menschen schlenderten mit Sandwiches und Coffee-to-go-Bechern den Pier entlang und warfen den Möwen Brotstückchen zu. Kleine Kinder riefen aufgeregt und deuteten auf Wunderbares – riesige Eistüten, kitschige Souvenirs, das Riesenrad, das sich direkt am Strand drehte.

Irgendwo hier musste der Vereinssitz sein. Abgelenkt vom Gewimmel und der herrlichen Bäderarchitektur, die ein wenig in die Jahre gekommen war, fiel ihr auf Höhe des Sea Life Aquariums auf, dass sie zu weit gefahren war, und sie musste wieder umkehren. Wollte ihr Unterbewusstes ihr deutlich machen, dass sie ihr Ziel verfehlen würde? Nein! Sie hatte es bis hierher geschafft, war sogar geradelt – gegen den Wind! – und nun würde sie ganz bestimmt nicht aufgeben.

An der nächsten Kreuzung, gegenüber des Odeon-Kinos, entdeckte sie ein nüchternes Schild an einem Jahrhundertwende-Bau, auf dem der Verein »Hilfe für unsere kleinen Schwestern und Brüder« angezeigt war. Und sie hatte Glück: Die Bürozeit war von neun bis zwölf, ihr blieben noch zehn Minuten.

Emma schloss das Fahrrad ab, drückte die Tür auf, die nur angelehnt war und ging die Stufen in den dritten Stock hinauf – trotz Aufzug. Vermutlich war es das Beste, sie entschuldigte sich für die Vorwürfe, mit denen sie ihn konfrontiert hatte, für die Lügen, die sie ihm und ihren Instagram-Followern aufgetischt hatte und bat ihn um Verständnis. Und dann würde sie ihm vorschlagen, dass sie – sofern er noch wollte – gemeinsam über eine Lösung für das Peru-Problem nachdachten. Wahrscheinlich waren alle Pläne eh vergebens – sie war sich sicher, dass sie am allersten Ausdruck in seinen Augen erkennen würde, was er für sie empfand. Abscheu oder … Liebe.

Sie beschloss, nicht länger zu zögern, und klingelte, worauf der Türsummer ertönte. Als sie eintrat, blendete sie das Weiß des Empfangsraums. Sie kam sich auf einmal furchtbar verschwitzt vor, an ihren Fingern sah sie noch Reste des Fahrradkettenfetts, und sie wischte die Hände schnell an ihrer Hose ab.

Dann bemerkte sie riesengroße Fotos von Kindern an den Wänden. Kindern in Bergregionen, armselig gekleidet, aber mit leuchtenden Augen. Fröhlich grinsende Kinder mit kleinen Ziegen im Arm, auf Schulbänken und auf der Liege in einer Art Praxis, wo ihnen eine Spritze verabreicht wurde. Sogar dabei sahen sie glücklich aus.

»Bitte schön? Kann ich Ihnen helfen?«, fragte die dunkelhaarige Frau, die am Empfangstresen saß, mit einem Akzent, der spanisch klang.

»Ja, ich … ähm, ich wollte mich nach Dr. … ähm«, beinahe hätte sie »Nathan« gesagt. »Nach Dr. Burberry erkundigen. Er absolviert so einen Workshop, also mehr ein Training bei Ihnen. Wegen Peru. Ich müsste ihn kurz sprechen. Eine private Angelegenheit.«

Die Empfangsdame warf ihr aus warmen braunen Augen einen mitleidigen Blick zu. Oder bildete sie sich das nur ein?

»Das tut mir sehr leid. Dr. Burberry ist gestern schon abgereist.«

Oh Gott! Tatsächlich! Emma umklammerte den Tresen. Gleich würden ihre Knie nachgeben.

»Ich dachte, das Training geht noch länger?«

»Ich dürfte Ihnen das vermutlich gar nicht sagen, aber er hat gestern Nachmittag sehr … wie sagt man? … sehr aufgeregt telefoniert. Danach ist er dann schnell gegangen.«

»Wissen Sie, wohin?« Vielleicht gab es ja doch noch Hoffnung?

»Tut mir leid, mehr weiß ich auch nicht.«

Emma nickte ein stummes Dankeschön in ihre Richtung und drehte sich zur Tür um. Sie kam sich vor, als löse sie sich in Luft auf. Fassungslos griff sie nach der Türklinke und schon fand sich Emma in dem düsteren Treppenhaus wieder.

Er war fort? Nach einem aufgeregten Telefongespräch? Was hatte das zu bedeuten?

Sie eilte auf die Straße hinunter und brauchte ein paar Minuten, bis sie wieder normal atmen konnte. Dann griff sie nach ihrem Smartphone und wählte ohne zu zögern seine Nummer. Beinahe übertönte ihr Herzklopfen den Klingelton. Nach kurzer Zeit sprang die Mailbox an. Eine Roboterstimme erklärte ihr, der Teilnehmer sei nicht erreichbar, sie solle eine SMS schicken, wenn sie einen Rückruf wünsche. Enttäuscht ließ sie das Handy zurück in ihre Tasche gleiten. Sie überquerte die Straße und setzte sich auf einen einsamen Stuhl vor einem kleinen Kiosk, dessen Fenster verrammelt waren.

Sie blickte aufs Meer. Die Möwen wehklagten. Unerträglich laut. Oder war es ihr Herz, das sich noch immer nicht beruhigt hatte? Wo war er? Was war passiert? Noch einmal wählte sie seine Nummer. Wieder nur diese Automatenstimme. Sie klickte Instagram an und suchte nach seinem Account. *DoctorPiano91*. Da war er. Aber keine Spur von ihm. Er hatte genau ein Abonnement. *Em_dreams*. Und er hatte nur ein Foto eingestellt. Darauf sah man die Dachterrasse bei Nacht. Vorne, unscharf, die Rudermaschine, den rostigen Grill. Hinten, scharf, das Blumenmeer ihres Teils, die gelben Farbkleckse der Lichterkette. Und zu dem Bild hatte er geschrieben: »Nebenan funkeln die Sterne.«

Emma ließ das Smartphone sinken. Was hatte das zu bedeuten? War es eine versteckte Liebeserklärung? Oder hieß es, dass das Nebenan unerreichbar weit fort war – so fern wie die Sterne am Himmel?

Kurz überlegte sie, ob sie ihre Schwester anrufen und um Rat bitten sollte. Aber Jana schwebte gerade im siebten Pärchenhimmel, und Emma wollte sie nur ungern stören. Blieb Brittany. Doch Emma scheute davor zurück, sich ihr zu offenbaren. Was würde die neue Freundin – ein noch immer ungewohntes Wort – zu allem sagen? Sie müsste ihr erklären, dass sie, Brit, den Anlass zu Nathans Wut geliefert hatte – sie hatte ihn auf Emmas Instagram-Account hingewiesen. Emma wollte ihr das nicht vorwerfen, natürlich nicht. Und sie wollte ihr auch kein schlechtes Gewissen deswegen machen. Zudem würde sie damit ja auch Brittany offenbaren müssen, dass es da eine gewaltige Diskrepanz gab zwischen *Em_dreams* und Emma Martins. Und noch jemand, der wütend auf sie war, das konnte sie nicht ertragen.

Vielleicht sollte sie so schnell wie möglich nach London zurückfahren und schauen, ob Nathan noch dort war. Sie konnte sich nicht vorstellen, dass er von hier aus sofort nach Peru geflogen war. Vielleicht war irgendetwas anderes passiert – jemandem in seiner Familie war etwas zugestoßen oder einem seiner Freunde. Auch wenn die Chance noch so klein war, dass er mit ihr reden wollte – sie musste es einfach versuchen.

Emma stand auf, holte ihr Fahrrad und schob es die Promenade entlang, bis ihr Herz wieder in einem normalen Rhythmus schlug. Sie bemerkte sogar, dass ihr die ungewohnte sportliche Betätigung großen Hunger bescherte und holte sich eine Portion *Fish and Chips*. Anschließend stieg sie halbwegs gestärkt auf und trat den Heimweg an. Wenigstens hatte sie nun Rückenwind!

KAPITEL 25

#ROOFTOPBLUES

Em_dreams: Auf Wiedersehen, liebes Meer, ich komme bald zurück zu dir. Am liebsten für immer. Träumt ihr manchmal davon, ganz neu anzufangen?
Granny53 @Em_dreams: Ich träume nicht nur. Drei Mal in meinem Leben habe ich schon alles hinter mir gelassen – und es nie bereut. Nur Mut!

Um achtzehn Uhr wurde der Bahnstreik für beendet erklärt, und endlich fuhren wieder Züge in Richtung London. Gwen hatte Emma Mut gemacht, ihren Weg zu gehen, und sie in ihrem frischreparierten gelben Mini zur Bahnstation gebracht. Gegen halb acht kam Emma in der Victoria Station an, die ganze Zeit begleitete sie ein Grummeln im Bauch. Sie hatte sich alle möglichen Szenarien überlegt, was passiert sein könnte oder wo Nathan nun wäre. Das optimistischste war, er säße bei ihrer Ankunft auf dem Rudergerät oder goss gerade ihre Blumen. Die pessimistischste: Das Appartement war zugesperrt und Nathan saß im Flugzeug Richtung Lima.

Mit einem Mal kam ihr London wieder so laut und hektisch und mürrisch vor wie in der Zeit, in der sie entschieden hatte, sich zurückzuziehen. Ständig wurde sie angerempelt, an einer Ampel fuhr beinahe ein abbiegendes Auto sie an und die *Tube* war so voll, dass sie dichtgedrängt neben einem nach einer widerwärtigen Mischung aus Zigarettenrauch und altem Fett stinkenden Teenager stehen musste. Sie atmete befreit auf, als sie The Cut erreichte. Ihr Schritt wurde schneller, zumal es nun zu tröpfeln anfing.

Doch auf Höhe der Nightingale Bar hielt sie abrupt inne. Ein Passant, der sie deshalb beinahe anrempelte, warf ihr einen sarkastischen Spruch an den Kopf. Es interessierte sie nicht. Drinnen spielte jemand Klavier. Obwohl es äußerst unwahrscheinlich war, dass es sich dabei um Nathan handelte, öffnete sie die Tür, verstaute ihren Koffer in einer Nische neben der Bar und bemühte sich, im Halbdunkel etwas zu erkennen. Ihr Herz pumpte wie bei einer Mount-Everest-Besteigung. Wenige Gäste, den Barkeeper kannte sie nicht – und den Klavierspieler sah sie nur von hinten. Er hatte dunkelbraunes Haar und Nathans Statur. Zögerlich setzte sie einen Schritt vor den anderen. Was sollte sie nur sagen?

Die letzten Töne eines ihr unbekannten Liedes vertröpfelten, der Applaus war mehr als spärlich. Der Pianist hob den Kopf und sah sich um. Ihre Blicke trafen sich, aber sie hatte diesen Mann noch nie gesehen. Er war viel älter als Nathan, trug einen Schnäuzer und sah sie neugierig an.

Emma stürzte an den Tresen und bat den Barkeeper um einen Gin Tonic. Er nickte und begann, das Getränk zuzubereiten. Sie stand starr da, unfähig weiterzudenken, spürte nur übermächtige Enttäuschung, die ihr klarmachte, wie sehr sie ihn vermisste. Alles tat ihr weh.

»*Cheers, Lady*«, sagte der Barkeeper und stellte ihr den gewünschten Drink hin.

»Entschuldigung«, fragte sie. »Spielt Nathan Burberry hier nicht mehr Klavier?«

»Der geht doch nach Peru, soviel ich weiß«, kam die Antwort. »Leider, die Ladys waren alle ganz verrückt nach ihm.«

Sogar der Barkeeper wusste Bescheid! Emma stürzte den Gin Tonic fast in einem Zug hinunter, zahlte, nahm ihren Koffer und verließ die Bar. Sie kämpfte gegen die Tränen an, bis sie vor ihrer Haustür stand. Sie musste minutenlang in ihrer Handtasche wühlen, um endlich mit zitternden Fingern den Hausschlüssel herauszuziehen.

»Emma, du bist schon wieder da?«, hörte sie plötzlich eine freundliche Stimme hinter sich. Nilla. Emma fuhr herum und schon umarmte die Ladenbesitzerin sie.

»Ich habe gerade zugesperrt, als ich dich sah. Wie war's am Meer?«

»Schön«, brachte Emma mühsam hervor und versuchte, sich unauffällig eine Träne wegzuwischen. »Ähm, hast du Nathan zufällig gesehen? Ist er schon auf dem Weg nach Peru?«

Nilla schüttelte den Kopf. »Ich glaube, er ist noch in Brighton bei diesem Kurs«, sagte sie.

»Nein, da ist er nicht mehr.« Emma erzählte kurz, was ihr die Frau vom Verein berichtet hatte. Nilla wiegte den Kopf.

»Sehr merkwürdig. Also, bei mir hat er sich nicht gemeldet. Eigentlich wollte er am Sonntag zurückkommen und mir dann am Montag … ach so, das weißt du ja noch gar nicht.« Sie machte eine kurze Pause, und Emma hätte sie am liebsten geschüttelt. Was wusste sie noch nicht?

»Also: Nicht erschrecken, wenn du mich jetzt öfter auf der Dachterrasse siehst. Ich übernehme sein Appartement.«

»Was?« Emma war klar, dass sie etwas zu empört klang. Sicher war Nilla die netteste Nachbarin, die man sich wünschen konnte. Aber es zeigte Emma allzu deutlich, dass Nathan seinen Plan durchzog und mit keiner Faser daran dachte, hierzubleiben.

»Wir müssen nur noch die Schlüsselübergabe vereinbaren. Das ist total praktisch für mich mit dem Laden und so …«,

Nilla verstummte und sah Emma eindringlich an. »Entschuldige. Ich erzähle dir das hier so munter, dabei … äh, du hast nicht mehr mit ihm reden können, oder?«

»Doch, schon. Aber … na ja, das ging total in die Hose.«

»Ach, Mist.« Nilla legte ihre Hand auf Emmas Oberarm. »Falls du Lust hast, könnten wir in die *Nightingale Bar* gehen und uns die Kante geben.«

»Danke, das wäre vermutlich das Beste, aber mir fehlt sogar die Kraft, mich zu betrinken. Ich muss jetzt erst mal überlegen, wie es weitergeht.«

»Wenn ich dir helfen kann, jederzeit!« Nilla umarmte Emma fest, dann verschwand sie in den Regen, der nun heftiger geworden war.

Jeder Schritt die Treppe hinauf wurde schwerer und schwerer, der Kopf fühlte sich an, als hätte jemand Bleigewichte darin versteckt. Im Appartement roch es leicht muffig, und Emma riss die Terrassentür auf. Zögerlich blieb sie im Rahmen stehen. Wenn sie hinausging, würde sie schnell Gewissheit haben – ob er vielleicht doch noch da war.

»Komm schon, schau einfach nach«, versuchte sie, sich Mut zu machen. Doch bevor sie ging, checkte sie ihr Handy. Vielleicht hatte er ja gesehen, dass sie versucht hatte, ihn zu erreichen, und endlich zurückgerufen? Doch der Blick aufs Smartphone hielt nur Instagram-Benachrichtigungen für sie bereit. Lustlos klickte sie eine davon an – irgendwer mochte ihren letzten Post. Was hatte sie da geschrieben? »Glück kündigt sich nicht an. Glück überrascht dich.«

Sie legte das Handy auf die Fensterbank und trat hinaus. Das Rudergerät war noch da. Ebenso der Grill, der genau dort lag, wo er bei Emmas überstürzten Abgang aus Nathans Appartement hingeflogen war. Sie war froh, dass wenigstens ihr Zeh nicht mehr schmerzte. Zögerlich spähte sie in Richtung seines Fensters. Die Vorhänge waren zugezogen. Nichts zu erkennen. Wenn sie Nilla richtig verstanden hatte, würde er ihr in den nächsten Tagen den Schlüssel übergeben. Und ob sie die Wohnung möbliert übernehmen würde? Eher nicht, vermutete Emma. Das hieße, er musste hier bald wegen der Schlüssel und der Möbel auftauchen. Würde er ihr dann Lebewohl sagen? Oder war er wirklich so schockiert von ihrem Doppelleben, dass er keinen Kontakt mehr zu ihr wollte? Wahrscheinlich ist es genau so, überlegte Emma, sonst hätte er längst angerufen.

Frustriert und niedergeschlagen ließ sie sich im Strandkorb nieder und zog das Dach weit vor, sodass der feine Regen nicht stören konnte. Das hast du dir selbst eingebrockt, flüsterte eine destruktive Stimme in ihrem Kopf. Der Schwung, den sie sich bei Tante Gwen geholt hatte, war vollends ausgebremst. Wie um sich selbst zu bestrafen, gab sie bei Instagram den Hashtag *GlücksChallenge* ein und sah die Beiträge an, die sich in den letzten Tagen darunter versammelt hatten. Ohne es zu wollen war sie beeindruckt, wie viele Leute sich mittlerweile daran beteiligten und sich explizit auf ihren Aufruf bezogen hatten. Und es waren so schöne Bilder und Sprüche zu finden, dass ihr tatsächlich etwas leichter ums Herz wurde.

»Mut steht am Anfang des Handelns, Glück am Ende«, hatte *mermaid87* geschrieben, und Emma las diesen Satz immer wieder. Sie hatte doch begonnen zu handeln, hatte versucht, Nathan zu finden, aber sie hatte dennoch kein Glück gehabt. Dann ist es noch nicht das Ende, redete sie sich ein.

»Das Glück deines Lebens hängt von der Beschaffenheit deiner Gedanken ab«, hatte Marc Aurel vor fast zweitausend Jahren schon gewusst, wenn sie dem Post von *speeky* glauben konnte. Das klang ja sehr klug – aber noch schöner wäre es, wenn er auch einen Rat gewusst hätte, wie man die Beschaffenheit seiner Gedanken änderte. Mir geht's zwar scheiße, aber ich denke mich mir einfach mal glücklich? Das konnte ja wohl kaum funktionieren.

Am Samstagmorgen erwachte sie gegen neun. Beim Aufstehen spürte sie einen fürchterlichen Muskelkater in den Oberschenkeln: So viel Radfahren war sie nicht gewohnt. Während der Espresso in die kleine silberne Kanne auf dem Herd zischte, stellte sie erstaunt fest, dass sie am Vorabend gegen halb zwölf eingeschlafen war. Trotz des Gedankenkarussells. Auch bei Tante Gwen hatte sie bewährte Schlaf- und Wachzeiten gehabt, wurde ihr klar. Ohne dass es ihr bewusst geworden war, hatte sich eine Normalität in ihr Leben zurückgeschlichen. Wenn sie so weitermachte, würde sie irgendwann sogar morgens kreative Gedanken haben. Sicher würde sie nie zum Frühaufsteher mutieren, vielleicht aber zu einem Menschen mit einem Tag-und-Nacht-Rhythmus wie andere auch.

Sie bootete ihren Computer und sah erstaunt, dass sie einige Anfragen erhalten hatte, Websites zu gestalten. Sogar ein Modegeschäft mit einem zwar kleinen, aber tollen Sortiment an fair produzierter Kleidung aus Brighton war dabei. Die Besitzerin schrieb, sie würde Emma schon länger auf Instagram folgen und zufälligerweise sei sie mit einer Kundin darüber ins Gespräch gekommen. Die Kundin war natürlich niemand anderes als Tante Gwen, und die hatte der Boutiquebesitzerin erzählt, dass Emma auch als Webdesignerin tätig war. Sie hoffte, Emma könne ihr eine besonders originelle Webseite erstellen. Diese Anfrage beflügelte Emma dermaßen, dass sie innerhalb weniger Stunden alles erledigte, was sich in den letzten Tagen angesammelt hatte. Als sie auf die Uhr sah, stellte sie fest, dass es erst kurz nach zwölf war, sie schon viele Punkte auf ihrer Liste abgehakt hatte und dass der Tag noch unzählige Möglichkeiten bot.

Mit einem netten Menschen Kaffee trinken zu gehen.

Sich für den Abend zu verabreden.

Ein wenig mit jemandem zu chatten.

Zu knutschen.

Mist.

Emma fühlte sich, als sei sie unvermittelt gegen einen Holzbalken in Stirnhöhe gerannt. Das ganze Elend war auf einmal wieder da. Wie viel müsste sie arbeiten, um sich dauerhaft von ihrem Kummer abzulenken? Sie wollte es nicht berechnen müssen.

Immerhin ploppte eine Nachricht von Brittany auf.

»Liebe Emma, ich habe mir gedacht, als kleines Dankeschön für deine Unterstützung in Sachen Ed würde ich dir gerne kostenlos die Haare schneiden. Magst du heute um 18.00 Uhr in den Laden kommen? Dann bekommst du einen Exklusiv-Schnitt mit allem Drum und Dran. Zur Unterhaltung trägt Poppy bei.«

Augenblicklich musste Emma lächeln. Das war ja wirklich süß! Sie sah ihr Spiegelbild in der Fensterscheibe an und fasste in ihr Haar, das von der salzigen Meerluft ganz strohig geworden war. Oh ja, ein Haarschnitt wäre sicher ziemlich vorteilhaft. Und war es nicht immer so: Frauen ließen sich neue Frisuren verpassen, wenn sie das alte Leben verabschieden wollten?

»Sehr gerne«, schrieb sie also zurück, und Brit schickte ihr umgehend die Anschrift des Ladens. Er hieß *those with scissorhands* und Emma stellte sich Brittany sofort in Johnny-Depp-Kluft vor wie in dem Film *Edward mit den Scherenhänden*. Hauptsache, sie sah hinterher nicht aus wie ein ondulierter Pudel. Immerhin lag die Stamford Street von ihrem Haus gar nicht weit entfernt in Richtung Themse.

Sie hatte noch gut Zeit, bis sie losgehen konnte, und packte endlich den Koffer aus, den sie am Abend zuvor unbeachtet in einer Ecke hatte stehen lassen. Sogar ihre Wäsche roch nach Meer. Und wenn sie ans Meer zog? Wo Nathan doch sowieso aus ihrem Leben verschwunden war?

Sie zog die Zeichnung von Troy hervor, die die Fahrt unzerknittert überstanden hatte.

Ach, Troy, dachte sie und bemerkte da, dass sein leerer Fressnapf noch immer neben der Spüle stand. Sie beschloss, ihn noch eine Weile stehen zu lassen. Als könnte der Kater doch wieder zurückkommen. Als sei er nur auf einem besonders langen Streunergang. Sie überlegte, wo sie das Bild hinhängen konnte, hatte aber keine richtig gute Idee. Überall kam es ihr unpassend vor – entweder zu prominent oder zu unauffällig. Sie drehte und wendete es, und plötzlich war ihr klar, wohin es gehörte.

Sie stand auf, nahm das Bild und lief durchs Treppenhaus ins Erdgeschoss. Nicht nachdenken, einfach tun, mahnte sie sich und drückte auf die Türklingel der Wohnung rechts. Erst geschah nichts, aber dann hörte sie schlurfende Schritte näherkommen. Mrs Frampton öffnete die Tür nur einen kleinen Spalt und sah Emma misstrauisch an. Sie wirkte gealtert, ihr Haar war längst nicht so sorgfältig gelegt wie sonst.

»Ist schon wieder die Waschmaschine kaputt?«, blaffte sie auch gleich los.

Emma streckte ihr die Zeichnung entgegen.

»Das wollte ich Ihnen geben. Vielleicht macht es Ihnen etwas Freude.«

Mrs Frampton griff nach dem Bild und starrte darauf. Für einen Moment schien es, als habe sie Emma vergessen. Dann streckte sie die Hand aus und packte Emma am Handgelenk.

»Kommen Sie doch bitte einen Moment herein. Einen Tee, Liebes?«

Emma nickte verdattert und folgte der alten Frau in die Wohnung. Schon der Flur wirkte wie das Entree zu einem viktorianischen Museum. Dunkle Tapeten, zierliche Stühlchen und ein passender, geschwungener Konsolentisch aus Kirschholz waren an der Wand aufgereiht, über allem baumelte ein glänzender Lüster. An den Wänden hingen in schweren Goldrahmen Landschaftsdarstellungen aus dem 18. Jahrhundert. Auch der *Livingroom* wirkte beinahe erdrückend mit seinen großen, massiven Möbeln, und jeder freie Platz war mit Erinnerungs- und Dekostücken, künstlichen Blumen und Zierkissen vollgestopft. Hier konnte man vermutlich den ganzen Tag mit Staubwischen zubringen. Und auf dem Kaminsims standen tatsächlich zwei Urnen. Eine mit der Asche von Mrs Framptons Mutter und eine mit Troys. Emma fuhr sich fröstelnd über die Arme. Dann bemerkte sie den Geruch – eine Mischung aus starkem Tee und altem Dachboden. Mrs Frampton deutete auf einen Ohrensessel, auf dessen Sitzfläche Emma vor lauter Häkeldeckchen und kleinen Stofftieren kaum Platz fand. Vorsichtig drängte sie Bär und Katze, Eule und Hase in eine Ecke. Bequem anlehnen kam dennoch nicht infrage.

Nach kurzer Zeit erschien Mrs Frampton mit einem silbernen Tablett, auf dem eine verschnörkelte Teekanne und zwei zierliche Tassen mit Rosendekor aus feinem Porzellan sowie ein Schälchen mit Zucker und ein Milchkännchen standen. Der Tee duftete, und Emma spürte plötzlich ein ungeheures Verlangen nach dem englischen Nationalgetränk. Mrs Frampton goss heiße Flüssigkeit in eine der Tassen und füllte auf Emmas Wunsch mit etwas Milch auf.

»Er war so ein liebes Tier«, sagte sie schließlich, als sie mit ihrer eigenen Tasse Platz genommen hatte – auf einem mit cognacfarbenem Leder bezogenem Fernsehsessel, mit verstellbarer Lehne und einem Fußteil ausgestattet – der einzige Tribut an die Moderne in diesem Raum.

»Wie alt war er noch mal?«, fragte Emma.

»Vierzehn. Ein etwas in die Jahre gekommener älterer Herr.« Erstmals umspielte ein kleines Lächeln ihre Lippen. »Ich habe ihn als acht Wochen altes Baby bekommen – da hatte mich gerade mein Mann James verlassen. Wegen einer Deutschen übrigens.«

»Das tut mir leid«, sagte Emma.

»Ach, insgesamt gesehen war das Leben mit Kater einfacher als das mit Mann.« Nun blitzte es sogar schalkhaft in Mrs Framptons Augen. »Obwohl ich annehme, dass mich Sherlock ebenso betrogen hat wie James – und zwar ebenfalls mit einer Deutschen.«

Emma wagte es, zu schmunzeln.

»Ich gestehe: Er war öfter bei mir, und da ich keine Ahnung hatte, wo er hingehörte, habe ich ihn auch gefüttert. Aber ich glaube, er hat seine Aufmerksamkeit zwischen uns ganz gut verteilt.«

»Ja, das stimmt!« Die alte Dame schlürfte einen Schluck Tee und sah dann Emma eindringlich an. »Er hatte viel Liebe zu geben, das hat für uns beide gereicht.«

»Oh ja, er war mir in manch dunkler Stunde wirklich ein Trost.«

»Wenn er nur nicht immer die halb toten Mäuse angeschleppt hätte. Oder Vögel! Einmal hat er ein Rotkehlchen erwischt. Es konnte sogar noch leidlich fliegen. Aber dann ist es bei seinem Fluchtversuch gegen ein Fenster geknallt – na ja, danach war es hinüber. *That's life.*«

Sie erzählte dies so trocken, dass Emma nicht anders konnte, als loszulachen. Mrs Frampton fiel mit ein, und sie konnten beide nicht mehr aufhören. Sie lachten und lachten, Tränen liefen über ihre Wangen, Emma tat schon der Bauch weh, und sie musste husten. Mrs Frampton wedelte mit der Handfläche vor ihrem Gesicht herum, kniff die Augen zusammen und holte irgendwann tief Luft.

»Ach, das hat jetzt gutgetan«, sagte sie dann. »Wie wär's mit einem Likörchen?«

Zwanzig Minuten und zwei Gläser Pfefferminzlikör später schaffte es Emma, zu ihrem Aufbruch überzuleiten. Es hatte so gewirkt, als würde sich Mrs Frampton am liebsten für den Rest des Nachmittags mit ihrer bisherigen Kontrahentin unterhalten. Mittlerweile wusste Emma sogar über den Kampf Bescheid, den Mrs Frampton seit vierzehn Jahren mit sich selbst austrug. Sie hatte sehr an James, ihrem Mann gehangen, zumal sie keine Kinder hatten. Beide hatten viel gearbeitet – sie als Bankerin, er als Immobilienmakler –, um zu den Wohnungen, die Mrs Frampton im Haus von ihren Eltern geerbt hatte, nach und nach weitere hinzukaufen zu können. Dafür hatten sie auf vieles verzichtet – auf das Leben zum Beispiel. Zumindest warf Mrs Frampton sich das vor und ging fest davon aus, dass sie zu viel ans Geld und zu wenig an Vergnügungen gedacht hatte – was sie schließlich ihre Ehe gekostet hatte.

»Diese Deutsche war einfach so unglaublich lebenslustig … Letztlich habe ich James sogar verstanden. Erstaunlich, aber wahr«, hatte sie erklärt. »Immerhin war es Ihre Tante Gwen, die mir geholfen hat, mit der Trennung einigermaßen fertig zu werden. Wir haben uns damals richtig angefreundet.«

Kaum vorstellbar, überlegte Emma – Gwen und Mrs Frampton waren extrem unterschiedliche Charaktere. Erst seit Gwen weggezogen war und die Wohnung trotzdem nicht verkauft hatte, war Mrs Frampton so schlecht auf sie zu sprechen, wie sie gestand. Vielleicht auch aus Neid, weil Gwen es immer wieder geschafft hatte, neu anzufangen.

»Na ja«, sagte Mrs Frampton zum Schluss, als sie schon in der Wohnungstür standen. »Ihr jungen Menschen seid da ja sowieso viel flexibler heutzutage. Plötzlich wollt ihr Gott weiß wohin – Peru oder sonst was – und dann wieder nicht …«

»Wie meinen Sie das?«, unterbrach Emma und klammerte sich am Treppengeländer fest, das sie in ihrem Rücken spürte.

»Ach, unser Mr Burberry wollte doch nach Peru, deswegen sollte ja auch die junge Frau von dem Papierladen nebenan seine Wohnung übernehmen. Sie sollte eigentlich heute kommen, um den Mietvertrag zu unterschreiben.« Sie hielt inne und betrachtete Emma intensiv. »Geht es Ihnen gut? Haben Sie den Likör nicht vertragen? Sie sehen auf einmal so blass aus.«

Rede weiter, wollte Emma sie anschreien, quetschte aber nur die Worte »Nein, nein, alles okay« hervor.

»Jedenfalls«, fuhr die ältere Damen endlich fort, »jedenfalls rief er dann heute Morgen an, dass irgendwie alles anders sei und er bleibe Mieter und er würde irgendwann vorbeikommen und alles erklären. Ich habe es ehrlich gesagt nicht so ganz verstanden. Der einzige Reim, den ich mir darauf machen kann, ist, dass er diese junge Frau miteinziehen lässt – das kommt allerdings nicht infrage, für zwei Personen ist das Appartement nicht ausgelegt. Na ja, da muss ich noch mal nachhaken. Er klang sehr aufgeregt und legte auf, bevor ich nachfragen konnte.«

Emma hatte das Gefühl, sie würde den Mund nicht wieder schließen können. Sie zwang sich zu schlucken, brachte Worte des Dankes für den Likör hervor und verabschiedete sich dann ganz schnell. Ein Teil von ihr wollte die Stufen hinauf fliegen – vielleicht war er wieder da? Vielleicht ging er doch nicht fort? Ein anderer Teil ließ sie erstarren: Was wenn er blieb – wegen Nilla?

Außer Atem erreichte sie die Dachterrasse, erkannte aber

sofort, dass sein Appartement noch genauso verwaist aussah wie am Vorabend. Ratlos stand sie zwischen den Welten – zwischen ihrer begrünten, blühenden Seite der Dachterrasse und seiner verlassenen, vernachlässigten, wo die Tomaten- und Paprikapflanzen verzagt die Köpfe hängen ließen.

Emma ging schnell in ihre Wohnung, schnappte sich ihr Handy – das noch immer keine verpassten Anrufe anzeigte – und wählte seine Nummer. Sie musste jetzt einfach wissen, was Sache war – auch wenn er sie gegen Nilla ausgetauscht hatte, die im Leben stehende, einhundert Prozent echte Nilla. Hauptsache, Emma bekam Klarheit. Es klingelte einmal, aber dann war die Leitung plötzlich so tot wie die Gemüsepflanzen. Was, wenn er tatsächlich mit dieser Frau hier einzog? Dann könnte Emma auch gleich über die Dachbrüstung springen.

KAPITEL 26

#STERNENFUNKELN

Em_dreams: Heute begebe ich mich vertrauensvoll in begabte Scherenhände. Was meint ihr: Kurzhaar? Kinnlang? Oder nur die Spitzen?
Magicmag @Em_dreams: Du siehst bestimmt mit jeder Frisur toll aus!
Em_dreams @Magicmag: Hach, ich erröte!
Pierre @Em_dreams: Fängst du ein neues Leben an?
Em_dreams @Pierre: Wer weiß …

Emma fühlte sich hundsmiserabel, als sie sich eine halbe Stunde später auf den Weg zu Brittanys Friseurladen machte. Beinahe hätte sie die Verabredung abgesagt, aber dann wurde ihr klar, dass sie etwas anderes sehen musste als ihre Wohnung. Was, wenn sie mitbekommen würde, dass Nathan mit Nilla nebenan auftauchte … Nein, sie war froh, fortzukommen.

Sie erkannte den Friseurladen an der überdimensionalen Schere, die im 45-Grad-Winkel von der Hausfassade über der Tür abstand. Die Schaufensterscheiben waren mit Scherenschnitten von Edward Scissorhands beklebt, die großen Scherenfinger und die wilde Frisur waren gut zu erkennen. Und gerade, als sie die Tür öffnete, ging ein Regenschauer nieder, den die Wolken den ganzen Tag angedroht hatten, aber nun erst freiließen.

Im Laden war offenkundig nicht mehr viel los, vermutlich war es kurz vor Ladenschluss. Ein Big-Ben-Läuten ertönte, als Emma die Tür öffnete, und sofort kam Brittany hinter einem Vorhang hervor, den sie hinter sich zuzog.

»Hey, wie schön dich zu sehen!«, rief sie und umarmte Emma. Sie benutzte nur noch eine Krücke und kam schon wieder viel besser voran. »Ich freue mich, wenn ich heute *dir* mal einen Gefallen tun kann.«

Emma hielt mühsam an sich, um nicht sofort in Tränen auszubrechen. Sie räusperte sich und sagte: »Du wirst einiges zu tun haben.« Sie zog an einer Haarsträhne. »Das Meeresklima hat meiner Frisur den Rest gegeben.«

»Das bekommen wir hin. Hast du einen bestimmten Wunsch oder soll ich einfach mal machen?«

Emma überlegte kurz, entschied dann aber, sich Brittanys Haarkunst zu überlassen.

»Prima«, freute sich Brit. »Du wirst es nicht bereuen. Hoffe ich.« Sie zwinkerte und dirigierte Emma zu einem Haarwaschbecken.

»Wo ist Poppy?«

»Die kommt später, sie ist noch bei einer Freundin. Jetzt würde sie nur meine Konzentration stören.«

Emma setzte sich, lehnte sich zurück, und Brit legte ihr ein Handtuch um. Kurz darauf strömte warmes Wasser über ihren Kopf, und Brittany begann, Emmas Haare zu shampoonieren. Emma spürte, wie die Anspannung ein wenig aus ihrem Körper wich.

»Mmh«, seufzte sie nach kurzer Zeit. »Wenn ich ein Mann wäre, würde ich mich auch sofort in dich verlieben. Das ist himmlisch!«

Brits Kopfmassage war so wohltuend, dass sie das Gefühl hatte, alles Schlechte in ihrem Leben würde sich auflösen. Verblüfft schreckte sie auf, als Brittany den Wasserhahn zudrehte, ihre Haare auswrang und das Handtuch um ihren Kopf wickelte. Sie hätte noch Stunden so dasitzen können. Brit dirigierte Emma zu einem gemütlich aussehenden schwarzen Lederstuhl vor einem großen Spiegel, dessen Rahmen mit lauter winzigen, goldenen Scheren dekoriert war. Sie nahm ihr das Handtuch ab und kämmte das Haar. Dann sah Brittany Emma im Spiegel genau an.

»Du bist jedenfalls nicht der Strähnchen-Typ«, stellte Brit fest, und Emma war sehr erleichtert.

»Allerdings nicht! Ich habe das einmal ausprobiert, und es sah schrecklich aus.«

Brit nickte verständnisvoll, drehte Emmas Kopf ein wenig hin und her und griff dann nach ihrer Schere.

»Bist du mutig?«, fragte die Friseurin mit einem Grinsen. »Dann mach die Augen zu und lass dich überraschen.«

»Okay«, stimmte Emma zu.

Sie sprachen kaum, und Emma genoss die Ruhe um sich herum. Hin und wieder hörte sie ein Quietschen und ein Scharren, aber sie maß diesen Geräuschen keine große Bedeutung bei.

Schließlich spürte sie die warme Luft des Föhns an ihrem Kopf, der alle Geräusche überdeckte.

Nach etwa einer Dreiviertelstunde sagte Brit: »Fertig!«

Und Emma öffnete die Augen.

Es schaute ihr keine Fremde aus dem Spiegel entgegen, aber dennoch war die Veränderung erstaunlich. Obwohl sie kaum geschminkt war, strahlten ihre Augen viel blauer als sonst. Die Haare waren nur noch knapp schulterlang und umspielten ihre feinen Gesichtszüge, als wollten sie Emma liebkosen. Leicht und duftig wirkte alles.

»Oh wow, wie toll!«, stieß Emma aus und blickte im Spiegel Brittany an, die gespannt hinter ihr stand.

Die Friseurin holte einen Handspiegel und ließ Emma die neue Pracht auch von hinten begutachten. Die Frisur wirkte kunstvoll und überaus natürlich zugleich.

»Du bist echt eine Künstlerin! Vielen Dank!« Als sie aufstand und sich umdrehte, um Brit zu umarmen, fiel ihr erst auf, dass mittlerweile auf allen fünf anderen Sesseln im Salon Menschen saßen. Sie trugen Umhänge und blickten versonnen in die Spiegel vor ihnen, doch es wirkte nicht so, als ob ihnen gleich jemand die Haare schneiden würde.

Und noch etwas hatte sich verändert. An den Spiegeln waren Bilder befestigt worden. Etwa DIN-A3 große Fotos, die ihr vage bekannt vorkamen.

»Äh«, fing Emma an. »Was ist das?«

Brit nahm ihr den Umhang ab und fegte noch ein paar Haare aus ihrem Nacken. Bevor sie antworten konnte, kam plötzlich Poppy auf sie beide zugeschossen, einen großen Besen in der Hand schwingend.

»Ich darf deine Haare wegfegen«, sagte sie lachend und machte sich eifrig ans Werk.

»Hey, Poppy, schön dich zu sehen«, antwortete Emma und kniete sich zu dem Mädchen. Poppy legte die Arme um ihren Hals und zog sie an sich.

»Ich freu mich auch. Und es gibt gleich noch …«

»Pscht, Poppy …«, unterbrach Brit sie und legte einen Finger auf ihre Lippen.

»… eine Überraschung«, vollendete Poppy ihren Satz und verdrehte die Augen etwas genervt über die Einmischung ihrer Mutter.

Brit lachte, und Emma richtete sich wieder auf.

»Was für eine Überraschung?« Ein mulmiges Gefühl schlich sich in Emmas Magengegend, denn nun erkannte sie das erste große Foto. Es zeigte das Dreamtableau, das sie vor ein paar

Wochen für Brit gemacht hatte. Mit dem Vintage-Friseurladen am Meer und dem knackigen Kerl im Hintergrund.

»Okay, bereit?« Brittany holte tief Luft, und Emma wurde klar, dass ihre Freundin ebenfalls ein bisschen nervös war. Eine Kollegin – so vermutete Emma jedenfalls – kam hinter dem Vorhang hervor und brachte ein Tablett, auf dem gefüllte Sektgläser standen. Ziemlich viele Sektgläser. Ein Mann mit einem ebensolchen Tablett folgte. Emma war nun völlig verdattert. Am liebsten hätte sie sich hingesetzt. Zögerlich nahm sie wie alle anderen ein Sektglas.

»Und das ist Ed«, sagte Brittany und winkte den Mann mit den Sektgläsern herbei. Er hatte eine Glatze, warme braune Augen und ein kräftiges Kinn. Emma fand, dass er wunderbar zu Brittany passte.

»*Nice to meet you*«, begrüßten sie sich gegenseitig.

Für mehr Konversation blieb keine Zeit, denn Brittany rief nun: »Dann geht's los!«

Auf dieses Kommando strömten aus dem Hinterzimmer immer mehr Menschen in den kleinen Laden. Die zwei Männer in den Friseurstühlen direkt neben Emma sprangen auf und zogen unter ihren Umhängen Musikinstrumente hervor, ein großer bärtiger Typ eine Gitarre, der andere eine Cajón, auf die er sich sogleich setzte.

»Liebe Freunde«, rief Brittany in die Menge. »Ich danke euch, dass ihr meinem Aufruf so spontan und zahlreich gefolgt seid, damit wir unserer Instagram-Freundin Emma endlich einmal Danke sagen können! Danke dafür, dass sie uns mit ihren tollen Fotos, mit ihren wunderschönen Grafiken, mit ihren traumhaften Dreamtableaus und ihren liebevollen Kommentaren immer wieder Mut macht, wenn uns das Leben mal wieder richtig mies behandelt hat. Danke Emma! Und: *Cheers!*«

Alle reckten ihre Sektgläser in die Höhe, tranken kurz und begannen dann zu applaudieren.

Emma wäre am liebsten im Boden versunken! Hier waren all die Menschen versammelt, die sie betrogen hatte, denen sie ein Märchen nach dem anderen aufgetischt hatte. Und sie alle wollten ihr *danken*. Wofür? Als der Applaus nun langsam abebbte, war ihr klar, sie musste etwas sagen. Nur was?

Sie öffnete den Mund, aber weil sie das Gefühl hatte zu ersticken, und nicht, weil ihr etwas eingefallen wäre. Ihr Hals war ganz eng, und sie hatte Angst, würgen zu müssen. Schnell trank sie das Sektglas in einem Zug leer. Brit legte ihr eine Hand auf den Arm und zeigte mit der anderen in Richtung der Musiker.

»Um dir etwas Zeit zu geben – jetzt erst mal ein bisschen Musik von unseren deutschen Freunden, der *Mighty Steel Leg Experience,* die gerade zufällig durch die Londoner Clubs touren und die meine wundervolle Chefin Thelma für diesen Gig hier engagieren konnte. Viel Spaß!«

Emma war erstaunt, welch sanfte Melodie die Musiker in den Raum sandten und wie zärtlich die Stimme des Gitarristen klang. Es war, als hüllten die Töne und die Worte den ganzen Raum in ein Klanggespinst, der alle negativen Gedanken aussperrte.

»*From the day I saw you, I knew all things will be different when I'm with you*«, sang der Gitarrist nun und Emma fuhren die Worte direkt ins Herz.

Ja, alles hatte sich komplett verändert, seit sie Nathan begegnet war. Nur wohin diese Veränderungen führen würden, das war ihr im Moment nicht klar.

Auch wenn die Musik sie etwas beruhigte, bekam sie gleichzeitig immer größere Angst vor dem Moment, in dem sie endete. Was sollte sie sagen? Und wie? Kein einziges englisches

Wort fiel ihr mehr ein. Was erwarteten die Leute von ihr? Diese Aufmerksamkeit hatte sie nicht verdient! Wie gerne wäre sie einfach fortgelaufen! Aber das konnte sie Brittany nicht antun, die sich so viel Mühe gegeben hatte, um ihr eine Freude zu bereiten.

Schließlich verklang der letzte Akkord, alle klatschten. Emma schwieg zu lange und sah nur ratlos in die vielen Augenpaare, die erwartungsvoll auf ihr ruhten. Sogar Brittany schien den Atem anzuhalten – vermutlich hatte sie gehofft, Emmas Dank entgegennehmen und einfach nur Glück in diesem kleinen Friseurladen verbreiten zu können.

Emma räusperte sich. Mittlerweile fühlte es sich an, als würden die Blicke der Umstehenden kleine Löcher in ihre Haut brennen.

»Puh«, bekam sie schließlich heraus. »Ich bin völlig platt. Wahnsinn, was ihr hier veranstaltet. Unglaublich!«

»Verdient«, raunte Brittany ihr zu.

Emma warf ihrer Freundin einen zweifelnden Blick zu. Sie konnte nicht in all diese Gesichter, diese freundlichen, zugewandten Gesichter schauen und so tun, als ob alles okay wäre.

»Leider muss ich euch etwas sagen.« Sie hörte, dass ihre Stimme zitterte und schluckte, wollte irgendwie verhindern, dass Tränen sie überwältigten, weil sie mit dem Stress der Situation nicht zurechtkam. Sie fixierte kurz die Zimmerdecke.

»Ich habe eure Aufmerksamkeit und eure Dankbarkeit nicht verdient. Denn alles, was ich euch auf Instagram von mir erzählt habe, war falsch«, gestand sie dann. »Es war alles gelogen. Na ja, fast alles. Ich wohne nicht in Notting Hill und es gibt auch den perfekten Troy nicht. Nicht mehr, muss ich sagen, denn Troy war kein Mann, er war ein Kater. Der Kater ist leider gestorben und er gehörte nicht mal mir, sondern einer Nachbarin. Ich arbeite auch nicht für eine tolle Agentur, sondern bastle Websites für kleine Ladenbesitzer in Deutschland. Ich habe in den letzten Jahren auch kein einziges Wochenende auf irgendeiner Insel verbracht, war noch nie auf einer Yacht eingeladen oder habe ein riesiges Picknick mit Freunden veranstaltet.« Es war totenstill im Raum. Sie versuchte an den Gesichtern, die alle ihr zugewandt waren, vorbeizuschauen. Nun erkannte sie neben Brits Tableau auch das von Luca und Pierre. All ihre Dreamtableaus waren an den Wänden aufgereiht, wurde ihr klar und sie erinnerten Emma an die Hingabe, mit der sie sie erschaffen hatte. Emma spürte, wie der Kloß in ihrem Hals wuchs.

Trotzdem schaffte sie es fortzufahren. »Die Wahrheit ist: Ich lebe in einem winzigen Ein-Zimmer-Appartement, das ich eineinhalb Jahre kaum verlassen habe, weil ich richtig Angst vor der Stadt hatte. Alles war mir zu laut, zu grell, zu hektisch. Ich habe eine richtige Phobie gegen die Außenwelt entwickelt. Auch kenne ich kaum jemanden in London, mein einziger Gesprächspartner in dieser Zeit war der Kater oder meine Familie in Deutschland, die ich ebenfalls angelogen habe. Eigentlich habt ihr eher mir geholfen, denn ich war so froh, auf Instagram wenigstens eure Anteilnahme, eure Verbundenheit, ja, eure Freundschaft zu spüren. Das hat mir so viel bedeutet. Um das alles nicht zu verlieren, habe ich mir diese Scheinwelt aufgebaut – ich dachte, ihr würdet nichts von mir wissen wollen, wenn ich zugebe, dass mein Leben so … tja, armselig ist.« Emma spürte, wie der Kloß schmolz und kaum noch spürbar war. »Ich wollte einen Ort in meinem Leben, an dem alles freundlich und hell ist und … ich weiß nicht … einen Ort, an dem ich zuversichtlich sein konnte. Ihr seht: Ich ganz alleine habe mich in diese dämliche Situation gebracht, und ich erwarte von niemandem Verständnis für mein Handeln. Ich könnte verstehen, wenn ihr alle sauer auf mich seid.«

Sie wandte sich zu Brit, die sich an Ed klammerte und deren unbewegtes Gesicht nicht zu deuten war.

»Und Brit, es tut mir wahnsinnig leid, dass du dir ganz umsonst so viel Mühe gegeben hast.« Emma blickte wieder in die Runde. »Vielleicht feiert ihr einfach das große Herz von Brit – und ich gehe jetzt. Einen schönen Abend noch.«

Alle schwiegen. Emma senkte den Blick und versuchte, zum Ladenausgang zu gelangen.

»Aber du musst doch meine Muffins probieren. Die habe ich selbst gebacken! Extra für dich!«, durchbrach Poppys Stimme die Stille, und sie klang sehr entrüstet.

Das Mädchen stellte sich Emma in den Weg und hielt ihr einen Teller mit Gebäck entgegen. Emma versuchte zu lächeln, aber sie spürte selbst, dass es etwas schief geriet. Sie brachte es einfach nicht über sich, einen Muffin zu nehmen.

Da trat Ed neben Poppy und legte eine Hand auf deren Schulter.

»Mir ist scheißegal, als was du dich ausgegeben hast – du hast Brit ermutigt, wieder Kontakt mit mir aufzunehmen. Ohne dich wären wir nicht zusammen. So einfach ist das. Und schon dafür muss ich dir danken!«

Er strahlte von einem Ohr zum andern, und Emma musste nun doch lächeln.

»Ja, und außerdem«, sagte ein schmaler Mann mit zartem, androgynem Gesicht, »hast du es mit deinem Dreamtableau geschafft, dass ich die Beerdigung meiner Großmutter überstanden habe.«

Luca – das musste Luca sein, wurde Emma klar.

»Mal ganz abgesehen davon, dass du dich um Poppy gekümmert hast, als ich mir den Fuß gebrochen habe«, ergänzte Brit und wies mit ihrer Krücke auf den Gips. Sie trat ganz dicht an Emma heran.

»Los Leute, wer von euch hat schon mal was auf Instagram gepostet, was nicht so ganz der Wahrheit entsprochen hat?«, fragte die Friseurin.

Sie streckte ihre Krücke in die Luft und nach und nach meldeten sich immer mehr der Umstehenden. Emma wusste nicht, wo sie hinschauen sollte, denn dieser deutliche Beweis der Zuneigung so ziemlich aller Menschen im Raum war ihr noch immer peinlich.

»Siehste!« Brit strahlte zufrieden in die Runde. »Das Büfett da hinten ist allerdings total echt und unverfälscht! Bedient euch!«

Emma fiel Brittany um den Hals und ließ ihren Tränen freien Lauf. Sie schmeckten salzig und süß und bitter, alles auf einmal.

»Schon gut, schon gut«, tröstete Brit sie und tätschelte ihr die Schulter. »Und damit du mal wieder Boden unter den Füßen bekommst – es gibt schon etwas, worüber ich echt sauer bin.«

Emma löste sich von Brit und sah sie durch den Tränenschleier hindurch skeptisch an.

»Warum hast du denn nie etwas gesagt, wie es dir wirklich geht? Nicht dass ich mir anmaße, so tolle Tipps wie du geben zu können, aber weißt du – reden hilft.«

Beschämt ließ Emma den Blick sinken.

»Ja«, sagte sie leise. »Du hast ja recht. Aber irgendwie … bin ich gar nicht mehr auf die Idee gekommen, dass ich mich anderen Menschen anvertrauen könnte. Ich habe schon immer das meiste mit mir selbst ausgemacht. Und immer, wenn ich kurz davor war, dir doch irgendwas zu erzählen, wurde mir klar, dass ich dir dann Dinge gestehen müsste, die mir viel zu peinlich waren. Verstehst du?«

Brit nickte. »So was wie die Sache mit Troy? Oder warum

du zwar angeblich in Notting Hill wohnst, aber dein Leben offensichtlich in diesem Mini-Appartement in Lambeth verbringst.«

»Hast du was geahnt?«

»Als wir dich dort mit Nathan auf der Dachterrasse trafen, kam mir das schon merkwürdig vor. Aber da hat dich meine englische Erziehung gerettet – ich wollte nicht so direkt nachfragen. Ich wusste ja auch nicht, was Nathan wusste.«

»Es tut mir leid! Wirklich! Aus ganzem Herzen tut es mir leid.«

»Schon gut. Komm, lass uns erst mal was essen.«

»Puh, Hunger habe ich wirklich nicht«, wehrte Emma ab. »Höchstens ein Muffin von Poppy. Aber geh du nur, ich komme gleich!«

Brit nickte und ließ Emma zurück.

Die Musiker spielten wieder, fiel ihr nun erst auf. Einige wippten im Takt mit, andere unterhielten sich im Hintergrund, ein Grüppchen stand vor den Dreamtableaus und betrachtete sie genau.

»Darf ich dich was fragen?« Jemand klopfte Emma von hinten auf die Schulter.

Sie drehte sich um und blickte in das zarte Gesicht des jungen Mannes, der vorhin gesprochen hatte. Er lächelte.

»Hey, jetzt noch mal offiziell: Ich bin Luca. Wie gesagt, du hast das Dreamtableau zum Tod meiner Großmutter gemacht. Erzähl mal, wie bist du da vorgegangen, dass es so eine … Tiefe bekommen hat?«

Emma trat mit Luca vor das Tableau, und sie betrachteten es schweigend. Dann begann sie zu erklären, erzählte von ihrer Versunkenheit in den Phasen ihrer Arbeit und wie viel Spaß es ihr machte, aus kleinen Puzzleteilen ein stimmiges Gesamtbild zu komponieren. Einige andere gesellten sich zu ihnen und hörten Emma ebenso gespannt zu wie Luca. Unter ihnen war auch *BoringMary* und Emma versprach ihr, dass sie die Nächste sei, die ein Dreamtableau bekäme.

»Und wie bist du bei meinem Bild vorgegangen?«, fragte eine großgewachsene, in die Jahre gekommene Punkerin, die sich als *Magicmag* zu erkennen gab, und auch ihr erklärte Emma alles ausführlich.

Nach einer Stunde war das Büfett leergegessen und die meisten hatten sich verabschiedet. Sie ließen Emma mit der Bekräftigung zurück, dass sie ihr Verhalten nicht so schlimm fanden, verrieten, welche Bilder sie selbst verfälscht, was sie geschönt hatten in ihrem Leben. Manche drückten ihr Bedauern aus, dass es für Emma nötig geworden war, so zu handeln, wie sie es getan hatte. Kein Einziger blaffte sie an oder verdammte sie gar. Auch im wahren Leben, so kam es Emma vor, freuten sich Instagramer über schöne Dinge und liebten es harmonisch.

War sie selbst diejenige, die sich am meisten gehasst hatte für ihr Tun?

Sie wollte Brittany und Ed noch beim Aufräumen helfen, aber nach einem merkwürdig verstohlenen Blick auf ihre Uhr, sagte Brit: »Nein, wir bekommen das hier schon hin. Geh du heim und ruhe dich aus. Das war emotional sicher anstrengend.«

Emma nickte dankbar.

»Und irgendwann erzählst du mir alles über die Geschichte mit Nathan. Also, ich meine, wenn dir danach ist.«

»Gib mir etwas Zeit«, bat Emma und schloss Brittany noch einmal fest in die Arme. »Aber ich bin froh, eine so liebe Freundin wie dich gefunden zu haben! Danke! Danke für alles!«

Der Regen hatte sich gelegt, über den Dächern konnte man trotz der Helligkeit der Großstadt sogar Sterne erkennen und ein silberner Mond schob sich hinter Wolken hervor.

Emma blieb stehen. Sie spürte eine große Dankbarkeit. Die Menschenwelt hatte sie nicht für immer ausgestoßen. Gleichzeitig war sie ganz leer, nüchtern. Als müsste sie alle übrigen Gefühle erst wieder in Ruhe irgendwo einsortieren. Sie lehnte sich an eine Hauswand, starrte zu der Straßenlaterne empor, die zwischen den Häusern baumelte. Ein hässliches Ding, das dennoch tröstlich Licht spendete. Irgendwo weit weg hupte ein Auto.

The Cut 33 lag im Dunkeln. Nirgends im Haus brannte Licht. Emma zog es vor, im Dunkeln die Treppenstufen hinaufzusteigen. Die Herzlichkeit der Menschen, die sie eigentlich gar nicht kannte, hatte ihr gutgetan, aber der Gedanke, dass sie nun ihr Appartement betreten und in die Einsamkeit zurücksinken musste, ließ ihre Schritte langsamer werden. Sollte sie versuchen Nilla zu erreichen und sie klipp und klar fragen, was mit Nathan sei – und mit ihr, Nilla?

Als sie auf der obersten Stufe ankam, hörte sie ein helles Lachen. Sie konnte es nicht sofort zuordnen, denn niemand war im Flur zu sehen. Dann fiel ihr auf, dass die Tür zur Dachterrasse einen Spaltbreit offenstand. Sie trat näher und lugte hinaus. Blickte sie auf die Kulisse einer Filmszenerie? Zunächst sah sie nur Kerzen, nichts als Kerzen vor dem dunklen Himmel, der am Horizont einen letzten Lichtschimmer aufwies. Sie erkannte, dass der umgestürzte Grill verschwunden war und das Rudergerät in der Ecke stand. Gleich neben ihrem Crosstrainer. Hatte ihn Nilla, ohne zu fragen, an einen anderen Platz gestellt? Auf Nathans Seite der Dachterrasse – oder der, die bisher seine gewesen war – standen Pflanzentröge dicht an dicht, Lichterketten wanden sich durch die Zweige von kleinen Büschen und Bäumchen. An der Brüstung entdeckte sie schließlich zwei Menschen, deren Silhouette sich gegen den beinahe nachtblauen Himmel abzeichnete. Als seien sie aus einer von Emmas Grafiken entsprungen. Sie hielt den Atem an, um die leise gesprochenen Worte verstehen zu können.

»Das ist wirklich fantastisch«, hörte sie Nathan sagen. »Ohne dich … ich weiß nicht, hätte ich es nie geschafft. Ach, ich danke dir einfach sehr, Nilla!«

»Sehr gerne geschehen! Du weißt doch, für dich tue ich fast alles.«

Ihre Köpfe näherten sich einander.

Emmas Knie gaben nach, sie schwankte, taumelte leicht rückwärts und konnte sich kurz am Treppengeländer abstützen. Mit einem Rums rutschte sie auf den Boden, blieb benommen sitzen und starrte in die Dunkelheit. Es vergingen nur wenige Sekunden, da flammte das Flurlicht über ihr auf.

»Emma, um Gottes willen!«, hörte sie die besorgte Stimme von Nilla. »Was sitzt du denn hier? Hast du dir wehgetan?«

»Ach, herrje«, war nun auch Nathan zu vernehmen.

Er packte sie unter den Achseln und zog sie behutsam hoch. Emma ließ es mit sich geschehen, als sei sie bloß eine alte, fortgeworfene Puppe.

»Kommt ihr klar?«, fragte Nilla nun, und Nathan, der Emma um die Taille herum gefasst hatte, nickte nur.

»Dann gehe ich jetzt besser. Bis bald!«

Und schon war sie über die Treppe nach unten verschwunden. Emma beobachtete all dies wie durch einen Nebelschleier, noch immer unfähig, irgendetwas zu sagen.

»Komm«, sagte Nathan und führte sie hinaus auf die Dachterrasse.

Was wollte er hier mit ihr? Ihr sagen, dass er und Nilla ab sofort hier wohnen würden? Dass sie sich bereits ihr kleines

Paradies hergerichtet hatten, in dem Emma genauso störte wie der Crosstrainer an seinem alten Platz?

»Nathan«, stotterte Emma, und sie war froh, überhaupt irgendetwas sagen zu können.

»Oh Gott, Brittany wollte mir eine Nachricht schicken, wenn du den Laden verlässt«, begann Nathan, und Emma sah ihn völlig verständnislos an.

»Was? Wieso Brittany?«

Nathan kratzte sich verlegen am Kopf, dann führte er Emma zu einer Hollywoodschaukel – einer nagelneuen, ultramodern-schicken, überhaupt nicht verrosteten, strahlend weißen, nahm Platz und zog sie neben sich.

»Ich verstehe überhaupt nichts«, begann Emma, aber Nathan drückte ihr ein Glas in die Hand, dessen Inhalt so golden schimmerte wie der Champagner auf der Party seiner Eltern.

Emma stellte das Glas auf ein Tischchen neben der Gartenschaukel. Sie verschränkte die Arme und spürte auf einmal einen enormen Trotz in sich wachsen. Wenn er nun schon gleich seine Liebe zu Nilla gestehen würde, dann wollte sie dabei einen klaren Kopf bewahren.

»Sag doch einfach, dass du jetzt mit Nilla hier einziehst. Ich …«

»Was?« Er verschüttete den Champagner, den er gerade in sein eigenes Glas eingießen wollte und sah Emma empört an. »Wie kommst du denn auf so eine bescheuerte Idee?«

Er schüttelte den Kopf, stellte nun auch sein Glas fort und nahm Emmas Hände fest in seine.

»Nein, Emma, nein, oh Gott, es tut mir leid, dass du sie hier gerade gesehen hast. Sie wollte schon längst weg sein, aber dann hat das Aufhängen der Lichterketten und Anzünden der Kerzen viel länger gedauert, als wir gedacht hatten. Sie hat mir nur geholfen, das alles hier herzurichten. Und wie gesagt –

Brittany wollte mich eigentlich warnen, wenn du losgehst. Das hat sie wohl vergessen.«

»Kannst du vielleicht mal von vorne anfangen?«, bat Emma ihn.

Nathan holte tief Luft und setzte sich aufrecht hin. Er sah so aufgeregt aus wie ein Siebenjähriger an Heiligabend. Emma spürte, wie ein dicker Ring um ihr Herz zu schmelzen begann. Egal, was er jetzt sagte, sie würde alles hinnehmen, alles akzeptieren – solange sie nur noch ein wenig in seiner Nähe bleiben durfte.

»Oh Gott, ich weiß gar nicht, wo ich anfangen soll«, begann er und lächelte schief.

»Am Anfang?«

Er nickte, holte tief Luft und dann begann er zu reden.

»Weißt du, ich habe dir doch erzählt, dass die Eltern des toten Mädchens Anzeige gegen das Krankenhaus erstattet haben. Und ich hatte ja auch schon ausgesagt. Ich wusste, sie wollten nicht mir persönlich den Fehler anhängen, auch weil ja herausgekommen war, dass Travian unerlaubt die Verantwortung abgegeben hatte, aber natürlich machte mir das ganze Verfahren fürchterlich zu schaffen.« Emma begann ruhiger zu atmen. Nathan wirkte zwar angespannt, aber nicht so, als sei er immer noch wütend auf sie. Er sah kurz in den Himmel, als hoffte er, die Sterne würden ihm seinen Text zuflüstern.

»Das Krankenhaus hatte gehofft, dass sie sich irgendwie außergerichtlich mit den Eltern einigen können«, ergänzte sie.

»Genau, das war mein letzter Stand. Na ja, am Donnerstagnachmittag – wir hatten gerade eine Pause bei diesem Training für Peru – rief mich die Krankenhausverwaltung auf dem Handy an. Der Verwaltungschef persönlich. Er erklärte mir, das Verfahren sei eingestellt. Man hätte sich geeinigt. Ein Gutachter hatte festgestellt, dass der Faden, den wir bei der OP verwendet haben, einen Herstellungsfehler hatte. Eine winzige Unebenheit im Material – und schon reißt er.«

»Was?« Emma nahm nun doch einen Schluck vom Champagner. »Das heißt … du konntest nichts dafür?«

Nathan nickte. Er sah ihr fest in die Augen.

»Ja. Genau das heißt es. Und als ich das hörte … ich weiß nicht, ob du das verstehen kannst. Herrje, ich komme mir so albern vor. Aber es war, als ob jemand eine bleischwere Decke von mir herunterzieht. Ich hatte das erste Mal seit Monaten das Gefühl, ich bekäme wieder richtig Luft. Und … es klingt furchtbar … während dieses ganzen Peru-Trainings hatte ich ständig das Gefühl, ich sei am falschen Ort. Alle um mich herum haben gesagt, wie sehr sie sich freuen, und sie hatten Spanischkurse gemacht und sich vorbereitet und waren geimpft … Ich dagegen – *nada*. Mein einziges spanisches Wort. Ich glaube, als ich dem Teamleiter gesagt habe, dass ich abbreche, hat sich keiner gewundert. Sie waren nicht mal böse auf mich. Ich glaube, sie hatten Angst, ich würde ihnen nur ein Klotz am Bein sein.«

Emma schwirrte der Kopf.

»Das heißt …«, begann sie, »… das heißt …«

»Ich habe Peru abgehakt. Ich gehe nicht dorthin. Ich bleibe hier.«

»Und die dritte Möglichkeit?«, platzte es aus ihr heraus.

Er sah sie entgeistert an.

»Ich verstehe nicht?«

Emma musste lachen. Sie lachte zuerst kaum hörbar, verkniff es sich, aber es schwoll an und wurde immer stärker und schließlich platzte sie heraus und lachte, bis ihr die Tränen liefen. Sie hätte auch weinen können, es war vollkommen egal, nur irgendwie musste etwas aus ihr heraus, Verzagtheit und Scham und Angst und Liebe, ganz viel Liebe.

Sie konnte nicht sitzenbleiben, musste aufstehen und vor zur Brüstung gehen. Es war, als durchliefe sie mit jedem Schritt ihre Begegnungen der letzten Wochen. Wie sie ihn das erste Mal in ihrem Strandkorb gesehen hatte, erbost und erschrocken. Wie sie den Brownie gefunden hatte und diesen Greg entdeckt, der in den Bambus gepinkelt hatte. Wie sie zusammen die Wäsche aufgehängt und köstlichen Broccoli gegessen hatten. Wie er sie zu einem Ausflug überredet hatte und wie sie von seinem Bett aus hinausgeblickt hatte. Aber auch, wie sie die Dachterrasse gemieden hatte, nachdem er so wütend auf sie geworden war.

London breitete sich mit nächtlichem Funkeln vor ihr aus. Doch noch heller strahlte der Vollmond, vor dem sich jetzt die letzten dunklen Wolken wie samtene Theatervorhänge zurückzogen. Von unten brauste ein wenig Verkehrslärm herauf, in der Ferne war eine Sirene zu hören, der Wind rauschte im Bambus. Leicht legte sich sein Arm um ihre Schultern, sie ließ ihren Kopf gegen seine Brust sinken.

»Ich habe dich gesucht in Brighton«, gestand Emma nun. »Aber du warst schon fort.«

»Das tut mir leid. Was wolltest du mir denn sagen?«

Sie sah zu ihm hoch, und sein Lächeln füllte ihr Herz aus.

»Na ja, ich … also, ich war bereit, alles zu riskieren. Ich wollte sehen, ob du noch immer böse auf mich bist wegen diesem ganzen Instagram-Quatsch und wenn nicht, dann wollte ich dir sagen, dass wir bestimmt eine dritte Möglichkeit finden könnten, um das Peru-Dilemma zu lösen. Was weiß ich – ich hätte dich besucht oder du zwischendurch mich oder du wärst vielleicht nur ein Jahr gegangen oder egal, irgendwas wäre uns eingefallen.«

»Dazu wärst du bereit gewesen, es zu versuchen?«

Sie nickte. Sein Gesicht kam näher, sie reckte sich, auf halbem Weg trafen sich ihre Lippen, und Emma versank in seinem Kuss. Es fühlte sich an, als applaudiere London.

»Heißt das, du bist nicht mehr böse auf mich?«, fragte Emma gefühlte Lichtjahre später.

»Natürlich nicht. Ich glaube, ich war einfach nur froh, dass ich nicht der Einzige war, der Blödsinn gemacht hat, und habe mich deshalb in diese Instagram-Sache verbissen. Damit war nicht nur ich der Böse.«

»Verstehe.«

»Als ich dann am Donnerstag zurückkam aus Brighton, war ich ganz erschrocken, dass du fort warst«, erklärte er ihr. »Nilla erzählte mir, du wärst zu deiner Tante gefahren. Und weil ich ihr ja leider sagen musste, dass sie die Wohnung doch nicht haben kann, erzählte ich ihr gleich den ganzen Rest. Sie schien nicht allzu überrascht zu sein. Na ja, und weil ich mich dir gegenüber noch immer so schlecht fühlte, kam Nilla auf die Idee, dich bei deiner Rückkehr zu überraschen. Wir wussten ja nicht, wann das sein würde, und haben Brittany gefragt. Sie hatte natürlich auch keine Ahnung. Aber nachdem Nilla dich am Freitagabend getroffen hat – da haben wir mit den Vorbereitungen begonnen. Brittany hat die ganzen Instagramer für Samstag eingeladen, damit du nicht mitbekommen würdest, dass wir ein wenig Ordnung auf der Dachterrasse schaffen.«

»Wahnsinn!« Emma traten schon wieder Tränen der Rührung in die Augen. »Alles für mich?«

»Ja«, sagte er und küsste sie erneut. »Und ich fände es schön, wenn die Dachterrasse in Zukunft nicht mehr in zwei Hälften geteilt wäre. Einverstanden?«

Sie nickte.

»Ach, und ich habe noch eine Kleinigkeit für dich. Das war eigentlich als Auftakt geplant, gleich, wenn du hier ankommst.«

Er streckte die Hand nach ihr aus und ging mit ihr in sein Appartement. Bei den ersten paar Schritten zitterten ihre Knie, aber dann beruhigte sie sich. Der Boden unter ihren Füßen gab nicht nach.

Er ließ sich auf dem Klavierhocker nieder und wies sie an, sich neben ihn zu setzen. Der Hocker war so schmal, dass sie kaum nebeneinander Platz hatten.

Er öffnete den Deckel, und sie beobachtete fasziniert, wie seine langen, schmalen Finger ohne nachzudenken die richtigen Tasten fanden.

Emma kannte die Melodie nicht, die er spielte. Sie klang klar und melancholisch, optimistisch und raffiniert zugleich.

Sie lehnte sich leicht gegen seinen Oberarm und meinte, die Muskeln zu spüren, die unter seinem Hemd, unter seiner Haut arbeiteten, um all diese Töne in den Raum zu schicken. Sie schloss die Augen, er spielte.

»Wie geht es jetzt weiter mit dir, beruflich?«, fragte sie nach einer Weile.

Er nahm die Hände von den Tasten und ergriff ihre. Sein Blick zog sie so in sein Innerstes, dass es das Außen nicht mehr gab. Seine Hände würden sie wärmen, für immer.

»Ich habe übernächste Woche ein Vorstellungsgespräch in einer Kinderarztpraxis«, sagte er und nahm das Klavierspiel wieder auf. »Irgendwo am Stadtrand.«

»Großartig. Was ist das für eine Melodie?«

Sie war nun zart und filigran und so süß, dass Emma den Geschmack von Schokolade auf der Zunge spürte. Doch gelegentlich mischten sich Töne dazwischen, die eine winzige Dissonanz hineinbrachten. Nicht störend – sondern harmonisierend.

»So bist du«, sagte er irgendwann. »So süß wie Nillas Brownies. So zart wie das Geräusch, das der Stift macht, wenn du etwas malst. So leicht wie Troys Schritte auf dem Parkett und so duftend wie die Glyzinie auf deiner Seite der Dachterrasse. Und die etwas schiefen Töne – das bin ich, denn ohne sie wäre deine Melodie gar nicht auszuhalten, dann wäre sie der reinste Kitsch. Und viel zu einstimmig – sie würde einfach fortwehen, verblassen, sich für immer auflösen. Die Melodie funktioniert nur zweistimmig. Dann erst entfaltet sie ihre ganze Schönheit. Findest du nicht auch?«

Sie nickte und spürte, wie eine Träne den Sprung von ihrem Augenlid in die Freiheit wagte.

»Magst du mitspielen? Ich zeig dir, wie's geht …«

Er legte ihre Finger auf die richtigen Tasten, bedeckte ihre Hände mit seinen und gemeinsam spielten sie die Melodie, die nur dem Schlag ihrer Herzen folgte. Sie fand den Weg hinaus, stieg über den Dächern von London empor und zog ihre Spur bis hoch zu den Sternen und noch viel weiter.

#MatchMeIfYouCan

Ricki Schultz
FÜR IMMER HÄLT
NICHT NUR BIS MORGEN
Aus dem amerikanischen
Englisch von
Frauke Meier
336 Seiten
ISBN 978-3-7363-0434-5

Als die Hochzeitseinladung ihrer besten Freundin ins Haus flattert, ist das der Tropfen der das Fass zum Überlaufen bringt. Denn Rae ist Mitte 30, Single und würde sich lieber in einem Eimer Rotwein ertränken, als allein auf so einer Feier aufzutauchen. Woher also Mr Right nehmen, wenn nicht stehlen? Online-Dating heißt die Lösung – und Rae stürzt sich Hals über Kopf in das Abenteuer. Doch als sie über das Profil ihres heißen Kollegen stolpert, fangen die Probleme erst richtig an ...

»Charmant, frech und einfach witzige Strandlektüre!« SEATTLE TIMES

LYX

Sie dachte, dass sie niemals lieben könnte.
Doch dann traf sie ihn.

Laura Kneidl
BERÜHRE MICH. NICHT.
464 Seiten
ISBN 978-3-7363-0527-4

Als Sage in Nevada ankommt, besitzt sie nichts – kein Geld, keine Wohnung, keine Freunde. Nichts außer dem eisernen Willen, neu zu beginnen und das, was zu Hause geschehen ist, zu vergessen. Das ist allerdings schwer, wenn einen die Erinnerungen auf jedem Schritt begleiten und die Angst immer wieder über einen hereinbricht. So auch, als Sage ihren Job in einer Bibliothek antritt und dort auf Luca trifft. Mit seinen stechend grauen Augen und seinen Tätowierungen steht er für alles, wovor Sage sich fürchtet. Doch Luca ist nicht der, der er auf den ersten Blick zu sein scheint. Und als es Sage gelingt, hinter seine Fassade zu blicken, lässt das ihr Herz gefährlich schneller schlagen ...

LYX